U0120493

文典古籍丛书

蘇氏詩集傳校注

高校古委會古籍整理項目(皖教秘〔2010〕60)
安徽省社科規劃項目(AHSKYG2017D145)
安徽高校人文社科項目(SK2017ZD23)
資助

蘇轍◇著
喬東義　黃瑞◇校注

安徽師範大學出版社
·蕪湖·

圖書在版編目(CIP)數據

《蘇氏詩集傳》校注 / (宋) 蘇轍著; 喬東義, 黄瑞校注. — 蕪湖: 安徽師範大學出版社, 2022.1(2023.2重印)

ISBN 978-7-5676-4961-3

Ⅰ. ①蘇… Ⅱ. ①蘇… ②喬… ③黄… Ⅲ. ①《詩經》—詩歌研究—中國—宋代
Ⅳ. ①I207.222

中國版本圖書館CIP數據核字(2021)第230697號

SUSHI SHIJIZHUAN JIAOZHU

《蘇氏詩集傳》校注

〔宋〕蘇　轍◇著　　喬東義　黄　瑞◇校注

責任編輯: 房國貴
責任校對: 王　賢
裝幀設計: 丁奕奕
責任印製: 桑國磊
出版發行: 安徽師範大學出版社
蕪湖市北京東路1號安徽師範大學赭山校區　　郵政編碼: 241000
網　　址: http://www.ahnupress.com/
發 行 部: 0553-3883578　5910327　5910310(傳真)
印　　刷: 江蘇鳳凰數碼印務有限公司
版　　次: 2022年1月第1版
印　　次: 2023年2月第2次印刷
規　　格: 880 mm × 1230 mm　1/32
印　　張: 17.125
字　　數: 416千字
書　　號: ISBN 978-7-5676-4961-3
定　　價: 98.00圓

前言

蘇氏詩集傳系宋代著名詩經學家、古文家蘇轍所撰。蘇轍（1039—1112），字子由，一字同叔，號潁濱遺老，眉州眉山人，嘉祐進士，官至尚書右丞，與父蘇洵、兄蘇軾合稱『三蘇』。著有欒城集、詩集傳等。詩集傳，系蘇轍詮解詩經的專著，又名蘇氏詩集傳、潁濱先生詩集傳，爲與朱熹同類著作詩集傳相別，本著姑稱之爲蘇氏詩集傳。

蘇氏詩集傳約作於熙寧八年（1075）前。據史料載，蘇轍曾兩度居筠州，頗有德政，後其曾孫蘇詡知筠州，官民仍念蘇轍舊德，淳熙七年（1180），於筠州公使庫爲其曾祖刻印詩集傳。公使庫系宋代地方官署機構，主要負責接待往來官吏，兼承出版印刷之務。故該著被後世稱爲宋淳熙筠州公使庫刻本（簡稱宋刻本）。據宋代郡齋讀書志、直齋書録解題及其他有關文獻，宋刻本蘇氏詩集傳書成爲二十卷，然其早期流傳路徑不明，至明代曾爲毛氏汲古閣所藏，入清後長期爲京郊圓明園所收，清末曾被錢塘丁氏八千卷樓收藏，後流落民間不知所終，直至二十世紀七十年代末被中國書店購得。史上宋刻本流傳不廣，明代以降，傳世者主要有明代焦氏（竑）所刻兩蘇經解本和內府所藏另一明本，然不知何故，此二本均將第十一、十二兩卷誤合爲一卷，以致全書無端少去一卷，文字出入亦非宋刻舊貌。清乾隆間編纂四庫全書，諸館臣皆不知宋刻本下落，乃用明刻內府藏本，故其卷數亦爲十九卷，與四庫全書總目著録之二十卷不合，實爲書林憾事。所幸者隱匿多年的宋刻本蘇氏詩集傳終面世於中國書店，其鐫刊考究，墨色純正，字融歐、柳，行文疏朗，共二十卷，書末刻有當年蘇詡跋文：『庚子淳熙七年四月十九日，曾孫朝奉大夫、權知筠州軍州事兼管內勸農營田事詡，重校證刊于本州公使庫。』此外該本避諱至『慎』字，時爲南宋孝宗朝，均可證該本爲宋淳熙筠州公使庫刻本。該本爲現存蘇氏詩集傳最早版本，亦爲海內外孤本，彌足珍惜。中國書店爲廣其流傳，轉售於國家圖書館，國家圖書館加以妥善保存並影印出版，從而使其嘉惠學林。

綜覽蘇氏詩集傳，規模整飭，條理明晰，體例獨到。全書只録並只解説毛詩小序首句，删汰以下余文，一詩一解，先釋語詞，再解章意與詩旨，且只斷己意，不録他説，爲宋代首開疑經辨僞之風的代表作之一。蘇氏詩集傳個别詮解有穿鑿附會之弊，但總體上看，蘇氏於毛詩學派不激不隨，持平折衷，其中有不少見解頗具學術價值。如蘇氏在該書中明確提出毛詩小序首句爲子夏作，其下爲毛氏門人作，並由東漢衛宏所集録，又認爲十五國風的排列乃以『亡之先後』爲序，等等，皆可謂創辟之見。其在字詞和章法的詮釋上多有精到之處，在詩作歷史背景的考訂方面也頗見功力。蘇氏之説對宋代詩經學影響很大，南宋程大昌詩論、李樗、黄櫄毛詩集解均有承襲，吕氏家塾讀詩記、詩補傳、詩緝等著亦多次采録其説。

在中國詩經學史上，宋代是由經學一統走向經學變革的時代。蘇轍所撰詩集傳，與歐陽修所著詩本義、朱熹所著詩集傳等一道，開啟了有宋一代義理考辨和疑經辨僞的潮流，促成了『詩經宋學』的形成，堪稱宋代詩經學研究典範之一。但遺憾的是，對於這樣一部詩經學經典著作，宋以後學人却矚目甚少，現代學人亦只偶爾在詩論、文論中引述該著片言隻語，幾乎無專門系統的整理和研究，這與歐陽氏詩本義、朱子詩集傳等所受隆遇形成了鮮明的反差。這固然由於該書長期爲朱子詩集傳等著所掩，到明代才出現較少的刊本，加上蘇氏本人以散文著稱於中而不以經學家示人，從而影響其在後世的流傳與研究。而一部精要的蘇氏詩集傳點校箋注單行本迄今尚付闕如，致使衆多學人閲讀查考不便，亦乃重要原因。這在很大程度上削弱和遮蔽了該著在中國詩經學史上應有的價值、地位和影響，故這一課題亟待完成。

鑒於蘇氏詩集傳在詩經學史上的重要意義，且目前並無一部以最早版本宋刻本爲基礎的點校箋注單行本，故筆者不揣淺陋，嘗試完成這一工作。本書擬定的校注任務主要有三項：標點斷句、校記（標出不同版本間的文字出入）、匯注（擇要引注史上相關文獻資料）。本書校注將以宋淳熙筠州公使庫刻本（續修四庫全書影印本）爲底本，以文淵閣四庫全書本和明代兩蘇經解本顧氏刻本和畢氏刻本爲校本，再適當比照目力所及之相關文獻資料作綜合裁斷。因筆者經學、文獻學功底均薄弱，此項工作實屬抛磚引玉，更精當的校注整理本，還有俟於能者。

喬東義　黄　瑞

己亥年冬月於蕪湖

目録

詩集傳　卷第一

周南　關雎

文王之風謂之周南、召南，何也？文王之治[一]周也。所以爲其國者，屬之周公；所以交於諸侯者，屬之召公。詩曰：『昔先王受命，有如召公，日辟國百里。』[二]言其治外也。故凡詩言周之內治，由內而及外者，謂之周公之詩；其言諸侯被周之澤，而漸於善者，謂之召公之詩。其風皆出於文王，而有內外之異，內得之深，外得之淺。故召南之詩不如周南之深，周南稱后妃，而召南稱夫人。

召南有召公之詩，而周南無周公之詩。夫文王受命稱王，則大姒固稱后妃，而諸侯之妻固稱夫人。周公在內，近於文王，雖有德而不見，則其詩不作。召公在外，遠於文王，功業明著則詩作於下，此理之最明者也。[三]然則謂之『周』『召』者，蓋因其職而名之也。謂之『南』者，文王在西而化行於南方，以其及之者言之也。東北則紂之所在，文王之初所不能及也。毛詩之叙曰：『關雎、麟趾之化，王者之風也，故繫之周公；鵲巢、騶虞之德，諸侯之風也，先王之所以教，故[四]繫之召公。』然則二南皆出於先王，其深淺厚薄二公無與，而強以名之，可乎？

校注

〔一〕治：四庫本作『法』，兩蘇經解本畢氏刻本亦作『法』，顧氏刻本作『治』。明代顧夢麟詩經說約卷一引：『蘇傳：文王之風謂之周南、召南，何也？文王之治周也。』明代何楷詩經世本古義卷十八引：『蘇轍謂文王之治周也。』清代顧廣譽學詩詳說卷一載：『案：蘇氏轍詩集傳以後只稱蘇氏，諸家放此，曰文王之治周也。』

〔二〕語出召旻。

〔三〕宋代輔廣詩童子問載：『召南有召父之詩，而周南無周公之詩。周公在内，近於文王，雖有德而不見，則其詩不作；召公在外，遠於文王，功業明著則詩作於下，此理之最明者也。此其爲說似可采。』

〔四〕『故』字四庫本無，兩蘇經解本亦無。卜商詩序卷上『然則關雎麟趾之化，王者之風，故繫之周公；南，言化自北而南也。』；漢代毛亨毛詩注疏詩譜序『關雎麟趾之化，王者之風，故系之周公；鵲巢騶虞之德，諸侯之風，故繫之召公』。

國風

孔子編詩，列十五國先後之次，二南之爲首，正風也，邶、鄘、衛、王、鄭、齊、魏、唐之相次，亡之先後也。秦之列於八國之後，後是八國而亡也。陳之後秦，將亡之國也。檜、曹之後陳，已亡之國也。豳之列於十四國之後，非十四國之類也。嘗試考其世次而論其亡之先後，後亡者詩之所先，而先亡者詩之所後也[一]，魏、唐、晉也。諸侯之亡者莫先於晉，周安王之十六年而田氏滅齊，二十六年而韓、魏、趙滅晉。齊之亡也先晉十年，而齊詩先晉，何也？晉之失國自定公始，自定公以來者，韓、魏、趙之晉也；齊之失國自平公始，自平公以來者，田氏之齊也。定公之立，先平公三十年矣。孔子自其失國之君而以爲亡焉，故諸侯之先亡者晉，其次齊也。鄭之亡也，當安王之子烈王之元年，則齊、晉之亡也久矣。周之亡也，盡於烈王之曾孫王赧[二]之五十九年，則鄭之亡也亦久矣。衛之亡也，當秦始皇帝之二十七年，則周之亡也亦久矣。後亡者常先，秦最後亡而列於八國之後，以爲非特後之而又兼是[三]八國而有之也。春秋書諸侯之會，王之大夫必列於上；王之世子必列於後。秦之所以後於八國者，猶王世子之後諸侯也，蓋以爲異焉耳。陳之亡也，當周敬王之四十一年。孔子卒之歲而陳亡，然則孔子之編詩也，陳將亡矣，知其將亡而不以列於未亡之國，蓋以亡國視焉，此陳之所以後秦也。檜之亡也，當周幽王之世，鄭桓[四]公滅之。曹之亡也，當周敬王之三十三年，宋景公滅之。檜先而曹後，因其亡之先後而爲之先後焉。以爲已亡矣，無所事先而知其後亡也，此檜之所以後陳，而曹之所以後檜也。嗚呼！數十百年之間，國之存亡，孔子預知之，讀其詩，聽其聲，觀其國之厚薄，三者具而以斷焉。是故可以先焉而無疑也。良醫之視人也，察其脉而知其人之終身疾痛壽夭之數。其不知者，以爲妄言也；其知之[五]者，以爲猶視其面顔也。夫國之有詩，猶人之有脉也，其長短緩急之候，於是焉在矣。邶、鄘者，衛之所滅也；魏者，晉之所滅也；檜者，鄭之所滅也。檜詩不爲鄭，而邶、鄘爲衛，魏爲晉，何也？邶、鄘、魏之詩作於既滅，其詩之所爲作者，衛、晉也。是以列邶、鄘、魏於前，而以衛晉終之。雖主衛、晉而其風不同，故邶、鄘、魏不可沒也。邶、鄘之詩，學者以爲衛矣，何也？敘以衛也，而魏詩不爲晉，何也？敘不以晉也，雖不以晉，亦不以魏，然則是不舉其國耳。凡敘之不舉其國者，文之所不及也，以其不及而廢其爲晉，則學者之陋矣！汾沮洳之三章而三稱晉官焉，非晉而何？季子觀樂於魯，至於歌魏曰：『渢渢乎，大而婉，儉而易行，以德輔此，則盟主也。』〔六〕夫亡國之詩，而季子言之若此乎？蓋以爲晉矣，非亡國之詩也。至於檜風，檜之未亡而作矣。豳之非十四國之類，何也？此周公與周大夫之所作也。蓋以爲豳耳，非豳人之詩也，非豳人之詩而言豳之風，故繫之豳，雖繫之豳而非豳人之詩，故不列於諸國而處之其下，此風之特異者也，以其特異而別之，亦理之當然也。季子之觀樂也，既歌齊而繼之以豳秦魏唐，何也？曰：孔子之未編詩也，太師次之，以豳爲秦之有也，而繫之秦。以秦晉之強相若也，而不能決其長短。意天下之諸侯將歸於此二國，至孔子而後定，蓋非太師之所能知也。

校注

〔一〕明代胡紹曾詩經胡傳載：『蘇氏以爲亡之先後尤屬無倫。』

〔二〕四庫本作『赧王』。『赧』，兩蘇經解本作『赧』。

〔三〕『是』字四庫本無，兩蘇經解本亦無。

〔四〕桓：原文缺筆，據補。

〔五〕『之』字四庫本無，兩蘇經解本亦無。

〔六〕事見春秋左传·襄公二十九年，吴公子季札在鲁观周乐。

關雎，后妃之德也。

孔子之叙書也，舉其所爲作書之故，其贊易也，發其可以推易之端，未嘗詳言之也。非不能詳，以爲詳之則隘，是以常舉其略，以待學者自推之。故其言曰：『仁者見之謂之仁，智者見之謂之智。』〔一〕夫唯不詳，故學者有以推而自得之。今毛詩之叙何其詳之甚也！世傳以爲出於子夏，予竊疑之。子夏嘗言詩於仲尼，仲尼稱之，故後世之爲詩者附之。要之，豈必子夏爲之？其亦出於孔子，或弟子之知詩者歟？然其誠出於孔氏也，則不若是詳矣。

孔子删詩而取三百五篇，今其亡者六焉。亡〔二〕詩之叙未嘗詳也。詩之亡者，經師不得見矣，雖欲詳之而無由，其存者將以解之，故從而附益之，以自信其說。是以其言時有反覆煩重，類非一人之詞者。凡此，皆毛氏之學而衛宏之所集錄也。東漢·儒林傳曰：『衛宏從謝曼卿受學，作毛詩叙，善得風雅之旨，于今〔三〕傳於世。』隋書經籍志曰：『先儒相承，謂毛詩叙子夏所創，毛公及衛敬仲又加潤益。』古說本如此，故予存其一言而已，曰：『是詩言是事也』，而盡去其餘，獨采其可者見於今傳，其尤不可者皆明著其失。以爲此孔氏之舊也。

關關雎鳩，在河之洲。窈窕淑女，君子好逑。

關關，和聲也。雎鳩，王雎，鳥之摯者也。物之摯者不淫。〔四〕水中可居者曰『洲』。『在河之洲』，言未用也。逑，匹也，言女子在家，有和德而無淫僻之行，可以配君子也。

參差荇菜，左右流之。窈窕淑女，寤寐求之。求之不得，寤寐思服。悠哉悠哉，輾轉〔五〕反側。

荇，接余也。左右，助也。流，求也。服，事也。后妃將取荇菜以共宗廟，必有助而求之者，是以寤寐不忘以求淑女，將與共事也。

參差荇菜，左右采之。窈窕淑女，琴瑟友之。參差荇菜，左右芼之。窈窕淑女，鐘〔六〕鼓樂之。

芼，擇也。求得而采，采得而芼，先後之叙也。凡詩之叙類此。〔七〕窈窕淑女，不可得也，苟其得之，則將友之以琴瑟，樂之以鐘鼓。琴瑟在堂，鐘鼓在廷，以此待之，庶其肯從我也。此求之至也。

關雎三章，一章〔八〕四句，二章章六句。

校注

〔一〕語出周易·系辭上。

〔二〕兩蘇經解本、四庫本無『亡』。

〔三〕四庫本、兩蘇經解本作『至今』。後漢書·衛宏傳作『于今』，隋書·經籍志作『至今』。

〔四〕方玉潤詩經原始引：『蘇子由曰：物之摯者，不淫若然，凡不取其別，取其摯也。其無定論如此，大抵皆從傳之摯而有別，而舍經之關關以爲説也。』

〔五〕輾轉：四庫本作『展轉』，兩蘇經解本畢氏刻本亦是，顧氏刻本同宋刻本。

〔六〕四庫本、兩蘇經解本作『鍾』，下同。

〔七〕元代朱公遷詩經疏義引：『輯録蘇氏曰：求得而采，采得而芼，先後之叙也，凡詩之叙類如此。』

〔八〕『章』下四庫本另有『章』，兩蘇經解本亦是。參閲其他諸章或有或缺。

葛覃，后妃之本也。

葛之覃兮，施于中谷，維葉萋萋，黄鳥于飛，集于灌木，其鳴喈喈。

葛者，婦人之所有事也。方葛之盛時，黄鳥出於谷而集于木，鳴喈喈矣。詠歌其所有事，而又及其所聞見，言其樂從事於此也。覃，延也。萋萋，茂盛貌也。黄鳥，摶〔一〕黍也。灌木，藂木也。喈喈，和聲也。或曰：『黄鳥之集于灌木，猶婦人有嫁于君子之道也』〔二〕，言女子在家習爲婦功，既成則可以適人矣。

葛之覃兮，施于中谷，維葉莫莫，是刈是濩，爲絺爲綌，服之無斁。

莫莫，成就貌也。濩，煮之也。精曰『絺』，粗曰『綌』。斁，厭也。

言告師氏，言告言歸，薄汙我私，薄澣我衣，害澣害否，歸寧父母。

言，辭也。春秋傳曰：『言歸于好。』〔三〕師，女師也，婦人謂嫁曰歸。言其告教於師氏也，則告之以適人之道矣。薄，亦辭也。汙，煩撋之也。澣，濯之也。私，燕服也。衣，禮服也。此女師所以告之之言也。『害澣害否』云者，言常自絜清以事君子也，常自絜清以事君子，則可以歸寧父母矣。

葛覃三章，章六句。

校注

〔一〕摶：兩蘇經解本作『搏』。

〔二〕語出鄭箋。

〔三〕語出左傳・僖公九年：『凡我同盟之人，既盟之後，言歸於好。』

卷耳，后妃之志也。

婦人知勉其君子求賢以自助，有其志可耳。若夫求賢審官，則君子之事也。

采采卷耳，不盈頃筐[一]。嗟我懷人，寘彼周行。

采采，不已之辭也。卷耳，苓耳也。頃筐，畚屬也。卷耳，易得之物，頃筐，易盈之器，而不盈焉，則志不在卷耳也。今將求賢寘之列位，而志不在，亦不可得也。

陟彼崔嵬，我馬虺隤。我姑酌彼金罍，維以不永懷。

崔嵬，土山之戴石者也。虺隤，病也。姑，且也。將陟險而馬病，不求良馬以任之。徒酌酒以自慰，不以爲深憂也，則終不免矣。譬如爲國之難，知小人之不足任，而不求賢以自助，亦無以濟也。

陟彼高岡，我馬玄[二]黃。我姑酌彼兕觥，維以不永傷。

此章意不盡申殷[三]勤也，凡詩之重複類此。山脊曰岡。玄馬病則黃。兕觥，角爵。所以爲罰也。

陟彼砠矣，我馬瘏矣，我僕痡矣，云何吁矣！

石山戴土曰砠。『瘏』『痡』皆病也。馬病而不知擇，至於人又病也，則無及矣，亦吁嗟而已。

卷耳四章，章四句。

校注

〔一〕筐：原文缺筆，據補，本章下同。

〔二〕『玄』字原文缺筆，據補，下同，兩蘇經解本缺筆。

〔三〕『般』字原文缺筆，據補，兩蘇經解本缺筆。

樛木，后妃逮下也。

南有樛木，葛藟纍之。樂只君子，福履綏之。

木下曲曰『樛木』，以樛故，葛藟得纍之而上；后妃以逮下，故衆妾得敘進於君子。室家既和，故其君子無所憂患，而能安履其福祿。苟其不和，雖有福祿不能安也。

南有樛木，葛藟荒之。樂只君子，福履將之。

荒，奄也。將，大也。

南有樛木，葛藟縈之。樂只君子，福履成之。

縈，旋也。成，就也。

樛木三章，章四句。

螽斯，后妃子孫衆多也。

螽斯羽，詵詵兮。宜爾子孫，振振兮。

螽斯，蚣蝑也，不妬而多子，一生八十一子。[一]詵詵，衆多也。振振，仁厚也。言后妃子孫衆多如螽斯也。

螽斯羽，薨薨兮。宜爾子孫，繩繩兮。

薨薨，群飛聲也。繩繩，戒慎也。

螽斯羽，揖揖兮。宜爾子孫，蟄蟄兮。

揖揖，會聚也。蟄蟄，和集也。

螽斯三章，章四句。

校注

〔一〕方玉潤詩經原始卷一·國風云：『蘇氏謂螽斯一生八十一子；朱氏謂一生九十九子。今俗謂蝗一生百子皆不知何從數之，而得此數耶？爾指人，集傳必以爲指螽斯，亦不知何意。』

桃夭，后妃之所致也。

桃之夭夭，灼灼其華。之子于歸，宜其室家。

夭夭，少壯也。灼灼，盛也。婦人甚少而盛，不以色驕其君子，而以宜其室家，此后妃之德所致也。

桃之夭夭，有蕡其實。之子于歸，宜其家室。

蕡，大貌也。

桃之夭夭，其葉蓁蓁。之子于歸，宜其家人。

始言其華，中言其實，終言其葉，言其容德皆盛也。

桃夭三章，章四句。

兔罝，后妃之化也。

肅肅兔罝，椓之丁丁。赳赳武夫，公侯干城。

肅肅，敬也。兔罝，兔罟也。丁丁，椓杙聲也。干，盾也。罝兔之人，野之鄙人也。野之鄙人，禮之所不及也。禮之所不及者，其心無所不易。人而無所不易，則其於妻妾也無所復敬矣。今婦人能以禮自將，敬而不可慢，故其夫雖罝兔之鄙人，而猶知敬之。夫人知敬其妻妾，則無所不敬，是以至於椓杙而猶肅肅也。赳赳，有力之貌也，罝兔之人，則赳赳之武夫也，世未嘗患無武夫，獨患其不知敬而不可近。今武而知敬，故可以爲公侯干城也。桃夭言后妃能使婦人不以色驕其夫，而兔罝言其能使婦人以禮克君子之慢。故桃夭曰『致』，而兔罝曰『化』。夫『致』者，可以直致；而『化』者，其功遠矣。

肅肅兔罝，施于中逵。赳赳武夫，公侯好仇。

仇，匹也。

肅肅兔罝，施于中林。赳赳武夫，公侯腹心。

丁丁，人之所聞也。中逵，人之所見也。中林，聞見之所不及也，非人之所聞見而猶肅肅，則其敬也至矣。

兔罝三章，章四句。

芣苢，后妃之美也。

采采芣苢，薄言采之。采采芣苢，薄言有之。

芣苢，馬舄。馬舄，車前也，宜懷任[一]焉。室家和平，故婦人皆樂有子，是以采之不厭也，有藏也。

采采芣苢，薄言掇之。采采芣苢，薄言捋之。

掇，拾也；捋，取也。

采采芣苢，薄言袺之。采采芣苢，薄言襭之。

袺，執[二]衽也；襭，扱衽也。

芣苢三章，章四句。

校注

〔一〕任：四庫本作『妊』，兩蘇經解本亦是。

〔二〕埶：四庫本作『執』，兩蘇經解本同宋刻本。

漢廣，德廣所及也。

南有喬木，不可休息。漢有游女，不可求思。漢之廣矣，不可泳思。江之永矣，不可方思。

潛行曰『泳』；方，柎〔一〕也；思，辭也。文王之化行於南國，雖江漢之游女皆有廉絜〔二〕之行，不可犯以非禮。譬如喬木不可就以休息，江漢不可得而方泳也。

翹翹錯薪，言刈其楚。之子于歸，言秣其馬〔三〕。

此知女子之不可犯，而思以禮道之之辭也。楚，薪之尤翹翹者也。取薪之尤翹翹者，以言欲取女之尤高絜者也。然猶不敢斥言取之，故曰：於是子之嫁也，我當秣其馬以示有意焉耳。

漢之廣矣，不可泳思。江之永矣，不可方思。翹翹錯薪，言刈其蔞。之子于歸，言秣其駒。漢之廣矣，不可泳思。江之永矣，不可方思。

蔞，草之猶翹翹者也。

漢廣三章，章八句。

校注

〔一〕拊：四庫本作『泭』，兩蘇經解本亦是。

〔二〕絜：四庫本、兩蘇經解本作『潔』，本章下同。

〔三〕四庫本、兩蘇經解本下有『漢之廣矣，不可泳思。江之永矣，不可方思』，此该四句移至下节，疑有誤。

汝墳，道化行也。

遵彼汝墳，伐其條枚。未見君子，惄如調飢。

墳，大防也。〔一〕枝曰條，幹曰枚。惄，飢意也，調，朝也。是時紂猶在上，君子久役于外，故婦人遵汝而伐薪，勞苦而念其君子也。

遵彼汝墳，伐其條肄。既見君子，不我遐棄。

斬而復生曰肄。

魴魚赬尾，王室如燬。雖則如燬，父母孔邇。

魚勞則尾赤。文王三分天下有其二以事紂。周德雖廣，而紂之虐如將焚焉。民之被其害者，如魚之勞於水也。然而有文王以爲之父母，可以無久病矣。雖婦人而知文王之可歸，此所謂道化行也。

汝墳三章，章四句。

校注

〔一〕李巡爾雅注：『濆謂崖岸狀如墳墓，名大防也。』

麟之趾，關雎之應也。

麟之趾，振振公子，吁〔一〕嗟麟兮。

麟，仁獸也。其於仁也，非有意爲之，其資之也天矣。關雎之時，人君與其后妃皆賢，故其生子無不賢者。夫公子之賢，非其身則爲之，父母之所以資之者遠矣，是以信厚振振而不自知，猶麟之於仁也。毛詩之叙曰：『關雎之化行，則天下無犯非禮，雖衰世之公子，皆信厚如麟趾之時。』夫關雎之化行，則公子信厚，公子之信厚如麟之仁，此所謂應矣，未嘗言其時也。捨麟之德而言其時，過矣。

麟之定，振振公姓，吁嗟麟兮。

定，題[二]也。

麟之角，振振公族，吁嗟麟兮。

麟之趾三章，章三句。

校注

〔一〕吁：四庫本作『于』。

〔二〕題：四庫本作『額』，兩蘇經解本亦是。説文：『題，額也。』

召南　鵲巢[一]　國風

鵲巢，夫人之德也。

維鵲有巢，維鳩居之。之子于歸，百兩御之。

鳩性拙，不能自爲巢，而居鵲之成巢。國君積行累功，以致爵位，夫人起家而居有之，如鳩之託鵲巢，非有德誰能安之？毛詩之叙以鳩爲鳲鳩，言夫人如鳲鳩之均一，乃可以配焉。説雖無害，而鳩非鳲鳩也。[二]百兩，百乘也。御，迎也。諸侯之子嫁於諸侯，送迎皆百乘。

維鵲有巢，維鳩方之。之子于歸，百兩將之。

方，據也。將，送也。

維鵲有巢，維鳩盈之。之子于歸，百兩成之。

鵲巢三章，章四句。

校注

〔一〕四庫本、兩蘇經解本無『鵲巢』兩字。

〔二〕鳩：郭注爾雅：『今之布穀也。』

采蘩，夫人不失職也。

于以采蘩？于沼于沚。于以用之？公侯之事。

蘩〔一〕，皤蒿也。沼，池也。沚，渚也。公侯之夫人執蘩菜以助祭。

于以采蘩？于澗之中。于以用之？公侯之宮。

宮，廟也。

被之僮僮，夙夜在公。被之祁祁，薄言還歸。

被，首飾也。僮僮，竦敬也。祁祁，舒遲也。公，事也。其在宗廟之事則竦敬，其還歸則舒遲，言各獲其宜也。

采蘩三章，章三句。

校注

〔一〕蘩：孔氏正义曰：释草文，孙炎曰：『白蒿也。』然则非水采，主要用于祭祀。

草蟲，大夫妻能以禮自防也。

喓喓草蟲，趯趯阜螽。未見君子，憂心忡忡。亦既見止，亦既覯止，我心則降。

草蟲〔一〕，常羊也；阜螽，蠜也，二者皆蝗類。覯，以禮遇也，草蟲鳴則阜螽躍而從之。婦人之於君子，猶二物之相從，其性然矣。然其未見也，常自憂不當〔二〕君子，故每以禮自防，至於既見而後心降也。

陟彼南山，言采其蕨。未見君子，憂心惙惙。亦既見止，亦既覯止，我心則說。

蕨，鼈[三]也。陟南山而采蕨，豈有不得者乎？然而常憂不得也。婦人之從君子，豈有不見禮者乎？然而常憂不見禮也。憂不見禮而後乃見禮矣。

陟彼南山，言采其薇。未見君子，我心傷悲。亦既見止，亦既覯止，我心則夷。

薇，山菜也。夷，平也。

草蟲三章，章七句。

校注

〔一〕陸璣草木疏云：『一名負蠜，大小長短如蝗而青也』。馬瑞辰毛詩傳箋通釋云：『今以目驗，蓋即順天及濟南人所稱聒聒者』，即蟈蟈。

〔二〕『當』字四庫本作『得見』，兩蘇經解本亦是。

〔三〕鼈：四庫本、兩蘇經解本作『鼈』。

采蘋，大夫妻能循法度也。

于以采蘋？南澗之濱。于以采藻？于彼行潦。

于以盛之？維筐[一]及筥。于以湘之？維錡及釜。

于以奠之？宗室牖下。誰其尸之？有齊季女。

蘋，大萍也。藻，聚藻也。方曰筐[二]，圓曰筥。湘，烹也。錡，釜屬也。宗室，大宗之廟也。此所謂教成之祭也。記曰：『婦人先嫁三月，祖廟未毁，教于公宫。祖廟既毁，教于宗室。教成，之祭[三]，牲用魚，芼用蘋藻』，奠於牖下，何也？户牖之間也。昏禮納采、問名、納吉、納徵[四]、請期[五]，主人皆筵於廟中户西，西上右几，以爲女子外成者也。祭禮主婦設羹，今使季女設焉，所以成其婦禮也。幼而習之，既嫁而奉祭祀，則終身行之，此所謂能循法度也。

采蘋三章，章四句。

校注

〔一〕『筐』字原文缺筆，兩蘇經解本亦是，據補，本章下同。

〔二〕兩蘇經解本此『筐』不缺筆。

〔三〕之祭：禮記正義作『祭之』，毛詩正義鄭箋也作『之祭』。禮記正義原文：『是以古者婦人先嫁三月，祖廟未毁，教於公宫。祖廟既毁，教於宗室。教以婦德、婦言、婦容、婦功；

教成，祭之，牲用魚，芼之以蘋藻，所以成婦順也。』

〔四〕『徵』字原文缺筆，據補。

〔五〕禮記正義曰：『是以昏禮納采、問名、納吉、納徵、請期，皆主人筵幾於廟，而拜迎於門外，人揖讓而升，聽命於廟，所以敬慎重正昏禮也。』

甘棠，美召伯也。

甘棠言美召伯，江有汜言美媵，何彼襛〔一〕矣言美王姬，魚麗言美萬物盛多，皇矣言美周。或言正詩不言美，因各爲此五詩之說。夫五詩言美，則正詩未嘗不言美矣，未嘗不言而爲不言之說，此皆近世之浮說也。〔二〕

蔽芾甘棠，勿翦勿伐，召伯所茇。

蔽芾，小貌也。甘棠，杜也。茇，草舍也。召公巡行邦國，重煩勞百姓，蔽棠而舍，國人思之而愛其棠，不忍伐也。召公之爲二〔三〕伯，武王之世矣，而詩稱召伯，思者之辭也。

蔽芾甘棠，勿翦勿敗，召伯所憩。

蔽芾甘棠，勿翦〔四〕勿拜，召伯所說。

拜，拔也。說，舍也。

甘棠三章，章三句。

校注

〔一〕兩蘇經解本作『襛』，四庫本作『穠』。

〔二〕明代萬時華詩經偶箋卷一載：『蘇氏謂：周公在内近于文王，雖有德而不見；召伯在外遠于文王，功業明著，則詩作于下。見樹即思人，此後世去思生祠之祖，然通章爲思召伯之德，而不道出思德字，并愛樹而不知何以愛至此，勿伐勿敗勿拜字意愈淺，愛意愈深，至勿拜是何等奇摯情語，至此已開却詩家許多門户。』

〔三〕『二』字四庫本作『牧』，兩蘇經解本亦是。

〔四〕『翦』字兩蘇經解本畢氏刻本作『剪』。

行露，召伯聽訟也。

厭浥行露，豈不夙夜，謂行多露。

誰謂雀無角？何以穿我屋？誰謂女無家？何以速我獄？雖速我獄，室家不足！誰謂鼠無牙？何以穿我墉？誰謂女無家？何以速我訟？雖速我訟，亦不女從！

厭浥，濕意也。行，道也。速，召也。二南當文王與紂之世，淫風之被天下，如露之濡物。召南之女被文王之化，能以禮自保，故其稱曰：『行者未嘗不欲夙夜也，謂道之多露，是以不敢。女子未嘗不欲從人也，謂世之多強暴，是以不可。』女子之所以自保如此，然猶不免強暴之獄，故其自辨曰：謂雀之無角，信矣。今而穿屋，則雀有角矣。謂鼠之無牙，信矣。今而穿墉，則鼠有牙矣。謂強暴之無室家之道，信矣。今而召我以獄，則強暴亦有室家之道矣。雖召我獄，然而知其室家之道不足，而終不之從者，召公明於聽訟也。

行露三章，一章章三句；二章章六句。

羔羊，鵲巢之功致也。

毛詩之叙曰：召南之國，化文王之政，在位皆節儉正直，德如羔羊。夫君子之愛其人，則樂道其車服，是以詩言羔羊之皮而已[一]，非言其德也，言其德則過矣。[二]

羔羊之皮，素絲五紽。退食自公，委蛇[三]委蛇。

古者大夫羔裘以居，素絲以英裘，紽組絲以。飾縫也，皆婦人所爲寘功也。委蛇，自得之貌也。言召南之大夫服其羔裘，自公而退食於私家，無所不自得也。夫君子能治其外，而内無良妻妾以和其室家，雖欲委蛇而不可得也，此所以爲鵲巢之功致也。

羔羊之革，素絲五緎。委蛇委蛇，自公退食。

羔羊之縫，素絲五總[四]。委蛇委蛇，退食自公。

緎、總，皆縫飾也。

羔羊三章，章四句。

校注

〔一〕已：四庫本作『已』，兩蘇經解本作『已』，此例幾通貫諸本全書。

〔二〕清代姚際恒詩經通論卷二載：『蘇氏駁德如羔羊之非，而以爲羔裘婦人所爲，寘功仍附合鵲巢之功致意，集傳不用序他說而仍曰節儉正直，可見後人之不能擺脱詩序如此若夫。』

〔三〕『虵』字四庫本、兩蘇經解本作『蛇』，本章下同。

〔四〕『緫』字四庫本、兩蘇經解本作『總』。

殷[一]其靁，勸以義也。

殷其靁，在南山之陽。何斯違斯？莫敢或遑。振振君子，歸哉歸哉！

雷聲隱然在南山之陽耳，然而不可得見。召南之君子遠行從政，其室家思一見之而不可[二]得，如是雷也。故曰：何哉？吾君子去此而從事於四方，不敢安也。既而知其義不得歸也，則曰：『振振君子，歸哉歸哉！』言不可歸也。

殷其靁，在南山之側。何斯違斯？莫敢遑息。振振君子，歸哉歸哉！

殷其靁，在南山之下。何斯違斯？莫或遑處。振振君子，歸哉歸哉！

殷其靁三章，章六句。

校注

〔一〕殷：原文缺筆，據補，下同。

〔二〕『可』字四庫本無，兩蘇經解本亦是。

摽有梅，男女及時也。

摽有梅，其實七兮。求我庶士，迨其吉兮。

摽有梅，其實三兮。求我庶士，迨其今兮。

摽有梅，頃筐[一]塈之。求我庶士，迨其謂之。

摽，落也。塈，取也。盛極則落者，梅也。女子之盛時猶是梅也。方其七存也，迨其吉而後嫁焉可也。及其三也，及今焉，嫁之可也，失今則過矣。及其既盡，頃筐而取之也，謂之娶則嫁之矣。七而擇其吉，三而及其今，盡而聽其謂，此所以各及其時也。凡詩每章有先後深淺之異，如此詩及中谷有蓷、晉無衣之類，固自有説若樛木、螽斯之類，皆意不盡申殷[二]勤而已，欲強求其説則迂雜而不當矣。

摽有梅三章，章四句。

校注

〔一〕『筐』字原文缺筆，據補，本章下同。

〔二〕『殷』字原文缺筆，據補。

小星，惠及下也。

嘒彼小星，三五在東。肅肅宵征，夙夜在公，寔命不同。

嘒，微貌也；三，心也；五，噣也。正月，噣在東方；三月，心在東方。命，禮命也。諸妾從夫人以次敘進御於君所，猶〔一〕小星之從心、噣也。『肅肅宵征，夙夜在公，寔命不同』云者，妾自謂卑賤，不敢與夫人齒之辭也。

嘒彼小星，維參與昴。肅肅宵征，抱衾與裯，寔命不猶。

裯，帳也。猶，若也。

小星二章，章五句。

校注

〔一〕『猶』字四庫本、兩蘇經解本作『謂』。

江有汜，美媵也。

江有汜，之子歸，不我以。不我以，其後也悔！

決〔二〕復入爲『汜』，江則有汜，適〔三〕則有媵。而之子之不我以，何哉？其後則必悔矣，蓋不敢怨而竢其悔耳。夫不敢怨者，悔之之道也。故小星欲求衆妾之不敢齒我，而不以貴賤臨之。蓋使之得進御於君，而妾不敢與我齒矣。江有汜欲求適之悔過，而不以怨言犯之。蓋事之不失，而適自悔矣，此則善原人情也。

江有渚，之子歸，不我與。不我與，其後也處。

水岐成渚[三]；處，止也。

江有沱，之子歸，不我過。不我過，其嘯也歌。

書曰：岷山導江東别爲沱，嘯歌以言其不怒也。

江有汜三章，章五句。

校注

〔一〕『决』前四庫本有『水』，兩蘇經解本亦是。

〔二〕『適』字四庫本作『嫡』，毛詩正義亦作『嫡』，兩蘇經解本亦是，本章下同。

〔三〕『岐』字阮元十三經注疏校：『案「岐」當做「枝」，釋文「枝如字，何音其宜反，又音祇」考此讀如字是也。「水枝」謂水之分流，如水之分枝耳』。江賦有『因岐成渚』之説。

野有死麕，惡無禮也。

野有死麕，白茅包之。有女懷春，吉士誘之。

誘，道也。〔一〕野有死麕，有欲用之，猶以白茅包之而後行。今有女於此，思以春適人，亦必得吉士以禮道之而後可。疾時不然也。〔二〕古者昏禮，以歲之隙自冬及春，皆其時也。孫卿子曰：『霜降逆女，冰泮殺內。』〔三〕

林有樸樕，野有死鹿。白茅純束，有女如玉。

樸樕，小木也。將取樸樕、死鹿以爲用，猶知以白茅純束而取之，況於有女如玉，而可不以禮成之哉？〔四〕

舒而脫脫兮，無感我帨兮，無使尨也吠。

脫脫，舒遲也。帨，佩巾也。尨，狗也。奔走失節則佩帨動，非禮相陵〔五〕則狗吠。

野有死麕三章，二章章四句，一章〔六〕三句。

校注

〔一〕鄭箋：『吉士使媒人道成之』。爾雅釋詁：『誘，進也』。此即以禮道之。

〔二〕清代嚴虞惇讀詩質疑卷二載：『蘇氏曰：野有死麕，有欲用之，猶以白茅包之而後行。今有女於此，思以春適人，亦必得吉士以禮道之而後可。疾時不然也。』

〔三〕語出荀子・大略。

〔四〕清代嚴虞惇讀詩質疑卷二載：『蘇氏曰：將取樸樕、死鹿以爲用，猶知以白茅純束而取之，況有女如玉而可不以禮成之乎？孔氏曰：言不可污以非禮』。

〔五〕『陵』字四庫本作『淩』，兩蘇經解本作『淩』。

〔六〕『章』下四庫本另有『章』，兩蘇經解本亦是。

何彼襛〔一〕矣，美王姬也。

漢儒之言詩者曰：王道衰，詩人本之衽〔二〕席，關雎作。仁義陵遲，鹿鳴刺焉。而近世學者又因此詩稱平王齊侯，則遂以二南爲東周之詩無疑矣。予讀儀禮，觀其燕饗之樂，風雅之正，詩無不咸在，蓋關雎　鹿鳴之作也久矣，非復衰世之詩也。夫平王者，周之先王，豈文王歟？譬如商人謂湯，武王蓋亦當時一號也。至於齊侯，則武王之世，太公望得稱齊侯矣。且周頌之言成康猶不得，爲成康子孫之詩，而此詩獨不得爲文王之詩哉？

何彼襛矣，唐棣之華。曷不肅雍〔三〕？王姬之車。

禯，猶戎戎也。唐棣，移也，王姬之美盛若是華也。肅，敬也。雍，和也。人之見王姬之車者，則相告曰：『何不肅雍乎，此王姬之車也。』人之見其車者猶知肅雍，則王姬之敬也至矣。

何彼禯矣，華如桃李。平王之孫，齊侯之子。

其釣維何？維絲伊緡。齊侯之子，平王之孫。

魚之深釣而得之者，由絲緡也；王姬之貴娶而得之者，由禮也。

何彼禯矣三章，章四句。

校注

〔一〕兩蘇經解本作『襛』，下同；四庫本作『穠』，下同。

〔二〕禯：原文缺筆，據補。

〔三〕雍：兩蘇經解本作『雝』，四庫本亦是，下同。

騶虞，鵲巢之應也。

彼茁者葭，一發五豝，吁〔一〕嗟乎騶虞！

茁，出也。葭，蘆也。豕牝曰〔二〕豝。人君雖有恭儉之志，而室家不聽則殆不行。今召南之夫人能順其君子，無所不敬。雖葭之微，於其生也而有不傷之意焉，故能使物無不蕃者。於君之射也，一發而虞人翼五豝以待之，此蕃之至也。然猶不敢盡取之，一發而已，故曰：『吁嗟乎騶虞！』『騶虞』，仁獸，言仁如騶虞也。此所以爲鵲巢之應也。

彼茁者蓬，一發五豵，吁嗟乎騶虞！

豕生三日曰『豵』。

騶虞二章，章三句。

校注

〔一〕『吁』字四庫本作『于』，本章下同。兩蘇經解本作『吁』。

〔二〕『曰』字原文缺筆，據補。

詩集傳　卷第一

詩集傳　卷第二

邶　柏舟〔一〕　國風

邶、鄘、衛本紂之畿內，其地在禹貢冀州太行之東，北逾衡、漳，東及兖州〔二〕桑土之野。武王克商，以封紂子武庚，使管叔、蔡叔、霍叔監之，謂之『三監』。及成王幼，『三監』與武庚叛，周公伐而誅之。患商人之思舊而好亂也，於是改封微子於宋以奉商後，而以其餘民封康叔於衛，以邶、鄘封他諸侯。其後衛人並邶、鄘而有之。頃公之世，變風既作，而邶、鄘、衛皆自有詩，各以其地名之。

柏舟，言仁而不遇也。

毛詩之叙曰：『此衛頃公之詩也。』變風之作而至於漢，其間遠矣。儒者之傳詩，容有不知其世者矣，然猶欲必知焉，故從而加之。其出於毛氏者，其傳之也。其出於鄭氏者，其意之也，傳之猶可信也，意之疎[三]矣。是以獨載毛氏之説，不敢傳疑也。

泛彼柏舟，亦泛其流。耿耿不寐，如有隱憂。微我無酒，以遨以游。

有仁人而不用，譬猶以柏爲舟而不以載，使與衆物皆泛於流而已。

我心匪鑒，不可以茹。亦有兄弟，不可以據。薄言往愬，逢彼之怒。

茹，入也。逢，迎也。鑒之於人，美惡無所不受。惟擇其可而後受，故雖兄弟而有不據也。愬不仁必於仁人，今愬之於不仁，此愬所以爲迎其怒也，蓋朝無善人矣。

我心匪石，不可轉也。我心匪席，不可卷也。威儀棣棣，不可選也。

石雖堅尚可轉，席雖平尚可卷，言我心之堅、平過於石、席也。棣棣，富而閑[四]習也。選，擇也。小人之惡君子曰：『何爲斯踽踽涼涼？』[五]然君子不以其故自改也，此所謂不可轉與不可卷也。

憂心悄悄，慍于群[六]小。覯閔既多，受侮不少。靜言思之，寤辟有摽。

閔，病也。辟，拊心也。摽，舉手貌也。

日居月諸，胡迭而微？心之憂矣，如匪澣衣。靜言思之，不能奮飛。

月當微耳，日則否，豈有日月更代而微者歟？君子與小人常迭相勝，然而小人而不得其志者常也，君子而不遂如日而微耳，是以憂之不去於心，如衣垢之不澣，不忘濯也。憂患既深，思奮飛以避之而不能矣。

柏舟五章，章六句。

校注

〔一〕『柏舟』兩蘇經解本、四庫本無。

〔二〕兖州：四庫本、兩蘇經解本作『兗州』。

〔三〕踈：兩蘇經解本、四庫本作『踈』。

〔四〕閑：兩蘇經解本作『間』，四庫本作『閒』。

〔五〕孟子·盡心下：『行何爲踽踽凉凉？生斯世也，爲斯世也，善斯可矣。』

〔六〕群：四庫本、兩蘇經解本作『羣』。

緑衣，衛莊姜傷己也。

緑兮衣兮，緑衣黄裏。心之憂矣，曷維其已！

緑，間色；黄，正色。以緑爲衣，而黄爲裏，言妾上僭而夫人失位也。莊姜，齊女，美而無子。莊公之嬖人生子州吁，母嬖而州吁驕，故云。

緑兮衣兮，緑衣黄裳。心之憂矣，曷維其亡！

緑兮絲兮，女所治兮。我思古人，俾無訧兮！

訧，過也。治絲而緑之者，汝也。緑非所以爲衣，既已緑之而又以爲衣，此則〔一〕我之所訧也。古之人爲是上下之分，所以使人無所訧耳。

絺兮綌兮，凄〔二〕**其以風。我思古人，實獲我心！**

以緑爲衣，惑者不知其不可也，若夫絺綌之薄而以禦風，其弊立見矣！〔三〕譬如小人而重任之，涉患難而後知其不可也。古之人所以爲是君子、小人之辨者，誠得我心之所憂也。

緑衣四章，章四句。

校注

〔一〕此則：四庫本作『則此』，兩蘇經解本亦是。

〔二〕凄：兩蘇經解本作『凄』，四庫本亦是。

〔三〕按：鄭箋云：婦人之服，不殊衣裳，上下同色。而毛傳以爲，間色之緑，今爲衣而在上；正色之黄，反爲裳而處下。蘇轍此處同毛傳鄭箋之説。『絺綌』，鄭箋云：絺綌所以當暑，今以待寒，喻其所失也。

燕燕，衛莊姜送歸妾也。

莊姜無子，陳女戴嬀生完〔一〕，莊姜以爲己子。莊公薨，完立而州吁弑之，戴嬀於是大歸。

燕燕于飛，差池其羽。之子于歸，遠送于野。瞻望弗及，泣涕如雨。

燕燕，鳦也，春則來，秋則去，知有所避也。燕將飛而差池其羽，猶戴嬀之將别而不忍也。禮，婦人送迎不出門，遠送至野，情之所不能已也。〔二〕

燕燕于飛，頡之頏之。之子于歸，遠于將之。瞻望弗及，佇立以泣。

將，送也。頡、頏，左右顧也。

燕燕于飛，下上其音。之子于歸，遠送于南。瞻望弗及，實勞我心。

陳在衛南。

仲氏任只，其心塞淵。終溫且惠，淑慎[三]其身。先君之思，以勖[四]寡人。

仲，戴嬀字也。任，大也。塞，瘞也[五]。淵，深也。

燕燕四章，章六句。

校注

〔一〕『完』：原文缺筆，據補。

〔二〕鄭箋：『婦人之禮，送迎不出門』，呂氏家塾讀詩記卷四亦引用。

〔三〕『慎』字原文缺筆，據補。

〔四〕『勖』字原文缺筆，據補。

〔五〕『瘞』字四庫本作『實』，兩蘇經解本亦是。

日月，衛莊姜傷己也。

日居月諸，照臨下土。乃如之人兮，逝不古處。胡能有定？寧不我顧？

莊姜，賢妃也，莊公惑於嬖妾而不禮焉。及完[一]立而不能終，故其自傷曰：『君、夫人，日、月也，奈何捨我而逝，不復其故處乎？雖然，捨我而能有所定，尚可也。苟爲無定，何用不顧我哉？』」石碏之諫莊公曰：『將立州吁，乃定之矣。若猶未也，階之爲亂。』〔二〕莊公不從，故及於禍，此胡能有定之謂歟？

日居月諸，下土是冒。乃如之人兮，逝不相好。胡能有定？寧不我報？

日居月諸，出自東方。乃如之人兮，德音無良。胡能有定？俾也可忘。

日始月盛皆出於東方，『俾也可忘』，徒使我可忘之而已。

日居月諸，東方自出。父兮母兮，畜我不卒。胡能有定？報我不述！

畜，養也，呼父母而訴所怨也。述，循也。〔三〕

日月四章，章六句。

校注

〔一〕『完』字原文缺筆，據補。

〔二〕語出左傳·隱公三年。

〔三〕語出毛傳，『不述』，爾雅解釋曰：『不道也』。

終風，衛莊姜傷己也。

終風且暴，顧我則笑。謔浪笑敖，中心是悼！

終風，終日之風也。風、霾、曀、雷，皆以喻州吁之昏暴也。

終風且霾，惠然肯來？莫往莫來，悠悠我思！

霾，雨土也。州吁往來皆不可常，莊姜雖思之無益也。

終風且曀，不日有曀。寤言不寐，願言則嚏。

曀，陰也。古『有』『又』通。嚏，或作『疐』，跲也。寤而思之則不寐，願往從之則若有跲，制而止之者，言不欲往耳。

曀曀其陰，虺虺其靁。寤言不寐，願言則懷。

懷，安也。安於其所，不欲往也。

終風四章，章四句。

擊鼓，怨州吁也。

擊鼓其鏜，踊躍用兵。土國城漕，我獨南行。

漕，衛邑也，南行，伐鄭也。莊公之世，鄭人伐衛，州吁既立，將修先君之怨於鄭，而宋公子馮在焉。鄭人將納之，故使告於宋，與陳、蔡共伐之。是時民有爲土功於國者，有城漕者，我獨南行伐鄭，去國遠役，爲最苦也。〔一〕

從孫子仲，平陳與宋。不我以歸，憂心有忡！

孫子仲者，公孫文仲，伐鄭之帥也。

爰居爰處？爰喪其馬？于以求之？于林之下。

民將征行，與其室家訣別曰：『是行也，將於何居處，於何喪其馬乎？若求我與馬，當求之於林之下。』蓋預爲敗計也，軍行必依山林，求之林下，庶幾得之。

死生契闊，與子成說。執子之手，與子偕老。

契闊，勤苦也。成說，歷數之也。然猶庶幾獲免於死亡，故曰：『執子之手，與子偕老。』

于嗟闊兮，不我活兮！于嗟洵兮，不我信兮！

闊，遠也。洵，信也。不務活其民而貪遠略，故曰：『于嗟闊兮，不我活兮。』告之以誠言而不吾用，故曰：『于嗟洵兮，不我信兮。』

擊鼓五章，章四句。

校注

〔一〕事見左傳·隱公四年。

凱風，美孝子也。

凱風自南，吹彼棘心。棘心夭夭，母氏劬勞。

衛之淫風流行，雖有七子之母，猶不能安其室，子欲止之而不忍言也，故深自責而已。凱風，南風也。棘，難長之木也。風之吹棘心而至於夭夭也，勞矣，母之於子，其勞如是風也，而不能使留焉，則子之過也！

凱風自南，吹彼棘薪。母氏聖善，我無令人。

棘薪，言其成也。

爰有寒泉，在浚之下。有子七人，母氏勞苦。

浚，衛地，其下有寒泉。泉在浚下而浚蒙其澤，我曾此泉之不若也。

睍睆黄鳥，載好其音。有子七人，莫慰母心。

睍睆，好貌也。鳥猶能好其音以説人，而我獨不能説吾母哉！

凱風四章，章四句。

雄雉，刺衛宣公也。

毛詩之叙曰：宣公『淫亂不卹[一]國事，軍旅數起，大夫久役，男女怨曠。』夫此詩言宣公好用兵，如雄雉之勇於鬭，故曰：『不忮[二]不求，何用不臧』。以爲軍旅數起，大夫久役是矣。以爲並刺其淫亂、怨曠，則此詩之所不言也。

雄雉于飛，泄泄其羽。我之懷矣，自貽伊阻。

雄雉勇於鬭，飛而鼓[三]其翼，泄泄然不顧也。宣公之時，大夫久於征役，以公爲猶雉耳，故自咎其懷於衛曰：『我之懷矣，自貽伊阻。』

雄雉於飛，下上其音。展矣君子，實勞我心！

展，誠[四]也。思得信厚之君以事之，而不可得，故勞也。

瞻彼日月，悠悠我思！道之云遠，曷云能來？

征役既久，思歸而不得之辭也。

百爾君子，不知德行。不忮不求，何用不臧？

忮，害也。宣公好害[五]而多求，國人苦之，故告其君子曰：『吾不知孰爲德行，苟不忮害、不貪求，斯可矣。何用不之〔六〕善哉？』

雄雉四章，章四句。

校注

〔一〕邺：四庫本、兩蘇經解本作『恤』，下同。

〔二〕忮：四庫本、兩蘇經解本作『忮』，下同。

〔三〕鼓：四庫本、兩蘇經解本作『鼓』。

〔四〕『誠』字兩蘇經解本畢氏刻本作『成』，顧氏刻本同宋刻本。

〔五〕『害』字四庫本作『富』，兩蘇經解本亦是。

〔六〕不之：四庫本作『之不』，兩蘇經解本亦是。

匏有苦葉，刺衛宣公也。

匏有苦葉，濟有深涉。深則厲，淺則揭。

春秋傳曰：『苦匏不材，於人共濟而已〔一〕。恃〔二〕苦匏而涉深濟，未有不溺者也，而況於無匏乎？』〔三〕有人焉曰：『深則吾厲，淺則吾揭，無不渡也。』則亦不畏、不義、不忌，非禮之人也。宣公烝於夷姜而納伋之妻，昏亂甚矣，故云。

有瀰濟盈，有鷕雉鳴。濟盈不濡軌，雉鳴求其牡。

鷕，雉聲也。軌，軾前也。飛曰雄雌，走曰牝牡。有瀰濟盈而視之以不濡軌，有鷕雉鳴而友求其牡。衆之所謂不可而不顧之辭也。

雝雝鳴鴈，旭日始旦。士如歸妻，迨冰未泮。

雝雝，鴈之和聲也。納采用鴈。旭日始旦，大昕之時也。自納采至請期用昕，親迎用昏。冰之未泮，昏姻之時也。宣公淫昏而國人化之。故此章爲陳昏禮之正也。

招招舟子，人涉卬否。人涉卬否，卬須我友。

卬，我也。人皆輕涉，而操舟者獨招招然不肯從。言衛人相率爲亂，而其君子猶待禮而後行，不得其偶不行也。

匏有苦葉四章，章四句。

校注

〔一〕國語魯語下：『夫苦匏不材於人，共濟而已。』韋昭注：『材讀若裁。不裁於人，言不可食也。共濟而已，佩匏可以渡水也。』

〔二〕『恃』字四庫本作『怙』，兩蘇經解本亦是。

〔三〕見左傳·昭公二年。

谷風，刺夫婦失道也。

習習谷風，以陰以雨。黽勉同心，不宜有怒。采葑采菲，無以下體。德音莫違，及爾同死。

谷風，東風也。風行於陰雨而不廢其和，夫婦黽俛〔一〕同心，憂樂共之，而何怒之有？葑，須也。菲，芴也。人不以其下之不善而弃〔二〕其上之可食，譬如婦人，德音不違而足矣。

行道遲遲，中心有違。不遠伊邇，薄送我畿。誰謂荼苦？其甘如薺。宴爾新昏，如兄如弟。

畿，門内也。荼，苦菜也。行道而有所違者，其行遲遲而不忍去。今君子之棄我，曾不如是行道之人也。其送我止於畿而已，故其心苦之，而不知荼之苦也。

涇以渭濁，湜湜其沚。宴爾新昏，不我屑以。毋〔三〕逝我梁，毋發我笱。我躬不閱，遑卹〔四〕我後。

湜湜，水見底也。沚，小渚也。屑，絜〔五〕也。涇水入渭，渭清而涇濁，涇以渭故，人謂之濁耳。然其沚湜湜然，上下如一。婦人自言修絜如此，奈何以新昏〔六〕之故，而遂不吾絜也。梁、笱，皆所設以取魚。逝人之梁而發人之笱，因人之成功之謂也。新昏因舊室之成業，不知其成之難，則將輕用之。找雖見弃，猶憂其後之不繼也，故告而止之。既而曰：『我躬且不容，何暇恤我後哉！』知告之無益之辭也。閱，容也。

就其深矣，方之舟之。就其淺矣，泳之游之。何有何亡，黽勉求之。凡民有喪，匍匐救之。

此章言其深淺、有無無所避者，民之有喪，猶將匍匐救之，況於事君子而有不盡乎？

不我能慉〔七〕，反以我爲讎。既阻我德，賈用不售。昔育恐育鞫，及爾顛覆。既生既育，比予于毒。

慉，養也。夫婦之親而至爲仇讎，故雖平生之德義，皆鬻而不售。育，生也，鞫，窮也。昔者生於恐懼鞫窮之中，及爾顛覆而不顧。今亦既生育矣，而比予于毒。

毒者，人之所弃惡也。

我有旨蓄，亦以御冬。宴爾新昏，以我御窮。有洸有潰，既貽〔八〕我肄。不念昔者，伊予〔九〕來塈。

旨，美也。蓄，聚也。洸洸，武也。潰潰，怒也。貽，遺也。肄，勞也。塈，息也。蓄美菜者，所以御冬月之無也。今君子亦以我御窮而已，及其富樂，則不我以，不念昔者由我而獲此安息也。

谷風六〔一〇〕章，章八句。

校注

〔一〕俛：兩蘇經解本作『勉』，四庫本亦是。

〔二〕弃：四庫本、兩蘇經解本作『棄』，下同。

〔三〕『毋』字四庫本作『毋』，毛詩正義亦作『毋』，兩蘇經解本亦是。

〔四〕邺：兩蘇經解本作『恤』，四庫本亦是，下同。

〔五〕『絜』字兩蘇經解本作『潔』，四庫本亦是，本章下同。

〔六〕『昏』字兩蘇經解本、四庫本作『昏』。

〔七〕「愊」字兩蘇經解本作「畜」，本章下同。
〔八〕「貽」字四庫本、兩蘇經解本作「詒」。
〔九〕「予」字四庫本及毛詩正義作「余」，兩蘇經解本亦是，下同。
〔一〇〕「八」字四庫本作「六」，兩蘇經解本亦是，從之。

式微，黎侯寓于衛，其臣勸以歸也。

黎，今黎陽也。

式微式微，胡不歸？微君之故，胡爲乎中露？

式微式微，胡不歸？微君之躬，胡爲乎泥中？

式，試也。狄人迫逐黎侯，黎侯寓于衛，衛不能納而不歸，其臣尤之，故曰：君子之所以觀其人者於其微耳，是以試之於微，而不可則止。今君之寓於衛久矣，而衛不吾勤，其不吾納者可見矣，而胡爲不自歸乎？衛人非君之故之爲，而胡爲久於其地乎？中露、泥中，言其暴露而無覆藉之者也。

式微二章，章四句。

旄丘，責衛伯也。

衛，侯爵，時爲州伯，故稱伯歟？孔氏[一]之叙詩也，自爲一書，故式微旄丘之叙，相因之辭也。而毛氏之叙旄丘，則又曰：『狄人迫逐黎侯，黎侯寓于衛，衛不能修方伯連帥[二]之職，黎之臣子以責於衛。』其言與前相復，非一人之辭明矣。

旄丘之葛兮，何誕之節兮？叔兮伯兮！何多日也？

前高曰旄丘。誕，闊也。叔兮伯兮，同姓之國也。旄丘之葛，其節雖甚闊也，然而無以其闊節而謂患不相及，苟斷其一節而百節廢矣。譬如諸侯，雖異國而相爲蔽，苟黎亡則衛及矣，奈何久而不救哉？

何其處也？必有與也。何其久也？必有以也。

夫豈無故而久處於衛哉？以爲與衛同患，勢之所當救也。

狐裘蒙戎，匪車不東。叔兮伯兮！靡所與同。

蒙戎，亂貌也。久留於衛，裘已弊[三]矣。非吾車不能渡河以告東方之諸侯也，以爲東方諸侯無與我同患者耳，是以止於衛而不去。蓋是時衛猶在河北，黎、衛壤土相接，故狄之爲患，黎與衛共之。

瑣兮尾兮！流離之子。叔兮伯兮！褎如充耳。

瑣，小也。尾，末也。流離，梟也，其子長大則食其母。狄之虐始於黎，衛人以狄之微而不忌，譬如流離之養其子，不知其將爲己患也。然告之而不聽，褎褎然如或充其耳。其後衛人遂有狄難。

旄丘四章，章四句。

校注

〔一〕『氏』字四庫本作『子』，兩蘇經解本亦是。

〔二〕『帥』字四庫本作『率』，兩蘇經解本亦是。禮記云：『十國以爲連，連有率。』

〔三〕『弊』字四庫本作『敝』。

簡兮，刺不用賢也。

毛詩之敘曰：『衛之賢者仕於伶官，皆可以承事王者。』夫此詩言賢者不見用，而思愬之天子，故曰：『云誰之思？西方美人。』知周之不足愬，故曰：『彼美人兮，西方之人兮！』毛氏〔二〕既以西方美人爲周，而又以彼美人爲衛之賢者，曰：『所謂西方之人者，言其宜在王室也』，可乎？

簡兮簡兮，方將萬舞。日之方中，在前上處。碩人俁俁，公庭萬舞。

簡，擇也。萬舞，干舞也，方且萬舞而勤於擇人，言其盡心於舞而不知其他也。日中[二]而舞未止，言無度也。『在前上處』，居舞者之前列也。俁俁，壯大貌也，俁俁之碩人，非所宜舞於中庭也。

有力如虎，執轡如組。左手執籥，右手秉翟。赫如渥赭，公言錫爵。

組，織組也，織組者總[三]紕於此而成文於彼。善御者執轡於上而馬馳於下，如織組也。言有力而善御者可以禦侮矣，而使之執籥、秉翟。赫如渥赭，卿大夫之容也。而錫之以一爵。記曰：祭有畀輝、胞、翟、閽寺者，惠下之道也，惠不過一散。[四]

山有榛，隰有苓。云誰之思？西方美人。彼美人兮，西方之人兮！

榛，栗屬。苓，大苦也。山則宜有榛也，隰則宜有苓也，傷碩人之不當其處也。賢者仕於諸侯而不得志，則思愬之天子。西方，周之所在也，周衰而天子不能正諸侯，雖復知其賢，亦將無如之何矣，故曰：『彼美人兮，西方之人兮！』言其不能及遠也。

簡兮三章，章六句。

校注

〔一〕『氏』字四庫本作『詩』，兩蘇經解本畢氏刻本亦是，顧氏刻本同宋刻本。

〔二〕『中』字原文缺筆，據補。

〔三〕『總』字四庫本、兩蘇經解本作『緫』。

〔四〕見禮記正義·祭統之二十五：夫祭有畀煇、胞、翟、閽者，惠下之道也。唯有德之君爲能行，此明足以見之，仁足以與之。畀之爲言與也，能以其餘畀其下者也。煇者，甲吏之賤者也。胞者，肉吏之賤者也。翟者，樂吏之賤者也。閽者，守門之賤者也。古者不使刑人守門，此四守者，吏之至賤者也。尸又至尊，以至尊既祭之末而不忘至賤，而以其餘畀之。是故明君在上，則竟內之民無凍餒者矣。此之謂上下之際。

泉水，衛女思歸也。

凡詩皆繫於所作之國，故木瓜雖美齊桓〔一〕而在衛。猗嗟雖刺魯莊而在齊。泉水載馳竹竿皆異國之詩而在衛者，以其聲衛聲歟？記曰：『鄭音好濫淫志；宋音燕女溺志；衛音促數煩志；齊音傲辟喬〔二〕志。』〔三〕蓋諸國之音未有同者。衛國之女思衛而作詩，其爲衛音也固宜，猶莊舄之病而越吟，人情之所必然也。

毖彼泉水，亦流于淇。有懷于衛，靡日不思。孌彼諸姬，聊與之謀。

毖，流貌也。淇，衛水也。孌，好貌也。泉水出於他國而流于淇，女子嫁于異國，父母終，思歸寧而不得，是以思衛之諸姬，將見而與之謀也。夫思歸，情之所當然也；不歸，法之不得已也。聖人不以不得已之法而廢其當然之情，故閔而録之也。

出宿于泲，飲餞于禰。女子有行，遠父母兄弟。問我諸姑，遂及伯姊。

始有事於道者，祖而舍軷，因飲酒於其側，曰『餞』。禮畢遂行，宿於近郊。『泲』『禰』，所由適衛之道也。書曰：『導沇水東流爲濟，入于河溢爲滎。』[四]春秋傳：『衛及狄戰敗于滎澤。』故濟水及衛，衛女思歸而不獲，故言其所由以歸之道，以致其思之至也。既言其所由以歸之道，則又言其可以歸之義，曰：『婦人有出嫁之道，遠於其宗，故禮緣人情，使得歸寧。』[五]因以問其姑姊，今曷爲不得哉？

出宿于干，飲餞于言。載脂載舝，還車言邁。遄臻于衛，不瑕有害。

干、言，亦所由適衛之地也。脂，脂車也。舝，設舝也。還車，還旋[六]其車而試之也。遄，疾也。害，何也。言其至衛非有瑕疵也，而曷爲不許哉？

我思肥泉，茲之永歎。思須與漕，我心悠悠。駕言出游，以寫我憂。

所出同、所歸異曰肥泉，蓋以自況也。須、漕，皆衛邑也。知其不可，是以出游以寫其憂而已。

泉水四章，章六句。

校注

〔一〕桓：原文缺筆，據補。

〔二〕『喬』字四庫本作『驕』，兩蘇經解本亦是。

〔三〕見禮記正義·樂記第十九：子夏對曰：『鄭音好濫淫志，宋音燕女溺志，衛音趨數煩志，齊音敖辟喬志。』此四者，皆淫於色而害於德，是以祭祀弗用也。

〔四〕語出尚書·禹貢。

〔五〕鄭箋：『婦人有出嫁之道，遠於親親，故禮緣人情，使得歸寧。』

〔六〕『旋』字四庫本作『施』，兩蘇經解本亦是。

北門，刺仕不得志也。

出自北門，憂心殷〔一〕殷。終窶且貧，莫知我艱。已焉哉，天實爲之，謂之何哉！

君子仕於亂世，如出自北門，背明而向陰也。仕而不見用者君也，而歸之天，知命者之辭也。

王事適我，政事一埤益我。我入自外，室人交徧讁我。已焉哉，天實爲之，謂之何哉！

適，之也。埤，厚也。天子之政令既以適我，國之政事復並以厚益我，已事而反，則其處者爭求其瑕疵而譴讁之，言勞而不免於罪也。謂之室人者，在内而不事事也。

王事敦我，政事一埤遺我。我入自外，室人交徧摧我。已焉哉，天實爲之，謂之何哉！

敦，敦迫也。

北門三章，章七句。

校注

〔一〕『般』字原文缺筆，據補，本章下同。

北風，刺虐也。

北風其涼，雨雪其雱。惠而好我，携[一]手同行。其虛其邪？既亟只且！

邪，讀如徐。北風而又雨雪，其虐甚矣！故其民苦之，而相告曰：『苟有惠而好我者，與汝携手同行而從之。昔之虛徐者，今亦並爲急刻之行矣，尚曷爲不行哉？』

北風其喈，雨雪其霏。惠而好我，携手同歸。其虛其邪？既亟只且！

喈，疾貌。霏，甚貌。

莫赤匪狐，莫黑匪烏。惠而好我，携手同車。其虛其邪？既亟只且！

未有赤而非狐，黑而非烏者，言其君臣爲惡如一也。

北風三章，章六句。

校注

〔一〕携：四庫本、兩蘇經解本作『攜』。

静女，刺時也。

静女其姝，俟我於城隅。愛而不見，搔首踟躕。

衛君內無賢妃之助，故衛之君子思得靜一之女，既有美色又能待我以禮者，而進之於君。思而不可得，是以踟躕而求之城隅，言高而不可逾也。

静女其孌，貽我彤管。彤管有煒，說懌女美。

古者，后夫人必有女史彤管之法以記過失，且以次叙群妾之進御者。煒，赤貌也。樂其有法而後說其美也。

自牧歸荑，洵美且異。匪女之爲美，美人之貽。

牧，田官也。荑，茅之始生者。蓋言宮中無復斯人矣，故願得幽閑〔二〕處子而進之君也。苟有以是女進者，吾非此女之美，乃美其人之遺我者耳，蓋求之至也。

静女三章，章四句。

校注

〔一〕閑：四庫本、兩蘇經解本作『閒』。

新臺，刺衛宣公也。

新臺有泚，河水瀰瀰。燕婉之求，籧篨〔一〕不鮮。

宣公納伋之妻，作新臺于〔二〕河上而要之，國人疾之而難言之，故識其臺之所在而已。燕婉，謂伋也。籧篨，不能俯者，天下之惡疾，所以深惡宣公也。泚，鮮明貌也。燕，安也。婉，順也。鮮，善也。

新臺有洒，河水浼浼。燕婉之求，籧篨不殄。

洒，高峻也。殄，絕也。猶言病而不死者也。

魚網之設，鴻則離之。燕婉之求，得此戚施。

將適世子而得宣公，猶網魚而得鴻，所得非所求也。戚施，不能仰者也。〔三〕

新臺三章，章四句。

校注

〔一〕蘧篨：四庫本作『蘧篨』，兩蘇經解本亦是。

〔二〕于：四庫本作『於』。

〔三〕清代嚴虞惇讀詩質疑卷三載：『虞惇按：鄭箋以籧篨爲口柔，戚施爲面柔，又改殄爲腆，皆曲說。歐陽氏駁鄭而其説更迂曲，惟蘇氏得之。』

二子乘舟，思伋、壽也。

二子乘舟，泛泛其景〔一〕。願言思子，中心養養。

宣公納伋之妻，生壽及朔。朔與其母愬伋於公，公使之於齊，使盜先待於莘。壽以告伋，伋曰：『君命也，不可以去。』壽竊其節而先往，盜殺之。伋至曰：『乃我也！』又殺之。自衛適齊必涉河，國人傷其往而不返，泛泛然徒見其景，欲往救之而不可得，是以思之。養養然憂而不知所定也。〔二〕

二子乘舟，泛泛其逝。願言思子，不瑕有害？

言二子若避害而去，於義非有瑕疵也，而曷爲不去哉？夫宣公將害伋，伋不忍去而死之，尚可也，而壽之死獨何哉？無救於兄而重父之過，君子以爲非義也。

二子乘舟二章，章四句。

校注

〔一〕宋代李樗毛詩集解卷六載：『蘇氏以二子自衞適齊必涉河乘舟，然焉知自衞適齊以爲乘舟耶？不如歐陽以爲譬喻言乘舟者，無所維制，泛泛然徒見其影，則其終必有覆溺之禍。二子之輕生，此所以有見殺之禍也，國人救之而不可得，是以思之養養然，憂而不知所定也，逝者往也，不瑕有害者。』

〔二〕事見左傳·桓公十六年。

詩集傳　卷第二

詩集傳　卷第三

鄘　柏舟[一]　國風

柏舟，共姜自誓也。

衛釐公之世子共伯餘立未逾年而死，其妻守義，父母欲奪而嫁之，故誓而不許。[二]

泛彼柏舟，在彼中河。髧彼兩髦，實維我儀；之死矢靡它。母也天只！不諒人只！

中河，舟之所當在也。婦人之在夫家，猶舟之在河也。[三]髦者，髮至眉，子事父母之飾也。[四]儀，匹也。之，至也。矢，誓也。天，父也。

泛彼柏舟，在彼河側。髧彼兩髦，實維我特；之死矢靡慝。母也天只！不諒人只！

特，匹也。慝，邪也。

柏舟二章，章七句。

校注

〔一〕兩蘇經解本、四庫本無。

〔二〕義本毛傳曰：『衛世子共伯蚤死，其妻守義，父母欲奪而嫁之，誓而弗許。』

〔三〕義本鄭箋：『舟在河中，猶婦人之在夫家，是其常處。』

〔四〕語出毛傳。

牆有茨，衛人刺其上也。

牆有茨，不可埽〔一〕也。中冓〔二〕之言，不可道也。所可道也？言之醜也。

茨，蒺蔾也。冓，成也。衛宣公卒，惠公幼，其庶兄頑烝於宣姜。衛人疾之而莫能去，譬如蒺蔾之生於牆，欲埽去之，恐其傷牆也。

牆有茨，不可襄也。中冓之言，不可詳也。所可詳也？言之長也。

襄，除也。

牆有茨，不可束也。中冓之言，不可讀也。所可讀也？言之辱也。

牆有茨三章，章六句。

校注

〔一〕埽：兩蘇經解本作『埽』，四庫本亦是，下同。

〔二〕『冓』字原文缺筆，據補，下同。

君子偕老，刺衛夫人也。

君子偕老，副笄六珈。委委佗佗，如山如河，象服是宜。子之不淑，云如之何？

副者，后夫人之首飾，編髮爲之。笄，衡笄也。珈，笄飾也。象服者，象物以爲服，蓋褕翟、闕翟也，書曰：『予欲觀古人之象。』〔二〕能與君子偕老，乃可以有副笄六珈。委委佗佗，緩而有禮。如山河之崇深，乃可以有象服。今宣姜之不善，將如是服，何哉？

玼兮玼兮，其之翟也。鬒髮如雲，不屑髢也。玉之瑱也，象之揥也，揚且之皙也。胡然而天也？胡然而帝也？

玼，鮮盛貌也。翟，褕翟、闕翟也。鬒，黑也。屑，絜[二]也。髢，髲也。瑱，塞耳也。揥，所以摘髮也。揚[三]，眉上廣也。皙，白也。以是盛服尊女，使如天帝然者，非以女有德可以配君子故耶，嗟今無以受之也。

瑳兮瑳兮，其之展也。蒙彼縐絺，是紲袢也。子之清揚，揚且之顔也。展如之人兮，邦之媛也？

瑳，鮮白貌也。展衣，夫人以禮見君及賓客之盛服也。絺之靡者爲縐。袢，讀如絆。暑服則加紲袢以自斂飭。清，視清明也。顔，顔[四]角豐滿也。[五]展，誠也。媛，美女也。如是人者，可以爲邦之媛矣，而不爲也。

君子偕老三章，一章七句，一章九句，一章八句。

校注

〔一〕語出尚書·益稷篇。

〔二〕『絜』字兩蘇經解本、四庫本作『潔』。
〔三〕『揚』字兩蘇經解本作『楊』。
〔四〕『顏』字四庫本作『頟』，兩蘇經解本亦是。
〔五〕義本毛傳曰：『揚，廣揚而顏角豐滿。』

桑中，刺奔也。

爰采唐矣？沬之鄉矣。云誰之思？美孟姜矣。期我乎桑中，要我乎上宮，送我乎淇之上矣。

唐，兔絲也。託采唐以相誘也。書曰：『明大命于沬邦』〔一〕，蓋紂都朝歌以北是也。

爰采麥矣？沬之北矣。云誰之思？美孟弋矣。期我乎桑中，要我乎上宮，送我乎淇之上矣。

爰采葑矣？沬之東矣。云誰之思？美孟庸矣。期我乎桑中，要我乎上宮，送我乎淇之上矣。

姜、弋、庸，皆著姓也。刺無禮則稱孟，言雖長而忘禮也。美有禮則稱季，曰有齊季女，言雖幼而知好禮也。

桑中三章，章七句。

校注

〔一〕語出尚書酒誥。

鶉之奔奔，刺衛宣姜也。

鶉之奔奔，鵲之彊彊〔一〕。人之無良，我以爲兄。

奔奔、彊彊，皆有常匹相隨之貌。言宣姜鶉、鵲之不若也。兄則頑也。

鵲之彊彊，鶉之奔奔。人之無良，我以爲君。

君，小君也。

鶉之奔奔二章，章四句。

校注

〔一〕彊彊：兩蘇經解本、四庫本作「疆疆」，下同。

定之方中，美衛文公也。

定之方中，作于楚宮。揆之以日，作于楚室。樹之榛栗，椅桐梓漆，爰伐琴瑟。

懿公爲狄所滅，戴公渡河東徙以廬于漕，一年而卒。齊桓〔一〕公城楚丘以封文公。文公大布之衣，大帛之冠，始建城市而營宮室，百姓説之而作此詩。〔二〕定，營室也。營室中則十月中也，於時可以營宮室矣。楚宮，楚丘宮也。揆之以日，揆日之出入以知東西也。椅，梓屬也。爰，曰也。種此六木於宮者，日後可以伐琴瑟也。種木者求用於十年之後，其不求近功，凡類此矣。

升彼虛矣，以望楚矣。望楚與堂，景山與京，降觀于桑。卜云其吉，終然〔三〕允臧。

堂，亦衛邑也。景山，大山也。京，高丘也。文公之將徙於楚丘也，升虛而望其高，有陵阜可以屏蔽其國；降觀其下，有桑土可以居民。從而卜之而得吉，卜其終皆然，信善可居也。

靈雨既零，命彼倌人。星言夙駕，説于桑田。匪直也人，秉心塞淵，騋牝三千。

靈，善也。倌人，主駕者也。文公勤於民事，雨既止，見星而駕，以行舍於桑田矣，是以民說而稱之曰：『不直哉，是人也！其心充實而淵深，則宜其有騋牝三千也。』言富強之業必深厚者爲之，非輕揚淺薄者之所能致耳。馬七尺曰騋。春秋傳：『文公元年，革車三十乘；季年乃三百乘。』而此言三千者，蓋其可用者三百乘，而其牝牡則三千也。世之學者曰：『衛武、衛文、鄭武、秦襄之風，宣王之雅，皆美之之[四]詩也，然猶不免爲變詩，何也？』曰：『王澤之薄也久矣，非是人之所能復也。昔周之興也，積仁行義，凡數百年，其種之也深而蓄之也厚矣。至於文武，風俗純備，是以其詩發而爲正詩。自成康以來，周室不競，至幽厲而大壞，其敗亦數百年，其畜之也亦厚矣。是以其詩不復其舊而謂之變。夫自其正而至于變，其敗之也甚難，其間必有幽、厲大亂之君爲之，而後能自其變而復于正，其反之也亦難，亦必有后稷、公劉、文、武積累之勤而後能。今夫五人者，其善之積未若其變之厚矣，是以不免於變。老者之所以爲老，爲其積衰也。因其一日之安而以爲壯也，可乎？其所由來者遠矣。』

定之方中三章，章七句。

校注

〔一〕『桓』字原文缺筆，據補。

〔二〕按：義本毛傳。

〔三〕然：兩蘇經解本作『焉』，四庫本亦見。

〔四〕兩蘇經解本、四庫本缺『之』。

蝃蝀，止奔也。

毛詩之敘曰：『衛文公之詩也。』

蝃蝀在東，莫之敢指。女子有行，遠父母兄弟。

蝃蝀，虹也。蝃蝀之雨，暴雨也，不待陰陽和而雨矣，猶女子之不待父母媒妁而行者也，是以國人莫不惡之。指之猶且不敢，而况爲之乎？故告之曰：『女子生而當行適人矣，何患於不嫁而爲是非禮也！』

朝隮于西，崇朝其雨。女子有行，遠兄弟父母。

隮，升也。崇，終也。朝有升氣于西，終其朝而雨至矣。何苦不俟而爲彼蝃蝀之暴雨也？譬之女子之生，至於成人則自當行矣，何至汲汲於非禮也？

乃如之人也，懷昏[一]姻也。大無信也，不知命也！

人苟知事之有命也，則不爲不義，安而竢之矣。

蝃蝀三章，章四句。

校注

〔一〕『昏』字四庫本作『婚』，兩蘇經解本亦是。

相鼠，刺無禮也。

毛詩之叙曰：『文公之詩也。文公能正其群臣，故刺在位而無禮者。』

相鼠有皮，人而無儀。人而無儀，不死何爲？

相，視也。視鼠之所以爲鼠者，豈以其無皮故邪？亦有皮而無禮耳。人之所以爲人者，豈以其面，亦以其禮也。苟無禮，則亦鼠矣！

相鼠有齒，人而無止。人而無止，不死何俟？

止，容止也。

相鼠有體，人而無禮。人而無禮，胡不遄死？

相鼠三章，章四句。

干旄，美好善也。

毛詩之叙曰：『衛文公之詩也。』

孑孑干旄，在浚之郊。素絲紕之，良馬四之。彼姝者子，何以畀之？

九〔一〕旗皆注旄於干首。古者招庶人以旃，招士以旂，招大夫以旌。干旄所以招之也，素絲、良馬，所以贈之也。紕，縫也。四，數也。既有以招之，又有以贈之，故人思有以畀之也。

孑孑干旟，在浚之都。素絲組之，良馬五之。彼姝者子，何以予之？

鳥隼曰旟。組，縫組也。

孑孑干旌，在浚之城。素絲祝之，良馬六之。彼姝者子〔二〕，何以告之？

注旄而不設旒縿曰旌。祝，屬也。〔三〕

干旄三章，章六句

校注

〔一〕『九』字四庫本作『凡』，兩蘇經解本亦是。

〔二〕兩蘇經解本畢氏刻本作『彼姝子者』，顧氏刻本同宋刻本。

〔三〕鄭箋云：『祝』當作『屬』。屬，著也。

載馳，許穆夫人作也。

列國之詩皆以世爲先後，非如十五國風，無先後大小之次，固當以世爲斷。今載馳之一章曰『言至于漕』，戴公之詩也，而列於文公之下；王之兔爰，桓〔一〕王之詩也，而列於平王之上；鄭之清人，文公之詩也，而列於莊昭之間。皆非孔氏之舊也，蓋傳者失之矣。

載馳載驅，歸唁衛侯。驅馬悠悠，言至于漕。大夫跋涉，我心則憂。

衛侯，許穆夫人之兄戴公也。大夫，許大夫之吊衛者也。草行曰跋，水行曰涉。夫人將歸，親唁其兄，雖大夫之往而不足以解憂也。

既不我嘉，不能旋反。視爾不臧，我思不遠。

禮，國君夫人，父母在則歸寧父母；沒則使大夫歸寧於兄弟，而夫人不行。故許穆夫人思歸唁其兄，而許人以禮不許。夫人以爲禮施於無故，而欲歸寧者耳。今衛國亡矣，弃[三]其社稷宗廟而廬於漕，思歸唁之，而猶以此不許，故曰：『不能旋反』，言其執一而不知變也。夫將欲止之，必有已之之道，今無以已之而欲其止，是以其心不肯遠忘[三]衛也。然要之，夫人終亦不行，則知禮之不可越故也，蓋爲此詩，以致其忠愛而已。

既不我嘉，不能旋濟。視爾不臧，我思不閟。

閟，閉也。

陟彼阿丘，言采其蝱。女子善懷，亦各有行。許人尤之，衆穉[四]且狂。

偏高曰阿丘。蝱，貝母也。行，道也。阿丘之物爲不少矣，獨采其蝱而已。然人無有尤之者，以人各有所取也。今我之懷衛，亦各有道矣。要以不爲不善則已，而獨以是禮不許我，何哉？故曰：『其尤我者，皆衆不更事之人也，不然則狂者耳。』

我行其野，芃芃其麥。控于大邦，誰因誰極！

大夫君子，無我有尤。百爾所思，不如我所之！

極，至也。夫人思歸，行衛之野而觀其麥之有無，間其控告于大國，誰因者，誰至者？許人雖尤之而其心不已，故告其君子曰：『無我有尤。』雖竭爾思慮，以爲我謀衛，不如使我一往親見之也。

載馳五章，一章六句，二章章四句，一章六句，一[五]章八句。

或言四章，一章、三章章六句，二章、四章章八句。以春秋傳叔孫豹賦載馳之四章義取。『控于大邦』，非今之四章故也。[六]

校注

〔一〕原文缺筆，據補。

〔二〕弃：兩蘇經解本作『棄』，四庫本亦是。另此例幾成諸本通例，爲簡明起見，以下不再出校。

〔三〕遠忘：四庫本作『忘遠』，兩蘇經解本亦是。

〔四〕『穉』字兩蘇經解本、四庫本作『稚』。

〔五〕『一』字四庫本作『二』。

〔六〕元代朱公遷詩經疏義卷三載：『蘇氏合二章三章以爲一章，按春秋傳叔孫豹賦載馳之四章，而取其「控於大邦，誰因誰極」之意（襄十九年），與蘇説合，今從之。』

衛 淇奥 國風

淇奥，美武公之德也。

瞻彼淇奥，緑竹猗猗。有匪君子，如切如磋，如琢如磨。瑟兮僩兮，赫兮咺兮，有匪君子，終不可諼兮。

奥，隈也。猗猗，盛也。匪、斐通，有文之貌也。瑟，矜莊也。僩，寬大也。赫，明也。咺，著也。諼，忘也。淇之澤深矣，然不可得而見，所可見者，其隈之緑竹也。今淇上多竹。君子平居所以自修〔一〕者亦至矣。『如切如磋，如琢如磨』，日夜去惡遷善以求全其性，然亦不可得而見也，徒見其見於外者瑟然、僩然、赫然、咺然，人之見之者皆不忍忘也，是以知其積諸内者厚也。子貢問於孔子曰：『貧而無諂，富而無驕，何如？』子曰：『可也！未若貧而樂，富而好禮者也！』子貢曰：『詩云：「如切如磋，如琢如磨」，其斯之謂歟？』子曰：『賜也，始可與言詩已矣！告諸往而知來者。』〔二〕孔子告之以貧而樂，富而好禮，而子貢知其自切瑳〔三〕琢磨得之，此所謂告諸往而知來者。如衛武公所謂富而好禮者歟！記曰：『富潤屋，德潤身，心廣體胖，故君子必誠其意。』〔四〕詩云：『瞻彼淇奥，緑竹猗猗。』

瞻彼淇奧，緑竹青青。有匪君子，充耳琇瑩，會弁如星。瑟兮僩兮，赫兮咺兮，有匪君子，終不可諼兮。

充耳，瑱也。琇瑩，美石也。弁，皮弁也。會，弁之縫中也，蓋飾之以玉。

瞻彼淇奥，緑竹如簀。有匪君子，如金如錫，如圭如璧。寬兮綽兮，猗重較兮。善戲謔兮，不爲虐兮。

簀，積也。金、錫、圭、璧，言其既成也。綽，緩也。較，兩輢上出軾者。重較，卿士之車也。

淇奥三章，章九句。

校注

〔一〕修：兩蘇經解本作『脩』。

〔二〕語出論語·學而。

〔三〕『瑳』字四庫本作『磋』，兩蘇經解本亦是。

〔四〕語出禮記·大學。

考槃，刺莊公也。

考槃在澗，碩人之寬。獨寐寤言，永矢弗諼。

考槃在阿，碩人之薖。獨寐寤歌，永矢弗過。

考槃在陸，碩人之軸。獨寐寤宿，永矢弗告。

考，成也。槃，樂也。澗也、阿也、陸也，皆非人之所樂也，今而成樂於是，必有所甚惡而不得已也。寬也、薖也、軸也，皆磐桓[一]不行，從容自廣之謂也。[二]弗諼，既往之戒，不可忘也。弗過，不可復往也。弗告，不可復諫也。[三]皆自誓以不仕之辭也。

考槃三章，章四句。

校注

〔一〕原文缺筆，據補。

〔二〕清代朱鶴齡詩經通義卷二・邶鄘衛三國辨：『蘇傳：軸者，槃桓不行，從容自廣之謂。』

〔三〕弗告：毛傳釋爲『無所告語也。』鄭箋釋爲『不復告君以善道。』

碩人，閔莊姜也。

碩人頎〔一〕頎，衣錦褧衣。齊侯之子，衛侯之妻。東宮之妹，邢侯之姨，譚公維私。

此章言莊姜親戚之盛也。頎〔二〕頎，長貌也。國君夫人嫁以翟衣。衣錦者，在塗之服也。褧，禪也。衣錦而尚之以褧，惡其文之太著也。莊姜，齊世子得臣之妹也。邢，周公之後也。譚近齊，後爲齊桓〔三〕公所滅。妻之姊妹曰姨。姊妹之夫曰私。

手如柔荑，膚如凝脂。領如蝤蠐，齒如瓠犀。螓首蛾眉，巧笑倩兮，美目盼兮。

此章言其容貌之好也。蝤蠐，蝎也。犀，瓠瓣也。螓，蜻蜻也，額廣而方。倩，口輔好也。盼，白黑明也。

碩人敖敖，說于農郊。四牡有驕，朱幘鑣鑣，翟茀以朝。大夫夙退，無使君勞。

此章言其車服之美也。敖敖，長貌也。幘，馬纏鑣扇汗〔四〕也，人君以朱。鑣鑣，盛貌也。茀，車之後幃〔五〕也，以翟羽爲之。禮，君聽朝於路寢，夫人聽內事於正寢。大夫退，然後罷。夫人始至，故爲之夙退也。

河水洋洋，北流活活。施罛濊濊，鱣鮪發發，葭菼揭揭。庶姜孽孽，庶士有朅。

此章言齊之強也。河，在齊之西北。罛，魚罟也。菼，薍也。庶姜，同姓也。庶士，異姓也。孽孽，衆也。朅，壯貌也。是詩言有如此人者而君不荅〔六〕，則君可責而夫人可閔也。

碩人四章，章七句。

校注

〔一〕『頎』字四庫本作『其』，兩蘇經解本亦是。

〔二〕『頎』字四庫本無，兩蘇經解本亦是。

〔三〕原文缺筆，據補。

〔四〕『汗』字四庫本作『汙』，兩蘇經解本畢氏刻本亦是，顧氏刻本同宋刻本。

〔五〕『幛』字四庫本作『障』，兩蘇經解本亦是。

〔六〕『荅』字四庫本作『答』，兩蘇經解本亦是。

氓，刺時也。

氓之蚩蚩，抱布貿絲。匪來貿絲，來即我謀。送子涉淇，至于頓丘。匪我愆期，子無良媒。將子無怒，秋以爲期。

此詩前二章皆男女相從之辭，後四章皆女見弃而自悔之辭。布，幣也。貿，買也。託買絲而就之謀，爲淫亂也。頓丘，一成之丘也。

乘彼垝垣，以望復關。不見復關，泣涕漣漣。既見復關，載笑載言。爾卜爾筮，體無咎言。以爾車來，以我賄遷。

垝，毁也。復關，氓之所在也。體，卦兆之體也。

桑之未落，其葉沃若。吁嗟鳩兮，無食桑葚。吁嗟女兮，無與士耽。士之耽兮，猶可說也。女之耽兮，不可說也。

桑之落矣，其黄而隕。自我徂爾，三歲食貧。淇水湯湯，漸車帷裳。女也不爽，士貳其行。士也罔極，二三其德。

桑之未落也，其葉沃沃然，爲若可依者也。鳩食其葚，葚美而不能去，則將依焉，不知其將黄而隕。男子之始相得也，意厚而財豐，亦[一]若可久者。婦人喜而從之，不知其三歲食貧而至於相弃也。帷裳，童容也，婦人之車所以障者。漸車帷裳，言其不〔二〕顧艱難而從之也。

三歲爲婦，靡室勞矣。夙興夜寐，靡有朝矣。言既遂矣，至于暴矣。兄弟不知，咥其笑矣。静言思之，躬自悼矣。

靡室勞矣，言不以室家之勞爲勞也。言既遂矣，至于暴矣，言昏姻既成而遇之以暴也。

及爾偕老，老使我怨。淇則有岸，隰則有泮。總〔三〕角之宴，言笑晏晏。信誓旦旦，不思其反。反是不思，亦已焉哉！

始也將與女偕老，今老而反使我怨。淇猶有岸，隰猶有泮，何女心之不可知也。反，復也。不思復其舊言也。

氓六章，章十句。

校注

〔一〕『亦』字兩蘇經解本作『一』，四庫本亦是。

〔二〕『不』字兩蘇經解本作『顧』。

〔三〕『總』字兩蘇經解本、四庫本作『總』。

竹竿，衛女思歸也。

此詩叙與泉水·叙同，皆父母終，不得歸寧者也。毛氏不知泉源、淇水，檜楫、松舟之喻，以爲此夫婦不相能之辭，故叙此詩爲適異國而不見荅〔一〕，思而能以禮者，失之矣。

籊籊竹竿，以釣于淇。豈不爾思？遠莫致之。

籊籊，長而殺也。籊籊之竿而〔二〕可以釣于淇，猶言『誰謂河廣？一葦杭之。』言其近爾。淇近則衛近矣，非不欲歸也，不可得歸也，蓋亦父母終而不得歸寧也。

泉源在左，淇水在右。女子有行，遠兄弟父母。

思歸而不可得，則以自解曰：『女子生而有遠父母兄弟之道矣，譬如泉源、淇水之不得相入也。』

淇水在右，泉源在左。巧笑之瑳，佩玉之儺。

瑳，巧笑貌也。儺，行有度也。知女子之爲必遠父母兄弟也，則自修飭以順事君子，俾無尤焉，以慰父母兄弟而已。

淇水悠悠〔三〕，檜楫松舟。駕言出游，以寫我憂。

柏葉松身曰檜。二木之相爲舟楫也。不自從其類而從非其類，物則固有然者，何獨女子也？所以深自解也。

竹竿四章，章四句。

校注

〔一〕『荅』字兩蘇經解本、四庫本作『答』。

〔二〕『而』下四庫本有『不』，兩蘇經解本亦是。

〔三〕悠悠：兩蘇經解本、四庫本作『滺滺』。

芄蘭，刺惠公也。

芄蘭之支，童子佩觿。雖則佩觿，能不我知。容兮遂兮，垂帶悸兮。

芄蘭，雚也。雖有支，然不得所依，則蔓延於地而不能起。童子雖佩觿，然不能如我之多知也。觿所以解結，成人之佩也。人君治成人之事，故雖童子而佩觿。容，容刀也。遂、璲通，佩玉也。帶，紳也。悸悸，有節度之貌也，言德不足以稱其服也。

芄蘭之葉，童子佩韘。雖則佩韘，能不我甲。容兮遂兮，垂帶悸兮。

韘，决〔一〕也。能射御則佩决。甲，狎也。

芄蘭二章，章六句。

校注

〔一〕『决』字兩蘇經解本作『玦』，四庫本亦是。

河廣，宋襄公母作也。

宋桓〔二〕公之夫人，衛文公之妹也，生襄公而出，思之而義不得往，故作此詩以自解。

誰謂河廣？一葦杭之。誰謂宋遠？跂予望之。

杭，渡也。河廣矣，宋遠矣，以爲一葦可度，而跂可見，所以緩説其思宋之心也。蓋曰：『雖在衛猶在宋耳！』

誰謂河廣？曾不容刀。誰謂宋遠？曾不崇朝。

刀，小舟也。崇朝，行崇朝也。

河廣二章，章四句。

校注

〔一〕原文缺筆，據補。

伯兮，刺時也。

伯兮朅兮，邦之桀兮。伯也執殳，爲王前驅。

君子上從王事，不得休息，婦人思之而作是詩。伯，其字也。朅，武貌也。殳，長丈二而無刃。

自伯之東，首如飛蓬。豈無膏沐？誰適爲容！

婦人夫不在，無容飾。

其雨其雨，杲杲出日。願言思伯，甘心首疾。

君子當至而不至，猶欲雨而得日也。思之而不得見，是以甘心於首疾。

焉得諼草？言樹之背。願言思伯。使我心痗。

諼草令人忘憂。背，北堂也。痗，病也。

伯兮四章，章四句。

有狐，刺時也。

有狐綏綏，在彼淇梁。心之憂矣，之子無裳。

綏綏，匹行貌。衛之男女失時，喪其配偶，婦人自傷不若狐也。

有狐綏綏，在彼淇厲。心之憂矣，之子無帶。

厲，深也。

有狐綏綏，在彼淇側。心之憂矣，之子無服。

有狐三章，章四句。

木瓜，美齊桓〔一〕公也。

投我以木瓜，報之以瓊琚。匪報也，永以爲好也。

桓公城楚丘以封衛，遺之車馬器服，衛以復安，衛人德之，故曰：『雖投我以木瓜，我將報之以瓊琚。』瓊琚之於木瓜重矣，然猶不敢以爲報也，永以與之爲歡好而已。〔二〕

投我以木桃，報之以瓊瑤。匪報也，永以爲好也。

投我以木李，報之以瓊玖。匪報也，永以爲好也。

木瓜三章，章四句。

校注

〔一〕原文缺筆，據補，本章下『桓』不缺筆。

〔二〕清代朱鶴齡詩經通義卷二載：『蘇傳言微物必當厚報，況桓公之德如此，其大則報之者當如何？』

詩集傳　卷第三

詩集傳　卷第四

王　黍離　國風

成王在豐，欲宅洛邑，使周公營之。既成，祀其先王而還[一]居西都，以爲宗周近於西戎。周衰，子孫不能及遠，而文武[二]之德未弃於天下，其勢必有遷者。洛陽遠於戎狄，而其旁國無當興者，唯是可以復立，故城以待之，而時以會東諸侯焉。其後十一世，幽王失道。申侯與犬戎攻而滅之。晉文侯、鄭武公立其太子宜臼[三]，是爲平王，遂徙居東都。其地在禹貢豫州、太華外方之間，北得河陽，漸冀州之南。自平王東遷，而變風遂作，其風及其境內而不能被天下，與諸侯比，然其王號未替，故不曰周黍離而曰王黍離云。

黍離，閔宗周也。

宗周，鎬京也。

彼黍離離，彼稷之苗。行邁靡靡，中心搖搖。知我者謂我心憂，不知我者謂我何求。悠悠蒼天，此何人哉！

平王東遷而宗周爲墟，宗廟宮室盡爲禾黍，過者閔之，彷徨不忍去而作是詩。〔四〕靡靡，猶遲遲也。

彼黍離離，彼稷之穗。行邁靡靡，中心如醉。知我者謂我心憂，不知我者謂我何求。悠悠蒼天，此何人哉！

彼黍離離，彼稷之實。行邁靡靡，中心如噎。知我者謂我心憂，不知我者謂我何求。悠悠蒼天，此何人哉！

行者見黍稷之苗而及其穗且實，蓋行役之久也。

黍離三章，章十句。

校注

〔一〕『還』字兩蘇經解本、四庫本作『遷』。

〔二〕『武』字兩蘇經解本、四庫本作『王』。

〔三〕『咎』字兩蘇經解本畢氏刻本、四庫本作『臼』，顧氏刻本作『舊』。

〔四〕毛詩序曰：『周大夫行役至於宗周，過故宗廟宮室，盡爲禾黍。閔周室之顛覆，彷徨不忍去，而作是詩也。』故蘇轍此謂『過者』、『行者』等具體當指周大夫。

君子于役，刺平王也。

君子于役，不知其期。曷至哉？雞栖于塒。日之夕矣，牛羊〔二〕下來。君子于役，如之何勿思！

鑿牆以栖雞曰塒。君子行役而無至期，曾雞與牛羊之不若，奈何勿思哉！

君子于役，不日不月。曷其有佸？雞栖于桀。日之夕矣，牛羊下括。君子于役，苟無飢渴？

佸，會也。雞栖于杙曰桀。括，至也。

君子于役二章，章八句。

校注

〔一〕牛羊：四庫本作『羊牛』，兩蘇經解本亦是，本章下同。

君子陽陽，閔周也。

君子陽陽，左執簧，右招我由房。其樂只且！

陽陽，自得也。簧，笙也。人君有房中之樂，此賤事耳。然君子居之又且相招而樂之，則以賤爲樂矣。君子以賤爲樂，則其貴者不可居也。雖有貴位而君子不居，則周不可輔矣。此所以爲閔周矣。〔一〕

君子陶陶，左執翿，右招我由敖。其樂只且！

陶陶，和樂也。翿，纛也，舞者之所以翳也。敖，舞者之位也。

君子陽陽二章，章四句。

校注

〔一〕清代陳孚詩傳考卷一載：『蘇氏曰：君子以賤爲樂，則其貴者不可居也。雖有貴位而君子不居，則周不可輔矣。此所以爲閔周也。』清·顧廣譽學詩詳說卷六亦有引用。

揚之水，刺平王也。

揚之水，不流束〔一〕薪。彼其之子，不與我戍〔二〕申。懷哉懷哉！曷月予還歸哉？

揚之水，非自流之水也，水不能自流而或揚之，雖束薪之易流，有不流矣！〔三〕水之能自流者物斯從之，安在其揚之哉？周之盛也，諸侯聽役於王室，無敢違命。及其衰也，雖令而不至。平王未能使諸侯宗周，而強使戍申焉，宜諸侯之不從也。其曰：『彼其之子，不與我戍申』，周之戍者怨諸侯之不戍之辭也。『懷哉懷哉！曷月予還歸哉』，久戍而不得代之辭也。申，平王之母家，在陳鄭之南而近楚，是以戍之。〔四〕

揚之水，不流束〔五〕楚。彼其之子，不與我戍甫。懷哉懷哉！曷月予還歸哉？

揚之水，不流束蒲。彼其之子，不與我戍許。懷哉懷哉！曷月予還歸哉？

蒲，蒲柳也。申、甫、許，皆諸姜也。

揚之水三章，章六句。

校注

〔一〕『束』，兩蘇經解本作『朿』，四庫本亦是，下同。

〔二〕『戍』，四庫本、兩蘇經解本作『戌』，下同。

〔三〕宋代李樗毛詩集解卷八載：『程氏曰：揚之水潤也，淺故激力不足以流薪，此說得之，不如蘇氏之說爲詳。蘇氏曰：揚之水，非自流之水也，水不能流而或揚之。雖束薪之易流，有不流矣！水之能自流者，物斯從之，安在其揚之哉？周之盛也，諸侯聽役於王室，無敢違命。及其衰也，雖令而不至。平王未能使諸侯，宗周而強使戍申役焉，宜諸侯之不從也。此說得之，其取譬又皆得詩人之意。』

〔四〕清代顧棟高毛詩訂詁卷二國風載：『蘇氏轍曰：揚之水，非自流之水也，水不能自流而或揚之。雖束薪之易流，有不流矣！周之盛也，諸侯聽役於王室，無敢違命。及其衰也，雖令而不至，其曰不與我戍申者，怨諸侯不戍之辭也。曷月予還歸哉，久戍而不得代之辭也。』另外，清代陳奐詩傳考卷一、清錢澄之田間詩學卷二、清嚴虞惇讀詩質疑卷六均有引用。

〔五〕『束』，此處兩蘇經解本亦作『束』。

中谷有蓷，閔周也。

中谷有蓷，暵其乾矣。有女仳離，嘅其嘆矣。嘅其嘆矣，遇人之艱難矣！

中谷有蓷，暵其修矣。有女仳離，條其歗矣。條其歗矣，遇人之不淑矣！

中谷有蓷，暵其濕矣。有女仳離，啜其泣矣。啜其泣矣，何嗟及矣！

蓷，鵻也。暵，燥也。仳，別也。修，長也。草長遠地則易枯。中谷之蓷，旱之所難及也。今也既先燥其生於乾者，又燥其生而長者，及其甚也，則雖其生於濕者亦不免也，旱及於濕則盡矣。譬如周人風俗衰薄，其始也人之艱難者弃其妻耳，其後人之不善者弃之矣。及其既甚，至有無故而弃之者。故其以艱難而見弃者則嘆之，嘆之

者知其不得已也。以不善而見弃者則條條然而歗，歗者怨之深矣。及其無故而見弃也則泣而已，泣者窮之甚也。〔一〕

中谷有蓷三章，章六句。

校注

〔一〕清代錢澄之田間詩學卷二載：『蘇氏云：中穀之蓷，旱之所難及也。既先燥其乾者，及其甚也，雖生於濕者亦不免也。旱及於濕則盡矣，始也人之艱難者弃其妻耳，其後人之不善者弃之矣。甚至有無故而弃之者，故始而歎知其不得已也，既而歗歗者怨之深矣，至無故而弃則泣，泣者窮之甚也。』

兔爰，閔周也。

毛詩之叙曰：『桓〔二〕王之詩也。』

有兔爰爰，雉罹于羅。我生之初，尚無爲。我生之後，逢此百罹。尚寐無吪。

爰爰，緩也。吪，動也。兔狡而難取，雉介而易執。世亂則輕狡之人肆，而耿介之士常被其禍。其曰尚寐無吪，寧死而不欲見之之辭也。或曰羅所以取兔也，兔則免矣，而雉則罹之。天下之禍，首亂者之報也，首亂者則逝矣，而爲之繼者受之，非其所爲而反受其禍，是以寐而不欲動也。

有兔爰爰，雉離于罦。我生之初，尚無造；我生之後，逢此百憂。尚寐無覺！

罦，覆車也。造，亦爲也。

有兔爰爰，雉罹于罿。我生之初，尚無庸；我生之後，逢此百凶。尚寐無聰！

罿，罬也。庸，用也。

兔爰三章，章七句。

校注

〔一〕原文缺筆，據補。

葛藟，王族刺平王也，或曰刺桓〔一〕王。

綿綿葛藟，在河之滸。終遠兄弟，謂他人父。謂他人父，亦莫我顧！

綿綿，長也。水厓曰滸。王謂同姓曰叔父。葛藟生於河上，得河之潤以爲長，猶王族之託王以爲盛也。王今弃遠兄弟而謂他人父。彼非王族，亦安肯顧王哉！

綿綿葛藟，在河之涘。終遠兄弟，謂他人母。謂他人母，亦莫我有！

涘，厓也。謂其夫父者，其妻則母也。

綿綿葛藟，在河之漘。終遠兄弟，謂他人昆。謂他人昆，亦莫我聞！

夷上灑下[二]漘。聞，與聞吾事也。

葛藟三章，章六句。

校注

〔一〕原文缺筆，據補。

〔二〕『下』其後兩蘇經解本、四庫本有『曰』。

采葛，懼讒也。

彼采葛兮，一日不見，如三月兮。

彼采蕭兮，一日不見，如三秋兮。

彼采艾兮，一日不見，如三歲兮。

朝有讒人，則下不敢有所爲。采葛以爲絺綌，采蕭所以供祭祀，采艾所以攻疾病耳。雖事之無疑者，猶不敢行，畏往而有讒之者，是以一日不見君，而如三月之久也。〔一〕

采葛三章，章三〔二〕句。

校注

〔一〕清代嚴虞惇讀詩質疑卷六載：『綿綿葛藟二句，註無解。蘇氏本之毛鄭，呂氏謂葛藟生非其地，猶宗族失所依，竊意葛藟生於河濱，不得爲非其地，不若蘇説之爲長也。』

〔二〕三：兩蘇經解本作『五』。

大車，刺周大夫也。

大車檻檻，毳衣如菼。豈不爾思？畏子不敢。

大車，諸侯之車也。檻檻，車聲也。毳衣，子男之衣也。毳衣之屬，衣繢而裳繡，其青者如菼。〔一〕天子之大夫有以子男入而爲之者。古者大夫巡行邦國，以聽男女之訟，其聽之也明，而止之有道。民聞其車聲而見其衣服，則畏而不敢矣，非待刑之而後已也。蓋傷今不能矣！

大車哼哼，毳衣如璊，豈不爾思？畏子不奔。

哼哼，重遲貌也。璊，赬也。

穀則異室，死則同穴。謂予不信，有如皦日。

穀，生也。生則有內外之別，而死則同穴，夫婦之正也。古之聽男女之訟者，非獨使淫奔者止也，乃使其夫婦相與以禮，久要而無相弃也。

大車三章，章四句。

校注

〔一〕宋代李樗毛詩集解卷九載：『大車者，王氏與蘇氏皆曰大夫之車也。』

丘中有麻，思賢也。

毛詩之叙曰：『莊王之詩也。』

丘中有麻，彼留子嗟。彼留子嗟，將其來施施。

子嗟，當時賢者。留，其氏也，隱居於丘陵之間，而殖麻、麥、果實以爲生者。子嗟也，民思其賢，而庶其肯徐來從之，故曰：『將其來施施』。施施，徐也。

丘中有麥，彼留子國。彼留子國，將其來食。

毛公曰：『子國，子嗟父也。』將其來食，庶幾肯來從我食也。

丘中有李，彼留之子。彼留之子，貽我佩玖。

庶幾肯來，遺我以善也。

丘中有麻三章，章四句。

鄭　緇衣[一]　國風

鄭桓[二]公友，宣王之母弟，食采於鄭，爲幽王司徒，甚得周衆與東土之人。是時王室多故，公懼及於難，問於史伯：『吾何所可以逃死？』史伯曰：『其濟、洛、河、潁之間乎？是其子男之國，虢、鄶爲大。虢叔恃勢，鄶仲恃嶮，皆有驕侈怠慢之心，加之以貪冒。君若以周難之故，寄孥[三]與賄焉，不敢不許。周亂而獘[四]，是驕而貪，必將背君。君若以成周之衆奉辭伐罪，無不克矣。若克二邑，鄔、弊[五]、補、丹、依、疇、歷、華，君之土也。若前華後河，右洛左濟，主芣騩而食溱、洧，修典刑以守之，可以少固。』〔六〕公從之。幽王十一年爲犬戎所殺，桓〔七〕公死之，其子武公復爲周司徒，而變風始作。鄭者，其所食采地，今華之鄭是也。及既得虢、鄶，施舊號於新邑，則今鄭是也。

緇衣，美武公也。

緇衣之宜兮，敝，予又改爲兮。適子之館兮，還，予授子之粲兮。

武公爲平王卿士。緇衣，其聽朝之正服也。諸侯入爲卿士，皆受館於王室。民之愛武公不知厭也，故曰：『子之緇衣敝歟，予將爲子改。爲之子適子之館歟。苟還也，予將授子以粲。』粲，飡也。愛之無厭之辭也。

緇衣之好兮，敝，予又改造兮。適子之館兮，還，予授子之粲兮。

緇衣之蓆兮，敝，予又改作兮。適子之館兮，還，予授子之粲兮。

蓆，大也。

緇衣三章，章四句。

校注

〔一〕兩蘇經解本無『緇衣』。

〔二〕原文缺筆，據補。

〔三〕㚢：兩蘇經解本作『帑』，四庫本亦是。

〔四〕原文缺筆，據補。四庫本作『弊』，兩蘇經解本，畢氏刻本亦是，顧氏刻本同宋刻本。

〔五〕『弊』字四庫本作『蔽』，兩蘇經解本亦是。

〔六〕語出國語·鄭語，蘇轍當轉引自毛詩鄭譜。

〔七〕原文缺筆，據補。

將仲子，刺莊公也。

將仲子兮！無逾我裏，無折我樹杞。豈敢愛之？畏我父母。仲可懷也，父母之言，亦可畏也！

武公夫人姜氏，生莊公及共叔段。愛段，爲請於莊公而封之京。祭仲諫曰：『都，城過百雉，國之害也。』公不聽，曰：『多行不義必自斃。』既而太叔命西鄙、北鄙貳于己。公子呂又諫公曰：『不義，不暱，厚將崩。』及太叔完聚，繕甲兵，具卒乘，將以襲鄭，夫人將啟之。則曰：『可矣。』命子封帥車二百乘以伐京而逐之。由是觀之，莊公非畏父母之言者也，欲必致叔于死耳。夫叔之未襲鄭也，有罪而未至於死，是以諫而不聽。諫而不聽，非愛之也，未得所以殺之也。未得所以殺之而不禁，而曰：『畏我父母。』君子知其不誠也，故因其言而記之。夫因其言而記之者，以示得其情也。然毛氏不知其說，其叙此詩以爲『不勝其母以害其弟。弟叔失道而公弗禁，祭仲諫而公弗聽，小不忍以致大亂』。莊公豈不忍者哉？將，請也。仲子，祭仲也。杞，柳屬也。異姓而干公族以謀兄弟，譬如逾裡而折杞也。

將仲子兮！無逾我牆，無折我樹桑。豈敢愛之？畏我諸兄。仲可懷也，諸兄之言，亦可畏也！

將仲子兮！無逾我園，無折我樹檀。豈敢愛之？畏人之多言。仲可懷也，人之多言，亦可畏也！

檀，強忍之木也。

將仲子三章，章八句。

叔于田，刺莊公也。

叔于田，巷無居人。豈無居人？不如叔也，洵美且仁。

叔，共叔段也。叔之出田也，民皆從之，至於巷無居者。夫豈誠無居者乎？莫如叔之信美而又仁者，是以從之者衆也。言叔之爲人，多才而好勇，不義而得衆然。詩人作叔于田大叔于田之詩，非以惡段而以刺莊公者，言莊公力能禁之而不禁，俟其亂而加之以大戮也。

叔于狩，巷無飲酒。豈無飲酒？不如叔也，洵美且好。

叔適野，巷無服馬。豈無服馬？不如叔也，洵美且武。

叔于田三章，章五句。

大叔于田，刺莊公也。

二詩皆曰叔于田，故此加『大』以別之，非謂段爲大叔也。然不知者又加『大』于首章，失之矣！[一]

大[二]叔于田，乘乘馬。執轡如組，兩驂如舞。叔在藪，火烈具舉。襢裼暴虎，獻于公所。將叔無[三]狃，戒其傷女。

內曰服，外曰驂。驂、服之和，如舞者之中節，禦之善也！用火宵田也。暴，徒手搏之也。狃，習也。

叔于田，乘乘黃。兩服上襄，兩驂鴈行。叔在藪，火烈具揚。叔善射忌，又良御忌。抑磬控忌，抑縱送忌。

襄，駕也。上駕，馬之最良也。[四]鴈行，言與服馬相次也。騁馬曰磬，止馬曰控，捨拔曰縱，覆鞴[五]曰送。忌，辭也。

叔于田，乘乘鴇。兩服齊首，兩驂如手。叔在藪，火烈具阜。叔馬慢忌，叔發罕忌，抑釋掤忌，抑鬯弓忌。

驪白雜毛[六]曰鴇。如手，言如左右手之相助也。掤，所以覆矢也。鬯，弢弓也。田事將畢，則馬行遲，發矢希。既畢，則覆矢而弢弓矣。

大叔于田三章，章十句。

校注

〔一〕元代朱公遷詩經疏義卷四載：『蘇氏曰：二詩皆曰叔于田，故加大以別之，不知者乃以段有大叔之號而讀曰泰，又加大于首章，失之矣。』明代顧夢麟詩經説約卷六亦載：『蘇氏曰：二詩皆曰叔于田，故加大以別之，不知者乃以段有大叔之號而讀曰泰，又加大於首章，失之矣。』

〔二〕『大』，四庫本無，兩蘇經解本亦是。

〔三〕無：兩蘇經解本作『于』。

〔四〕箋云：上駕者，言爲衆馬之最良也。馬瑞辰毛詩傳箋通釋引説文『驤，馬之低仰也』及玉篇『驤，駕也』，認爲鄭箋以上襄爲衆馬之最良者，失之。

〔五〕蕭：兩蘇經解本作『⿰弓蕭』，四庫本作『彇』。

〔六〕『毛』字四庫本、兩蘇經解本作『色』。

清人，刺文公也。

清人在彭，駟介旁旁。二矛重英，河上乎翱翔。

文公之十三年，狄入衛，使高克將兵而禦狄于境。高克之爲人，好利而不顧其君，文公欲遠之，不能，於是久而不召，衆散而歸，高克奔陳。公子素爲之賦是詩。清，鄭邑也。彭，鄭郊也。高克之師皆清人也。駟介，馬之被甲者也。一車而二矛，備折毀也。英，矛飾也。翱翔于河上，非所以禦狄也，以禦狄爲名而逐高克也。以君而逐大夫，不能而假興師焉，以爲大無政刑矣，故春秋書之曰：『鄭弃其師』。

清人在消，駟介麃麃。二矛重喬，河上乎逍遥。

消，亦鄭郊也。喬，高也。

清人在軸，駟介陶陶。左旋右抽，中軍作好。

軸，亦鄭郊也。將車，御者在左，戎右在右。中軍，上將也。言御者還旋其車，而戎右抽刃，以與其將習爲容好而已。

清人三章，章四句。

羔裘，刺朝也。

羔裘如濡，洵直且侯。彼其之子，捨命不渝。

緇衣、羔裘，諸侯之朝服也。侯，君也。舍，施也。其裘光澤如濡，其人信直而有君德。其民稱之曰：『是出令而不變者。』言德之稱其服，傷今不〔二〕然也。

羔裘豹飾，孔武有力。彼其之子，邦之司直。

禮，維〔三〕君用純，故諸臣之羔裘，以豹飾袪袖。〔三〕

羔裘晏兮，三英粲兮。彼其之子，邦之彦兮。

晏，鮮盛貌也。大國三卿。英者〔四〕，才過人也。粲，衆也。

羔裘三章，章四句。

校注

〔一〕『不』下四庫本有『能』，兩蘇經解本亦是。

〔二〕『維』字四庫本作『惟』，兩蘇經解本亦是。

〔三〕正義曰：唐風云『羔裘豹袪』，『羔裘豹褎』，然則緣以豹皮，謂之爲袪、褎也。禮，君用純物，臣下之，故褎飾異皮。『孔，甚』，釋言文。

〔四〕兩蘇經解本此句爲『大卿英者』，四庫本亦是。正義曰：言古之君子，服羔皮爲裘，其色晏然而鮮盛兮，其人有三種英俊之德，粲然而衆多兮。彼服羔裘之是子，一邦之人以爲彥士兮。刺今無此人。

遵大路，思君子也。

毛詩之叙曰：『莊公之詩也。』

遵大路兮，摻執子之袪兮！無我惡兮，不寁故也！

摻，擥也。袪，袂也。寁，速也。故，舊也。君子去之而欲留之，故願見之道路，擥其袂〔一〕而告之曰：『無我惡而去我』。君雖失德，然而不速去者，舊臣之宜也。

遵大路兮，摻執子之手兮！無我魗兮，不寁好也！

魗、醜通。好，舊好也。

遵大路二章，章四句。

校注

〔一〕『袂』字四庫本作『袪』。

女曰雞鳴，刺不説德也。

女曰雞鳴，士曰昧旦。子興視夜，明星有爛。將翱將翔，弋鳧與鴈。弋言加之，與子宜之。宜言飲酒，與子偕老。琴瑟在御，莫不静好。知子之來之，雜佩以贈之。知子之順之，雜佩以問之。知子之好之，雜佩以報之。

夫婦相戒以夙興。婦人勉其君子曰：『雞既鳴，明星見矣，可以起從外事，弋取鳧鴈歸以爲肴，相與飲酒偕老而不厭。且非特如此而已，苟子有所招來而與之友者，吾將爲子雜佩以贈之。』言不留色而好德也。明星，啟明也。弋，繳射也。加，中也。史曰：『以弱弓微繳加諸鳧鴈之上。』〔一〕宜，和其所宜也。雜佩，衡〔二〕、璜、琚、衡牙之類。問，遺也。

女曰雞鳴三章，章六句。

校注

〔一〕語出史記・楚世家。

〔二〕『衡』字四庫本作『珩』，兩蘇經解本亦是。

有女同車，刺忽也。

有女同車，顏如舜華。將翺將翔，佩玉瓊琚。彼美孟姜，洵美且都。

太子忽嘗有功於齊，齊侯請妻之。齊女賢而不取，卒以無大國之援至於見逐，故國人稱同車之禮、齊女之美以刺之。禮，親迎則同車。舜，木槿也。都，閑也。

有女同行，顏如舜英。將翺將翔，佩玉將將。彼美孟姜，德音不忘。

行，道也。

有女同車二章，章六句。

山有扶蘇，刺忽也。

毛詩之叙以爲所美非美，故其言扶蘇、荷華也，曰：『此高下大小各得其宜云爾』。然而扶蘇非大木也，鄭氏知其不可，故易之曰：『此小人在上而君子在下之謂也。』然而喬松非惡木，而游龍非美草。則又曰：『此大臣無恩，而小臣放恣之謂也。』夫使說者勞而不得，皆叙惑之也。

山有扶蘇，隰有荷華。不見子都，乃見狂且。

扶蘇，扶胥，小木也。荷〔一〕，扶渠也，其華菡萏。子都，世之美好者也。狂，狂狷也。夫苟高而爲扶蘇之槁，不若下而爲荷華之盛也。忽之爲人，自絜〔二〕而，好名，非有爲國之慮也。莊公多內寵，而忽辭昏於齊，失大國之援，終以見逐。譬如扶蘇之生於山，其居非不高矣，而枝葉不足以自芘，不如荷華之生於隰，得其澤以滋大。故君子以爲絜而害於國，乃所謂狂耳。

山有橋〔三〕松，隰有游龍，不見子充，乃見狡童。

上竦無枝曰橋。游，放縱也。龍，紅草也。充，美也。狡，壯狡也。忽之爲人可謂狡童矣，未可謂成人也。

山有扶蘇二章，章四句。

校注

〔一〕四庫本、兩蘇經解本作『荷華』。

〔二〕『絜』字四庫本作『潔』，兩蘇經解本亦是，本章下同。

〔三〕『橋』字四庫本作『喬』，兩蘇經解本亦是，本章下同。

蘀兮，刺忽也。

毛詩之叙以爲君弱臣強，不倡而和，故曰：『君倡而臣和，猶風起而蘀應也。』夫『蘀兮蘀兮，風吹其女』，此憂懼之辭，而非唱和之意也。

蘀兮蘀兮，風其吹女。叔兮伯兮，倡予和女。

蘀，落也。木槁則其蘀懼風，風至而隕矣。譬如人君不能自立於國，其附之者亦不可以久也，故懼而相告曰：『叔兮伯兮，子苟倡也，予將和女。』蓋有異志矣！

蘀兮蘀兮，風其漂女。叔兮伯兮，倡予要女。

要，成也。

擇兮二章，章四句。

狡童，刺忽也。

彼狡童兮，不與我言兮。維子之故，使我不能餐兮！

賢者欲與之圖事而忽不與，故憂之不遑食也。

彼狡童兮，不與我食兮。維子之故，使我不能息兮！

食，祿也。

狡童二章，章四句。

褰裳，思見正也。

子惠思我，褰裳涉溱。子不我思，豈無他人？狂童之狂也且！

子惠思我，褰裳涉洧。子不我思，豈無他士？狂童之狂也且！

鄭世子忽立未逾年，厲公逐之而自立。四年，祭仲逐厲公而召忽。二年，高渠彌殺之而立子亹。一年，齊人殺子亹及高渠彌，祭仲又立子儀。厲公之出奔，復入居鄭櫟。子儀十四年，厲公入鄭。凡鄭亂二十餘年，四公子爭立，至厲公復入，而後鄭少安。故鄭人思大國之正己，曰：『子苟惠而思正吾亂，褰裳而可以涉溱、洧矣，鄭無難入者。子苟不我思，豈無他人乎？吾恐他人之先子也。狂童之狂也甚矣，不可緩也。』溱、洧，鄭之二水。狂童，忽也，鄭之亂，忽實啟之。

褰裳二章，章五句。

丰，刺亂也。

子之丰兮，俟我乎巷兮。悔予不送兮！

丰，豐也。巷，門外道也。君子親迎，而婦人有以異志不從者，既而所與爲異不終，故追念其君子云爾。

子之昌兮，俟我乎堂兮。悔予不將兮！

昌，盛也。將，送也。

衣錦褧衣，裳錦褧裳。叔兮伯兮，駕予與行。

錦衣，庶人嫁者之服也。伯、叔，君子之字也。或曰：『錦之爲貴，而褧之爲尚，將濟其欲者，必由禮而後可也。』

裳錦褧裳，衣錦褧衣。叔兮伯兮，駕予與歸。

丰四章，二章章三句，二章章四句。

東門之墠，刺亂也。

東門之墠，茹藘在阪。其室則邇，其人甚遠。

除地曰墠。茹藘，茅蒐也。〔一〕除地以爲墠，則茹藘在阪不在墠矣。女子絜〔二〕已以居於室，其室雖近，而其人不可犯以非義，如墠之遠茹藘也。

東門之栗，有踐家室。豈不爾思？子不我即！

栗，女摯〔三〕也。徒取栗以爲禮，而可以行室家之道矣。非不爾思也，子不由禮，故不可得也。東門，鄭之爲亂者之所在也，故墠、栗皆曰東門。又曰：『出其東門，有女如雲』。

東門之墠二章，章四句。

校注

〔一〕正義：禮記尚書言壇、墠者，皆封土者謂之壇，除地者謂之墠。壇、墠字異，而作此『壇』字，讀音曰墠，蓋古字得通用也。今定本作『墠』。『茹藘，茅蒐』，釋草文。

〔二〕『絜』字四庫本作『潔』，兩蘇經解本亦是。

〔三〕『摰』字四庫本作『摯』。

風雨，思君子也。

風雨淒淒，雞鳴喈喈。既見君子，云胡不夷！

風且雨淒淒然，雞猶守時而鳴喈喈然。譬如君子雖居亂世而不改其度也。夷，說也。

風雨瀟瀟，雞鳴膠膠。既見君子，云胡不瘳！

瘳，愈也。

風雨如晦，雞鳴不已。既見君子，云胡不喜！

風雨三章，章四句。

子衿，刺學校廢也。

青青子衿，悠悠我心。縱我不往，子寧不嗣音？

青衿，學子之所服也。禮，父母在則衣純以青，嗣，續也。〔一〕學校不修，則有去者、有留者，而莫之禁。故留者念其去者而責之曰：『我雖不往見子，子曷爲不傳聲問我乎？』

青青子佩，悠悠我思。縱我不往，子寧不來？

青，佩之組綬也。〔二〕

挑兮達兮，在城闕兮。一日不見，如三月兮。

挑、達，往來相見貌。去學而游於城闕，往來無所爲耳，而不來見我，使我思之，一日而若三月也。

子衿三章，章四句。

校注

〔一〕正義曰：深衣云：『具父母衣純以青，孤子衣純以素。』

〔二〕正義曰：玉藻云：『古之君子必佩玉，君子于玉比德焉。』故知子佩爲佩玉也。禮不佩青玉，而云『青青子佩』者，佩玉以組綬帶之。士佩瓀瑉而青組綬，故云青青謂組綬也。

揚之水，閔無臣也。

毛詩之叙曰：『忽之詩也。』

揚之水，不流束〔一〕楚。終鮮兄弟，維予與女。無信人之言，人實迋女。

揚水以求其能流，雖束薪而有不能載矣！譬如失衆之君，雖其私暱爲之盡力以求與之，而衆不與，終不可得也。是以稱其私相告教之言以譏之。『終鮮兄弟，維予與女』，失衆之辭也。『無信人之言，人實迋女』，失衆而多疑之辭也。夫苟以人言爲舉不可信，則人將誰復親之者？此所謂小人之愛，人知愛之而不知所以愛之也。

揚之水，不流束薪。終鮮兄弟，維予二人。無信人之言，人實不信。

揚之水二章，章六句。

校注

〔一〕『束』字兩蘇經解本作『束』，四庫本亦是。

出其東門

出其東門，有女如雲。雖則如雲，匪我思存。縞衣綦巾，聊樂我員。

鄭國男女相弃，有出其東門而見婦人如雲〔一〕衆而無所從者，曰：『此非我所思，安得縞衣綦巾，聊以樂我哉？』縞衣，白衣，男子之服也。綦巾，蒼巾，女子之服也。思室家之樂而不可得，鰥寡相見之辭也。

出其闉闍，有女如荼。雖則如荼，匪我思且。縞衣茹藘，聊可與娱。

闉，曲城也。闍，城臺也。荼，茅秀也。茹藘，所以染也。

出其東門二章，章六句。

校注

〔一〕『雲』下四庫本有『之』，兩蘇經解本亦是。

野有蔓草，思遇時也。

野有蔓草，零露漙兮。有美一人，清揚婉兮。邂逅相遇，適我願兮。

鄭人困於亂政，感蔓草之得零露〔一〕以生，而自傷不及也。故思得君子以被其膏澤，思之而不可得，故深思之，曰：『苟有是人也，必婉然清揚美人也。鄭無是人矣，然猶庶幾邂逅而見之，以適其願。』邂逅，不期而遇也。故鄭伯享趙文子於垂隴，子太叔賦野有蔓草，文子曰：『吾子之惠也，意取此矣。』〔二〕或曰：『有美一人』，婦人之謂也。然則彼姝者子，何以畀之，亦婦人也哉？毛氏由此故叙以男女失時，思不期而會。信如此說，則趙文子將不受，雖與伯有同譏，可也。

野有蔓草，零露瀼瀼。有美一人，婉如清揚。邂逅相遇，與子偕臧。〔三〕

野有蔓草二章，章六句。

校注

〔一〕零露：四庫本作『露零』，兩蘇經解本亦是。

〔二〕事見左傳・襄公二十七年。

〔三〕正義曰：臧，善也。

溱洧，刺亂也。

溱與洧，方渙渙兮。士與女，方秉蕑兮。女曰觀乎，士曰既且。且往觀乎？洧之外，洵訏且樂。維士與女，伊其相謔，贈之以勺藥。

渙渙，冰釋而水盛也。蕑，蘭也。訏，大也。勺藥，香草也。

溱與洧，瀏其清矣。士與女，殷〔一〕其盈矣。女曰觀乎，士曰既且。且往觀乎？洧之外，洵訏且樂。維士與女，伊其將謔，贈之以勺藥。

瀏，深也。

溱洧二章，章十句[二]。

校注

〔一〕原文缺筆，據補。

〔二〕本章斷句，毛詩正義十二句，從之。

詩集傳　卷第四

詩集傳　卷第五

齊　雞鳴〔一〕　國風

齊，古爽鳩氏之虚。武王以封太公望，國於營丘而爲諸侯伯。其地東至海，西至河，南至穆陵，北至無棣。在禹貢青州、岱山之陰，濰緇之野。〔二〕太公姜姓，本四岳之後。既封於齊，通工商之業，便魚鹽之利，民多歸之，故齊爲大國。其後五世至哀公而變風作。

雞鳴，思賢妃也。

毛詩之叙曰：『哀公之詩也。』

雞既鳴矣，朝既盈矣。匪雞則鳴，蒼蠅之聲。

東方明矣，朝既昌矣。匪東方則明，月出之光。

夫人不忘夙興，故以蠅聲爲雞鳴，以月出爲東方之明。

蟲飛薨薨，甘與子同夢。會且歸矣，無庶予子憎。

旦明而百蟲作，方是時也，予豈不欲與子同夢歟？然羣臣之會於朝者，亦欲散[三]朝而歸，治其家事，是以爲之早作，庶其無以我故惡子[四]也。

雞鳴三章，章四句。

校注

〔一〕兩苏经解本無『雞鳴』二字，四庫本亦是。

〔二〕陸曰：齊者，太師呂望所封之國也。其地少昊爽鳩氏之墟，在禹貢青州岱嶺之陰，濰淄之野，都營丘之側。禮記云：『太公封于營丘。』是也。

〔三〕『散』字四庫本作『退』，兩蘇經解本亦是。

〔四〕『子』字四庫本作『之』，兩蘇經解本亦是。

還，刺荒也。

毛詩之叙曰：『哀公之詩也。』

子之還兮，遭我乎峱之間兮。並驅從兩肩兮，揖我謂我儇兮。

還，捷也。峱，山名也。獸三歲曰肩。儇，利也。言齊人好田，至以還儇相譽而不知恥之，則荒之甚矣。

子之茂兮，遭我乎峱之道兮。並驅從兩牡兮，揖我謂我好兮。

子之昌兮，遭我乎峱之陽兮。並驅從兩狼兮，揖我謂我臧兮。

還三章，章四句。

著，刺時也。

俟我於著乎而，充耳以素乎而，尚之以瓊華乎而。

俟我於庭乎而，充耳以青乎而，尚之以瓊瑩乎而。

俟我於堂乎而，充耳以黃乎而，尚之以瓊英乎而。

門、屏之間曰著。禮，壻親迎，受婦於堂以出，揖之於庭，又揖之於著，於時婦人遂見君子，故識其充耳之飾。充耳，瑱也，所以縣[一]之者曰紞，素、青、黃三者，紞之色也。尚，飾也。瓊華、瓊瑩、瓊英，三者皆美石似玉者，所以爲瑱也。言此者刺時不親迎也。

著三章，章三句。

校注

〔一〕『縣』字兩蘇經解本、四庫本作『懸』。

東方之日，刺衰也。

東方之日兮，彼姝者子，在我室兮。在我室兮，履我即兮。

東方之月兮，彼姝者子，在我闥兮。在我闥兮，履我發兮。

日升於東，月盛於東，其明無所不至。國有明君，則民之視之，譬如日月常在其室家，無敢欺之者，行則起而從之矣。及其衰也，明不及民而民慢之，行而無有從之者。此所以爲刺衰也。履，行也。即，從也。發，起也。

東方之日二章，章五句。

東方未明，刺無節也。

毛詩之叙曰：『朝廷興居無節，號令不時，挈壺[一]氏不能掌其職。』夫雖衰亂之世，蚤莫不易挈壺之職，雖或失之，而天時[二]猶在，何至于未明而顛倒衣裳哉？毛氏因『東方未明』『不能辰夜』，而信以爲然，其説亦已陋矣！

東方未明，顛倒衣裳。顛之倒之，自公召之。

爲政必有節，及其節而爲之，則用力少而事舉。苟爲無節，緩急皆所以害政也。夫東方未明，起而顛倒其衣裳，可謂急矣[三]！然猶有以爲緩而自公召之者。夫起者已遽，而至於顛倒矣，而猶有遲之者，則政何以堪之，故必將有受其害者。然則東方未明，尚可以徐服其服，而無至於顛倒也。

東方未晞，顛倒裳衣。倒之顛之，自公令之。

折柳樊圃，狂夫瞿瞿。不能辰夜，不夙則莫。

夫苟不知爲政之節，則或失之蚤，或失之莫，常不能及事之會矣。以爲尚蚤者爲之常緩，以爲已晚者爲之常遽。緩者不意事之已至，而遽者不知事之未及，故其所以備患者常出於倉卒而不精，故曰：『折柳樊圃，狂夫瞿瞿』。爲藩以御狂夫，豈不知柳之不可用哉，無其備而不得已也。此無節之過也！瞿瞿，狂貌也。[四]

東方未明三章，章四句。

校注

〔一〕『壷』字四庫本作『壺』，兩蘇經解本亦是，下同。

〔二〕四庫本、兩蘇經解本作『眚』。

〔三〕四庫本、兩蘇經解本無『矣』。

〔四〕傳曰：『瞿瞿，無守之貌。』説文：『瞿，鷹隼之視也。』楊倞注荀子·非十二子『瞿瞿然』曰：『瞿瞿，瞪視之貌』。馬瑞辰毛詩傳箋通釋按：『凡人自驚顧皆曰眀眀，借作瞿瞿。』

南山，刺襄公也。

南山崔崔，雄狐綏綏。魯道有蕩，齊子由歸。既曰歸止，曷又懷止？

南山，齊南山也。綏綏，行求匹之貌也。人君之尊如南山之崔崔；襄公之行如雄狐之綏綏。疾其以人君而爲此行也。蕩，平也。齊子，魯桓〔一〕夫人文姜也，襄公之妹，而通於襄公。婦人謂嫁曰歸。懷，思也。

葛屨〔二〕五兩，冠緌雙止。魯道有蕩，齊子庸止。既曰庸止〔三〕，曷又從止？

葛屨五兩，則屨[四]具於下矣。冠緌雙止，則緌具於上矣。[五]言文姜有匹於魯，而襄公有偶於齊，曷爲又相從哉？

蓺[六]麻如之何？衡從其畝[七]。取妻如之何？必告父母。既曰告止，曷又鞠止？

蓺，樹也。蓺麻者必衡從獵[八]其田而後種之。[九]譬如娶妻必告父母，成禮而後取之。取之如此其重，而魯桓[一〇]曷爲不禁，使得窮極其邪行哉！鞠，窮也。

析薪如之何？匪斧不克。取妻如之何？匪媒不得。既曰得止，曷又極止？

南山四章，章六句。

校注

〔一〕原文缺筆，據補。

〔二〕『屨』，兩蘇經解本畢氏刻本作『履』，下同，顧氏刻本同宋刻本。

〔三〕孔氏正義曰：『庸是用道而往，從是逐後從之。』

〔四〕『屨』字四庫本作『履』。

〔五〕傳云：葛屨，服之賤者。冠緌，服之尊者。箋云：葛屨五兩，喻文姜與侄娣及傅姆同處。冠緌，喻襄公也。五人奇，而襄公往，從而雙之。冠屨不宜同處，猶襄公、文姜不宜爲夫婦之道。

〔六〕『蓺』字古同『藝』。下同。

〔七〕畒：兩蘇經解本顧氏刻本作『畝』，畢氏刻本作『畞』，四庫本同畢氏刻本。

〔八〕『獵』字四庫本作『耕』，兩蘇經解本亦是。

〔九〕傳云：蓺，樹也。衡獵之，從獵之，種之然後得麻。箋云：樹麻者必先耕治其田，然後樹之，以言人君取妻必先議于父母。正義曰：此云『蓺麻』，后稷生民云『蓺之荏菽』，大司徒云『教稼穡樹蓺』，則樹蓺皆種之別名，故云蓺猶樹也。在田逐禽謂之獵，則獵是行步踐履之名。衡，古横字也。衡獵之，縱獵之，謂既耕而東西踐躡概摩之也。古者推耒耜而耕，不宜縱横耕田，且書傳未有謂耕爲獵者，故知是摩獵之也。今定本云『重之然後得麻』，義雖得通，不如爲『種』字也。

〔一〇〕原文缺筆，據補。

甫田，大夫刺襄公也。

無田甫田，維莠驕驕。無思遠人，勞心忉忉。

甫，大也。襄公無禮義而求大功，不修德而求諸侯，故告之曰：『無田甫田，田甫田而力不給，則莠盛矣。無思遠人，思遠人而德不及，則心勞矣。』田甫田則必自其小者始，小者之有餘，而甫田可啟矣。思遠人則必自其近者始，近者之既服，而遠人自至矣。

無田甫田，維莠桀桀。無思遠人，勞心怛怛。

婉兮孌兮，總[一]角丱兮。未幾見兮，突而弁兮[二]！

夫欲得諸侯而求之，則失諸侯之道也。莊子曰：『君自是爲之，則殆不成。』[三]夫總角之童而至於突然弁也，豈其求之哉？其道則有所必至也。君子之得諸侯，亦未嘗求之矣。苟修其身而治其政令，諸侯不來而將安往？故夫諸侯之來，非求之也，不得已而受之也。不得已而受之，故其來也無憂，而其既來也不去，此求之至也。

甫田三章，章四句。

校注

〔一〕『總』字四庫本、兩蘇經解本作『緫』，本章下同。

〔二〕正義曰：候人傳曰：『婉，少貌。孌，好貌。』此並訓之，故言少好貌。內則云：『男女未冠笄者，總角，衿纓。』冠所以覆髮，未冠則總角，故知『總角，聚兩髦』，言總聚其髦以爲兩角也。『丱兮』與『總角』共文，故爲幼稚。周禮掌冠冕者，其職謂之弁師，則弁者冠之大號，故爲弁冠也。士冠禮及冠義記士之冠云：『始加緇布冠，次加皮弁，次加爵弁。三加而後字之，成人之道也。』然則士有三加冠。此言『突若弁兮』，指言童子成人加冠而已，不主斥其一冠也。若猶耳也，故箋言『突耳加冠爲成人』。

〔三〕語出莊子徐無鬼。

盧令，刺荒也。

毛詩之敘曰：『襄公之詩也。』

盧令令，其人美且仁。

盧，田犬也。令令，纓鐶〔一〕聲也。時人以田獵相尚〔二〕，故聞其纓鐶之聲而美之曰：『此仁人也』。猶還曰：『揖我謂我儇兮』耳。

盧重環，其人美且鬈。

重環，子母環也。鬈，好貌也。〔三〕

盧重鋂，其人美且偲。

鋂，一環貫二也。偲，才也。〔四〕

盧令三章，章二句。

校注

〔一〕『鐶』字古同『環』，下同。

〔二〕原文缺筆，據補。

〔三〕鬈：説文『發好貌』。

〔四〕偲：説文『强也』。

敝笱，刺文姜也。

敝笱在梁，其魚魴鰥。齊子歸止，其從如雲。

鰥，大魚也。笱非所以執魴鰥，而又敝矣，宜其魚之不制也。文姜之歸于魯，其從者之盛如雲，則亦魯桓〔一〕之所不能制也。

敝笱在梁，其魚魴鱮。齊子歸止，其從如雨。

鱮，似魴而弱鱗。如雨，多也。

敝笱在梁，其魚唯唯。齊子歸止，其從如水。

唯唯，出入不制也。如水，亦多也。

敝笱三章，章四句。

校注

〔一〕原文缺筆，據補。

載驅，齊人刺襄公也。

載驅薄薄，簟茀〔二〕朱鞹。魯道有蕩，齊子發夕。

薄薄，疾驅聲也。簟，方文席也。茀，車蔽也。諸侯之路車，有朱革之質而羽飾。襄公疾驅其車以會文姜，文姜夕發於魯而往會之，莫知愧也。

四驪濟濟，垂轡瀰瀰。魯道有蕩，齊子豈弟。

濟濟，美貌也。瀰瀰，衆貌也。豈弟，樂易也。〔三〕

汶水湯湯，行人彭彭。魯道有蕩，齊子翱翔。

湯湯，大貌也。彭彭，衆貌也。言公與文姜會于通道，衆人之中而無所愧也。

汶水滔滔，行人儦儦。魯道有蕩，齊子游遨。

載驅四章，章四句。

校注

〔一〕『苐』字四庫本、兩蘇經解本作『第』，本章下同。

〔二〕毛傳云：言文姜于是樂易。正義曰：毛以爲，襄公將與妹淫，乘其一駟之馬，皆是鐵驪之色，其馬濟濟然而美，又四馬垂其六轡沵沵然而衆。爲此盛飾，往就文姜。魯之道路有蕩然平易，齊子文姜于是樂易然來與兄會，曾無慚色，故刺之。

猗嗟，刺魯莊公也。

猗嗟昌兮！頎而長兮。抑若揚兮，美目揚兮。巧趨蹌兮，射則臧兮！

猗嗟，嘆辭也。昌，盛也。頎，長也。抑，美也。揚，秀發也。揚，眉之美也。蹌，趨之巧也。〔一〕齊人傷魯莊公徒有威儀技藝之好，而不能止其母之亂也。

猗嗟名兮！美目清兮，儀既成兮。終日射侯，不出正兮。展我甥兮！

目上爲名，目下爲清。[二]正，所以射於侯中者也。展，誠也。姊妹之子曰甥。

猗嗟孌兮！清揚婉兮。舞則選兮，射則貫兮。四矢反兮，以御亂兮！

選，精也。[三]貫，習也。四矢，乘矢也。反，復其故處也。君子之於射也，將安用之？亦以御亂焉耳。今莊公徒以爲技而已。

猗嗟三章，章六句。

校注

〔一〕毛傳曰：『蹌，巧趨貌。』

〔二〕按：蘇轍此處同毛傳。馬瑞辰毛詩傳箋通釋卷九按曰：『傳同爾雅，疑爾雅此訓漢儒據毛傳增入，非古義也。』『鄭注：「名，猶大也。」三章首句皆嘆美其容貌之盛大。傳訓目上爲名，失之。』

〔三〕傳曰：選，齊。箋曰：選者，謂于倫等最上。説文：精，擇也。説文：一曰選，擇也。

魏　葛屨　國風〔一〕

魏本姬姓之國，晉獻公滅之，以封大夫畢萬，其地南枕河曲，北涉汾水，舜、禹之都在焉。其民猶有虞夏之遺風，習於儉約。而晉〔二〕自僖公以來，變風既作，及魏爲獻公所並，其人作詩以譏刺晉事，如邶鄘之詩，其實皆衛之得失，故孔子之編詩，列之唐詩之上，亦如邶鄘衛之次。然毛氏之叙魏詩則曰：『魏地陿隘，其民機巧趨利，其君儉嗇褊急，國迫〔三〕而數侵削役乎大國，民無所居。』蓋猶以爲故魏詩，而不知其爲晉詩也。

葛屨，刺褊也。

糾糾葛屨，可以履霜？摻摻女手，可以縫裳？要之襋之，好人服之。

糾糾，踈〔四〕貌也。夏葛屨，冬皮屨。〔五〕摻摻，猶纖纖也。女子既嫁，三月廟見，然後稱婦。裳，服之賤也。君子之爲國，致隆而極廣焉，故其降也，猶可以不陷。今葛屨而以履霜，及其暑也，將安用矣？婦之未廟見也，而使之縫裳，及其成爲婦也，將安使之矣？〔六〕故曰：『要之襋之，好人服之』。襋，領也。要領，衣之貴也。衣之

貴者而使是好人治之，猶有降也，奈何遂使之縫裳乎？[七]

好人提提，宛然左辟，佩其象揥。維是褊[八]心，是以爲刺。

提提，安諦也。宛，辟貌也。讓而辟者必左，不敢當尊也。女子始嫁而治其威儀，其修如此，而可以賤事使之歟？然褊者以爲爲是無益，故爲其益者而至於縫裳也。惟君子則不然，懼其不容降矣。[八]

葛屨二章，一章六句，一章五句。

校注

〔一〕兩蘇經解本無『葛屨』『國風』，四庫本亦是。

〔二〕四庫本、兩蘇經解本作『晉公』。據文意，似爲衍文。

〔三〕『迫』，四庫本作『廹』。

〔四〕『䟽』字四庫本作『疏』，兩蘇經解本亦是。

〔五〕毛傳云：糾糾，猶繚繚也。夏葛屨，冬皮屨。葛屨非所以屨霜。正義曰：糾糾爲葛屨之狀，當爲稀疏之貌，故云猶繚繚也。士冠禮云：『屨，夏用葛，冬皮屨可也。』士喪禮云：『夏葛屨，冬白屨。』注云：『冬皮屨，變言白者，明夏時用葛亦白也。』是衣服之宜，當夏葛屨，冬皮屨也。元代朱公遷詩經疏義卷五，載『蘇氏白：屨霜已用葛屨矣。至于暑，又將何所用乎？婦未廟見已使縫裳矣，則執婦功又將何所使乎？愚謂葛屨不可以屨霜，女子未可使縫裳，皆處事之失宜者，故以語相呼爲興。』

〔六〕毛傳云：好人，好女手之人。正義曰：上云『女手』，此云『好人』，故云『好人，女手之人』。今定本云『好人，好女手之人』者，義亦通。

〔七〕兩蘇經解本畢氏刻本作『褊』，下同。

〔八〕正義曰：言好人初至，容貌安詳，審諦提提然。至門之時，其夫揖之，不敢當夫之揖，宛然而左辟之，又佩其象骨之揥以爲飾。敬慎威儀如是，何故使之縫裳？魏俗所以然者，維是魏君褊心無德教使然，我是以爲此刺也。

汾沮洳，刺儉也。

彼汾沮洳，言采其莫。彼其之子，美無度。美無度，殊異乎公路。

汾水出於晉，其流及魏。沮洳，漸潤也。莫，酸迷也。涉汾而采莫，其儉信美矣！然而非法、非公路之所宜爲也。

彼汾一方，言采其桑。彼其之子，美如英。美如英，殊異乎公行。

彼汾一曲，言采其藚。彼其之子，美如玉。美如玉，殊異乎公族。

藚，水蕮也。公路、公行、公族，皆晉官也。春秋傳曰：『晉成公立，始宦卿之適，以爲公族，其餘子亦爲餘子〔一〕，其庶子爲公行。』〔二〕趙盾請以括爲公族，而盾爲軞車。軞車，戎車之倅也。盾，庶子也，而爲軞車，則軞車公行也。然則公路、公行一也。以其主君之路車，謂之公路。以其主兵車之行列，謂之公行耳。

汾沮洳三章，章六句。

校注

〔一〕『其餘子亦爲餘子』，四庫本無，兩蘇經解本亦是。

〔二〕語出左傳·宣公二年。

園有桃，刺時也。

園有桃，其實之殽。心之憂矣，我歌且謠。不知我者，謂我士也驕。彼人是哉，子曰何其！心之憂矣，其誰知之？其誰知之，蓋亦勿思！

園有桃則食桃，非其園之所有則不食矣。然則不耕者不可以食粟，不織者不可以衣帛，仁人君子不得坐而治民矣。此孟子所謂許行之道，魏人則有治此說者也。夫必耕而後食，小人之所謂難也，而有人焉且力行之，尚有非之者哉！維君子憂其不可，而歌謠以告人，而人且有謂之驕而詰之者曰：『彼人是矣，子獨謂何乎？』世皆以夫人爲是，而莫知其非者，則將舉而從之，此君子之所憂也，故曰：『心之憂矣，其誰知之？』人之不知其非也，蓋亦喜其可喜，而未思其不可也。思之，則其不可者見矣，故曰：『其誰知之，蓋亦勿思』！

園有棘，其實之食。心之憂矣，聊以行國。不知我者，謂我士也罔極。彼人是哉，子曰何其！心之憂矣，其誰知之？其誰知之，蓋亦勿思！

棘，棗也。聊以行國，行告人以不可也。極，中也。

園有桃二章，章十二句。

陟岵，孝子行役，思念父母也。

陟彼岵兮，瞻望父兮。父曰嗟予子，行役夙夜無已。上慎[一]旃哉，猶來無止！

山無草木曰岵。[二]孝子登高以望其父而不見，則思其將行之戒以自慰。猶，尚也。尚可以復來。[三]無止，死也。[四]

陟彼屺兮，瞻望母兮。母曰嗟予季，行役夙夜無寐。上慎旃哉，猶來無弃！

山有草木曰屺。

陟彼岡兮，瞻望兄兮。兄曰嗟予弟，行役夙夜必偕。上慎旃哉，猶來無死！

必偕，必與同役者偕，無獨行也。

陟岵三章，章六句。

校注

〔一〕原文缺筆，據補。下同。

〔二〕正義曰：釋山云：『多草木岵，無草木屺。』傳言『無草木曰岵』，下云『有草木曰屺』，與爾雅正反，當是轉寫誤也。

〔三〕四庫本、兩蘇經解本畢氏刻本作：『上，猶尚也。可以復來。』

〔四〕正義曰：孝子在役之時，以親戚離散而思念之。言己登彼岵山之上兮，瞻望我父所在之處兮。我本欲行之時，而父教戒我曰：『嗟汝我子也，汝從軍行役在道之時，當早起夜寐，無得已止。』又言：『若至軍中，在部列之上，當慎之哉，可來乃來，無止軍事而來。若止軍事，當有刑誅。』故深戒之。

十畝[一]之間，刺時也。

毛詩之叙曰：『其國削小，民無所居』，夫國削則民逝矣，未有地亡而民存者也。且雖小國，豈有一夫十畝而尚可以爲民者哉！

十畝之間兮，桑者閑閑兮。行與子還兮！

此君子不樂仕於其朝之詩也。曰：『雖有十畝之田，桑者閑閑其可樂也，行與子歸居之。』夫有十畝之田，其所以爲樂者，亦鮮矣，而可以易仕之樂，則仕之不可樂也，甚矣。

十畝之外兮，桑者泄泄兮。行與子逝兮！

泄泄，閑貌也。

十畝之間二章，章三句。

校注

〔一〕兩蘇經解顧氏刻本作『畮』，下同。畢氏刻本作『畝』，四庫本同畢氏刻本，下同。

伐檀，刺貪也。

坎坎伐檀兮，寘之河之干兮，河水清且漣猗。不稼不穡，胡取禾三百廛兮？不狩不獵，胡瞻爾庭有縣貆[一]兮？彼君子兮，不素餐兮！

坎坎，伐檀聲也。檀性堅忍[二]，宜爲車耳。伐檀而寘之河上，河非用車之處，雖使河水清且漣，而猶不見用。君子之仕於亂世，其難合也如檀之于河。至於小人則不然，不稼不穡，而取禾三百廛；不狩不獵，而縣貆於庭矣。君子不得其君不仕，小人未可以取而取之矣。[三]種之曰稼。斂之曰穡。百畝曰廛。貉子曰貆。

坎坎伐輻兮，寘之河之側兮，河水清且直猗。不稼不穡，胡取禾三百億兮？不狩[四]不獵，胡瞻爾庭有縣特兮？彼君子兮，不素食兮！

水平則流直。[五]獸三歲曰特。

坎坎伐輪兮，寘之河之漘兮，河水清且淪猗。不稼不穡，胡取禾三百囷兮？不狩不獵，胡瞻爾庭有縣鶉兮？彼君子兮，不素飧兮！

淪，竭也。

伐檀三章，章九句。

校注

〔一〕原文缺筆，據補。本章下同。

〔二〕四庫本、兩蘇經解本作『𩋙』。

〔三〕清代姚際恒詩經通論卷六載：『蘇氏解謂伐檀宜爲車，今河非用車之處，仍只君子不得進仕之義，與下義不蒙，而「河水」一句雖竭力曲解亦終不合。』方玉潤詩經原始卷六國風載：『姚氏際恒云興體不必盡與下所咏合，只是咏君子者，適見有伐檀爲車用，置于河干而河水正清且漣猗之時，卽所見以爲興，此求其解而不得，姑爲是影響之論以釋之，則又可笑之甚。惟蘇氏轍云「伐檀宜爲車，今河非用車之處」一語，差爲得之，蓋以爲比體也，然仍主君子不得進仕，爲言與下義終隔，且「河水」一句，亦無着落。』

〔四〕此『狩』，兩蘇經解本作『獸』，疑误。

〔五〕方玉潤詩經原始卷六·國風引曰：『蘇氏轍曰：水平則流直。』

碩鼠，刺重歛〔二〕也。

碩鼠碩鼠，無食我黍！三歲貫女，莫我肯顧。逝將去女，適彼樂土。樂土樂土，爰得我所！

碩，大也。重歛以自封，猶鼠之食人以自養也。貫，事也。

碩鼠碩鼠，無食我麥！三歲貫女，莫我肯德。逝將去女，適彼樂國。樂國樂國，爰得我直！

碩鼠碩鼠，無食我苗！三歲貫女，莫我肯勞。逝將去女，適彼樂郊。樂郊樂郊，誰之永號！

勞，勞來也。欲適樂郊而不可得，故曰：『誰爲樂郊，可長號而求之者哉！』

碩鼠三章，章八句。

校注

〔一〕兩蘇經解本作『斂』，四庫本亦是，下同。

詩集傳　卷第五

詩集傳　卷第六

唐　國風

蟋蟀〔一〕

唐者，帝堯之舊都。成王以封母弟叔虞，謂之唐侯。南有晉水，至子燮改爲晉侯，其地在禹貢太行、恒〔二〕山之西，太原、太岳之野。晉侯燮之曾孫成侯，始徙居曲沃，其孫穆侯又徙於絳。僖公之世，變風既作，其詩憂深思遠，猶有堯之遺俗〔三〕。故雖晉詩而謂之唐，以爲此堯之舊，而非晉德之所及也。

蟋蟀，刺晉僖公也。

蟋蟀在堂，歲聿其莫。今我不樂，日月其除。無已太康，職思其居。好樂無荒，良士瞿瞿。

蟋蟀，蛩[四]也，歲寒則蛩入於堂。聿，遂也。除，去也。此詩君臣相告語之辭也。僖公儉而不中禮，故告之曰：『蟋蟀在堂，歲其遂莫矣，而君不樂，日月捨女去矣。』君曰：『無乃已太康歟？吾念吾職之所居者，是以不皇樂也。』曰：『不然，君子之不爲樂，懼其荒耳，苟樂而不荒斯可矣。君子之於樂也，瞿瞿而不違禮耳。』

蟋蟀在堂，歲聿其逝。今我不樂，日月其邁。無已太康，職思其外。好樂無荒，良士蹶蹶。

既思其職，又思其職之外。蹶蹶，敏也。

蟋蟀在堂，役車其休。今我不樂，日月其慆。無已太康，職思其憂。好樂無荒，良士休休。

歲晚則入居于室而役車止。慆，過也。休休，樂也。

蟋蟀三章，章八句。

校注

〔一〕兩蘇經解本無『蟋蟀』，四庫本亦是。

〔二〕原文缺筆，據補。

〔三〕『俗』字四庫本作『風』，兩蘇經解本亦是。

〔四〕原文缺筆，據補，下同。

山有樞，刺晉昭公也。

山有樞，隰有榆。子有衣裳，弗曳弗婁。子有車馬，弗馳弗驅。宛其死矣，他人是愉。

樞，荎也。婁，亦曳也。愉，樂也。人君有衣服、車馬、鐘鼓、飲食而不能用，譬如山木之不采，終亦腐敗摧毁，歸於無用而已。

山有栲，隰有杻。子有廷〔一〕內，弗洒弗埽〔二〕。子有鐘鼓，弗鼓弗考。宛其死矣，他人是保。

栲，山樗也。杻，檍也。考，擊也。保，安也。

山有漆，隰有栗。子有酒食，何不日鼓瑟？且以喜樂，且以永日。宛其死矣，他人入室。

永，引也。

山有樞三章，章八句。

校注

〔一〕『廷』，四庫本、兩蘇經解本作『庭』。

〔二〕埽：兩蘇經解本作『掃』，四庫本亦是。

揚之水，刺晉昭公也。

揚之水，白石鑿鑿。素衣朱襮，從子于沃。既見君子，云何不樂。

昭公始封桓〔一〕叔于曲沃，沃盛強，昭公微弱，雖欲去之而不可得矣。譬如揚水以求其能流，雖〔二〕物之易流者有不能流矣，而況於石乎？祇以益其鑿鑿耳。鑿鑿，絜〔三〕也。民知昭公之不振也，故將具諸侯之衣，以從桓叔于沃。素衣，中衣也。襮，綉領也。諸侯之中衣，緣以丹朱，領以黼綉。

揚之水，白石皓皓。素衣朱綉，從子于鵠。既見君子，云何其憂。

皓皓，白也。綉，綉領也。鵠，沃之邑也。

揚之水，白石粼粼。我聞有命，不敢以告人。

粼粼，清澈也。命，桓叔之政命也。聞而不敢以告人，爲之隱也。桓叔將以傾晉，而民爲之隱，欲其成矣。

揚之水三章。二章章六句，一章章四句。

校注

〔一〕原本缺筆，據補，本章下同，兩蘇經解本亦是。

〔二〕雖：兩蘇經解本畢氏刻本作「強」。

〔三〕「絜」，四庫本作「潔」，兩蘇經解本亦是。

椒聊，刺晉昭公也。

椒聊之實，蕃衍盈升。彼其之子，碩大無朋。椒聊且！遠條且！

椒之性芬烈而能奪物者也，今其實蕃衍而盈升，則其近之者未有不見奪者也。桓〔一〕叔篤碩廣大，無有與敵者。以桓叔之德而傾晉，猶以椒之芬而奪物也，故曰：「椒聊且！遠條且」，言信如椒之遠芬也。條，長也。

椒聊之實，蕃衍盈掬〔二〕。彼其之子，碩大且篤。椒聊且！遠條且！

兩手曰掬〔三〕。

椒聊二章，章六句。

校注

〔一〕原本缺筆，據補，本章下同，兩蘇經解本亦是。

〔二〕『掬』，四庫本作『匊』。

〔三〕毛傳云：兩手曰匊。釋文云：匊，本又作『掬』，九六反。

綢繆，刺晉亂也。

綢繆束〔一〕薪，三星在天。今夕何夕，見此良人？子兮子兮，如此良人何？

綢繆，猶纏綿也。合異姓以爲昏姻，譬如錯取衆薪而束之耳。薪之爲物，束之則合，而釋之則解，是以〔二〕綢繆固之，而後可以望其合也。〔三〕三星，參也。古者昏禮於歲之隙，昏而參見於東方，則十月也，於是昏禮始行矣。夫昏姻之難，自其納采、問名，綢繆不已。時至而後親迎，民之爲之也勞矣，故其成也，則曰：『今夕何夕，見此良人』。『今夕何夕』云者，幸之之辭也。然而居於亂世，室家不能相保，既已成昏，而懼其失之也，則曰：『子兮子兮，如此良人何』。『子兮子兮』云者，有所怨之之辭也。

綢繆束芻，三星在隅。今夕何夕，見此邂逅？子兮子兮，如此邂逅何？

參在東南，則十月之後也。

綢繆束楚，三星在戶。今夕何夕，見此粲者？子兮子兮，如此粲者何？

參直于戶，則正月也。三女曰粲，大夫一妻二妾。

綢繆三章，章六句。

校注

〔一〕『束』，四庫本作『束』，兩蘇經解本亦是，本章下同。

〔二〕『以』，四庫本作『則』，兩蘇經解本亦是。

〔三〕清代朱鶴齡詩經通義卷四：『蘇傳合異姓以爲婚姻，如錯取衆薪以束之耳。蓋薪之爲物，釋之則解，必綢繆固之，而後可望其合也。』

杕杜，刺時也。

有杕之杜，其葉湑湑。獨行踽踽。豈無他人？不如我同父。嗟行之人，胡不比焉？人無兄弟，胡不佽[一]焉？

杕，特貌也。杜，赤棠也。湑湑，盛也。踽踽，無所親也。晉君遠其兄弟而親異姓，譬如杕杜，條幹不足以相扶，特盛其葉耳。君子欲告之，而懼其不信，故告其所與行之人，使爲之佽，比其兄弟，必告其所與行者，庶其無疑之也。

有杕之杜，其葉菁菁。獨行睘睘。豈無他人？不如我同姓。嗟行之人，胡不比焉？人無兄弟，胡不佽焉？

杕杜二章，章九句。

校注

〔一〕傳云：佽，助也。

羔裘，刺時也。

羔裘豹袪[一]，自我人居居。豈無他人？維子之故！

君之處于民上，猶豹祛之在羔裘耳。豹雖甚貴而以羔爲本，君雖甚尊而由有民以安其居，舍羔則豹無所施，而無民則君無所託矣。今奈何不吾卹〔二〕乎？且吾之所以不去，非無他人也，特以故舊念子耳。子豈反謂我不能去，而苦我哉！〔三〕

羔裘豹褎，自我人究究。豈無他人？維子之好！

究，久也。君之所以能久於此者，由有民也。好，舊好也。

羔裘二章，章四句。

校注

〔一〕『祛』，四庫本、兩蘇經解本作『祛』，本章下同。

〔二〕卹：兩蘇經解本作『恤』，四庫本亦是。

〔三〕傳云：祛，袂也。本末不同，在位與民異心自用也。居居，懷惡不相親比之貌。

鴇羽，刺時也。

毛詩之叙曰：『昭公之後，大亂五世，君子下從征役，而作此詩。』

肅肅鴇羽，集于苞栩。王事靡盬，不能蓺稷黍，父母何怙？悠悠蒼天！

曷其有所？

肅肅，羽聲也。苞，稹也。栩，杼也。鴇，似鴈，性不木止，猶人之不安於征役也。盬，不攻致[一]也。怙，恃也。[二]

肅肅鴇翼，集于苞棘。王事靡盬，不能蓺黍稷，父母何食？悠悠蒼天！曷其有極？

肅肅鴇行，集于苞桑。王事靡盬，不能蓺稻粱，父母何嘗？悠悠蒼天！曷其有常？

行，列也。

鴇羽三章，章七句。

校注

〔一〕致：四庫本、兩蘇經解本作『緻』。

〔二〕毛傳云：盬，不攻緻也。怙，恃也。正義曰：盬與蠱，字異義同。昭元年左傳云：『于文皿蟲爲蠱。穀之飛亦爲蠱。』杜預云：『皿器受蟲害者爲蠱，穀久積則變爲飛蟲，名曰蠱。』然則蠱害器、敗穀者皆謂之蠱，是盬爲不攻牢不堅緻之意也。此云『盬，不攻緻』，四牡傳云『盬，不堅固』，其義同也。定本『緻』皆作『致』。

無衣，美晉武公也。

豈曰無衣七兮？不如子之衣，安且吉兮！

禮，侯伯七命，冕服七章。諸侯不命於天子，則不成爲君。周衰，諸侯有不俟王命者。武公始並晉國，獨能請命于周，故曰：『以晉之力，豈不足以爲是七章之衣乎？然而不如子之賜我，安且吉也！』

豈曰無衣六兮？不如子之衣，安且燠兮！

天子之卿六命，車旗、衣服以六爲節，不敢必當侯伯，故復稱其次也。燠，煖也。

無衣二章，章三句。

有杕之杜，刺晉武公也。

有杕之杜，生於道左。彼君子兮，噬肯適我？中心好之，曷飲食之？

噬、逝通。杜之生於道左，行者之所願休息也，而特生寡蔭，人是以無往就之者。譬如國君，士之所願事也，而無恩于人，彼君子則亦舍我而逝耳，尚誰肯適我哉？苟誠好之，曷不試飲食之，庶其肯從我乎？

有杕之杜，生於道周。彼君子兮，噬肯來游？中心好之，曷飲食之？

周，曲也。

有杕之杜二章，章六句。

葛生，刺晉獻公也。

葛生蒙楚，蘞[一]蔓于野。予美亡此，誰與獨處？

獻公好戰攻，君子征役不反，故婦人多怨曠者。婦人之託君子，譬如葛之蒙楚，蘞之被野耳。今予所美亡矣，將誰與哉？亦獨處而已。[二]

葛生蒙棘，蘞蔓于域。予美亡此，誰與獨息？

域，塋[三]域也。

角枕粲兮，錦衾爛兮。予美亡此，誰與獨旦？

旦，朝也。物存而夫亡，是以感物而思之也。[四]

夏之日，冬之夜。百歲之後，歸于其居。

夏之日，冬之夜，思者於是劇矣。思之而不可得，則曰：『不可生得而見之矣，要之百歲之後，歸於其居而已。』居，壙墓也。思之深而無異心，此唐風之厚也。〔五〕

冬之夜，夏之日。百歲之後，歸于其室。

葛生五章，章四句。

校注

〔一〕蘞：四庫本、兩蘇經解作『蘝』，下同。

〔二〕清代嚴虞惇讀詩質疑卷十引：『蘇氏曰：今予所美亡矣，將誰與哉，亦獨處而已。』

〔三〕『塋』，四庫本、兩蘇經解本畢氏刻本作『營』，顧氏刻本作『瑩』。

〔四〕清代嚴虞惇讀詩質疑卷十引：『蘇氏曰：物存而夫亡，是以感而思之。』『虞惇按：角枕粲兮一章，毛鄭以爲齋而行事亦太拘，今從蘇氏。』

〔五〕清代嚴虞惇讀詩質疑卷十引：『蘇氏曰：思之深而無異心，此唐風之厚也。』

采苓，刺晉獻公也。

采苓采苓，首陽之巔。人之爲言，苟亦無信。舍旃舍旃，苟亦無然。人之爲言，胡得焉？

苓，大苦也。首陽，雷首也。夷、齊居其陽，故謂之首陽。采苓者皆曰：『吾於首陽取之。』首陽則信有苓矣，而采者未必然也。事蓋有似而非者，獻公好聽讒言，不究其實而輒從之。申生之死，不究其實之故也。故教之曰：『人之爲此言以告也，苟亦勿信，姑置之而徐究其實。事苟不然，則人之爲言者將何得焉？無得而爲之者，世無有也。然則不禁讒而讒自止矣！』〔一〕

采苦采苦，首陽之下。人之爲言，苟亦無與。舍旃舍旃，苟亦無然。人之爲言，胡得焉？

苦，荼也。

采葑采葑，首陽之東。人之爲言，苟亦無從。舍旃舍旃，苟亦無然。人之爲言，胡得焉？

采苓三章，章八句。

校注

〔一〕毛傳云：苓，大苦也。首陽，山名也。采苓，細事也。首陽，幽辟也。細事，喻小行也。

幽辟，喻無徵也。鄭箋云：采苓采苓者，言采苓之人衆多非一也，皆云采此苓于首陽山之上，首陽山之上信有苓矣。然而今之采者未必于此山，然而人必信之。毛傳云：苟，誠也。鄭箋云：苟，且也。爲言，謂爲人爲善言以稱薦之，欲使見進用也。旃之言焉也。舍之焉，舍之焉，謂謗訕人，欲使見貶退也。此二者且無信，受之且無答然。

秦　車鄰[一]　國風

唐虞之際，皋陶之子曰伯翳，佐禹治水有功，舜命爲虞官，掌上下草木鳥獸，賜姓曰嬴。夏、商之間，子孫或在中國，或在夷狄。商之衰也，中潏居於西戎，以保西垂。其六世孫大雒，大雒適子成，庶子非子。非子事周孝王，養馬汧、渭之間，馬大蕃息。孝王分大雒之國爲附庸，邑之秦。至曾孫秦仲，而犬戎滅大雒之族，宣王乃以秦仲爲大夫，以誅西戎，而秦之變風始作。其後平王東遷，而秦仲之孫襄公，興兵救周，平王賜之岐、豐之田，列爲諸侯。遂有西周畿内之地，在禹貢荊岐、終南、惇物之野，二十九世而並諸侯有天下。故孔子叙詩，列之八國之後，由此故也。

車鄰，美秦仲也。

有車鄰鄰，有馬白顛。未見君子，寺人之令。

秦自非子始封，至曾孫秦仲始有車馬侍御禮樂之好。鄰鄰，衆車聲也。白顛，的顙[二]也。寺人，内小臣也。士之將見秦仲也，則使寺人傳告[三]之，凡此皆人君之常禮，而秦之先君皆所未有也。

阪有漆，隰有栗。既見君子，並坐鼓瑟。今者不樂，逝者其耋。

人君之有禮樂，猶阪之有漆，隰之有栗也。苟不與人用之，則亦爲無用之物而已。故士之既見秦仲也，秦仲則與之並坐而鼓瑟，曰：『今者不與子樂之，吾恐逝者耋老而不能用矣！』[四]

阪有桑，隰有楊。既見君子，並坐鼓簧。今者不樂，逝者其亡。

車鄰三章，一章[五]四句，二章章六句。

校注

〔一〕兩蘇經解本無『車鄰』，四庫本亦是。

〔二〕正義曰：釋畜云：『馬的顙，白顛。』舍人曰：『的，白也。顙，額也。額有白毛，今之戴星馬也。』

〔三〕『告』，四庫本無，兩蘇經解本亦是。

〔四〕正義曰：言阪上有漆木，隰中有栗木，各得其宜，以興秦仲之朝，上有賢君，下有賢臣，上下各得其宜。既見此君子秦仲，其君臣閒暇無爲，燕飲相樂，並坐而鼓瑟也。既見其善政，則原仕焉。我今者不于此君之朝仕而自樂，若更之他國者，其徒自使老。言將後于寵祿，無有得樂之時。美秦仲之賢，故人皆欲原仕也。

〔五〕兩蘇經解本下有『章』字，四庫本亦是。

駟驖，美襄公也。

駟驖孔阜，六轡在手。公之媚子，從公于狩。

驖，驪也。〔一〕阜，大也。襄公修其車馬，乘四驪以出田。其馬碩大而馴服，御者以手執其轡而已，無所用巧也。於是時也，襄公之臣能以道媚于國者，寔從公狩，言其常與賢者共樂也。

奉時辰牡，辰牡孔碩。公曰左之，舍拔則獲。

時，是也。辰，時也。禮，冬獻狼，夏獻麋，春秋獻鹿豕群獸。故虞人翼獸以待公，射必以其時。於是公謂御者左之，以射其左，其射也，舍拔而獲獸矣。拔，筈〔二〕也。〔三〕

游于北園，四馬既閑。輶車鸞鑣，載獫歇驕。

襄公之所以能使車馬調適，射中而獲多者，於其平居游於北園也，則既閑習之矣。四馬，乘馬也。輶車，輕車也，所以驅獸，所謂驅逆之車也，置鸞於鑣，異於乘車也。載，始也。獫、歇驕，田犬也。長喙獫，短喙歇驕。始之者，始達其搏噬也，凡此皆游於北園之所習也。〔四〕

駟驖三章，章四句。

校注

〔一〕四庫本、兩蘇經解本作『駟驖，驪也』。傳曰：『驖，驪』。蘇訓此處同毛傳。

〔二〕『筈』，四庫本作『矢括』，兩蘇經解本亦是。

〔三〕毛傳云：拔，矢末也。鄭箋云：拔，括也。舍拔則獲，言公善射。正義曰：言『舍拔則獲』，是放矢得獸，故以拔爲矢末，以鏃爲首，故拔爲末。傳以拔爲矢末，不辯爲拔之處，故申之云『拔，括也』。家語孔子與子路論矢之事云：『括而羽之，鏃而礪之，其入之不益深乎？』是謂矢末爲括也。

〔四〕正義曰：『長喙獫，短喙歇驕』，釋畜文。李巡曰：『分別犬喙長短之名。』

小戎，美襄公也。

小戎俴收，五楘梁輈。

兵車在前啟行者元戎，其次小戎。俴，淺也。收，軫也。兵車之比乘車，則前後淺。五，五束〔二〕之也。楘，歷録也。梁，輈也。輈，轅也。轅上曲句輈，謂之梁輈。一輈而以革束之者五，束有歷録之文也。

游環脅驅，陰靷鋈續。

游環，靳環也。游於服馬之背而貫驂之外轡，以禁其出。故春秋傳曰：『如驂之有靳』〔三〕。脅驅，以革爲之，首屬於軛，尾屬於軫。著服馬之外脅，以止驂之入。陰，揜軌也。在軾前輈上，靷環附焉。靷，驂之所引也。續，續靷也，綴環於其端。鋈，以白金沃環也。

文茵暢轂，駕我騏馵。

茵，車褥也，以虎皮爲之，謂之文茵。暢轂，長轂也。青黑曰騏，左足白曰馵。

言念君子，溫其如玉。在其板屋，亂我心曲。

秦之西垂，以板爲屋。襄公屢征西戎，而民樂爲之用。故矜其車馬而不厭，雖婦人念其君子，而亦無怨也。

四牡孔阜，六轡在手。騏駵是中，騧驪是驂。

赤馬黑鬣曰駵，黄馬黑喙曰騧。

龍盾之合，鋈以觼軜。

龍盾，畫龍於盾也。合而載之以爲車蔽。觼在軾前，所以繫驂之內轡者，以白金沃之。軜，驂之內轡納於觼者也，驂之外轡則御者執之。

言念君子，溫其在邑。方何爲期？胡然我念之！

君子于何爲還期乎，何我念之深也！

俴駟孔羣，厹矛鋈錞。蒙伐有苑。

以薄金介馬曰俴駟。孔羣，言其和也。厹，三隅矛也。錞，其鐏也。蒙，雜[三]也。伐，盾也。畫雜羽於盾，苑然有文也。

虎韔鏤膺。交韔二弓，竹閉緄縢。

虎韔，以虎皮飾弓室也。鏤膺，以刻金飾馬帶也。交二弓於[四]韔，備折毁也。閉，檠也。緄，繩也。縢，約也。弛弓則以竹爲檠，以繩約之於弓隈，以備損傷。

言念君子，載寢載興。厭厭良人，秩秩德音。

厭厭，安也。秩秩，有序也。

小戎三章，章十句。

校注

〔一〕兩蘇經解本作『朿』，四庫本亦是，本章下同。

〔二〕語出左傳·定公九年：『吾從子，如驂之有靳。』

〔三〕兩蘇經解本作『襍』，四庫本亦是，本章下同。

〔四〕『於』字四庫本、兩蘇經解本畢氏刻本作『以』，顧氏刻本同宋刻本。

蒹葭，刺襄公也。

蒹葭蒼蒼，白露爲霜。所謂伊人，在水一方。溯洄從之，道阻且長。溯游從之，宛在水中央。

蒹，薕〔一〕也。葭，蘆也。蒹葭之方盛也蒼蒼，其強勁而不適於用，至於白露凝戾爲霜，然後堅成，可施於用矣。襄公興於西戎，知以耕戰富國強兵，而不知以禮義終成之，非不蒼然盛也，[三]而君子以爲未成，故告之曰：『有賢者於是不遠也，在水之一方耳，胡不求與爲治哉？維不以其道求之也，則道阻且長，不可得而見矣。如以其道求之，則宛然在水之中耳。』逆流而上曰溯洄，順流而涉曰溯游。

蒹葭淒淒，白露未晞。所謂伊人，在水之湄。溯洄從之，道阻且躋。溯游從之，宛在水中坻。

水草之交曰湄。躋，升也。坻，小渚也。

蒹葭采采，白露未已。所謂伊人，在水之涘。溯洄從之，道阻且右。溯游從之，宛在水中沚。

涘，厓也。右，出其右也。小渚曰沚。

蒹葭三章，章八句。

校注

〔一〕『薕』字四庫本作『簾』，兩蘇經解本亦是。

〔二〕宋代段昌武毛詩集解卷十一載：『蘇曰：蒹葭之方盛也，蒼蒼其彊勁，而不適于用，至于白露凝戾爲霜，然後堅成，可施用于人。秦起西陲，與戎狄雜居，本以彊兵富國爲先，襄公以耕戰自力，而不知以禮義終成之，豈不蒼然盛哉？然君子以爲未成。故其後世狃于利而不知義，至商君厲之以法，卒以此勝天下，既勝之後，二世而亡，其殆有以取之矣。』宋代輔廣詩童子問詩卷第六載：『蘇氏之說，以蒹葭得霜而適用，以比秦必用周礼以成國，似矣。如此則是比体非興也，然後二章則又解不去，至以伊人爲周礼，則太踈闊矣。』

終南，戒襄公也。

此詩美襄公耳，未見所以爲戒者，豈以壽考不忘爲戒之歟？

終南何有？有條有梅。君子至止，錦衣狐裘。顏如渥丹，其君也哉！

終南，周南山也。條，槄也。梅，柟也。錦衣狐裘，諸侯之服也。記曰：『君衣狐白裘，錦衣以裼之。』[一]渥丹，赤而澤也。襄公既爲諸侯，受服于周，其人尊而悦之，故曰：『終南則有草木以自衣被而成其深，君子則有服章以自嚴飾而成其尊。顏如渥丹，其君也哉』，嚴憚之辭也。[二]

終南何有？有紀有堂。君子至止，黻衣繡裳。佩玉將將，壽考不忘！

紀，基也。堂，亦基也。終南有畢道，其旁如堂之牆。青黑爲黻，五色備爲繡。君子之佩玉，非以爲容好而已，將使壽考而不忘禮也。

終南二章，章六句。

校注

〔一〕語出禮記玉藻。

〔二〕明代顧夢麟詩經説約卷八載：『蘇傳：終南則有草木以自衣被，而成其深，君子則有服章以自嚴飾而成其尊，顔如渥丹，其君也哉！嚴憚之辭也。』清代朱鶴齡詩經通義卷五載：『羔裘箋：諸侯之朝服緇衣，羔裘。「逍遥狐裘」箋：黄衣狐裘蜡祭之服。按：玉藻：「君衣狐白裘，錦衣以裼之」當引此，集傳以錦衣狐裘爲朝天子之服，用蘇傳之説。蘇又本秦風終南詩疏。』

黄鳥，哀三良也。

交交黄鳥，止于棘。誰從穆公？子車奄息。維此奄息，百夫之特。臨其穴，惴惴其慄。彼蒼者天，殲我良人！如可贖兮，人百其身！

穆公以子車氏之三子爲殉，皆秦之良也。國人哀之，爲賦此詩。言臣之託君，猶黄鳥之止于木，交交其和鳴。今三子獨不得其死，曾鳥之不若也。〔一〕『人百其身』者，欲以百人贖其一身也。然三良之死，穆公之命也，康公從其言而不改，其亦異於魏顆矣！故黃鳥之詩，交譏之也。

交交黃鳥，止于桑。誰從穆公？子車仲行。維此仲行，百夫之防。臨其穴，惴惴其慄。彼蒼者天，殲我良人！如可贖兮，人百其身！〔二〕交交黃鳥，止于楚。誰從穆公？子車鍼虎。維此鍼虎，百夫之御。臨其穴，惴惴其慄。彼蒼者天，殲我良人！如可贖兮，人百其身！

黃鳥三章，章十二句。

校注

〔一〕清代嚴虞惇讀詩質疑卷十一載：『蘇氏曰：臣之託君，猶黃鳥之止木，交交而和鳴。今三子不得其死，曾鳥之不若也。』

〔二〕傳云：防，比也。箋云：防猶當也。言此一人當百夫。

晨風，刺康公也。

鴥〔一〕彼晨風，鬱彼北林。未見君子，憂心欽欽。如何如何？忘我實多！

鴥，疾飛貌也。晨風，鸇也。賢者之欲仕於大國，猶晨風之欲止於北林，故其未

獲見也，欽欽而憂君，奈何獨忘我而不顧乎？[二]

山有苞櫟，隰有六駮[三]。未見君子，憂心靡樂。如何如何？忘我實多！

櫟，柞櫟也。駮，榆梓也，其皮青白如駮。言六未詳。[四]賢者之仕於大國，非特自爲也，以爲山則有櫟，隰則有駮，可以大國而獨無其人乎？故也[五]。

山有苞棣，隰有樹檖。未見君子，憂心如醉。如何如何？忘我實多！

棣，唐棣也。檖，赤羅也。

晨風三章，章六句。

校注

〔一〕兩蘇經解本顧氏刻本作『鴥』，四庫本作『鴪』，下同。

〔二〕正義曰：鴥者，鳥飛之狀，故爲疾貌。『晨風，鸇』，釋鳥文。舍人曰：『晨風一名鸇。鸇，摯鳥也。』郭璞曰：『鷂屬。』陸機疏云：『鸇似鷂，青黃色，燕頷勾喙，向風搖翅，乃因風飛，急疾擊鳩鴿燕雀食之。』鬱者，林木積聚之貌，故云：『鬱，積也。』北林者，據作者所見有此林也。以下句說思賢之狀，故此喻賢人從穆公也。

〔三〕『駮』字四庫本作『駁』，兩蘇經解本亦是，本章下同。

〔四〕正義曰：『王肅云：「言六，據所見而言也。」』

〔五〕兩蘇經解本無『故也』，四庫本亦是。

無衣，刺用兵也。

豈曰無衣？與子同袍。王于興師，修我戈矛，與子同仇！

古者，君與民同其甘苦。非謂其無衣也，然有是袍也，願與之同之。故于王之興師也，民皆自修其戈矛而與之同仇矣！傷今無恩於民，而用其死也。秦本周地，故其民猶思周之盛時，而稱先王焉。

豈曰無衣？與子同澤。王于興師，修我矛戟，與子偕作！

澤，褻衣，近垢汗者也。〔一〕

豈曰無衣？與子同裳。王于興師，修我甲兵，與子偕行！

無衣三章，章五句。

校注

〔一〕傳云：澤，潤澤也。箋云：澤，褻衣，近污垢。正義曰：衣服之暖于身，猶甘雨之潤于物，故言與子同澤，正謂同袍、裳是共潤澤也。箋以上袍下裳，則此亦衣名，故易傳爲『襗』。說文云：『襗，袴也。』是其褻衣近汙垢也。襗是袍類，故論語注云：『褻衣，袍襗也。』又毛傳云：『作，起也。』

渭陽，康公念母也。

我送舅氏，曰至渭陽。何以贈之？路車乘黄。〔一〕

我送舅氏，悠悠我思。何以贈之？瓊瑰玉佩。

母之兄弟曰舅。康公之母，晉獻公之女，而文公之姊也。文公遭驪姬之難，未反，而秦姬卒。穆公之納文公，而康公送之渭陽，傷母之不及見，而作是詩也。

渭陽二章，章四句。

校注

〔一〕傳曰：『贈，送也。乘黄，四馬也。』

權輿，刺康公也。

於我乎，夏屋渠渠，今也每食無餘。吁〔二〕嗟乎！不承權輿！

穆公好賢，居之以大屋，渠渠，其深廣。〔二〕至於康公，而遇之薄矣，食之無餘者。故曰：『不承權輿』。權輿，始也。

於我乎，每食四簋，今也每食不飽。吁嗟乎！不承權輿！

權輿二章，章五句。

校注

〔一〕『吁』，四庫本作『于』，本章下同。

〔二〕宋代段昌武毛詩集解卷十二引：『蘇曰：渠渠，深廣也。』

詩集傳　卷第六

詩集傳　卷第七

陳　宛丘[一]　國風

陳，太皞、伏犧氏之墟，今淮陽郡是也。昔帝舜之冑有虞閼父，爲武王陶正。武王賴其利器用與神明之後，封其子嬀滿於陳，都於宛丘之側，妻以元女大姬。其封域在禹貢豫州之東，其地廣平，無名山大川，西望外方，東不及孟豬。大姬婦人尊貴，好祭祀[二]、巫覡、歌舞之事，其民化之。五世至幽公，淫荒游蕩無度，國人刺之，而陳之變風始作。然原其風出於大姬，蓋列國之風皆有所自起。方周之盛時，王澤充塞，其善者篤於善，不善者以禮自將，亦不至於惡。其後周德既衰，諸侯各因其舊俗而增之，善者因善以入於惡，而不善者日以益甚，故晉以堯之遺風爲儉不中禮，陳以大姬之餘俗爲游蕩無度，亦理勢然也。

宛丘，刺幽公也。

子之湯兮，宛丘之上兮。洵有情兮，而無望兮。

湯，蕩也。外高中下[三]，宛丘。幽公游蕩無度，信有情矣，然而無威儀以爲民望。

坎其擊鼓，宛丘之下。無冬無夏，值其鷺羽。

坎，鼓聲也。值，持也。白鷺之羽，可以爲舞者之翳。

坎其擊缶，宛丘之道。無冬無夏，值其鷺翿。

缶，盎屬。

宛丘三章，章四句。

校注

〔一〕兩蘇經解本無『宛丘』，四庫本亦是。

〔二〕兩蘇經解本畢氏刻本作『祭祝』，四庫本亦是。

〔三〕『下』后四庫本有『曰』，兩蘇經解本亦是。

東門之枌，疾亂也。

東門之枌，宛丘之栩。子仲之子，婆娑其下。

東門、宛丘，爲亂者之所期會也。枌，白楡也。栩，杼也。子仲，陳大夫氏也。婆娑，舞也。

穀旦于差，南方之原。不績其麻，市也婆娑。

穀，善也。差，擇也。爲亂者相告以良日相差擇，而推南方原氏之女。原與子仲，陳大夫之著也，今而猶然，則其民可知矣。

穀旦于逝，越以鬷邁。視爾如荍，貽我握椒。

逝，往也。越，於也。鬷，麻總〔一〕也。荍，芘芣也，小草而多華。男女既相告以相差擇，今則又相告而往矣，於是遂以其麻行往會之。於其會也，相詒以荍，而相遺以椒，相與爲淫蕩，而莫知恥〔二〕也。

東門之枌三章，章四句。

校注

〔一〕四庫本、兩蘇經解本作『總』。

〔二〕恥：四庫本、兩蘇經解本作『耻』。

衡門，誘僖公也。

衡門之下，可以棲遲。泌之洋洋，可以樂飢。豈其食魚，必河之魴。豈其取妻，必齊之姜。豈其食魚，必河之鯉。豈其取妻，必宋之子。

衡門，橫木爲門也。棲遲，游息也。泌，泉水也。夫棲遲必大屋，樂飢必飲食，食魚必魴、鯉，取妻必姜、子，此四者誰不欲之？然人未嘗必此四者而後可以爲。必此四者而後可，則終身有不獲者，故從其所有而爲之，及其至也，雖天下之美無加焉。不然，雖有天下之至美，而常挾不足之心以待之，則終亦不爲而已矣！僖公自謂小國，無意於爲治，故陳此以誘之。

衡門三章，章四句。

東門之池，刺時也。

東門之池，可以漚麻。彼美淑姬，可與晤歌。

漚，柔也。晤，遇也。陳君荒淫無度，而國人化之，皆不可告語，故其君子思得淑女以化之於內。婦人之於君子，日夜處而無間，庶可以漸革其暴，如池之漚麻，漸漬而不自知也。

東門之池，可以漚紵。彼美淑姬，可與晤語。

紵，麻屬。

東門之池，可以漚菅。彼美淑姬，可與晤言。

菅，茅也。

東門之池三章，章四句。

東門之楊，刺時也。

東門之楊，其葉牂牂。昏以爲期，明星煌煌。

牂牂，盛極貌也。昏禮以歲之隙，楊葉牂牂則春夏之交也。時既已晚矣，幸其成禮而昏以爲期，至于明星煌煌而又不至，是以怨之也。

東門之楊，其葉肺肺。昏以爲期，明星晢晢。

肺肺，亦盛極也。

東門之楊二章，章四句。

墓門，刺陳佗也。

墓門有棘，斧以斯之。夫也不良，國人知之。知而不已，誰昔然矣。

陳佗，陳文公之子，而桓〔二〕公之弟也。桓公疾病，佗殺其太子免而代之。桓公之世，陳人知佗之不臣矣。而桓公不去，以及於亂，是以國人追咎桓公，以爲桓公之智不能及其後，故以墓門刺焉。夫墓門而生棘，亦以斧析之則已，不然吾恐女死而棘盛，以害女墓也。斯，析也。夫，陳佗也。佗之不良，國人莫不知之者，知而不之去，昔者誰爲此乎？蓋歸咎桓公也。然毛氏不知墓門之爲桓公，而以爲陳佗，故以斧、鴞皆爲佗之師傅。其序此詩亦曰：『佗無良師傅，以至於不義，惡加於萬民』失之矣！

墓門有梅，有鴞萃止。夫也不良，歌以訊之。訊予不顧，顛倒思予。

梅，枏也。鴞，惡聲鳥也。萃，集也。墓門有梅而鴞則集之，梅雖善，將得全乎？桓[二]公之沒也，雖有太子免以爲後，而佗在焉，求太子之無危，不可得矣。訊，告也。告之而不予顧，至於[三]顛沛而後念吾言矣！夫顛沛而後念其言，則已晚矣！

墓門二章，章六句。

校注

〔一〕『桓』字原文缺筆，據補，本章下同。

〔二〕此『桓』無缺筆，存。

〔三〕兩蘇經解本、四庫本無『于』。

防有鵲巢，憂讒賊也。

毛詩之序曰：『宣公之詩也。』

防有鵲巢，邛有旨苕。誰侜予美？心焉忉忉。

防、邛，皆丘陵也。苕，草也。防有鵲巢，衆鳥皆得居之；邛有旨苕，衆人皆得采之。朝有讒人而君不明，則君子不保其祿位，譬如鵲巢、旨苕，恐爲人所奪耳。侜，張誑也。予之所美，謂君也。

中唐有甓，邛有旨鷊。誰侜予美？心焉惕惕。

唐，堂塗也。甓，令適也〔一〕。鷊，綬草也。唐之有甓，衆人所得踐履也。邛之有鷊，亦衆人所得共采也！〔二〕

防有鵲巢二章，章四句。

校注

〔一〕兩蘇經解本、四庫本作『甓，瓴甋也』。

〔二〕正義曰：以唐是門內之路，故知中是中庭。釋宮云：『廟中路謂之唐。堂途謂之陳。』李巡曰：『唐，廟中路名。』孫炎引詩云：『中唐有甓。堂途，堂下至門之徑也。』然則唐之與陳，廟庭之異名耳，其實一也，故云『唐，堂塗也』。釋宮又云：『瓴甋謂之甓。』李巡曰：『瓴甋一名甓。』郭璞曰：『甗磚也。今江東呼爲瓴甓。』『鷊，綬』，釋草文。郭璞曰：『小草有雜色，似綬也。』陸機疏云：『鷊五色作綬文，故曰綬草。』

月出，刺好色也。

月出皎兮，佼人僚兮。舒窈糾兮，勞心悄兮！

月出皓兮，佼人懰兮。舒懮受兮，勞心慅兮！

月出照兮，佼人燎兮。舒夭紹兮，勞心慘兮！

婦人之美盛，如月出之光。僚、懰，皆好也。燎，明也。舒，遲也。窈糾、懮受、夭紹，皆舒之姿也。悄、慅、慘，皆憂也。思而不見則憂矣！

月出三章，章四句。

株林，刺靈公也。

胡爲乎株林？從夏南！匪適株林，從夏南！

靈公與其大夫孔寧、儀行甫[一]淫於夏徵[二]舒之母，朝夕而往夏氏之邑。故其民相與語曰：『君胡[三]爲乎株林乎？將以從夏南耳！非徒適株林也，將以從夏南耳！』株林，夏氏邑。[四]子南，徵舒字也。[五]

駕我乘馬，說于株野。乘我乘駒，朝食于株！

株林二章，章四句。

校注

〔一〕『甫』字四庫本、兩蘇經解本作『父』。

〔二〕原文缺筆，據補，本章下同。

〔三〕『胡』字兩蘇經解本作『朝』。

〔四〕『邑』后四庫本無『子』，兩蘇經解本亦是。

〔五〕傳云：株林，夏氏邑也。夏南，夏徵舒也。

澤陂，刺時也。

毛詩之叙曰：『靈公之詩也。』

彼澤之陂，有蒲與荷。有美一人，傷如之何？寤寐無爲，涕泗滂沱。

陂，澤障也。婦人之色，如蒲荷之美，思而不見，故憂傷涕泗也。自目曰涕，自鼻曰泗。

彼澤之陂，有蒲與蕑。有美一人，碩大且卷。寤寐無爲，中心悁悁。

蕑，蘭也。卷，好也。悁悁，猶悒悒也。

彼澤之陂，有蒲菡萏。有美一人，碩大且儼。寤寐無爲，輾轉伏枕。

詩止於陳靈，何也？古之說者曰：『王澤竭，而詩不作。』是不然矣！予以爲陳靈之後，天下未嘗無詩，而仲尼有所不取也。盍亦嘗原詩之所爲作者乎？詩之所爲作者，發於思慮之不能自已，而無與乎王澤之存亡也。是以當其盛時，其人親被王澤之純，其心和樂而不流。於是焉，發而爲詩，則其詩無有不善，則今之正詩是也！及其衰也，有所憂愁憤怒不得其平，淫泆放蕩不合於禮者矣，而猶知復反於正。故其爲詩也，亂而不蕩，則今之變詩是也。及其大亡也，怨君而思叛，越禮而忘反，則其詩遠義而無所歸嚮。由[一]是觀之，天下未嘗一日無詩，而仲尼有所不取也。故曰：『變風發乎情，止乎禮義。』發乎情，民之性也。止乎禮義，先王之澤也。先王之澤尚存，而民之邪心未勝，則猶取焉以爲變詩。及其邪心大行，而禮義日遠，則詩淫而無度，不可復取。故詩止於陳靈，而非天下之無詩也，有詩而不可以訓焉耳。故曰：『陳靈之後，天下未嘗無詩』，由此言之也。

澤陂三章，章六句。

校注

〔一〕『由』字四庫本作『繇』，兩蘇經解本亦是。

檜　羔裘〔一〕　國風

檜，高辛氏火正祝融之墟，在禹貢豫州外方之北，滎波之南，居溱、洧之間。祝融氏八姓，唯妘姓檜，實處其地。周衰，爲鄭桓〔二〕公所滅，其世次微滅不傳，故其作詩之世不可得而推也。

羔裘，大夫以道去其君也。

羔裘逍遥，狐裘以朝。豈不爾思？勞心忉忉。

緇衣、羔裘，諸侯之朝服也。錦衣、狐裘，其所以朝天子之服也。檜君好盛服，故以其朝服燕，而以其朝天子之服朝。夫君之爲是也，則過矣！然而非大惡也，而大夫以是去之，何哉？孔子之去魯，爲女樂故也，而曰膰肉不至，蓋諱其大惡而以微罪行。檜大夫之羔裘，則孔子之膰肉也歟？此所謂以道去其君也。

羔裘翱翔，狐裘在堂。豈不爾思？我心憂傷。

羔裘如膏，日出有曜。豈不爾思？中心是悼。

如膏，言光澤也。

羔裘三章，章四句。

校注

〔一〕兩蘇經解本無『羔裘』，四庫本亦是。

〔二〕原文缺筆，據補。

素冠，刺不能三年也。

庶見素冠兮，棘人欒欒兮。勞心慱〔二〕慱兮。

庶，幸也。喪禮，既祥祭而縞冠素紕。棘，急也。君子之居喪，皇皇若無所容者，此所謂棘人也。欒欒，瘠貌也。慱慱，憂勞也，憂不見是人也。

庶見素衣兮，我心傷悲兮。聊與子同歸兮。

除成喪者，其祭也朝服縞冠、朝服緇衣素裳。素衣者，素裳也。『聊與子同歸』云者，願見有禮之人與之同歸也。

庶見素韠兮，我心藴結兮。聊與子如一兮。

禮，韠從裳色，故韠亦以素。記曰：『子夏三年之喪畢，見於夫子，援琴而弦〔三〕，衎衎而樂，作而曰：「先王制禮，不敢不及也。」夫子曰：「君子也。」閔子騫三年之喪畢，見於夫子，援琴而弦，切切而哀，作而曰：「先王制禮，不敢過也。」夫子曰：「君子也。」子路曰：「何爲皆君子也？」夫子曰：「子夏哀已盡，能引而致之於禮。閔子哀未盡，能自割以禮。」』夫三年之喪，賢者之所輕，而不敢過。不肖者之所難，而不敢不勉，此所謂如一也。

素冠三章，章三句。

校注

〔一〕愽：兩蘇經解本畢氏刻本作『博』，下同。

〔三〕兩蘇經解本畢氏刻本作『絃』，下同。

隰有萇楚，疾恣也。

隰有萇楚，猗儺其枝，夭之沃沃，樂子之無知。

萇楚，銚弋也。蔓而不纍其枝，猗儺而已，以喻君子有欲而不留欲也。夭，少也。沃沃，柔和也。君子幸其少而柔和，不樂其有知而恣也。〔一〕

隰有萇楚，猗儺其華，夭之沃沃。樂子之無家。

隰有萇楚，猗儺其實，夭之沃沃。樂子之無室。

隰有萇楚三章，章四句。

校注

〔一〕傳云：興也。萇楚，銚弋也。猗儺，柔順也。夭，少也。沃沃，壯佼也。箋云：銚弋之性，始生正直，及其長大，則其枝猗儺而柔順，不妄尋蔓草木。興者，喻人少而端慤，則長大無情欲。

匪風，思周道也。

匪風發兮，匪車偈兮。顧瞻周道，中心怛兮。

周道既喪，諸侯爲票〔一〕疾之政，非風也，而其至發發，非車也，而其行偈偈，是以顧瞻周道，而怛然傷之也。〔二〕

匪風飄兮，匪車嘌兮。顧瞻周道，中心吊兮。

迴風爲飄。嘌嘌無節度也。

誰能亨魚？溉之釜鬵。誰將西歸？懷之好音。

鬵，釜屬。亨魚煩則碎，治民煩則散。善亨魚者亦絜[三]其釜鬵，安以待其熟耳。周之先王，其所以治民者亦猶是也，安用票疾之政爲哉？誠有能復爲周家之安靖，民皆以好音歸之矣。西，周所在也。

匪風三章，章四句。

校注

〔一〕『票』，四庫本作『慓』，兩蘇經解本亦是，下同。

〔二〕毛傳云：發發飄風，非有道之風。偈偈疾驅，非有道之車。怛，傷也。下國之亂，周道滅也。

〔三〕『絜』，四庫本作『潔』，兩蘇經解本亦是。

曹　蜉蝣[一]　國風

曹，今之濟陰郡，武王以封叔[二]振鐸。其地在禹貢兖[三]州、陶丘之北，雷夏、菏澤之野。昔堯嘗游成陽，死而葬焉。舜漁雷澤，其民化之，其遺俗重厚多君子，務稼穡，薄衣食，以致蓄積，介於魯、衛之間，又寡於患難，末時富而無教，乃更驕侈。十一世，昭公立，而變風遂作。

蜉蝣，刺奢也。

毛詩之叙曰：『昭公之詩也。』

蜉蝣之羽，衣裳楚楚。心之憂矣，於我歸處。

蜉蝣，渠略也，朝生而夕死，方其生也不知慮，死而自好其羽翼。曹君危亡之不卹[四]，而楚楚然絜[五]其衣服如蜉蝣也，是以君子悲其淺陋，而知其不能慮遠，憂其國以及其身，曰：『我將於何歸處乎？』

蜉蝣之翼，采采衣服。心之憂矣，於我歸息。

蜉蝣掘閱，麻衣如雪。心之憂矣，於我歸說。

掘閱，掘地解閱也。麻衣，深衣也。諸侯朝則朝服，夕則深衣。

蜉蝣三章，章四句。

校注

〔一〕兩蘇經解本無『蜉蝣』，四庫本亦是。

〔二〕『叔』字四庫本作『弟叔』，兩蘇經解本亦是。

〔三〕『究』字兩蘇經解本、四庫本作『宄』。

〔四〕衈：兩蘇經解本作『恤』，四庫本亦是。

〔五〕『絜』字四庫本作『潔』，兩蘇經解本亦是，本章下同。

候人，刺近小人也。

毛詩之序曰：『共公之詩也。』

彼候人兮，何戈與祋。彼其之子，三百赤芾。

候人掌道路，送迎賓客而爲之衛，故何戈與祋。夫候人則知何戈與祋而已，而君寵之，至使之服赤芾者三百人，何哉？〔二〕祋，殳也。芾，韠也。一命緼芾黝珩，再命赤芾黝珩，三命赤芾葱珩，大夫以上赤芾乘軒。晉文公入曹，數之以乘軒者三百人，即此歟。

維鵜在梁，不濡其翼。彼其之子，不稱其服。

鵜，洿澤，當在水中求食而已，今乃處魚梁之上，曾不濡翼而得魚以爲食。譬如小人當何戈而役耳，今乃處朝廷而服赤芾。

維鵜在梁，不濡其咮。彼其之子，不遂其媾。

咮，喙也。遂，達也。與小人爲婚媾，未有達者也。[二]

薈兮蔚兮，南山朝隮。婉兮孌兮，季女斯飢。

薈、蔚，雲興貌也。小人朋黨相援，並進於朝。如南山之升雲，薈蔚而上，莫之能止。君子守道，困窮於下，如幼弱之女，雖有飢寒之患，而婉孌自保，不妄從人。季女者，無求於人，而人之所當求也。[三]

候人四章，章四句。

校注

〔一〕宋代李樗毛詩集解卷十六載：『至于程、蘇之説則謂候人者，欲其守疆埸而已，而共公既寵之乃使服卿大夫之服，至于三百之多，其説不當如此。候人，微官而，已以微官而有三百，則他官爲何如？此説非也。』明代胡紹曾詩經胡傳卷四載：『蘇眉山則云：言其如是之材而已，何爲而寵之乎？觀兩彼字傳爲近之，然果賢者豈受戈殺而不去？』清代胡承珙毛詩後箋卷十四載：『李解引程蘇之説，謂候人祇守疆場而共公寵之，使服卿大夫之服，集傳本之，似以彼其之子即指候人，此于三百赤芾語不可通，豈此三百者皆由候人而升服大夫之服？曹之候人不應如此其多也，玩經文兩彼字，正相對照，傳于彼，其之子云彼。彼，曹朝也，則上彼字專指候人言，一則奔走道涂，一則委蛇朝宁或遠或近，彼此相形，語意分明，無庸歧解。』清代黄中松詩疑辨證卷三載：『蘇傳又謂，候人守疆場而已，共公寵之，使服卿大夫之服。至三百之多，夫候人之官，天子上士六人，下士十有二人，史六人，徒百二十人爾。以區區之曹，其朝共有三百之赤芾已爲不堪，乃謂候人一官，服赤芾者三百耶？且敵國賓至，候人爲道非守疆場者也，噫，過已。』

〔二〕宋代李樗毛詩集解卷十六載：『蘇氏則以遂爲達，與小人爲昏媾，未有達者也，是。』

〔三〕宋代李樗毛詩集解卷十六載：『惟蘇氏謂……此説是也。蓋云之薈蔚，所以喻小人之服，赤芾而爲卿大夫也，季女之飢，所以喻君子之爲候人，以供其賤役也，蓋古者多以女自守而喻君子也。』

鳲鳩，刺不壹也。

鳲鳩在桑，其子七兮。淑人君子，其儀一兮。其儀一兮，心如結兮。

鳲鳩，鴶鵴[一]也。鳲鳩之哺其子，朝從上下，莫從下上，平均如一。君子之於人，其均一亦如是也。儀，其見於外者，有外爲一而心不然者矣。君子之一也，非獨外爲之，其中亦信然也，故曰：『其儀一兮，心如結兮。』

鳲鳩在桑，其子在梅。淑人君子，其帶伊絲。其帶伊絲，其弁伊騏。

騏，或作『璂』，璂弁之結飾，以玉爲之。帶伊絲矣而弁不璂，則爲充於下而不充於上，上下有一不充，則爲不一矣。君子之行，無不充足者，故周旋反覆[二]視之，而無不如一，譬如絲帶而充之以璂弁耳。夫無一不然者，一之至也。德未充而求其能一，不可得也。既已充矣，而求其有一不然，亦不可得也。

鳲鳩在桑，其子在棘。淑人君子，其儀不忒。其儀不忒，正是四國。

鳲鳩在桑，其子在榛。淑人君子，正是國人。正是國人，胡不萬年？

鳲鳩則在桑而已，其子則不可常也，以其愛之則宜其無所不從。然以爲從其在梅，則失其在棘；從其在棘，則失其在榛，是以居一以俟之，而無不及者，此得一之要也。

鳲鳩四章，章六[三]句。

校注

〔一〕鳲鳩：四庫本作『秸鞠』，兩蘇經解本亦是。
〔二〕『覆』字四庫本作『復』，兩蘇經解本畢氏刻本亦是，顧氏刻本同宋刻本。
〔三〕『六』字四庫本作『四』，疑有誤，兩蘇經解本亦是。

下泉，思治也。

毛詩之序曰：『共公之詩也。』

洌彼下泉，浸彼苞稂。愾我寤歎，念彼周京。

洌，寒也。下泉，泉之下流者也。苞，本也。稂，童粱也。稂非溉草，得水則病。民之苦於虐政，猶稂之得下泉也。愾，歎聲也。

洌彼下泉，浸彼苞蕭。愾我寤歎，念彼京周。

蕭，蒿也。

洌彼下泉，浸彼苞蓍。愾我寤歎，念彼京師。

芃芃黍苗，陰雨膏之。四國有〔一〕王，郇伯勞之。

芃芃，盛也。稂、蕭、蓍、黍，皆非溉草，而下泉、陰雨，皆水也。然稂、蕭、蓍以病，而黍苗以盛，則下泉無度而雨有節也。國之有王事，皆非民之所樂也。然得君子以勞來之，則民不至於病矣。郇伯，文王之子，郇侯爲州伯也。

下泉四章，章四句。[二]

校注

〔一〕『有』字四庫本作『是』。

〔二〕四庫本，兩蘇經解本畢氏刻本無此句，顧氏刻本同宋刻本。

詩集傳　卷第七

詩集傳　卷第八

豳　七月[一]　國風

豳，邰之栒邑也。昔公劉自邰出居於豳，修后稷之業，勤卹[二]愛民，民咸歸之，周之王迹實始於此。故周公遭二叔之難而作七月之詩，言后稷公劉勤勞民事，致王業之艱難。文、武受命，功未及究而沒，成王尚幼，恐其不能承，以墜先公之功，是以周公當國，而終成之，故七月者，道周公之所以當國而不辟也。周公之所以當國而不辟者，重王業之艱難也。然是詩則言豳公而已，不及於周公，故謂之豳，而以周公之詩附之。夫豳公之詩，一國之風也。周公之詩，一人之事也，以爲皆非天下之政，是故得爲風而不得爲雅也。昔之言詩者，以爲此詩作於周公之遭變，故謂之豳之變風。夫言正變者，必原其時，原其時則得其實。衛武、衛文、鄭武、秦襄之詩，一時之正也，而不得爲正，何者？其正未足以復變也。周公、成王之際，而有一不善，是亦一時之變焉耳。孰謂一時之變，而足以敗其數百年之正也哉？

七月，陳王業也。

七月流火，九月授衣。一之日觱發，二之日栗烈。無衣無褐，何以卒歲？

此詩言月者，夏正也。言日者，周正也。火，大火也。大火，寒暑之候也。春秋傳曰：『火星中，而寒暑退。』[三]流，下也。火流而將寒，九月而寒至，可以授冬衣矣！至於十一月，風至而觱發，十二月寒盛而栗烈。苟其無衣與無褐也，則何以卒歲乎？故九月不可以不授衣。九月不可以不授衣，則其慮衣也不可以不早矣！褐，毛也。[四]

三之日于耜，四之日舉趾。同我婦子，饁彼南畝[五]。田畯至喜。

豳土晚寒，正月始修耒耜，而二月舉足以耕。於其耕也，丁壯無不適野，故饁者其婦子也。於是田畯來而喜之，不譴矣。饁，饋也。田畯，田大夫也。此章陳衣食之始，餘章終之也。

七月流火，九月授衣。春日載陽，有鳴倉庚。女執懿筐〔六〕，遵彼微行，爰求柔桑。

倉庚，離黄也。懿筐，深筐也。微行，小逕也。柔桑，稚桑也，蠶之始生宜之。知九月之將授衣，故於春日之陽，而倉庚之鳴也，女子行求柔桑以事蠶矣。

春日遲遲，采蘩祁祁。女心傷悲，殆及公子同歸。

蘩，白蒿也，所以生蠶。祁祁，衆也。古者昏禮於歲之交，故女子之處者怨慕悲傷，思以是時歸於公子。

七月流火，八月萑葦。蠶月條桑，取彼斧斨。以伐遠楊，猗彼女桑。

亂爲萑，葭爲葦。隋銎斧，方銎斨。枝落而采之曰條，取葉存條曰猗。猗，長也。葉盡則條猗，猗其長也。〔七〕少枝長條曰女桑。知火流之將寒，故八月則采萑葦，以備來歲之曲〔八〕。至於蠶盛之月，則桑無所不取，其遠條揚起不可手致者伐取之。少枝長條不可枝落者猗取之。於是而桑事畢矣！

七月鳴鵙，八月載績。載玄載黄，我朱孔陽，爲公子裳。

鵙，伯勞也。五月陰氣至則鳴。豳地晚寒，故鳥物之候或從其氣焉。績，治麻也。至是絲事畢，而麻事起矣。玄[九]，黑而有赤也。朱，深纁也。陽，明也。

四月秀葽，五月鳴蜩。八月其穫，十月隕蘀。

不榮而實曰秀。葽，未詳。[一〇]蜩，螗也。穫，穫禾也。隕，墜也。蘀，落也。四者物成而將寒之候。

一之日于貉，取彼狐狸，爲公子裘。二之日其同，載纘武功。言私其豵，獻豜于公。

于貉，往搏貉也。十一月鳥獸氄毛，其皮可取。於是擇其狐狸，以與公子爲裘。至於十二月，則君與民皆田，以繼武事。凡言公子，猶言君子也，從其貴者言之耳。豕一歲曰豵，三歲曰豜。大獸公之，小獸私之。

五月斯螽動股，六月莎雞振羽。七月在野，八月在宇，九月在戶，十月蟋蟀入我床下。

斯螽，蚣蝑也。莎雞，天雞也。蟋蟀暑則在野，寒則依人，故自七月漸近[一一]，至於十月而入於床下。言此三物者，著寒之有漸，非卒來也。

穹室熏鼠，塞向墐戶。嗟我婦子，曰爲改歲，入此室處。

穹，窮也。窒，塞也。向，牖也。墐，塗也。改歲十一月，周正也。十月蟋蟀入伏於床下，知大寒之將至，於是相告以葺其室廬，穹窒隙穴，塞牖塗戶，以御寒之入。蓋民之所以備寒者，至此而後畢。

六月食鬱及薁，七月亨葵及菽。八月剝棗，十月穫稻。爲此春酒，以介眉壽。

春夏食去歲之蓄，至於六月，始有果實成而可食。鬱，棣屬也。薁，蘡薁也。剝，擊也。春酒，凍醪也，冬釀而夏熟。介，助也。養老者，必有酒以助養其氣，夏不可以釀，故爲此酒以繼之。

七月食瓜，八月斷壺[二]，九月叔苴。采荼薪樗，食我農夫。

壺，瓠也。叔，拾也。苴，麻子也。樗，惡木也。

九月築場圃，十月納禾稼。黍稷重穋，禾麻菽麥。嗟我農夫，我稼既同，上入執宮功。晝爾于茅，宵爾索綯，亟其乘屋，其始播百穀。

春夏爲圃，秋冬爲場，故須築以待納禾稼。先種後熟曰重，後種先熟曰穋。同，聚也。綯，絞也。乘，登也。農事既畢，故相告以入都邑治宮室，晝取茅而夜索之，以綴補屋之弊漏，並及其私室曰：『將復始播來歲之穀，不暇治屋矣！』

二之日鑿冰沖沖，三之日納于凌陰。四之日其蚤，獻羔祭韭。

古者藏冰、發冰以節陽氣之盛。陽氣之在天地，譬猶火之著於物也，故常有以解之。十二月陽氣蘊伏，錮而未發，其盛在下，則納冰於地中，故曰：『日在北陸而藏冰』。至於二月，四陽作，蟄蟲起，陽始用事，則亦始啟冰而廟薦之，故曰：『仲春獻羔開冰，先薦寢廟』。至於四月，陽氣畢達，陰氣將絕，則冰於是大發，食肉之祿，老疾喪浴，冰無不及，〔一三〕故曰：『火出而畢賦』。人之居大冬也，血氣收縮，陽處其內，於是厚衣而寒食。及其居大夏也，血氣發越，陽散於外，于是薄衣而溫食，不然盛者將過而爲癘〔一四〕，藏冰、發冰則猶是也。申豐有言：其藏之也深山窮谷，固陰沍寒，於是乎取之。其出之也，朝之祿位、賓食喪祭，於是乎用之。其藏之也周，其用之也遍，則冬無愆陽，夏無伏陰，春無淒風，秋無苦雨，雷出不震，無災〔一五〕霜雹，疾癘不降，民不夭札。今藏川池之冰，弃而不用，風不越而殺，雷不發而震，雹之爲災，誰能御之？此之謂也。

九月肅霜，十月滌場。朋酒斯饗，曰殺羔羊，躋彼公堂。稱彼兕觥，萬

壽無疆！

滌，掃[一六]也。於是場功畢，國君因其閑[一七]暇，而勞饗其群臣朋友。

七月八章，章十一句。

校注

〔一〕兩蘇經解本無『七月』，四庫本亦是。

〔二〕卹：兩蘇經解本作『恤』，四庫本亦是。

〔三〕語出左傳·昭公三年。

〔四〕四庫本與兩蘇經解本作：『褐，毛布也。』鄭箋亦是。

〔五〕兩蘇經解本與顧氏刻本作『畞』，畢氏刻本作『畝』，四庫本同畢氏刻本。

〔六〕原文缺筆，據補，本章下同。

〔七〕元代朱公遷詩經疏義卷八引：『蘇氏曰：葉盡則條猗，猗其長也。』

〔八〕四庫本下有『薄』，兩蘇經解本畢氏刻本作『簿』。顧氏刻本同四庫本。

〔九〕原文缺筆，據補。

〔一〇〕正義曰：四月秀者，葽之草也。五月鳴者，蜩之蟲也。八月其禾可獲刈也。十月木葉皆隕落也。此四物漸而成終，落則將寒之候。釋草云：『華，榮也。木謂之華，草謂之榮。不榮而實者謂之秀。榮而不實者謂之英。』李巡曰：『分別異名以曉人。』則彼以英、秀對文，故以英爲不實，秀爲不榮。出車云『黍稷方華』，生民說黍稷云『實發實秀』，是黍稷有華亦稱秀也。言其秀實，知萋是草也。

〔一一〕『近』字四庫本作『寒』，兩蘇經解本亦是。

〔一二〕『壼』字兩蘇經解本與四庫本作『壺』，下同。

〔一三〕元字朱公遷詩經疏義卷八引：『蘇氏曰：古者藏冰、發冰以節陽氣之盛。夫陽氣之在天地，譬如火之著于物也，故常有以解之。十二月陽氣藴伏，錮而未發，其盛在下則納冰于地中。至于二月，四陽作，大壯蟄蟲起，陽始用事。則亦始啟冰，而廟薦之。至于四月，陽氣畢達，陰氣將絶，則冰于是大發。食肉之禄，老病、喪浴、冰無不及。』

〔一四〕『癘』字四庫本作『厲』，兩蘇經解本亦是，本章下同。

〔一五〕灾：兩蘇經解本作『災』，四庫本亦是。

〔一六〕埽：兩蘇經解本作『埽』，四庫本亦是。

〔一七〕『閑』字兩蘇經解本與四庫本作『閒』，顧氏刻本同宋刻本。

鴟鴞，周公救亂也。

鴟鴞鴟鴞！既取我子，無毀我室。恩斯勤斯，鬻子之閔斯！

周公東伐二叔，既克而成王未信，故爲此詩以遺王。鴟鴞，惡鳥也。鳥之有巢者，呼而告之曰：『既取我子矣，無復毀我室』。周之先王勤勞以造周，如鳥之爲巢，苟取其子而又毀其室，是重傷之也。管、蔡既已出周公矣，王又不信而誅周公。周公誅而王業壞矣！恩，愛也。鬻子，稚子也。先王之愛其室家與其勤之者至矣！庶幾稚子之閔之而已。稚子，謂成王也。

迨天之未陰雨，徹彼桑土，綢繆牖戶。今女下民，或敢侮予！

桑土，桑根也。爲國者如鳥之爲巢，及天下之未雨，而徹桑之根以綢繆其牖戶矣！今女下民，乃敢侮予，將敗我成業哉[一]！

予手拮据，予所捋荼，予所蓄租，予口卒痛[二]，曰予未有室家！

拮据，撠挶也。荼，萑苕也。租，亦蓄也。痛，病也。以手捋荼則至於拮据；以口蓄租則至於卒痛。予之所以勤勞病瘁而不辭者，曰：『予未有室家故也！奈何既成而將或毀之哉？』

予羽譙譙，予尾修〔三〕修。予室翹翹，風雨所漂摇，予維音嘵嘵！

譙譙，殺也。修修，敝也。翹翹，危也。嘵嘵，急也。爲室之勞，至於羽殺尾敝，室成而風雨漂摇之，則其音得無急乎？

鴟鴞四章，章五句。

校注

〔一〕『哉』字四庫本作『也』，兩蘇經解本亦是。

〔二〕『痡』字四庫本作『瘏』，兩蘇經解本亦是，本章下同。

〔三〕兩蘇經解本作『翛』，四庫本亦是，下同。

東山，周公東征也。

我徂東山，慆慆不歸。我來自東，零雨其濛。

慆慆，久也。周公東征，三年而歸，勞歸士而作此詩。言士之從者既久於外，及其歸也，則又遇雨，士於此尤苦，故於四章每言之。

我東曰歸，我心西悲。制彼裳衣，勿士行枚。蜎蜎者蠋，烝在桑野。敦彼獨宿，亦在車下。

勿、物通。枚，一也。蠋，桑蟲也。烝，塵也。東征之士皆西人也，方其在東，未嘗不曰歸耳。而未可以歸，故其心念西而悲，其室家於是爲之制其裳衣[一]而使往遺之。於其往也，戒之使物色其士行，求而人人與之曰：『彼蠋也，則可以久在桑野，吾君子豈亦蠋哉，而亦敦然獨宿于車下？』

我徂東山，慆慆不歸。我來自東，零雨其濛。果裸之實，亦施于宇。伊威在室，蠨蛸在戶。町畽鹿場，熠耀宵行。不可畏也，伊可懷也。

果裸，括[二]樓也。伊威，委黍也。蠨蛸，長踦也。町畽，鹿迹[三]也。熠耀，螢火也。家無人而五物至矣！非足畏也，所以令人憂思耳！

我徂東山，慆慆不歸。我來自東，零雨其濛。鸛鳴于垤，婦歎于室。洒掃穹窒，我征聿至。有敦瓜苦，烝在栗薪。自我不見，于今三年。

垤，蟻冢也。瓜苦，瓜之苦者也。鸛好水，將雨則長鳴而喜。婦人念其君子既歸而又遇雨，故歎。既而知其將至也，則洒掃穹窒以待之。瓜之苦者，人所不取，敦然著于栗薪而不去。婦人之從君子當如是也，是以自我不見，于今三年而不辤也。

我徂東山，慆慆不歸。我來自東，零雨其濛。倉庚于飛，熠耀其羽。之子[四]于歸，皇駁其馬。親結其縭，九十其儀。其新孔嘉，其舊如之何？

此章歸士與其室家相説好，追道其始昏之辭也。倉庚飛而熠耀其羽，譬如婦人之嫁而盛其禮也。馬黄白曰皇，騮白曰駁。女之嫁也，母戒之施衿結帨。九十，言多儀也。

東山四章，章十二句。

校注

〔一〕『裳衣』，四庫本作『衣裳』，兩蘇經解本亦是。

〔二〕『括』字四庫本作『栝』，兩蘇經解本畢氏刻本亦是，顧氏刻本作『枯』。

〔三〕迹：兩蘇經解本作『跡』，四庫本亦是。

〔四〕之子：四庫本、兩蘇經解本作『子之』。

破斧，美周公也。

既破我斧，又缺我斨。周公東征，四國是皇。哀我人斯，亦孔之將。

皇，匡[一]也。將，大也。斧破而斨存，尚有以爲用也。斧破而斨缺，則盡矣！管、蔡流言以危周公，周公危而成王安尚可也，周公危而成王無與爲其國，則成王亦危矣。故曰：『周公之東征，亦四方是爲，非以救其身也。』使周公嫌于救其身，潔身而退，以避二叔之難，則其亂將及於四方。如是而周公亦清矣！然而未免於小也。維不嫌於自救，哀人之不治以誅管、蔡，而後可以爲大也。[二]

既破我斧，又缺我錡。周公東征，四國是吪。哀我人斯，亦孔之嘉。

錡，鑿屬。吪，化也。

既破我斧，又缺我銶。周公東征，四國是遒。哀我人斯，亦孔之休[三]。

銶，木屬。遒，固也。

破斧三章，章六[四]句。

校注

〔一〕原文缺筆，據補。

〔二〕清代嚴虞惇讀詩質疑卷十五引：『蘇氏曰：使周公嫌于救其身，潔身而退，以避二叔之難，則其亂將及于四方。自爲計則得矣，而未免于小也。惟不嫌于自救，哀人之不治，以誅管、蔡，而後可以爲大。』

〔三〕毛傳云：休，美也。

〔四〕『六』字四庫本作『四』，疑有誤。

伐柯，美周公也。

伐柯如何？匪斧不克。取妻如何？匪媒不得。

伐柯而不用斧，取妻而不用媒，豈可得哉？今成王欲治國，弃周公而不召，亦不可得也。〔一〕

伐柯伐柯，其則不遠。我覯之子，籩豆有踐。

用斧以伐柯，非謂其能伐之而已，以爲執柯以伐柯，其則不遠也。治國而用周公，亦豈以其能治之而已哉？以爲使周公在上而天下化之，可以不勞而治焉耳！故人之見周公者，亦見其籩豆有踐而已，非有以異於人也，惟其所過者化所存者，神爲不可及耳。踐，行列貌也。〔二〕

伐柯二章，章四句。

校注

〔一〕清代陳奐詩傳考卷二引：『蘇氏曰：伐柯而不用斧，取妻而不用媒，豈可得哉？今成王欲治國，弃周公而不召，亦不可得也。』清代胡承珙毛詩後箋卷十五載：『蘇氏詩傳曰：伐柯而不用斧，取妻而不用媒，豈可得哉？今成王欲治國，弃周公而不召，亦不可得也。此解頗合經傳之意，易文言：地道也，臣道也，妻道也，古人多以夫婦爲君臣之喻，若如集傳謂是，東人欲見周公，則豈得以取妻爲比乎？』清代王先謙詩三家義集疏卷十三則載云：『宋蘇軾（此處應爲蘇轍）詩傳曰：伐柯而不用斧，取妻而不用媒，豈可得哉？今成王欲治國，弃周公而不召，亦不可得也。最合經意，今從之。』清代嚴虞惇讀詩質疑卷十五亦引曰：『蘇氏曰：伐柯必用斧，取妻必用媒，王欲治國則當還周公也。』

〔二〕正義曰：『覯，見』，釋詁文。飲食之事，聖人以之爲禮。今勸迎周公，而言陳列籩豆，是令王以此籩豆與周公饗燕。

九罭，美周公也。

九罭之魚鱒魴。我覯之子，衮〔一〕衣繡裳。

罭，罟囊也。九罭言其大也。鱒魴，大魚也。衮衣繡裳，上公服也。求大魚者必大綱，見周公者不可不以上公之服也。

鴻飛遵渚，公歸無所，於女信處。

渚，鴻之所當在也。信，再宿也。周公居東，周人思復召之，而恐東人之欲留公也，故告之曰：『周公之在周，譬如鴻之於渚，亦其所當在也。昔也公歸而無所，是以於女信處。苟獲其所矣，豈復於女長處哉？』

鴻飛遵陸，公歸不復，於女信宿。

鴻飛而遵陸，不得已也！周公之在東，亦猶是矣！非其所願居也。苟其得已，則義當復西耳。不復者，不復其舊也。〔一〕

是以有衮衣兮，無以我公歸兮，無使我心悲兮。

東人安於周公，不欲其復西，故曰：『使公居，是以有衮衣可也，無以公歸而使我悲也。』言周公之於天下，無有不欲已得而親事之者也。

九罭四章，章三句。

校注

〔一〕『衮』字四庫本、兩蘇經解本作『袞』，下同。

〔二〕傳云：周公未得禮也。再宿曰信。箋云：信，誠也。時東都之人欲周公留不去，故曉之云：公西歸而無所居，則可就女誠處是東都也。今公當歸復其位，不得留也。

狼跋，美周公也。

狼跋其胡，載疐其尾。公孫碩膚，赤舄几几。

跋，躐也。疐，跲也。公孫，周公。周公，豳公孫也。碩，大也。膚，美也。赤舄，屨〔一〕之盛也。老狼有胡，其進也如將躐其胡，其退也如將跲其尾，然而胡尾未嘗能爲狼累也。周公之輔成王，亦多故矣！二叔流言以病其外，成王不信以憂其內，人之視周公如視狼然，〔二〕前憂其躐胡，而後憂其跲尾也。然周公居之從容自得，而二患皆釋。人徒見其履赤舄几几然安且閑〔三〕，而不知其解患釋難之方也。

狼疐其尾，載跋其胡。公孫碩膚，德音不瑕？

周公既出而作七月，未還而作鴟鴞，既還而作東山，故豳風著此三詩以目周公出入之次，而後列周人美公之詩，此豳詩之所以爲先後也。

狼跋二章，章四句

校注

〔一〕『屨』字四庫本作『屦』，本章下同。

〔二〕清代范家相詩瀋卷之十載：『人視周公，猶狼之跋前疐，後而公處之從容自得，蘇子説也。』

〔三〕『閑』字四庫本作『閒』，兩蘇經解本畢氏刻本亦是。

詩集傳　卷第八

詩集傳　卷第九

鹿鳴之什　小雅

小雅之所以爲小，大雅之所以爲大，何也？小雅言政事之得失，而大雅言道德之存亡。政事雖大，形也；道[一]無小，不可以形盡也。蓋其所謂小者，謂其可得而知量，盡于所知而無餘也。其所謂大者，謂其不可得而知，沛然其無涯者也。故雖爵命諸侯，征伐四國，事之大者而在小雅。行葦言燕兄弟耆老，靈臺言麋鹿魚鼈，蕩刺飲酒號呼，韓奕歌韓侯取妻，皆事之小者，而在大雅。夫政之得失利害止于其事，而道德之存亡，所指雖小而其所及者大矣！毛詩之叙曰：『雅者，正[二]也。政有小大[三]，故有小雅焉，有大雅焉。』以二雅爲皆政也，而有小大之異，蓋未之思歟！

鹿鳴，燕羣臣嘉賓也。

呦呦鹿鳴，食野之苹。我有嘉賓，鼓瑟吹笙。吹笙鼓簧，承筐[四]是將。人之好我，示我周行。

苹，藾蕭也。筐，篚屬，所以行幣帛也。周，忠信也。鹿食於野，無所畏忌，則悠然自得而鳴呦呦矣！我有嘉賓而禮樂以燕之，從容以盡其歡，使其自得如鹿之食苹，則夫思以忠信之道示我矣。忠信者可以其[五]願得之，而不可強取也！

呦呦鹿鳴，食野之蒿。我有嘉賓，德音孔昭。視民不恌，君子是則是傚。我有旨酒，嘉賓式燕以敖。

視，觀也。恌，輕也。敖，游也。

呦呦鹿鳴，食野之芩。我有嘉賓，鼓瑟鼓琴。鼓瑟鼓琴，和樂且湛。我有旨酒，以燕樂嘉賓之心。

芩，草也。湛，樂之久也。

鹿鳴三章，章八句。

校注

〔一〕四庫本與兩蘇經解本作『道德無小』。

〔二〕『正』字四庫本作『政』，兩蘇經解本亦是。

〔三〕四庫本與兩蘇經解本作『政有大小』。

〔四〕原文缺筆，下同，據補。

〔五〕『其』，四庫本無，兩蘇經解本亦是。

四牡，勞使臣之來也。

皇皇者華以遣使臣，四牡以勞其來，以事言之，當先遣後勞，今先勞而後遣，何也？鹿鳴之三，常施於禮樂，不獨用於勞遣，故燕禮鄉飲酒歌焉，意者以其聲爲先後歟。〔一〕

四牡騑騑，周道倭遲。豈不懷歸？王事靡盬，我心傷悲。

騑騑，行不止也。倭遲，歷遠之貌也。〔二〕王事無不堅固者，是以不獲歸而傷悲也。

四牡騑騑，嘽嘽駱馬。豈不懷歸？王事靡盬，不遑啟處。

嘽嘽，喘息也。白馬黑鬣曰駱。啟，跪也。處，居也。

翩翩者鵻，載飛載下，集于苞栩。王事靡盬，不遑將父。

鵻，夫不。夫不，祝鳩，孝鳥也。春秋傳曰：『祝鳩氏，司徒也』〔三〕，謂其孝故尔〔四〕，是以孝子不獲養而稱焉。鵻之飛也，則亦下而集于栩，不若使者之久行不返，不獲養父母也。將，養也。

翩翩者鵻，載飛載止，集于苞杞。王事靡盬，不遑將母。

杞，枸檵也。

駕彼四駱，載驟駸駸。豈不懷歸？是用作歌，將母來諗。

駸駸，驟貌也。諗，告也。使者未嘗不懷歸也，故君爲作此歌，於其來而告之，以其欲養父母之意，獨言將母，因四章之文也。

四牡五章，章五句。

校注

〔一〕宋代李樗毛詩集解卷十九載：『蘇氏之說，則據儀禮以爲說，然以聲樂爲先後，則是一意也。』清代顧棟高毛詩訂詁卷四載：『集傳序言此詩所以勞使臣之來甚協詩意。』清代成僎詩說考略卷九，明代顧夢麟詩經說約卷十一，明代胡廣詩傳大全卷九，元代劉瑾詩傳通釋卷九均有引用。

〔二〕釋文：『韓詩作倭夷』。西征賦註引韓詩作『威夷』。按：倭、威、遲、夷四字古音同部，故通用。說文：『逶迤，衺去貌也。』音義與『威夷』相近。

〔三〕語出左傳·昭公十七年。

〔四〕『尒』，兩蘇經解本、四庫本作『爾』。

皇皇者華，君遣使臣也。

皇皇者華，于彼原隰。駪駪征夫，每懷靡及。

皇皇，煌煌也。高平曰原，下濕曰隰。駪駪，衆也。煌煌之華生于原隰，而不知原隰之異，維其所在而無不煌煌者。臣奉君命以出，而每懷不及事之憂，不[一]忘咨訪，不以遠近嶮[二]易易其心，亦如華之無不煌煌也。

我馬維駒，六轡如濡。載馳載驅，周爰咨諏。

周，忠信也。爰，於也。訪問於善爲咨。咨事爲諏。

我馬維騏，六轡如絲。載馳載驅，周爰咨謀。

咨難爲謀。

我馬維駱，六轡沃若。載馳載驅，周爰咨度。

咨禮爲度。

我馬維駰，六轡既均。載馳載驅，周爰諮詢。

陰白雜[三]毛曰駰。咨親爲詢。

皇皇者華五章，章四句。

校注

〔一〕原文缺筆，據補。

〔二〕『嶮』，兩蘇經解本與四庫本作『險』。

〔三〕『雜』字兩蘇經解本作『襍』，四庫本亦是。

常棣，燕兄弟也。

春秋外傳曰：『周文公之詩也。』[二]蓋傷管、蔡之失道而作之，以親兄弟。

常棣之華，鄂不韡韡。凡今之人，莫如兄弟。

常棣，棣也。鄂，其承華者也。未有華盛於上而鄂不韡韡者也，兄弟之相爲益亦猶是矣，故曰：『凡今之人，莫如兄弟』，以爲小人好以親爲怨，而樂從其疏[二]也。故此詩每陳朋友之不足恃者以告之。[三]

死喪之威，兄弟孔懷。原隰裒矣，兄弟求矣。

兄弟之相懷，不見於其平居，而見於死喪之威。今使人失其常居，而聚於原隰之間，則他人相舍，而兄弟相求矣。裒，聚也。

脊令在原，兄弟急難。每有良朋，况也永嘆[四]。

脊令，渠雝[五]也，飛則鳴，行則搖，不能自舍。人之急難相救，不舍斯須如脊令者，唯兄弟也。雖有良朋，其甚者不過爲之長嘆息而已。况，甚矣。

兄弟鬩于牆，外御其務。每有良朋，烝也無戎。

鬩，很[六]也。務，當作『侮』。烝，塵也。兄弟雖內鬩，而不廢御外侮。使朋友而相忿也，其能久者，無爲戎以害已則善矣，尚可望其御侮哉？

喪亂既平，既安且寧。雖有兄弟，不如友生。

人居平安之世，不知兄弟之可恃，而以至親相責望，則兄弟常多過失，易以生怨，故有以朋友爲賢於兄弟者。夫觀人於平安，則不能得其實，其必試之於患難，而後得之。

儐爾籩豆，飲酒之飫。兄弟既具，和樂且孺。

儐，陳也。飫，饜也。〔七〕孺，屬也。患世之疏遠其兄弟，故教之陳其籩豆，飲酒至飫，使兄弟具來，以觀其樂否。苟樂也，則其疏之者過矣。

妻子好合，如鼓瑟琴。兄弟既翕，和樂且湛。

妻子以好相〔八〕合耳，及其和也，如鼓瑟琴。况於兄弟之以天屬也哉！特患不親之耳，苟其親之，其樂豈特妻子而已？翕，合也。

宜爾室家，樂爾妻帑〔九〕。是究是圖，亶其然乎？

帑，子也。究，深也。亶，信也。小人思慮不能及遠，常以爲兄弟之於我無所損益，不知兄弟之相親，亦所以宜其室家，而樂其妻帑者。患其淺陋而不信，故使之深思而遠圖之，以信其然否。

常棣八章，章四句。

校注

〔一〕春秋外傳又名國語，語出國語·周語·襄王十三年。

〔二〕『蹠』字兩蘇經解本、四庫本作『蹠』，本章下同。

〔三〕清代朱鶴齡詩經通義卷六引『蘇傳：小人好以親爲怨，而樂從其疏，故此詩每陳朋友之不足恃者，以告之』。

〔四〕兩蘇經解本作『歎』，四庫本亦是，下同。

〔五〕郑箋、孔氏正義、四庫本、朱熹詩集傳等均作『蘧篨』，兩蘇經解本亦是。

〔六〕『很』，四庫本作『狠』，兩蘇經解本亦是。

〔七〕毛傳云：飫，私也。不脫屨升堂謂之飫。正義曰：『飫，私』，釋言文。孫炎曰：『飫非公朝，私飫飲酒也。』周語有王公立飫，又曰『立成禮烝而已』。飫既爲私，不在公朝，在露門內也。酒肉所陳，不宜在庭，則在堂矣。

〔八〕兩蘇經解本無『相』，四庫本亦是。

〔九〕『帑』，四庫本作『孥』，兩蘇經解本畢氏刻本亦是，下同。

伐木，燕朋友故舊也。

伐木丁丁，鳥鳴嚶嚶。出自幽谷，遷于喬木。嚶其鳴矣，求其友聲。相彼鳥矣，猶求友聲。矧伊人矣，不求友生？神之聽之，終和且平。

丁丁，伐木聲也。嚶嚶，兩鳥鳴也。事之甚小而須友者，伐木也。物之無知而不忘其群者，鳥也。鳥出於谷而升於木，以木爲安而不獨有也，故嚶然而鳴，以求其友。况於事之大於伐木，而人之有知也哉？是以先王不遺朋友故舊，以爲非特有人助也，鬼神亦將佑之以和平矣。〔一〕

伐木許許，釃酒有藇！既有肥羜，以速諸父。寧適不來，微我弗顧。

許許，柿〔二〕貌也。以筐〔三〕曰釃，以藪曰湑。藇，釃酒貌也。羜，未成羊也。速，召也。伐木至小矣，而猶須友，故君子於其閑〔四〕暇，而酒食以燕樂之，所以求其歡〔五〕心也。〔六〕

於粲洒〔七〕埽，陳饋八簋。既有肥牡，以速諸舅。寧適不來，微我有咎。

粲，鮮明也。天子八簋。

伐木于阪，釃酒有衍。籩豆有踐，兄弟無遠。民之失德，乾餱以愆。

衍[八]，多[九]也。民之失德也，有以乾餱相譴讁，故君了於其朋友故舊無所愛者。

有酒湑我，無酒酤我。坎坎鼓我，蹲蹲舞我。迨我暇矣，飲此湑矣。

湑，茜之也。酤，買也。有則湑之，無則酤之，不以有無爲辭也。奏之以鼓，重之以舞，盡其有以樂之也。及我之暇，而飲我以湑，道主人之厚也。

伐木六章，章六句。

校注

〔一〕清代顧鎮虞東學詩卷六載：『頫濱亦非求友以治天下而有和平之效之謂。』

〔二〕『柹』，當作『柿』，清代阮元校毛詩正義考之甚详。

〔三〕原文缺筆，據補。

〔四〕『閑』字兩蘇經解本、四庫本作『閒』。

〔五〕『歡』字四庫本、兩蘇經解本作『驩』。

〔六〕明代何楷詩經世本古義卷之六載：『蘇轍云：伐木至小矣，而猶湏友。故君子于其閒暇，而飲食以燕樂之，所以求其驩心也。』清·嚴虞惇讀詩質疑卷十六亦引。

〔七〕洒掃：兩蘇經解本與四庫本作『灑埽』。

〔八〕『衍』字四庫本作『愆』，兩蘇經解本亦是。

〔九〕『多』字四庫本作『過』，兩蘇經解本畢氏刻本亦是。

天保，下報上也。

人君以鹿鳴之五詩宴其羣臣，天保者豈以荅〔一〕是五詩，於其燕〔二〕也皆用之歟？〔三〕其言皆臣下所以願其君者〔四〕，然古禮廢矣，不可得而知也。

天保定爾，亦孔之固。俾爾單厚，何福不除？俾爾多益，以莫不庶。

保，安也。單，盡也。除，開也。天之安吾君亦甚固矣，使之無不厚者，是以無福不開。予之使之多受增益，是以無物不蕃庶者。

天保定爾，俾爾戩穀。罄無不宜，受天百祿。降爾遐福，維日不足。

戩，福也。穀，祿也。將使之安有福祿，故開其心智，使之無所不宜，以能受之。詩云：『宜民宜人，受祿于天』，如是然後可以長有其福，而日且不足矣！此所謂『何福不除』也。

天保定爾，以莫不興。如山如阜，如岡如陵，如川之方至，以莫不增。

興，作也。言萬物無不作而盛者，此所謂以莫不庶也。

吉蠲爲饎，是用孝享。禴祠烝嘗，于公先王。君曰卜爾，萬壽無疆。

吉，善也。蠲，絜[五]也。饎，酒食也。春曰祠，夏曰禴，秋曰嘗，冬曰烝。公，先公也。君，先君也。卜，予也。尸嘏，主人之辭也。蓋言非獨天助之，先祖亦莫不予也。

神之弔矣，貽[六]爾多福。民之質矣，日用飲食。羣黎百姓，遍爲爾德。

神報之以福，民無爲而飲食，百官象之而爲其德，言無有不順也。弔，至也。質，成也。黎，衆也。百姓，百官也。

如月之恒[七]，如日之升。如南山之壽，不騫不崩。如松柏之茂，無不爾或承。

天地神人無有不順，則其所以願之者如此。恒，常也。騫，虧也。木落則無繼，落而有承者，惟松柏也。

天保六章，章六句。

校注

〔一〕『荅』字四庫本、兩蘇經解本作『答』。

〔二〕『燕』字四庫本作『宴』，兩蘇經解本亦是。

〔三〕明代張次仲待軒詩記卷四載：『蘇子由曰：人君以鹿鳴以下五詩宴羣臣，天保者，盖以答是五詩于其宴也而用之與。』

〔四〕四庫本、兩蘇經解本無『者』。

〔五〕『絜』字四庫本作『潔』，兩蘇經解本亦是。

〔六〕『貽』字四庫本作『詒』，兩蘇經解本同宋刻本。

〔七〕原文缺筆，據補，下同。

采薇，遣戍役也。

采薇出車杕杜，此三詩皆言文王爲西伯，以紂之命而伐玁狁，故其詩曰：『自天子所，謂我來矣』，天子謂紂也。然此詩之作，則非文王之世矣，故其詩曰：『王命南仲，往城于方』，王，謂文王也。文王未王而稱王，後世之所追誦也。而毛氏以王爲紂，故叙以爲文王之世，歌此詩以遣勞之。夫紂得命文王，而不得命南仲，故王得

爲文王，而不得爲紂。王不得爲紂，則此詩非文王之世之詩明矣。〔一〕

采薇采薇，薇亦作止。曰歸曰歸，歲亦莫止。靡室靡家，玁狁之故。不遑啟處，獫〔二〕狁之故。

文王爲西伯，以天子之命西伐昆夷，北伐玁狁，將遣戍役而戒其期曰：『薇可采而行。』故於其行而督之曰：『薇亦作矣，可以行矣。』既告之以其行，又告之以其歸，曰：『歲莫而後反』。凡所以使民久役於外，弃其室家，而不遑啟處者，皆玁狁之故也。

采薇采薇，薇亦柔止。曰歸曰歸，心亦憂止〔三〕。憂心烈烈，載飢載渴。我戍未定，靡使歸聘。

行者內憂歸期之遠，而外爲飢渴之所困，亦甚病矣。〔四〕然〔五〕戍者未定，則無以使之歸聘天子，是以若是急也。

采薇采薇，薇亦剛止。曰歸曰歸，歲亦陽止。王事靡盬，不遑啟處。憂心孔疚，我行不來！

始言薇作，次言薇柔，終言薇剛，言時日已晚，不可復留也〔六〕。歲之陽，十月也。不來，不反也。兵行，故有不反之憂。

彼爾維何？維常之華。彼路斯何？君子之車。戎車既駕，四牡業業。豈敢定居？一月三捷！

爾，華盛貌。說文作『薾』。常，常棣也。君子，將帥〔七〕也。其車陳於道路，如華之盛，而其馬業業然壯也。豈以是安於遠戍，使汝不速反乎？亦庶乎一月而三捷，以求速歸耳。

駕彼四牡，四牡騤騤。君子所依，小人所腓。四牡翼翼，象弭魚服。豈不日戒？玁狁孔棘！

騤騤，強也。腓，辟也。象弭，以象骨飾弓末也。魚服，以魚獸之皮爲矢服也。棘，急也。將帥之車，非獨君子之所依，亦小人之所恃以辟患難也。〔八〕且將帥之在軍，畏慎翼翼，躬服弓矢，相戒以玁狁甚急，豈獨暇豫哉？其勞苦憂患，亦與士卒共之耳。

昔我往矣，楊柳依依。今我來思，雨雪霏霏。行道遲遲，載渴載飢。我心傷悲，莫知我哀！

此章深言其往返之勤苦，所以深慰之也。

采薇六章，章八句。

校注

〔一〕宋代段昌武毛詩集解卷十六引：『蘇曰：采薇出車杕杜此三詩皆言文王爲西伯，以紂之命而伐玁狁。』宋・呂祖謙呂氏家塾讀詩記、清顧棟高毛詩訂詁卷四；清代楊名時詩經札記亦有引用。

〔二〕『獫』，四庫本作『玁』，兩蘇經解本亦是。

〔三〕止：兩蘇經解本畢氏刻本作『矣』。

〔四〕宋代呂祖謙呂氏家塾讀詩記卷第十七引：『蘇氏曰：内憂歸期之遠，而外爲飢渴之所困，亦甚病矣。』

〔五〕『然』，四庫本無，兩蘇經解本亦是。

〔六〕宋代李樗毛詩集解卷二十載：『蘇氏則以爲，遣戍役而戒其期曰薇可采而行，而督之曰薇亦作矣，可以行矣，始言薇作，次言薇柔，終言薇剛言，時日已晚，不可復留也。蓋以剛柔爲士卒未行，亦不可從。』清代黃中松詩疑辨證卷四亦讚同李說，曰：『蘇轍……之說皆未可信。』

〔七〕箋作『率』，正義作『帥』。

〔八〕宋代李樗毛詩集解卷二十載：『蘇氏乃謂：腓，辟也。小人所恃以辟難，以腓爲辟難，不知有何所據。』

出車，勞還率也。

我出我車，于彼牧矣。自天子所，謂我來矣。召彼僕夫，謂之載矣。王事多難，維其棘矣。

牧，郊也。其將北伐也，出車於郊而告之曰：『有至自天子所，而使我出征者。』召僕夫而使之載。王事多難，不可緩也。[一]

我出我車，于彼郊矣。設此旐矣，建彼旄矣。彼旟旐斯，胡不旆旆？憂心悄悄，僕夫况瘁。

龜、蛇[二]曰旐。鳥隼曰旟。旄，干旄也。旆旆，揚也。况，甚也。君子勇於從事，維恐旟旐之不旆旆。與僕夫之甚瘁，不如其志也。[三]

王命南仲，往城于方。出車彭彭，旂旐央央。天子命我，城彼朔方。赫赫南仲，玁狁于襄。

王，謂文王也。是時文王未王而稱王者，後世之追誦〔四〕也。〔五〕南仲，文王之屬也。方，朔方也。彭彭，壯盛也。交龍爲旂。央央，明盛也。襄，除也。文王命南仲往城朔方，曰：『天子以是命我。今使南仲爲將以往，庶乎玁狁之患於是而除，有以報天子矣。』〔六〕

昔我往矣，黍稷方華。今我來思，雨雪載塗。王事多難，不遑啟居。豈不懷歸？畏此簡書。

文王之伐玁狁也，采薇而行，采蘩而歸。今曰『黍稷方華』，則六月矣。『雨雪載塗』，則十月矣。蓋既城朔方，六月而出兵，十月而還，止於朔方，來年春而歸也。簡書，戒命也。

喓喓草蟲，趯趯阜螽。未見君子，憂心忡忡。既見君子，我心則降。赫赫南仲，薄伐西戎。

草蟲鳴而阜螽躍。婦人之念君子亦猶是矣。方其未見也，以不見爲憂耳。及其既見，而後知喜其成功也。故其終也，則矜之曰：『赫赫南仲，薄伐西戎。』然則既伐玁狁，又伐西戎也。

春日遲遲，卉木萋萋。倉庚喈喈，采蘩祁祁。執訊獲醜，薄言還歸。赫赫南仲，玁狁于夷。

卉，草也。訊，問也。醜，衆也。夷，平也。

出車六章，章八句。

校注

〔一〕宋代李樗毛詩集解卷二十載：『蘇氏則以于彼牧者，即是郊也。此説爲簡勁。』

〔二〕『蛇』，兩蘇經解本、四庫本作『虵』。

〔三〕宋代李樗毛詩集解卷二十載：『蘇氏曰：君子勇于從事，惟恐旟旐之不斾斾。與僕夫之甚瘁，不如其志也。此皆非詩人之意也。』

〔四〕兩蘇經解本作『稱』，四庫本亦是。

〔五〕宋代李樗毛詩集解卷二十載：『此篇言王命南仲，如從毛氏之説以王爲殷王則與序不相合，其説爲可疑。若從蘇氏之説以王爲文王，然亦窒礙而不通。』

〔六〕宋代李樗毛詩集解卷二十載：『蘇氏曰：紂得命文王而不得命南仲，故王乃爲文王，不得爲紂。此説甚善。』

杕杜，勞還役也。

兵之出也，有遣役而無遣率，蓋爲軍中之禮也。軍中上下同事，故遣役而遂遣率。及其還也，率役分勞，蓋爲國中之禮也。國中貴賤異數，故勞率而後勞役。禮曰：『賜君子、小人不同日』，此之謂也。

有杕之杜，有睆其實。王事靡盬，繼嗣我日。

睆，實貌也。君子行役，則婦人獨任其家事，如特生之杜而負有睆之實，言弱而不能勝也。[一]奈何王事日夜不已，使君子久而不反乎？

日月陽止，女心傷止，征夫遑止。

遑，暇也。春而出征，至於十月，歸期及矣[二]，而猶不至，故女心傷悲，曰：『吾君子亦暇矣乎，曷爲不時至哉？』

有杕之杜，其葉萋萋。王事靡盬，我心傷悲。卉木萋止，女心悲止，征夫歸止！

陟彼北山，言采其杞。王事靡盬，憂我父母。

山之草木非一也，而獨采其杞，則山嘗有餘矣。今王事靡盬，非獨以病行者也，又以憂其父母，曾山木之不若也〔三〕。

檀車幝幝，四牡痯痯，征夫不遠！

檀車，以檀爲車也。幝幝，敝貌也。痯痯，罷貌也。

匪載匪來，憂心孔疚。期逝不至，而多爲恤。卜筮偕止，會言近止，征夫邇止！

君子不載不來，使我憂心甚病。歸期逝矣，而不時至，徒多爲相恤之言而已。於是卜之筮之，而同曰近矣。征夫邇矣，言其家念之至也。

杕杜四章，章七句。

校注

〔一〕宋代李樗毛詩集解卷二十載：『蘇氏曰：君子行役，則婦人獨任其家事。如特生之杜而負有晼之實，言弱而不能勝也。此說不如毛氏「繼嗣我日」言其行役以日繼日，無有休息之期也。』

〔二〕四庫本與兩蘇經解本作『至于十月，則歸期及矣』。

〔三〕宋代李樗毛詩集解卷二十載：『蘇氏曰：山之草木非一也，而獨采其杞，則山嘗有餘矣。今王事靡盬，非獨以病行者也，又以憂其父母，曾山木之不如也。此説與王氏亦不甚相遠。竊意以爲，此二句正猶草蟲之詩言「陟彼北山、言采其薇、言采其蕨」，皆以見時物之變，感其君子久出，思得以見之，非有他義也。』

魚麗，美萬物盛多，能備禮也。

魚麗于罶，鱨鯊。君子有酒，旨且多。

麗，歷也。罶，曲梁也，所謂寡婦之笱也。鱨，揚也。鯊，鮀也。寡婦之笱而獲鱨鯊，施者小而得者大也。古之仁人交萬物有道，取之有時，用之有節，則草木鳥獸蕃殖，無有求而不得。君子於是及其閑〔二〕暇，而爲酒醴以燕樂之。其酒既旨且多，言無所不備也。

魚麗于罶，魴鱧。君子有酒，多且旨。

鱧，鮦也。

魚麗于罶，鰋鯉。君子有酒，旨且有。

鰋，鮎也。

物其多矣，維其嘉矣！

物其旨矣，維其偕矣！

物其有矣，維其時矣！

偕，齊也。多則患其不嘉，旨則患其不齊，有則患其不時。今多而能嘉，旨而能齊，有而能時，言曲全也。

魚麗六章，三章章四句，三章章二句。

校注

〔一〕『閑』，兩蘇經解本畢氏刻本、四庫本作『閒』，顧氏刻本同宋刻本。

詩集傳　卷第九

詩集傳　卷第十

南陔之什　小雅

南陔，孝子相戒以養也。

白華，孝子之絜[一]白也。

華黍，時和歲豐，宜黍稷也。

此三詩皆亡其辭。古者鄉飲酒燕禮皆用之。孔子編詩蓋亦取焉，歷戰國及秦亡之，而獨存其義。毛公傳詩，附之鹿鳴之什，遂推[二]改什首。予以爲非古，於是復爲南陔之什，則小雅之什皆復孔子之舊[三]。

校注

〔一〕『絜』字四庫本、兩蘇經解本作『潔』。

〔二〕四庫本與兩蘇經解本無『推』。

〔三〕元代朱公遷詩經疏義卷九載：『毛公以南陔以下三篇無辭，故升魚麗以足鹿鳴什數，而附笙詩三篇于其後，因以南有嘉魚爲次什之首。今悉依儀禮正之，毛公謂南有嘉魚之什。蘇氏謂其非古，乃本之六月之序爲南陔之什，然升魚麗猶仍毛説也，徵之儀禮不合。故朱子定爲白華之什，輯録見燕禮鄉飲酒禮篇。』清・顧鎮虞東學詩卷六載：『按：毛公以南有嘉魚爲什首。蘇氏以爲非古，復爲南陔之什，蓋依六月序也。朱子準儀禮節次進南陔以終鹿鳴之什，退魚麗于華黍之後，而以白華爲首，此奏樂之序，非編詩之序也。必準儀禮爲先後，何以解于周召六詩乎？故當以蘇氏所定爲正。』

南有嘉魚，樂與賢也。

南有嘉魚，烝然罩罩。君子有酒，嘉賓式燕以樂。

烝，塵也。罩，篧也。罩罩，非一辭也。魚之在水至深遠矣，然人未嘗以深遠爲辭而不求。雖不可得，猶久伺而多罩之，是以魚無有不得也。苟君子之求賢，心誠好之而不倦，如是人之於魚，則亦豈有不可得者哉？

南有嘉魚，烝然汕汕。君子有酒，嘉賓式燕以衎。

汕，樔也。樔，橑[一]罟也。衎，樂也。

南有樛木，甘瓠纍之。君子有酒，嘉賓式燕綏之。

魚非有求於人，而人則取之。以爲賢者亦如是，而吾則強求之歟？非也。瓜蔓於地，是豈可強使從人哉？然其遇樛木也，未嘗不纍之而上。物之相從，物之性也。豈有賢者而不願從人者哉，獨患不之求耳。孔子曰：『未之思也，夫何遠之有？』

翩翩者鵻，烝然來思。君子有酒，嘉賓式燕又思。

父子之相親，物無不然者，故夫不[二]之鳥常懷其親，來而不去。君子之事君，如子之養父母，義有不可已者，故曰：『長幼之節不可廢也，君臣之義如之何其廢之？』蓋孔子歷聘於諸侯，老而不厭。乃所謂『烝然來思』者[三]。惟莫之用，是以終舍而去。古之君子於士之至也，則酒食以燕樂之，故士可得而留也。又，復也。思，辭也。既燕矣，而猶未厭安之也。

南有嘉魚四章，章四句。

校注

〔一〕『橑』字四庫本、兩蘇經解本作『撩』。

〔二〕夫不：四庫本爲『擇木』，兩蘇經解本亦是。

〔三〕兩蘇經解本畢氏刻本作『乃所烝然然来思者』，疑有误。

南山有臺，樂得賢也。

南山有臺，北山有萊[一]。樂只君子，邦家之基。樂只君子，萬壽無期！

臺，夫須也。萊，草也[二]。國之有賢人，猶山之有草木以自覆蓋也。君子之長育人才，如山之長育草木，多而不厭，外則能爲邦家之基，內則身享壽考之報矣。且非獨如此而已，至于德音洽於衆聽，餘慶及其後人，亦未有不由此也，故終篇歷言之。

南山有桑，北山有楊。樂只君子，邦家之光。樂只君子，萬壽無疆！

南山有杞，北山有李。樂只君子，民之父母。樂只君子，德音不已。

南山有栲，北山有杻。樂只君子，遐不眉壽？樂只君子，德音是茂。

栲，山樗也。杻，檍也。

南山有枸，北山有楰[三]。樂只君子，遐不黃耇？樂只君子，保艾爾後。

枸，枳枸也。楰，鼠梓也。

南山有臺五章，章六句。

校注

〔一〕『菜』字下文作『萊』。四庫本及兩蘇經解本均作『萊』。此『菜』当为『萊』之誤刻。

〔二〕玉篇廣韻均曰：『萊，藜草也。』

〔三〕楰：兩蘇經解本顧氏刻本作『㮴』，畢氏刻本同宋刻本，下同。

由庚，萬物得由其道也。

崇丘，萬物得極其高大也。

由儀，萬物之生各得其宜也。

三詩皆亡，鄉飲酒燕禮亦用焉。燕禮，升歌鹿鳴，下管新宮。射禮，諸侯以貍首爲節。新宮貍首皆正詩，而詞義不見，或者孔子刪之歟，不然後世亡之也？

蓼蕭，澤及四海也。

蓼彼蕭斯，零露湑兮。既見君子，我心寫兮。燕笑語兮，是以有譽處兮。

蓼，長大貌也。蕭，蒿也。譽、豫通。〔一〕凡詩之譽皆言樂也。諸侯來朝，其衆且賤如蕭蒿，然王者推恩以接之，無所不及，如零露之於蕭然。〔二〕故其既見天子也，莫不思盡其心之所有以告之。天子又申之以燕禮，於其燕也，極其笑語之樂而無間，諸侯是以樂處於是也。

蓼彼蕭斯，零露瀼瀼。既見君子，爲龍爲光。其德不爽，壽考不忘。

瀼瀼，多貌。龍，寵也。

蓼彼蕭斯，零露泥泥。既見君子，孔燕豈弟。宜兄宜弟，令德壽豈。

泥泥，濡貌。兄弟，同姓諸侯也。〔三〕

蓼彼蕭斯，零露濃濃。既見君子，鞗革沖沖。和鸞雝雝，萬福攸同。

鞗，轡也。革，轡首也。沖沖，垂貌也。在軾曰和，在衡曰鸞。諸侯燕見天子，天子必乘車迎之於門㈠，故云。

蓼蕭四章，章六句。

校注

〔一〕清代顧廣譽學詩詳説卷十七載：『譽，與豫通，蘇義是。』

〔二〕清代顧廣譽學詩詳説卷十七載：『蘇氏謂：諸侯來朝，王者推恩以接之，無所不及，如零露之于蕭。呂氏述之，此勝箋説。』

〔三〕清代顧廣譽學詩詳説卷十七載：『宜其兄弟，蘇氏以爲同姓諸侯。』

湛露，天子燕諸侯也。

湛湛露斯，匪陽不晞。厭厭夜飲，不醉無歸。

湛湛，凝也。晞，乾也。厭厭，久也。天子燕諸侯，而飲之酒如露之凝於物，無不濡足者。飲酒至夜，非醉而不出，如露之得日而後乾也。

湛湛露斯，在彼豐草。厭厭夜飲，在宗載考。

㈠『門』，四庫本、兩蘇經解本作『其門』。

宗，同姓也。考，成也。古者族人侍飲于宗子，不醉而出，是不親也；醉而不出，是渫宗也。天子之飲諸侯亦然，故在同姓則成之，異姓則辭之。

湛湛露斯，在彼杞棘。顯允君子，莫不令德。

露之在草也，如將不勝；其在木也，則能任之矣。將言其無不醉，故以豐草言之；將言其醉而不亂，故以杞棘言之。『顯允君子，莫不令德』，言醉而不亂也。

其桐其椅，其實離離。豈弟君子，莫不令儀。

桐、椅雖實繁而枝不披。君子雖飲酒至夜，將之以禮，禮終而莫不令儀，如桐、椅之不爲實所困也。

湛露四章，章四句。

彤弓之什　小雅

彤弓，天子錫有功諸侯也。

彤弓弨兮，受言藏之。我有嘉賓，中心貺之。鐘鼓既設，一朝饗之。

春秋傳曰：『諸侯敵王所愾而獻其功，[一]王於是乎賜之彤弓一，彤矢百，玈弓矢千，以覺報燕。』〔二〕凡諸侯賜弓矢，然後專征伐。彤弓，朱弓也。弨，弛貌也。大飲賓曰饗。其賜之也，行之以饗禮。『一朝饗之』，言並厚之以大禮也。〔三〕

彤弓弨兮，受言載之。我有嘉賓，中心喜之。鐘鼓既設，一朝右之。

載，載以歸也。右，助也。

彤弓弨兮，受言櫜之。我有嘉賓，中心好之。鐘鼓既設，一朝醻之。

櫜，韜也。醻，報也。

彤弓三章，章六句。

校注

〔一〕杜預注：敵猶當也。愾，恨怒也。正義曰：敵者，相當之言。愾，是恨怒之意。當王所怒，謂往征伐之勝而獻其功也。

〔二〕語出左傳·文公四年。杜預注：覺，明也。謂諸侯有四夷之功，王賜之弓矢，又爲歌彤弓以明報功宴樂。

〔三〕孔氏正義曰：覺者，悟知之意，故爲明也，使諸侯明己心也。莊三十一年傳曰：『諸侯有四夷之功，則獻于王。』中國則否。禮『諸侯賜弓矢，然後專征伐』，故有功則賜之以弓矢，又歌此彤弓之詩以明天子之心，知是報功宴樂也。詩言『一朝饗之』，則是爲設饗禮。此云宴者，明其爲宴樂耳，非言設宴禮也。

菁菁者莪，樂育材也。

菁菁者莪，在彼中阿。既見君子，樂且有儀。

菁菁，盛貌也。莪，羅[一]蒿也。阿，大陵也。君子之長育人材，如阿之長莪，菁菁然盛也。

菁菁者莪，在彼中沚。既見君子，我心則喜。菁菁者莪，在彼中陵。既見君子，錫我百朋。

古者貨貝，二貝爲朋。百朋，言其所以祿士之多也。

泛泛楊舟，載沉載浮。既見君子，我心則休。

君子之於人，無所不養，譬如楊舟之於物，浮沉無不載也。二雅之正，其詩之先後，周之盛時蓋已定之矣。仲尼無所升降也，故儀禮之歌詩，其次與今詩合。小雅上述文武，下及成王，然其詩之次皆非其世之先後。周公既定禮樂，自鹿鳴至於杕杜，九篇皆以施於燕勞，以其事爲次。故常棣雖周公閔管、蔡之詩，而列于四，非復以世爲先後也。今將辯之。則其言伐玁狁、西戎者，爲文王之詩；其言天下治安、爵命諸侯、澤及四海者，爲武成之詩，其餘則有不可得而詳者矣。且其言文王事紂之際，猶有追稱王者。然則武成之世，所以追誦文王，而非文王之世所自作也。

菁菁者莪四章，章四句。

校注

〔一〕『羅』，四庫本、兩蘇經解本作『蘿』。

六月，宣王北伐也。

六月棲棲，戎車既飭。四牡騤騤，載是常服。玁狁孔熾，我是用急。王于出征，以匡〔一〕王國。

棲棲，不安也。〔二〕常服，韎韋也。于，曰也。宣王承亂之後，玁狁內侵，命尹吉甫伐之。六月方暑而不遑安，飭〔三〕其車馬，載其戎服，而告其衆曰：『玁狁甚熾，我是以急于出兵，且又有王命不可緩也。』

比物四驪，閑之維則。維此六月，既成我服。我服既成，于三十里。王于出征，以佐天子。

周官：祭祀、朝覲、會同，毛馬而頒之。軍事，物馬而頒之。毛，齊其色也。物，齊其力也。既比其物而又四驪，言馬有餘也。閑，習也。則，法也。馬既齊矣，服既成矣，則於是出征。古者師行日三十里。

四牡修廣，其大有顒。薄伐玁狁，以奏膚公。有嚴有翼，共武之服。共武之服，以定王國。

顒，大貌也。膚，大也。公，功也。嚴，莊也。翼，敬也。言將帥之德也。服，事也。

玁狁匪茹，整居焦穫。侵鎬及方，至于涇陽。織文鳥章，白旆央央。元戎十乘，以先啟行。

匪茹，非其所當入也。整居，言無憚也。焦穫，周之藪也。郭璞曰：『扶風池陽瓠中是也。』[四]鎬，鎬京也。方，未詳。涇陽，涇之北也。織文，徽識之文也。鳥章，革鳥之章也。旆，繼旐者也。夏曰鈎車，先正也；商曰寅車，先疾也；周曰元戎，先良也。皆所以啟突敵陣之前行也。

戎車既安，如輊如軒。四牡既佶，既佶且閑。薄伐玁狁，至于太[五]原。文武吉甫，萬邦爲憲。

後視之如輊，前視之如軒，車之調也。佶，壯健也。

吉甫燕喜，既多受祉。來歸自鎬，我行永久。飲御諸友，炰鼈膾鯉。侯誰在矣，張仲孝友。

來歸自[六]鎬，歸其采邑也。吉甫既還，燕其朋友而張仲在焉。張仲，賢人也。言其所與無非賢者。侯，維也。

六月六章，章八句。

校注

〔一〕原文缺筆，據補。

〔二〕宋代段昌武毛詩集解卷十七引：『蘇曰：栖栖，不安也。』

〔三〕『飭』，四庫本作『飾』，兩蘇經解本亦是。

〔四〕語出爾雅釋地第九。

〔五〕『太』字毛詩正義作『大』。

〔六〕原文缺筆，作『日』，據上句補。

采芑，宣王南征也。

薄言采芑，于彼新田，于此菑畝[一]。方叔涖止，其車三千，師干之試。方叔率止，乘其四騏，四騏翼翼。路車有奭，簟茀魚服，鉤膺鞗革。

芑，菜也。田一歲曰菑，二歲曰新田[二]，三歲曰畬。涖，臨也。師，衆也。干，扞也。奭，赤貌也。金路赤飾。鉤膺，樊纓也。將采芑者，於何取之？其[三]必于新田、菑畝而後得之。方其治田也則勞，而及其采芑也則佚。故宣王之南征，則亦使方叔治其軍，而後用之。方叔之治軍也，陳其車馬而試其衆，以扞敵之法，又親以身率之。士之從之者皆知愛之，是以美其車馬之飾而無厭也。其車三千，爲二十二萬五千人，以荊蠻强盛不得不尓[四]耶。

薄言采芑，于彼新田，于此中鄉。方叔涖止，其車三千，旂旐央央。方叔率止，約軝錯衡，八鸞瑲瑲。服其命服，朱芾斯皇，有瑲葱珩。

中鄉，民居在焉，故其田尤治。軝，長轂也，約之以革。錯衡，文衡也。三命，赤芾、蔥珩。

鴥彼飛隼，其飛戾天，亦集爰止。方叔涖止，其車三千，師干之試。方叔率止，鉦人伐鼓，陳師鞠旅。顯允方叔，伐鼓淵淵，振旅闐闐。

戾，至也。爰，于也。鉦所以止，鼓所以進也。鞠，告也。淵淵、闐闐，鼓聲也。振旅，治兵之終也。隼之飛而至天，甚迅疾矣，然必集于其所當止，而後可用。言士雖勇而不教，則不知戰之節，亦不可用也。故方叔命其鉦人擊鼓以誓之，士之聞其鼓聲者，無不服其明信也。意者，方叔之南征，先治其兵，既衆且治，而蠻荊遂服。故詩人詳其治兵，而略其出兵。首章之車非即戎之車，二章之服非即戎之服，三章之陳師未戰而振旅，至于卒章而後言其遇敵，故三章皆治兵也。〔五〕

蠢爾蠻荊，大邦爲讎。方叔元老，克壯其猶。方叔率止，執訊獲醜。戎車嘽嘽，嘽嘽焞焞，如霆如雷。顯允方叔，征伐玁狁，蠻荊來威。

猶，謀也。嘽嘽，衆也。焞焞，盛也。方叔則嘗征伐玁狁而克之矣，況於蠻荊，安有不來服而畏之者乎？

采芑四章，章十二句。

校注

〔一〕畂：兩蘇經解本顧氏刻本作『畞』，畢氏刻本作『畝』，四庫本同畢氏刻本。

〔二〕四庫本、兩蘇經解本無『田』。

〔三〕『其』字原文缺筆，據補。

〔四〕『尒』字兩蘇經解本、四庫本作『爾』。

〔五〕明代何楷詩經世本古義卷之十七載：『蘇轍云：方叔之南征，先治其兵，既衆且治而蠻荆遂服，故詩人詳其治兵而畧其出兵。至于卒章而後言其遇敵。』

車攻，宣王復古也。

我車既攻，我馬既同。四牡龐龐，駕言徂東。

攻，堅也。同，齊也。宗廟齊毫，戎事齊力，田獵齊足，所謂同也。龐龐，充實也。東，東都也。宣王内修政事，車既堅，馬既齊，則往東都田獵以治兵焉。

田車既好，四牡孔阜。東有甫草，駕言行狩。

甫，大也。田者，大刈〔一〕草以爲防，所謂甫草也。

之子于苗，選徒囂囂。建旐設旄，搏〔二〕獸于敖。

苗、狩，皆田之通名也。敖，鄭山也。

駕彼四牡，四牡奕奕。赤芾金舄，會同有繹。

於是諸侯來朝，王因與之出田。赤芾金舄，諸侯之服也，金黄朱色也。繹，陳也。

决拾既佽，弓矢既調。射夫既同，助我舉柴。

决，鈎弦〔三〕也。拾，遂也。佽，手指比也。調，强弱等也。言射事修〔四〕備也。射夫既同，言無不善射也。柴，或作㧘，積也。言諸侯亦助之舉積禽也。

四黄既駕，兩驂不猗。

猗，倚也。言御者之良也。

不失其馳，舍矢〔五〕如破。

言射者之良也。不善射者爲之詭遇則獲，不然則不能。使御者不失其馳，而舍矢如破，然後爲善射也。〔六〕

蕭蕭馬鳴，悠悠旆〔七〕旌。徒御不驚，大庖不盈。

兵之出，徒聞其馬鳴蕭蕭，徒見其旆旌悠悠，言不讙也。不驚，驚也。不盈，盈也。驚，猶警戒也。

之子于征，有聞無聲。允矣君子，展也大成。

允，信也。展，誠也。我必聲之，然後人聞之。我則不聲，而人則聞之，必其實有餘也，故曰：『信哉，其君子矣。誠哉，其大成矣。』

車攻八章，章四句。

校注

〔一〕『刈』，正義作『芟』。

〔二〕『搏』字兩蘇經解本畢氏刻本作『摶』。

〔三〕原文缺筆，據補。

〔四〕『修』字兩蘇經解本、四庫本作『修』。

〔五〕原文缺筆，作『夭』，下有『舍矢如破』句，據補。

〔六〕孔氏正義曰：王既會諸侯，乃與之田。言王乘四黄之馬既駕矣，兩驂之馬不相依猗，御者節御此馬，令不失其馳騁之法。故令射者舍放其矢，則如椎破物，能中而駃也。言御良射善，所以美之。

〔七〕『旆』，孔氏正義作『旆』。

吉日，美宣王田也。

吉日維戊，既伯既禱。田車既好，四牡孔阜。升彼大阜，從其群醜。

伯，馬祖，天駟也。古者將用馬力，則禱於其祖。從，從禽也。醜，類也。

吉日庚午，既差我馬。獸之所同，麀鹿麌麌。漆沮之從，天子之所。

差，擇也。外事用剛日，故禱以戊，擇以庚。同，聚也。鹿牝曰麀。麌麌，多也。漆沮在渭北，所謂洛水也。〔一〕言自〔二〕其上驅獸，而至天子之所也。

瞻彼中原，其祁孔有。儦儦俟俟，或群或友。悉率左右，以燕天子。

言禽獸之多且擾也。祁，大也。趨則儦儦，行則俟俟。三爲群，二爲友。率，馴也。燕，樂也。

既張我弓，既挾我矢，發彼小豝，殪此大兕。以御賓客，且以酌醴。

壹發而死曰殪。燕而酌醴，所以厚賓也。

吉日四章，章六句。

校注

〔一〕清代陳啓源毛詩稽古編卷十一載：『惟吉日之漆沮，宋蘇子由、李迂仲皆指爲洛，則馮翊之水也。近世馮嗣宗祖其說，謂馮翊之漆沮，地近焦穫，多産魚獸，宜爲漁獵之地，信矣。』

〔二〕『言自』，兩蘇經解本作『自言』。

鴻鴈，美宣王也。

鴻鴈于飛，肅肅其羽。之子于征，劬勞于野。爰及矜人，哀此鰥寡。

鴻鴈背陰向陽，如民之去危從安。厲王之後，人民〔一〕離散，譬如鴻鴈之飛四方，無所不往，徒聞其羽聲肅肅，未知所止也。〔二〕及宣王遣使勞來安集之，雖鰥寡無不寧息。矜人，人之可憐者也。

鴻鴈于飛，集于中澤。之子于垣，百堵皆作。雖則劬勞，其究安宅。

使者所至，招來流民，使反其都邑，築其牆垣而安處之，然後民知所止，如鴻鴈之集于澤也。故其民雖勞而不怨，曰其終將安宅矣。

鴻鴈于飛，哀鳴嗸嗸。維此哲人，謂我劬勞。維彼愚人，謂我宣驕。

民復其故居，勞而未定，如鴻鴈之嗸嗸也。興廢補敗，不能自靖，不知者以爲宣驕耳。〔三〕

鴻鴈三章，章六句。

校注

〔一〕人民：四庫本、兩蘇經解本作『民人』。

〔二〕馬其昶詩毛氏學卷十八·小雅三載：『蘇曰：民人離散，如鴻鴈之飛，徒聞羽聲肅肅，未知所止也。』

〔三〕傳：宣，示也。箋云：謂我役作，衆民爲驕奢。

庭燎，美宣王也。

宣王不忘夙興，而問夜之蚤〔一〕晚。足以爲無過矣，非所當譏也。毛氏猶謂雞人不修其官，故敘曰：『因以箴之』，過矣。

夜如何其？夜未央，庭燎之光。君子至止，鸞聲將將。

央，久也。庭燎，大燭也。宣王將視朝，不安於寢而問夜之早〔二〕晚，曰：『夜如何矣？』則對曰：『夜未央，庭燎光。朝者至而聞其鸞聲矣。』

夜如何其？夜未艾，庭燎晣晣。君子至止，鸞聲噦噦。

艾，將盡也。晣晣，明也。噦噦，徐也。

夜如何其？夜鄉晨，庭燎有煇。君子至止，言觀其旂。

夜聞其鸞聲而已，晨則見其旂矣，至此然後可以視朝。

庭燎三章，章五句。

校注

〔一〕『蚤』字四庫本、兩蘇經解本作『早』。

〔二〕『早』字四庫本、兩蘇經解本作『蚤』。

沔水，規宣王也。

沔彼流水，朝宗于海。鴥彼飛隼，載飛載止。嗟我兄弟，邦人諸友。莫肯念亂，誰無父母？

沔，水流滿也。水流猶有朝宗，而隼飛猶有所止，諸侯獨奈何肆行不顧，曾無所畏忌哉！故告於兄弟之國與其友邦之君曰〔一〕：『爾莫肯念救吾亂，人豈有無父母而能生者哉？君臣之不可廢，猶父子之不可去也。』

沔彼流水，其流湯湯。鴥彼飛隼，載飛載揚。念彼不迹，載起載行。心之憂矣，不可弭忘。

湯湯，無所入也。飛、揚，無所止也。不系，不循道也。弭，止也。

鴥彼飛隼，率彼中陵。民之訛言，寧莫之懲。我友敬矣，讒言其興。

厲王之亂，而諸侯恣行不可禁止，宣王將復繩之，而君子懼其不以漸。治久亂而不以漸，亂〔二〕之激也，故告之曰：『隼舍其飛而循中陵，斯已畏矣！民猶將爲訛言以誣之，不可不懲也。今諸侯亦欲敬矣，特畏讒言之興，是以不至。至而有讒，恐不能自免耳。』

沔水三章，二章章八句，一章〔三〕六句。

校注

〔一〕『君曰』，兩蘇經解作『君子』，四庫本亦是。

〔二〕『亂』字四庫本、兩蘇經解本作『治亂』。

〔三〕『章』字四庫本、兩蘇經解本畢氏刻本复有一『章』。

鶴鳴，誨〔一〕宣王也。

鶴鳴于九臯，聲聞于野。魚潛在淵，或在于渚。樂彼之園，爰有樹檀，

其下維蘀。它山之石，可以爲錯。〔二〕

皋，澤也。蘀，落也。爰，曰也。鶴鳴于深澤而聲聞于野，魚潛于淵而時出於渚，言物無隱而不見也。人之樂之於園者，謂其上有檀而下有蘀。言大者之無所不容也。它山之石，以爲無用矣，猶可以爲錯而攻玉，言世未有無用之物也，求賢者亦猶是耳。

鶴鳴于九皋，聲聞于天。魚在于渚，或潛在淵。樂彼之園，爰有樹檀，其下維穀。它山之石，可以攻玉。

穀，楮也。

鶴鳴二章，章九句。

校注

〔一〕毛傳：誨，教也。教宣王求賢人之未仕者。

〔二〕傳：錯，石也，可以琢玉。舉賢用滯，則可以治國。箋云：它山，喻異國。

詩集傳　卷第十

詩集傳　卷第十一

祈父之什　小雅

祈父，刺宣王也。

祈父，予王之爪牙。胡轉予于恤？靡所止居。

祈父，司馬，掌封圻之兵，書作『圻父』。宣王之末，敗於姜氏之戎，爪牙之士爲是怨之歟。恤，憂也。

祈父，予王之爪士。胡轉予于恤？靡所厎〔一〕止。

祈父，亶不聰。胡轉予于恤？有母之尸饔。

亶，誠也。尸，主也。饔，祭食也。士憂兵敗身沒，不得還守祭祀，而使母獨主祭也。

祈父三章，章四句。

校注

〔一〕『厎』字四庫本、兩蘇經解本作『底』。

白駒，大夫刺宣王也。[一]

皎皎白駒，食我場苗。縶之維之，以永今朝。所謂伊人，於焉逍遥？

宣王之世，賢者有不得其志而去者。君子思之，曰：『白駒，人之所願乘也。苟其肯食於我場，我將縶維而留之。』今賢者既已仕矣，而莫或留之，何哉？故於其去也，猶欲其於是逍遥。逍遥，不事事也。雖逍遥猶愈於去耳。[二]

皎皎白駒，食我場藿。縶之維之，以永今夕。所謂伊人，於焉嘉客？

客亦非執事者也。

皎皎白駒，賁然來思。爾公爾侯，逸豫無期。慎[三]爾優游，勉爾遁思。

黄白曰賁。既去矣，而猶欲其復來，故告之曰：『子苟來也，將待爾以公侯，其

爲樂顧豈少哉？曷亦慎爾優游，而勉爾遁[四]以來從我乎？』[五]慎[六]，戒也。勉，強也。[七]

皎皎白駒，在彼空谷。生芻一束[八]，其人如玉。無金玉爾音，而有遐心。

來而莫之顧，則去而入於空谷，甘於生芻，人之望之如玉之絜[九]也。君子於是知其不肯少留，而猶欲聞其音聲，故告之曰：『無貴爾音，而有遠去之心』，愛之至也。

白駒四章，章六句。

校注

〔一〕清代范家相詩瀋卷十二載：『蘇氏曰：此留賢之詞也。』此説本于鄭箋：『刺其不能留賢也。』

〔二〕清代嚴虞惇讀詩質疑卷十九引：『蘇氏曰：逍遥，不事事也。雖逍遥猶愈于去也。』

〔三〕原文缺筆，據補，下同。

〔四〕『遁』，四庫本、兩蘇經解本作『遁思』。

〔五〕清代嚴虞惇讀詩質疑卷十九引：『蘇氏曰：詩人欲賢者之來，故告之曰：子苟來也，将待爾以公侯。其爲樂顧豈少哉？曷亦慎爾優游，而勉爾遁思以來從我乎？』

〔六〕原文缺筆，據補。

〔七〕清代嚴虞惇讀詩質疑卷十九引：『蘇氏曰：慎，戒；勉，強也。』

〔八〕『朿』字兩蘇經解本作『朿』，四庫本亦是。

〔九〕『絜』字四庫本、兩蘇經解本作『潔』。

黄鳥，刺宣王也。

黄鳥黄鳥，無集于穀，無啄我粟。此邦之人，不我肯穀。言旋言歸，復我邦族。

集木而啄粟者，鳥之性也。士之願仕於朝而食於禄，亦猶是矣。今而却之，彼亦有去而已矣。夫去，非士之患也，使天下之士從此而逝，則人主之患也。

黄鳥黄鳥，無集于桑，無啄我粱。此邦之人，不可與明。言旋言歸，復我諸兄。

黄鳥黄鳥，無集于栩，無啄我黍。此邦之人，不可與處。言旋言歸，復我諸父。

黄鳥三章，章七句。

我行其野，刺宣王也。

我行其野，蔽芾其樗。昏姻之故，言就爾居。爾不我畜，復我邦家。

此詩甥舅之諸侯求入爲王卿士而不獲者之所作也。故曰：『行于野而求庇，雖蔽芾之樗，猶可以息於其下，而況其非樗也哉！人君之用人，苟有益於國，將無適而不取。今王獨弃其昏姻之人而不用，何也？則亦歸復吾國而已。』

我行其野，言采其蓫〔一〕。昏姻之故，言就爾宿。爾不我畜，言歸斯復。

我行其野，言采其葍。不思舊姻，求爾新特。成不以富，亦祇以異。

蓫、葍，皆惡菜也。特，匹也。大臣，君之匹也。成，當作誠。宣王弃其姻舊，而求新特。夫苟可用，豈必新之是而舊之非歟？雖然，如是而獲富，可也。誠不以富，則亦祇以爲異而已。

我行其野三章，章六句。

校注

〔一〕兩蘇經解本顧氏刻本作『遂』，下同。

斯干，宣王考室也。

考，成也。

秩秩斯干，幽幽南山。如竹苞矣，如松茂矣。兄及弟矣，式相好矣，無相猶矣。

干，澗也。猶，圖也。澗流秩秩，窮之而益深；南山幽幽，入之而益遠。既言宮室之盛如此，則又言其下之固如竹之苞，其上之密如松之茂。宣王與其兄弟居之，又皆相好而無相圖者，是以居之而安也。

似續妣祖，築室百堵，西[一]南其戶。爰居爰處，爰笑爰語。

似，肖也。爰，於也。厲王之亂而宮室敗壞，宣王謀所以續其先妣先祖者，故築其宮室，將於是居處，於是笑語焉。

約之閣閣，椓之橐橐。風雨攸除，鳥鼠攸去，君子攸芋。

約，縮版也。閣閣，上下相乘也。椓椓，杵也。橐橐，杵聲也。[二]芋，大也，亦作吁。君子於是居焉，所以爲尊且大也。

如跂斯翼，如矢斯棘，如鳥斯革，如翬斯飛，君子攸躋。

此章言其堂也。其嚴正如人之跂而翼翼其恭也，其廉隅如矢之急而直也，其峻起如鳥之驚而革也，其軒翔如翬之飛而矯其翼也。君子於此升而聽朝焉。躋，升也。白雉五色曰翬。

殖殖其庭，有覺其楹。噲噲其正，噦噦其冥，君子攸寧。

此章言其室也。殖殖乎其庭廡之高也，有覺乎其楹之直也。噲噲乎其正晝之明也，噦噦乎其夜冥之深廣也。君子於此休息而安身焉。噲噲，猶快快也。噦噦，猶晦晦〔三〕也。

下莞上簟，乃安斯寢。乃寢乃興，乃占我夢。吉夢維何？維熊維羆，維虺維蛇。

莞，蒲也。簟，竹也。寢既成，設莞簟而寢於其中，起而又占其夢。此所以知其國家修治閒暇之極也。

大人占之：維熊維羆，男子之祥；維虺維蛇〔四〕，女子之祥。

熊、羆，毛物，陽之祥也。虺、蛇，鱗物，陰之祥也。

乃生男子，載寢之床，載衣之裳，載弄之璋。其泣喤喤，朱芾斯皇，室家君王。

寢之於林〔五〕，尊之也。衣之以裳，下之飾也。弄之以璋，尚其德也。喤喤，大聲也。天子朱芾，諸侯以黄朱。子之生於是室者，非君則王也，是以皆將服朱芾煌煌然矣。

乃生女子，載寢之地。載衣之裼，載弄之瓦。無非無儀，唯酒食是議，無父母詒罹。

寢之於地，卑之也。裼，褓也。即用其所衣而無加也。韓詩作「禘」。弄之以瓦，質而無飾也。儀，善也。有非，非婦人也；有善，非婦人也。唯酒食是議，而無遺父母憂，則可矣！罹，憂也。

斯干九章，四章章七句，五章章五句。〔六〕

校注

〔一〕原文缺筆，據補。

〔二〕傳：約，束也。閣閣，猶歷歷也。橐橐，用力也。箋云：約謂縮板也。

〔三〕晦晦：箋作『煟煟』。

〔四〕『蛇』字四庫本、兩蘇經解本作『虵』，下同。

〔五〕『林』字四庫本、兩蘇經解本作『床』，據经文，宋刻本疑訛誤。

〔六〕四庫本作『四章七句，五章五句』，缺『章』，兩蘇經解本亦是。

無羊，宣王考牧也。

誰謂爾無羊？三百維羣。誰謂爾無牛？九十其犉。爾羊來思，其角濈濈。爾牛來思，其耳濕濕。

羊以三百爲羣，其群尚多也，得爲無羊乎？牛之犉者九十，非犉者尚多也，得爲無牛乎？黄牛黑脣曰犉。聚其角而息濈濈然。呞而動其耳濕濕然。

或降于阿，或飲于池，或寢或訛。爾牧來思，何蓑何笠，或負其餱。三十維物，爾牲則具。

訛，動也。何，揭也。蓑所以御雨，笠所以御暑。物，類也，異毛色者三十，故牲無不有。

爾牧來思，以薪以蒸，以雌以雄。爾羊來思，矜矜兢兢，不騫不崩。麾之以肱，畢來既升。

牧人有餘力，則取其薪蒸，合其牝牡，而牧事盡矣。矜矜兢兢，堅強[一]也。騫，虧也。崩，羣疾也。肱，臂也。升，升牢也。使來則畢來，使升則既升，言其擾也。

牧人乃夢，衆維魚矣，旐維旟矣。大人占之：衆維魚矣，實維豐年；旐維旟矣，室家溱溱。

牧人有事于陸耳，今又捕魚于水，水陸皆有獲焉，此所以爲豐年也。龜蛇[二]曰旐，鳥隼曰旟。龜蛇陰物也，鳥隼陽物也，陰陽備，故爲室家溱溱。溱溱[三]，衆也。宣王之小雅皆以政事之大小爲先後，故首之以征伐田獵，次之以官人，又次之以宮室畜牧，而美刺不與也。

無羊四章，章八句。

校注

〔一〕兩蘇經解本作『疆』。

〔二〕『蛇』字四庫本、兩蘇經解本作『蛇』，下同。

〔三〕溱溱：四庫本作『室家溱溱』，兩蘇經解本亦是。

節南山，家父刺幽王也。

家父，周大夫也。

節彼南山，維石巖巖。赫赫師尹，民具爾瞻。憂心如惔，不敢戲談。國既卒斬，何用不監？

節，高峻貌也。師，太〔一〕師也。尹，尹氏也。惔，燔也。卒，滅也。斬，絕也。監，視也。民之視尹氏如視南山，言無不見也。見之者皆爲之憂心如燔，特畏其威而不敢言，然尹氏卒不知國之將亡，至於滅絕而猶不察也。

節彼南山，有實其猗。赫赫師尹，不平謂何？天方薦瘥，喪亂弘多。民言無嘉，憯莫懲嗟。

山之實，草木是也。薦，重也。瘥，病也。憯，曾也。山之生物，其氣平均如一，凡生於其上者，無不猗猗其長也。尹氏秉國之均，而不平其心，則人之榮瘁勞佚有大相絕者矣。是以神怒而重之以喪亂，人怨而謗讟其上，然尹氏曾不懲創咨嗟求所以自改也。

尹氏大[二]師，維周之氐。秉國之均，四方是維。天子是毗，俾民不迷。不弔昊天，不宜空我師。

氐，本也。毗，輔也。弔，愍也。空，窮也。師，衆也。尹氏居高任重而不享天心，苟昊天之所不愍，則尹氏宜有罪矣，而曷爲又窮我衆人哉？

弗躬弗親，庶民弗信。弗問弗仕，勿罔君子。式夷式已，無小人殆。瑣瑣姻亞[三]，則無膴仕。

仕，察也。罔，欺也。夷，平也。已，止也。殆，危也。膴，厚也。不身蹈之而欲民之信之，民不女信也。不知而不問，不審而不察，欲以欺之，曰：『吾則能之。』君子亦不可欺也。曷不試平爾心而止爾不善，無使爲小人之所危乎？几[四]姻婭之人而必皆膴仕，則小人進矣。

昊天不傭，降此鞠訩。昊天不惠，降此大戾。君子如届，俾民心闋。君子如夷，惡怒是違。

傭，常也。鞠，盈也。訩，訟也。惠，順也。届，止也。闋，息也。違，遠也。以爲昊天不常，而降此謗訟歟？非也。君子如止其爭心，則爲訟者之心闋矣。以爲昊天不順，而降此乖戾歟？非也，君子苟平其心，則惡怒者遠矣。

不吊昊天，亂靡有定。式月斯生，俾民不寧。憂心如酲，誰秉國成？不自爲政，卒勞百姓。

病酒曰酲。成，平也。天不之恤，故亂未有所止，禍患之生與歲月增長。君子憂之，曰：『誰秉國成者？而不務人人自治其政，皆轉以相付，其卒使民爲之受其勞弊而後已。』

駕彼四牡，四牡項領。我瞻四方，蹙蹙靡所騁。

畜馬者，求其行也。今雖有四牡，徒好其項領而不爲用。非不能行也，曰：『我觀四方，蹙蹙褊小，無所施吾騁矣。』蓋言小人在上，雖有賢者而莫能容，無有爲之用者也。

方茂爾惡，相爾矛矣。既夷既懌，如相醻矣。

茂，勉也。相，視也。方其勉於爲惡也，如將相賊者視其矛矣。及其解也，如相與醻酢者。小人喜怒之不可期如此，是以君子不忍立於其側也。

昊天不平，我王不寧。不懲其心，覆怨其正。

昊天不平，尹氏之德[五]，故使王不獲安。然尹氏猶不自懲，乃反怨人之正己者。言其爲惡無有已也。

家父作誦，以究王訩。式訛爾心，以畜萬邦。

究，窮也。訛，化也。畜，養也。家父作此詩，窮王之所以致天下之謗訟者，曰『由尹氏不平之故』，故使之改其心，以含養天下，以觀其治否。

節南山十章，六章章[六]八句，四章章四句。

校注

〔一〕『太』字毛詩正義作『大』，四庫本、兩蘇經解本作『太』。

〔二〕『大』字四庫本作『太』，兩蘇經解本亦是。

〔三〕亞：兩蘇經解本作『婭』，四庫本亦是。

〔四〕『几』字四庫本作『凡』，兩蘇經解本亦是。

〔五〕『德』字四庫本作『爲』，兩蘇經解本亦是。

〔六〕『章』字四庫本無，兩蘇經解本亦是，下句同此。

正月，大夫刺幽王也。

正月繁霜，我心憂傷。民之訛言，亦孔之將。念我獨兮，憂心京京。哀我小心，癙憂以痒。

正月，夏之四月也。將，大也。京京，憂不去也。癙、痒，皆病也。四月，純陽用事而繁霜降，大夫憂之，以爲此王聽用訛言之罰也。訛言之害大矣，然衆不以爲憂也，獨我憂之而已。

父母生我，胡俾我瘉？不自我先[一]，不自我後。好言自口，莠言自口。憂心愈愈[二]，是以有侮。

瘉，病也。莠，不實也。小人傾詐，外爲美言以欺世，內爲僞言以害君子，反覆無愧。使我憂心愈愈，日以益甚，而反以侮我曰：『何至是？』

憂心惸惸，念我無祿。民之無辜，並其臣僕。哀我人斯，于何從祿？瞻烏爰止，于誰之屋？

惸惸，獨憂也。祿，福也。幽王刑殺無辜，而並及其臣僕，君子知人之不堪命，故告之曰：『王視烏之所止者，誰之屋歟？有以飲食而無畢弋之患，烏之所止也。奈何以刑御民，使無所措手足哉？』

瞻彼中林，侯薪侯蒸。民今方殆，視天夢夢。既克有定，靡人不〔三〕勝。有皇上帝，伊誰云憎？

侯，維也。中林之木莫不摧毀，而維薪蒸在焉，其殘之也甚矣。幽王播〔四〕其虐於天下，大家世族散爲皁隸，亦猶是也。〔五〕民方在危殆之中，視天夢夢若無能爲者，不知此天理之未定故也。蓋天地之間陰陽相盪，高下相傾，大小相使，此治亂禍福之所從生也。方其未定，何所不至？及其既定，人未有不爲天所勝者。申包胥曰：『人衆則勝天，天定亦能勝人。』而老子以爲：『天網恢恢，踈而不失。』不然，天豈有所憎而禍之耶？適當其未定故耳。

謂山蓋卑，爲岡爲陵。民之訛言，寧莫之懲？召彼故老，訊之占夢。具曰予聖，誰知烏之雌雄？

人謂山之卑者爲岡、陵而已，意其不能有所險阻。然岡、陵未嘗不爲難也，譬如訛言之人，豈可以爲無害而莫之懲乎？然王曾不以是爲慮，老成之人徒召而訊之以占夢，曰：『予既聖矣，安所復問得失？』烏之雌雄，形色無辨，人莫能知之。幽王君臣皆自謂聖人，譬如烏之雌雄也。或曰以山爲卑，而爲岡陵於其上，譬如讒人，以人罪爲未足而又加之也。

謂天蓋高，不敢不局。謂地蓋厚，不敢不蹐。維號斯言，有倫有脊。哀今之人，胡爲虺蜴？

局，曲也。蹐，重足也。倫，道也。脊，理也。蜴，蜥蜴也。君子之處於世，小心畏慎〔六〕，未嘗敢肆。天雖高不敢不局，地雖厚不敢不蹐，畏其傷之也。夫爲此言則過矣，然亦有倫理，非妄言也。哀今之人，胡敢爲虺蜴之行，曾無所畏哉！

瞻彼阪田，有菀其特。天之扤我，如不我克。彼求我則，如不我得。執我仇仇，亦不我力。

扤，動也。仇仇，偶也。君子仕於亂世，而困於羣小，譬如特苗之生於阪田，風雨動之如恐不勝者，故尤之曰：『方其求我以爲法也，如恐失我耳。及與之終日相執，仇仇相偶，曾不力用我也。』書曰：『凡人未見聖，若不克見〔七〕，既見聖，亦不克由聖。』〔八〕

心之憂矣，如或結之。今兹之正，胡然〔九〕厲矣？燎之方揚，寧或滅之？赫赫宗周，褒姒烕之。

正、政通。厲，惡也。褒，國也，姒，姓也，幽王之嬖后也。烕，亦滅也。

終其永懷，又窘陰雨。其車既載，乃弃爾輔。載輸爾載，將伯助予。無弃爾輔，員于爾輻。屢顧爾僕，不輸爾載。終逾絕險，曾是不意。

輔，所以助輻者也。輸，墮也。員，益也。幽王日爲淫〔一〇〕虐，譬如行險而不知止者。君子永思其終，知其又將有大難，故曰：『又窘陰雨』。幽王不虞難之將至，而弃其賢臣焉，故曰：『乃弃爾輔』。君子求助於未危，故難不至。苟其載之既墮，而後號伯以助予，則無及矣。故教之以無弃其輔，益其輻，顧其僕，以求不墮其載。告之而不信，故又曰：『終逾絕險，曾是不意。』

魚在于沼，亦匪克樂。潛雖伏矣，亦孔之炤。憂心慘慘，念國之爲虐。

君子立於衰亂之朝，譬如魚之在沼，非其所樂，雖欲潛伏，而無以自蔽矣。

彼有旨酒，又有嘉肴。洽比其鄰，昏姻孔云。念我獨兮，憂心慇慇〔一一〕。

云，旋也。慇慇，痛也。小人以利相求，故其鄰比、昏姻相與膠固爲一，而君子然無朋也。

佌佌彼有屋，蔌蔌方有穀。民今之無祿，天夭是椓。哿矣富人，哀此惸獨。

佌佌，小也。蔌蔌，陋也。哿，可也。佌佌者有居，蔌蔌者有祿，小人得志之謂也。民方無福，故天之夭孽並出，而椓喪之。富人猶可勝也，惸獨甚矣。

正月十三章，八章章八句；五章章〔三〕六句。

校注

〔一〕宋代嚴粲詩緝卷二十引：『蘇氏曰：自，從也。』今本均無。

〔二〕宋代嚴粲詩緝卷二十引：『蘇氏曰：愈愈，益甚之意。』今本均無。

〔三〕『不』字四庫本作『弗』，兩蘇經解本亦是。

〔四〕原文缺筆，據補。

〔五〕宋代嚴粲詩緝卷二十・小雅引：『蘇氏曰：其殘之也甚矣。大家世族散爲皂隸，亦猶是也。』

〔六〕原文缺筆，據補。

〔七〕『見』下四庫本有『聖』，兩蘇經解本亦是。

〔八〕語出尚書君陳。

〔九〕『然』字四庫本作『爲』，兩蘇經解本亦是。

〔一〇〕『滛』字四庫本作『淫』，兩蘇經解本亦是。

〔一一〕原文缺筆，據補，本章下同。

〔一二〕四庫本缺『章』，兩蘇經解本亦是。

十月之交，大夫刺幽王也。

小雅無厲王之詩，鄭氏以爲十月之交雨無正小旻小宛皆厲王之詩也。毛公作詁訓傳而遷其第，因改之耳。其言此詩所以非幽王者，曰：『師尹、皇父不得並政，褒姒、豔妻不得偕寵，番〔一〕與鄭桓〔二〕不得同位，此其所挾以爲厲王者也。』使幽王之世，師尹、皇甫、番與鄭桓先後在事，褒姒以色居位，謂之豔妻，其誰曰不可？且漢之諸儒異師相攻，甚於〔三〕仇讎，苟毛公誠改詩第，則他師將不肯信。而韓詩之次與毛詩合，此足以明其非厲王也。

十月之交，朔日辛卯。日有食之，亦孔之醜。彼月而微，此日而微。今此下民，亦孔之哀。

日食，天變之大者也。然正、陽之月，古尤忌之。夏之四月爲純陽，故謂之正月。十月爲純陰，故謂之陽月。純陽而食，陽弱之甚也；純陰而食，陰壯之甚也。[四]交，日月之交會也。交當朔，則日食，然亦有交而不食者。交而食，陽微而陰乘之也；交而不食，陽盛而陰不能掩也，故君子醜之。天[五]變既見，君子知國之將亡，國亡則民首被其患，是以哀之也。[六]

日月告凶，不用其行。四國無政，不用其良。彼月而食，則維其常。此日而食，于何不臧？

行，道也。

爗爗震電，不寧不令。百川沸騰，山冢崒崩。高岸爲谷，深谷爲陵。哀今之人，胡憯莫懲？

令，善也。山頂曰冢。崒，崔嵬也。

皇父卿[七]士，番[八]維司徒。家伯維[九]宰，仲允膳夫。聚子內史，蹶維趣馬。楀維師氏，豔妻煽方處。

皇父、家伯、仲允，皆字。番、聚、蹶、楀，皆氏。豔妻，褒姒也。煽，熾也。

七人者皆褒姒之黨，故及其熾而並處於位。然六人各有常官，而皇父兼擅羣職，故以卿士目之。周禮有太宰、小宰、宰夫。『家伯維宰』，未詳何宰也。

抑此皇父，豈曰不時？胡爲我作，不即我謀？徹我牆屋，田卒汙萊。曰予不戕，禮則然矣。

時，是也。下荒則汙，上荒則萊。戕，殘也。皇父不知爲政，然未嘗自謂我不是也。作而害民，民怨之矣，然猶曰：『予未嘗殘民，禮則當然矣。』

皇父孔聖，作都于向。擇三有事，亶侯多藏。不憖遺一老，俾守我王。擇有車馬，以居徂向。

向，皇父邑也。亶，信也。侯，維也。憖，強也。皇父自謂聖矣，然其建國而擇三卿，信維多藏之人耳。以卿士出封，而周之老與其富民無不從者，言恣而且貪也。民富者乃有車馬耳。

黽勉從事，不敢告勞。無罪無辜，讒口囂囂。下民之孽，匪降自天。噂沓背憎，職競由人。

囂囂，衆也。噂，聚也。沓，重複〔一〇〕也。職，專也。競，力也。無罪猶且見讒，而况敢告勞乎？故曰：『下民之孽，非天之所爲也。噂噂沓沓，多言以相說，而背相憎，專力爲此者人也，而豈天哉？』

悠悠我里，亦孔之痗。四方有羨，我獨居憂。民莫不逸，我獨不敢休。天命不徹，我不敢効〔二〕**我友自逸。**

里，居也。痗，病也。羨，餘也。徹，通也。天命之不通，我知之矣。然而不敢効其友之自逸，所謂知其不可而爲之者也。

十月之交八章，章八句。

校注

〔一〕『番』原文缺筆，據補，下同。

〔二〕『桓』原文缺筆，據補，下同。

〔三〕兩蘇經解本作『于』，四庫本亦是。

〔四〕清代惠周惕詩説卷下載：『鄭氏謂十月之交是夏八月，蘇子由謂陽月是夏十月，孔氏及孫莘老是鄭説，朱文公及嚴華谷是蘇説。是蘇説者，則以左傳二至二分日有食之不爲災。又漢曆無幽王八月朔日食之事，惟唐曆有之，出于後人附會。』清代成僎詩説考略卷八載：『蘇氏誤分正陽二字，以正爲已月，陽爲亥月，而附會此詩，以爲夏正之十月，不唯不合班杜且違左傳，特異正月不異餘月之義，故知十月之交即周建酉之十月，不必指爲夏正之十月也。』

〔五〕『天』字四庫本作『大』，兩蘇經解本亦是。

〔六〕清代朱鶴齡詩經通義卷七引：『蘇傳：天變既見，君子知國之將亡，國亡則民首被其患，是以哀之也。』

〔七〕『卿』字四庫本作『鄉』，下有『以卿士目之』句，疑形誤。

〔八〕原文缺筆，據補，下同。

〔九〕『維』字四庫本作『冢』，兩蘇經解本作『爲』，然下均有『冢伯維宰，未詳何宰也』句，疑系誤刻。

〔一〇〕『複』字四庫本、兩蘇經解本均作『復』。

〔一一〕『効』字四庫本、兩蘇經解本作『傚』。

雨無正，大夫刺幽王也。

浩浩昊天，不駿其德。降喪饑饉，斬伐四國。昊〔一〕天疾威，弗慮弗圖。舍彼有罪，既伏其辜。若此無罪，淪胥以鋪。

駿，長也。舍，置也。淪，陷也。胥，相也。鋪，遍也。幽王之亂，民之無罪而被禍災者無所歸咎，曰：『天實爲之』。天之生物，浩然其若無窮者，奈何不長其德？既已生之而又降喪亂饑饉以斬伐之哉？豈天怒之迅烈，曾弗之慮〔二〕而弗之圖乎？彼有罪者則既伏其辜矣，置而勿〔三〕疑可也。若此無罪而使之相與陷溺，無不遍焉，何也？此其所以爲雨無正也。雨之至也，不擇善惡而雨焉。幽王之世，民之受禍者，如受雨之無不被也。夫雨豈嘗有所正雨哉？此所以爲雨無正也，而毛氏不達，故序以爲雨自上下者也，衆多如雨，而非所以爲政，此則是詩之所不及也。

周宗既滅，靡所戾止〔四〕。正大夫離居，莫知我勩。三事大夫，莫肯夙夜。邦君諸侯，莫肯朝夕。庶曰式臧，覆出爲惡。

周宗，姬姓之宗也。正大夫，大夫之爲官長者也。三事大夫，三公也。戾，定也。勩，勞也。幽王暴虐無親，宗族破滅，大夫離散，獨三公諸侯在耳，而亦無肯勤王者。君子〔五〕：『庶幾王以是懼而爲善。』然反益爲惡而不知已〔六〕。

如何昊天，辟言不信。如彼行邁，則靡所臻。凡〔七〕百君子，各敬爾身。胡不相畏？不畏于天。

辟，法也。幽王日益不悛，君子呼天而告之，曰：『奈何哉，法度之言！王終莫肯信者，如人恣行而忘反，我不知其所至矣。』既已憂之，則又告其羣臣，使皆敬其身。庶幾輔之者衆，王猶可得免耳。

戎成不退，飢[八]**成不遂。曾我暬御，憯憯日瘁。凡百君子，莫肯用訊。聽言則荅**[九]**，譖言則退。**

戎，兵也。遂，進也。易曰：『不能退，不能遂。』暬御，侍御也。幽王陵[一〇]虐天下，君子知其將有兵難，故憂之曰：『苟兵難既成，王雖欲退而休之，不可得矣。兵連而不解民，且不能稼，則又將有飢患。飢患既成，士雖欲進而攘之亦不可得矣！』此勢之所不免，而禍之必至者也。然獨其侍御之臣憂之耳，羣臣莫以告王者，徒告之以道，聽之言而求其荅之，譖愬之言，而求其退之耳。

哀哉不能言，匪舌是出，維躬是瘁。哿矣能言，巧言如流，俾躬處休。

言之忠者，世之所謂不能言也。哿，可也。常可人意者，佞人之言也，此世所謂能言也。

維曰于仕，孔棘且殆。云不可使，得罪于天子。亦云可使，怨及朋友。

于，往也。人皆曰：往仕耳，曾不知仕之急且危也，何者？幽王之世，直道者王之所謂不可使，而枉道者王之所謂可使也。直道者得罪于君，而枉道者見怨於〔一一〕友，此仕之所以難也。

謂爾遷于王都。曰余〔一二〕未有室家。鼠思泣血，無言不疾。昔爾出居，誰從作爾室？

仕之多患也，故君子有去者，有居者。居者不忍王之無臣與已之無徒也，則告之使復遷於王都。去者不聽，而以無家辭之。居者於是憂思泣血，患其出言而舉皆疾之，無與和之者，故詰之曰：『昔爾之去也，誰爲爾作室者？而今以是辭我哉！』

雨無正七章，二章章〔一三〕十句；二章章八句；三章章六句。

校注

〔一〕昊：兩蘇經解本作『昦』，四庫本亦是。

〔二〕『慮』字四庫本、兩蘇經解本作『慮』。

〔三〕『勿』字四庫本、兩蘇經解本作『弗』。

〔四〕戾止：四庫本、兩蘇經解本、孔氏正義均作『止戾』。

〔五〕『君子』下四庫本有『曰』，兩蘇經解本亦是。

〔六〕『己』字兩蘇經解本作『已』。

〔七〕原文缺筆，據補。

〔八〕『飢』字四庫本、兩蘇經解本作『饑』，下同。

〔九〕『荅』字四庫本、兩蘇經解本作『答』，下同。

〔一〇〕『陵』字四庫本作『淩』，兩蘇經解本亦是。

〔一一〕『於』字四庫本、兩蘇經解本作『于』。

〔一二〕『余』字四庫本、兩蘇經解本、孔氏正義均作『予』。

〔一三〕『章』字四庫本缺，兩蘇經解本亦是，本章下同。

詩集傳　卷第十一

詩集傳　卷第十二

小旻[一]之什　小雅

小旻，大夫刺幽王也。

小旻小宛小弁小明四詩，皆以『小』名篇，所以別其爲小雅也。其在小雅者謂之小，故其在大雅者謂之召旻大明，獨宛弁闕焉。意者，孔子删之矣。雖去其大，而其小者猶謂之小，蓋即用其舊也。[二]

旻天疾威，敷于下土。謀猶回遹，何日斯沮？謀臧不從，不臧覆用。我視謀猶，亦孔之邛！

敷，布也。回，邪也。遹，辟也。沮[三]，止也。邛，病也。言天禍迅烈，遍於下矣，而王之邪謀終莫之改也。

潝潝訿訿，亦孔之哀。謀之其臧，則具是違。謀之不臧，則具是依。我視謀猶，伊于胡底〔四〕！

潝潝，言相和也。訿訿，言相詆也。〔五〕底，至也。『伊于胡底』，未有所定也。

我龜既厭，不我告猶。謀夫孔多，是用不集。發言盈庭，誰敢執其咎？如匪行邁謀，是用不得于道。

卜筮數，故龜瀆而不告。謀者多無斷而行之者，故其功不成，故曰：『謀之在多，斷之在獨，〔六〕盈庭皆言，尚誰敢指其是非者哉？』譬如欲行而不先爲行邁之謀，隨人而妄行，是以終不得其道。

哀哉爲猶，匪先民是程，匪大猶是經。維邇言是聽，維邇言是爭。如彼築室于道謀，是用不潰于成。

程，法也。經，常也。潰，遂也。築室于道而與行道之人謀之，人心不同而皆聽焉，是以不能遂成也。

國雖靡止，或聖或否。民雖靡膴，或哲或謀，或肅或艾。如彼泉流，無

淪胥以敗。

止，定也。政滛[七]則民德無所定。膴，大也。肅、艾[八]、哲、謀、聖五者，書之五事也。雖世亂民辟，猶有賢者在焉。苟能用之，愚者可賴以皆濟也。苟廢而不用，而使愚者壅之於上，則相與皆敗，無能爲矣。[九]譬如泉水，苟疏[一〇]而流之，則淤腐者從之而行；苟不疏其源而瀦畜之，雖其流者亦相與陷溺腐敗而已矣。

不敢暴虎，不敢馮河。人知其一，莫知其他。戰戰兢兢，如臨深淵，如履薄冰。

徒搏曰暴虎，徒涉曰馮河。小人智慮不能及遠，暴虎馮河之患近在目前，則知避之；喪國亡家之禍遠在歲月，而不知憂也，故曰：『戰戰兢兢，如臨深淵，如履薄冰。』臨淵恐墜，而履冰恐陷，善爲國者常如是矣。[一一]

小旻六章，三章章八句，三章章七句。

校注

〔一〕『旻』字兩蘇經解本作『昊』，本篇下同。

〔二〕宋代輔廣詩童子問詩卷第十二、宋代呂祖謙呂氏家塾讀詩記卷第二十一、宋代朱熹詩集傳卷十二、元代朱公遷詩經疏義卷十二等均引用。宋代李樗毛詩集解卷二十四載：『（鄭箋）其說自相異同如此，不如蘇氏之說，曰：小旻、小宛、小弁、小明四詩，皆以「小」名篇，所以別其爲小雅也，其在小雅謂之小明，在大雅者謂之大明召旻，獨宛、弁闕焉。意者，孔子刪之矣。其說是也。』清代姚際恒詩經通論卷十載：『蘇氏曰：小旻、小宛、小弁、小明四詩皆以「小」名，所以別其爲小雅也。郝氏駁之，謂：本有二雅，先有篇目，非先有小雅而後以此詩從之也。頌有小毖，又焉得有大毖乎？其說是也。愚按：小宛、小弁以其止宛、弁二字，故加以「小」字。小明以其「明明」二字故改「小」字，此篇，或以旻天涉泛，故去「天」字加「小」字與，然必用小字又何也？』清代顧鎮虞東學詩卷七載：『蘇氏謂：小旻、小宛、小弁、小明四詩皆以「小」名篇者，所以別其爲小雅。據此則頌之小毖何說乎？姑闕其疑，不必强爲之解。』

〔三〕毛傳：沮，壞也。

〔四〕『底』，孔氏正義作『厎』。

〔五〕爾雅云：『潝潝、訿訿，莫供職也。』韓詩云：『不善之貌。』

〔六〕清代嚴虞惇讀詩質疑卷二十引：『蘇氏曰：卜筮數，故瀆而不告。謀者多無斷而行之者，故其功不成。故曰：謀之在多，斷之在獨。』

〔七〕『滛』字四庫本作『淫』，兩蘇經解本亦是。

〔八〕『艾』字四庫本作『乂』，兩蘇經解本亦是。

〔九〕清代嚴虞惇讀詩質疑卷二十引：『蘇氏曰：雖世亂民僻，猶有賢者在焉。苟能用之，愚者可賴以皆濟。廢而不用，而使愚者壅之于上，則相與皆敗，無能爲矣。』

〔一〇〕『䟽』字四庫本作『䟽』，兩蘇經解本亦是，本章下同。

〔一一〕清代嚴虞惇讀詩質疑卷二十引：『蘇氏曰：小人慮不及遠，暴虎馮河之患則知避之，喪國亡家之禍則莫知，以爲憂也。故曰：「戰戰兢兢，如臨深淵，如履薄冰」，善爲國者常如是矣。』『虞惇按：卒章人知其一，莫知其他。毛鄭云他不敬小人之危殆也，左傳樂王鮒曰小旻之卒章善矣，吾從之。杜預註云義取不敬小人亦危殆，杜蓋本荀子之說，荀子云人不肖而不敬則是狎虎也，遂引詩此章。今考詩之上下文全無此意，恐左氏亦斷章取義耳，朱註本之蘇氏，今從之。』

小宛，大夫刺幽王也。

宛彼鳴鳩，翰飛戾天。我心憂傷，念昔先人。明發不寐，有懷二人。

宛，小貌也。翰，羽也。〔二〕戾，至也。明發，旦也。二人，文、武也。宛然鳴鳩而求戾天，難矣。小人而責其繼文、武之功，亦難矣。是故君子憂傷，而念其先王，有懷文、武，哀其業之將墜也。

人之齊聖，飲酒溫克。彼昏不知，一[二]醉日富。各敬爾儀，天命不又。

齊，正也。克，勝也。彼昏，斥幽王也。又，復也。天命之去人，不復反也。

中原有菽，庶民采之。螟蛉有子，蜾蠃負之。教誨爾子，式穀似之。

菽，藿也。螟蛉，桑蟲也。蜾蠃，蒲盧也。菽生中原，民無有不獲采者。螟蛉之子，蜾蠃負之以爲己子，無難也。今王豈以天下之衆爲王有邪？亦將有取而教誨之者矣。

題彼脊令，載飛載鳴。我日斯邁，而月斯征。夙興夜寐，無[三]忝爾所生！

題，視也。脊令飛鳴不能自舍，君子之勤於事不舍日月者，以自况也，故告王以夙夜勉強，庶幾不忝其父祖。

交交桑扈，率場啄粟。哀我填寡，宜岸宜獄。握粟出卜，自何能穀？

桑扈，竊脂也。率，循也。填，盡也。岸[四]，亦獄也。卜，予也；或曰卜之言試也。君子之不爲不義，出於其性，猶竊脂之不食粟，雖欲食而不可得也。特以其居於亂世，而填盡寡弱無以行賂，則其陷於岸獄也固宜。曷不握粟而往試之？彼桑扈何自能食穀哉？

溫溫恭人，如集于木。惴惴小心，如臨于谷。戰戰兢兢，如履薄冰。

此君子遭亂憂懼之辭也。

小宛六章，章六句。

校注

〔一〕毛傳：翰，高。

〔二〕『一』字四庫本、孔氏正義均作『壹』，兩蘇經解本同宋刻本。

〔三〕『無』字正義作『毋』。

〔四〕毛傳：岸，訟也。

小弁，刺幽王也。

毛詩之序曰：『太子之傅作焉。』

弁彼鸒斯，歸飛提提。民莫不穀，我獨于罹。何辜于天，我罪伊何？心之憂矣，云如之何？

弁，樂也。鷽，卑居。卑居，雅烏也。雅烏小而好羣。提提，羣貌也。穀，養也。罹，憂也。幽王娶於申，生太子宜咎[一]，又愛褒姒，生子伯服。立以爲后而放宜咎，將殺之。烏猶不失其類，民猶莫不相養，而太子獨不容於王，曾彼之不若，是以號天而訴之也。

踧踧周道，鞫[二]爲茂草。我心憂傷，惄焉如擣。假寐永歎，維憂用老。心之憂矣，疢如疾首。

踧踧，平易也。岐周之道，道之平者也。鞫，窮也。夫婦之相安，父子之相愛，亦天下之所共由。今獨廢而不行，故其憂之深也。惄，思也。疢，病也。

維桑與梓，必恭敬止。靡瞻匪父，靡依匪母。不屬于毛，不離于裏。天之生我，我辰安在？

屬、離，皆附也。辰，日月所會也。桑梓久而不弊，見父母之所植，猶不敢不敬，況於父母之無不瞻依也哉！然父母之不我愛，豈我獨無所離屬乎？不然，我生之辰不善哉，何不祥至是也？

菀彼柳斯，鳴蜩嘒嘒。有漼者淵，萑葦淠淠。譬彼舟流，不知所屆。心之憂矣，不遑假寐。

蜩，蟬也。嘒嘒，聲也。漼，深貌也。淠淠，多也。柳茂則多蟬，淵深則多葦，言物之大者無所不容。而王獨不容其子，使漂然如無繫之舟，不知其所極也。

鹿斯之奔，維足伎伎。雉之朝雊，尚求其雌。譬彼壞木，疾用無枝。心之憂矣，寧莫之知。

伎伎，舒也。雊，鳴也。鹿走而留其羣，雉鳴而求其雌，物無不有恩於其親者。親之不可去，非獨以其愛，亦以其助也。今王獨弃后而逐太子，兀然如壞木之無枝，而曾莫之顧，何也？

相彼投兔，尚或先之。行有死人，尚或墐之。君子秉心，維其忍之。心之憂矣，涕既隕之。

相，視也。投，掩也。先，先投者而覺之也。行，道也。墐，瘞也。君子，幽王也。

君子信讒，如或醻之。君子不惠，不舒究之。伐木掎矣，析薪杝[三]矣。舍彼有罪，予之佗矣。

太子失愛於幽王，有讒之者則受而行之，不復徐究，如獻酬之無不受也。伐木者掎其顛[四]，析薪者隨其理，猶不欲其摧敗。今王之遇太子，曾伐木析薪之不若，太子無罪而妄加之也。佗，加也。

莫高匪山，莫浚匪泉。君子無易由言，耳屬于垣。無逝我梁，無發我笱。我躬不閱，遑[五]恤我後。

浚，深也。由，從也。[六]山高矣，而人猶登之；泉深矣，而人猶入之。今王輕用讒言，豈謂人莫獲知之歟？將有屬耳于垣而聽之者矣。既以此告王，又恐褒姒、伯服之害其成業，故告之以無敗梁、笱，猶谷風之義也。

小弁八章，章八句。

校注

〔一〕『咎』字四庫本作『臼』，兩蘇經解本亦是，本章下同。

〔二〕『鞫』字毛傳作『鞫』。

〔三〕『杝』字四庫本作『扡』，兩蘇經解本亦是。
〔四〕『顛』字正義作『巔』。
〔五〕『遑』字四庫本作『皇』，兩蘇經解本亦是。
〔六〕鄭箋云：由，用也。

巧言，刺幽王也。

悠悠昊天，曰父母且。無罪無辜，亂如此憮〔一〕。昊天已威，予慎〔二〕無罪。昊天泰憮，予慎無辜。

憮，大也。已、泰，皆甚〔三〕也。慎，謹〔四〕也。君子困於讒人，故訴之於天曰：『天之於人曰〔五〕父母，然今我無罪而遭此大亂，何也？政已甚虐矣！亂已甚大矣！子無罪而天不吊，何也？』

亂之初生，僭始既涵。亂之又生，君子信讒。君子如怒，亂庶遄沮。君子如祉，亂庶遄已。

僭，不信也。〔六〕涵，容也。祉，福也。遄，疾也。沮，止也。小人爲讒于其君，必以漸入之。其始也，進而嘗之，君容之而不拒，知言之無忌，于是復進。既而君信之，然後亂成，君子以爲不幸而至此矣。若人君一日覺悟，大有所誅賞，如楚莊、齊威之事，則亂猶庶幾可止也。小毖之頌曰：『予其懲，而毖後患。莫予荓蜂，自求辛螫。』成王、周公之釁，比王之悟，亦嘗有所誅戮也哉！

君子屢盟，亂是用長。君子信盜，亂是用暴。盜言孔甘，亂是用餤。匪其止共，維王之邛[七]。

春秋之際，君臣相疑則盟。讒人搆其君臣，利在不究其實，君遂從之而徒以盟誓相要，此亂之所以日長也。盜者，伏而得之之謂也。讒人之誣君子曰：『吾能得其隱，衆莫知也。』而君遂信之，此小人之所以恣行也。餤，進也。讒人之言必有以悅人者，人君而味於甘言，此小人之所以獲進也。止，職也。邛，病也。言小人不守其位，維爲讒以病王也。

奕奕寢廟，君子作之。秩秩大猷，聖人莫之。他人有心，予忖度之。躍躍毚兔，遇犬獲之。

奕奕，大也。秩秩，有叙[八]也。莫，定也。毚，狡兔也。奕奕寢廟，天下之正居也。秩秩大猷，天下之達道也。居天下之正居，行天下之達道，他[九]人之心可得而度也。雖有毚兔行於隱伏，將有爲我獲之而至者。苟守吾正，則天下之情畢見於前矣，安用旁窺而竊伺之，以讒人爲已耳目哉？

荏染柔木，君子樹之。往來行言，心焉數之。蛇蛇碩言，出自口矣。巧言如簧，顔之厚矣。

木之可揉者，君子樹之，言之可行者，君子數〔一〇〕之。往可行也，來不可行也，君子不用也；來可行也，往不可行也，君子不由也。今小人蛇蛇然，徐爲大言，徒出於其口而已，中無有也。巧言如簧，顔雖甚厚，其中未必不愧也。

彼何人斯，居河之麋。無拳無勇，職爲亂階。既微且尰，爾勇伊何？爲猶將多，爾居徒幾何？

時有是人也。水草之交曰麋。拳，力也。骭瘍爲微。腫足爲尰。猶，謀也。將，大也。其謀既大且多，其徒幾何而能然哉？

巧言六章，章八句。

校注

〔一〕『憮』字四庫本作『憮』，兩蘇經解本亦是，本章下同。
〔二〕原文缺筆，據補，下同。
〔三〕甚：兩蘇經解本作『慎』。
〔四〕『謹』字四庫本作『誠』，兩蘇經解本同宋刻本。
〔五〕『曰』字四庫本作『若』，兩蘇經解本亦是。
〔六〕傳：僭，数。涵，容也。箋云：僭，不信也。既，尽。涵，同也。
〔七〕『邛』字兩蘇經解本作『卬』。
〔八〕『叙』字四庫本、兩蘇經解本作『序』。
〔九〕『他』字四庫本作『也』，兩蘇經解本畢氏刻本亦是。
〔一〇〕『數』字四庫本作『度』，兩蘇經解本作『麋』。

何人斯，蘇公刺暴公也。〔一〕

彼何人斯？其心孔艱。胡逝我梁，不入我門？伊誰云從？維暴之云。

艱，嶮也。梁，橋也。暴公爲卿〔二〕士而譖蘇公。蘇公之友，有與偕譖之者，從之〔三〕以過蘇公而不入見，故並譏之。此詩主言何人而曰『刺暴公』者，譖出於暴公而何人與焉。以暴公爲不足刺而刺何人，則亦所以刺暴公也。〔四〕

二人從行，誰爲此禍？胡逝我梁，不入唁我？始者不如今，云不我可！

始謂我可，而今謂我不可也。

彼何人斯？胡逝我陳？我聞其聲，不見其身。不愧于人？不畏于天？

陳，堂塗也。

彼何人斯？其爲飄風。胡不自北？胡不自南？胡逝我梁？祇攪我心！

飄風，暴風。言其去之速也。

爾之安行，亦不遑舍。爾之亟行，遑脂爾車。壹者之來，云何其盱？

盱，病也。安行則當止舍，速行則不暇脂車矣。反覆究之而不得其情，故曰：『一來見我，於女何病哉？』

爾還而入，我心易也。還而不入，否難知也。壹者之來，俾我祇也。

易，悅也。祇，安也。〔五〕

伯氏吹塤，仲氏吹篪。及爾如貫，諒不我知。出此三物，以詛爾斯。

土曰塤，竹曰篪。與女義如兄弟，和如塤篪，勢相次比，如物之在貫。女豈誠不我知而譖我哉？苟誠不我知也，則出犬、豕、雞三物，以詛之可也。

爲鬼爲蜮，則不可〔六〕**得。有靦面目，視人罔極。作此好歌，以極反側。**

蜮，短狐也。靦，姡也。姡，醜也。鬼蜮皆能陰害人而不可見，今與女相視無窮，奈何爲此禍哉？

何人斯八章，章六句。

校注

〔一〕清代胡承珙毛詩後箋卷十九載：『蘇氏詩傳曰：何人斯爲刺㬥公，而本詩主言何人，蓋譖出于㬥公而何人預焉，刺何人正以刺㬥公也。』

〔二〕四庫本作『鄉』。

〔三〕『之』，四庫本作『公』，兩蘇經解本亦是。

〔四〕清代嚴虞惇讀詩質疑卷二十載：『朱註云：蘇公不欲直斥暴公，故但指其從行者而言。詩既言唯暴之云矣，則已明指暴公，何云不欲直斥也？又云以從暴公而不入我門，則暴公之譖已也明矣。竟若此詩之作專責暴公之譖已，而借何人以爲辭，則于詩本義全失。

毛鄭孔疏之外諸家，惟蘇氏爲得，今録之。』

〔五〕毛傳：祇，病也。

〔六〕『可』字兩蘇經解本作『我』。

巷伯，刺幽王也。

巷伯，寺人也。[一]

萋兮斐兮，成是貝錦。彼譖人者，亦已太[二]甚！

萋、斐[三]，文相錯也。貝錦，錦之貝文者也。讒人之搆君子，其所以集成其罪者，猶織者縷縷相錯以成爲錦也。

哆兮侈兮，成是南箕。彼譖人者，誰適與謀？

哆、侈，皆張也。[四]南箕非箕也，因其有是形而命之耳。讒人之誣君子，亦必因其近似而遂名之。斯人自謂辟嫌之不審也。

緝緝翩翩，謀欲譖人。愼[五]爾言也，謂爾不信。

緝緝、翩翩，多言貌也。君子相告以愼言，恐讒人誣之以不信也。

捷捷幡幡[六]，謀欲譖言。豈不爾受？既其爾[七]遷。

捷捷、幡幡，亦多言貌也。遷，改也。[八]與讒人處，苟與之誠言，夫豈不受哉？既而改之以告人耳。

驕人好好，勞人草草。蒼天蒼天，視彼驕人，矜此勞人。

好好，樂也。草草，憂也。

彼譖人者，誰適與謀？取彼譖人，投畀豺虎；豺虎不食，投畀有北；有北不受，投畀有昊。楊園之道，猗于畝[九]丘。寺人孟子，作爲此詩。凡百君子，敬而聽之。

楊園，園名也。畝丘，丘名也。猗，加也。作，起也。將之楊園，其道必從畝丘。以言讒人欲譖大臣，亦自小臣始。是以孟子起爲此詩，以告君子，使皆聽之以自防也。

巷伯七章，四章章[一〇]四句，一章五句，一章八句，一章六句。

校注

〔一〕宋代李樗毛詩集解卷二十五引：『蘇氏曰：巷伯，寺人是也。』

〔二〕『太』字孔氏正義作『大』。

〔三〕斐：兩蘇經解本作『菲』。

〔四〕宋代李樗毛詩集解卷二十五載：『鄭氏之意，則以謂箕⿸尸干之所以成，由踵已哆又侈而爲舌故也。然不如蘇氏之説南箕也，因其有是形而命之耳。讒人之誣君子，亦必因其近似而遂名之。斯言是也。』

〔五〕原文缺筆，據補，下同。

〔六〕原文缺筆，據補，下同。

〔七〕『爾』字四庫本作『女』，兩蘇經解本亦是。

〔八〕毛傳：遷，去也。

〔九〕畂：兩蘇經解本顧氏刻本作『畒』，畢氏刻本作『畝』，四庫本作『畆』，下同。

〔一〇〕『章』字四庫本無，兩蘇經解本亦是。

谷風，刺幽王也。

習習谷風，維風及雨。將恐將懼，維予與女。將安將樂，女轉弃予。

風雨之相須，猶朋友之相濟。幽王之世，天下俗薄，朋友窮達相弃，故以刺焉。

習習谷風，維風及頽。將恐將懼，寘予于懷。將安將樂，弃予如遺！

頹，風之焚輪者。風薄相扶而上，亦猶朋友之相將也。

習習谷風，維山崔嵬。無草不死，無木不萎。忘我大德，思我小怨。

習習之風，草木之所以生也；崔嵬之山，草木之所以養也。然不能使草不死，木不萎者，天地之功猶有所不足。奈何忘我大德，而獨思我小怨哉？

谷風三章，章六句。

蓼莪，刺幽王也。

蓼蓼者莪，匪莪伊蒿。哀哀父母，生我劬勞。

蓼蓼，長大貌。莪，羅〔一〕蒿也。羅蒿可食，而蒿不可食。采莪者將以食之，譬如生子者將賴其養也。幽王之世，孝子行役而遭喪，哀其父母生已之勞而養不終，如采莪者之得蒿也。

蓼蓼者莪，匪莪伊蔚。哀哀父母，生我勞瘁。

蔚，牡菣〔二〕也。

缾〔三〕之罄矣，維罍之恥〔四〕。鮮民之生，不如死之久矣。

缾小而罍大，使缾至於罄者，罍之恥也。使民至於窮而無告者，亦上之恥也。

鮮，善也。〔五〕人皆以生爲善，孝子之不獲終養者，以爲不如死也。

無父何怙？無母何恃？出則銜恤，入則靡至。

恤，憂也。入而不見，則若無所至也。

父兮生我，母兮鞠我。拊我畜我，長我育我，顧我復我，出入腹我。欲報之德。昊天罔極。

鞠，養也。腹，厚也。

南山烈烈，飄風發發。民莫不穀，我獨何害？南山律律，飄風弗弗。民莫不穀，我獨不卒。

虐政之病人，如大寒之視南山而聞飄風。烈烈、律律，其可惡也；發發、弗弗，其可疾也。穀，養也。卒，終也。

蓼莪六章，四章〔一〕章四句，二章章八句。

校注

〔一〕「羅」字四庫本作「蘿」，兩蘇經解本亦是。

〔二〕『莀』字四庫本、兩蘇經解本作『葭』。

〔三〕『缾』字正義作『瓶』。

〔四〕兩蘇經解本作『耻』，四庫本亦是，下同。

〔五〕正義：鮮，寡也。

〔六〕『章』字四庫本缺，兩蘇經解本亦是，下句同。

大東，刺亂也。

毛詩之序曰：『譚大夫之所作也。』

有饛簋飧〔一〕，有捄棘匕。周道如砥，其直如矢。君子所履，小人所視。睠言顧之，潸焉出涕。

饛，滿也。飧，熟食也。捄，長也。棘匕，所以載鼎實也。幽王不恤諸侯，賦役繁重，下國困竭。君子思先王之世，諸侯富足，其簋之飧饛然，其鼎之匕捄然。當是時也，周之所以取於諸侯者平均正直。凡今之君子猶及行之，小人猶及見之。至於幽王，而遂不然。是以顧之而出涕也。

小東大東，杼軸〔二〕其空。糾糾葛屨，可以履霜？佻佻公子，行彼周行。既往既來，使我心疚。

糾糾，䟽〔三〕貌也。佻佻，獨行也。既，盡也。自周視諸侯皆東也。小大皆取於東，東人之杼軸空矣，然周人猶莫之恤，曰：『猶有葛屨，則可使履霜矣！猶有公子，則可使行於周道矣！』公子，國之貴也。於是則盡竭其所有以往，盡輸之以來，而中心病之也。

有冽氿泉，無浸穫薪。契契寤歎，哀我憚人。薪是穫薪，尚可載也。哀我憚人，亦可息也。

冽，寒也。側出曰氿泉。穫，艾也。契契，憂苦也。憚，亦作癉，勞也。薪已艾矣，而復浸之則腐；民已勞矣，而復事之則病。故已艾則庶其載而畜之；已勞則庶其息而安之。

東人之子，職勞不來。西人之子，粲粲衣服。

來，勞來也。言勞佚之不平也。

舟人之子，熊羆是裘。私人之子，百僚是試。

舟人水居而服熊羆之裘，所服非其所有也。私人無籍於王室而試百官，所事非其所職也。言紀綱敗壞，無不失其舊也。

或以其酒，不以其漿。鞙鞙佩璲，不以其長。

有醉於其酒者，有不得其漿者，然其所厚未必賢也，故曰：『雖則佩玉盛服，而非其長過人也。』鞙鞙，佩玉貌也。璲，瑞也。

維天有漢，監亦有光。跂彼織女，終日七襄。[四]

雖則七襄，不成報章。睆[五]彼牽牛，不以服箱[六]。東有啓明，西有長庚。

有捄天畢，載施之行[七]。

維南有箕，不可以簸揚。維北有斗，不可以挹酒漿。維南有箕，載翕其舌。維北有斗，西柄之揭。

君子告窮而不敢正言，故爲隱焉，而使自察之。其言王雖在上，而無能明者，則曰：『維天有漢，監亦有光。』監，視也。言東人空其杼軸而輸之王，王曾無以報之，則曰：『跂彼織女，終日七襄。雖則七襄，不成報章。』跂，隅貌也。襄，駕也。自旦至莫[八]七辰，辰一移，此所謂七駕也。人之織也，其緯往而復反，此所謂報章也。星之駕也，西而不東，此所謂不成報章也。言東人盡其車牛以輸其職貢，勞弊〔九〕於道路，則曰：『睆彼牽牛，不以服箱』，以爲維是獲免耳。睆，明也。牽牛，河鼓也。服，較也。箱，兩較間也。言王之百役皆取於東，則曰：『東有啟明，西有長庚。』啟明、長庚，皆太白也。言東人飲食既竭，雖有其器而無所用之，則曰：『有捄天畢，載施之行。』畢所以掩捕鳥獸也。言其器雖在，而皆已破弊，則曰：『維南有箕，不可以簸揚。維北有斗，不可以挹酒漿。』言徒有其器而無其實，則曰：『維南有箕，載翕其舌。』翕，合也。有箕而合其舌，無所揚也。言東人勞苦而爲之，西人暇豫而取之，則曰：『維北有斗，西柄之揭。』斗雖北之有也，而西實揭其柄。柄者，所操以取也。

大東七章，章八句。

校注

〔一〕『飱』字正義作『飱』。

〔二〕『軸』字正義作『柚』。

〔三〕『疏』字四庫本作『疏』，兩蘇經解本亦是，下同。

〔四〕傳：跂，隅貌。襄，反也。箋云：襄，駕也。駕謂更其肆也。從旦至莫七辰，辰一移，因謂之七襄。

〔五〕原文缺筆，據補。

〔六〕傳：睆，明星貌。河鼓謂之牽牛。服，牝服也。箱，大車之箱也。箋云：以，用也。牽牛不可用于牝服之箱。

〔七〕傳：『捄，畢貌。畢所以掩兔也，何嘗見其可用乎？』孔氏正義曰：『此畢象畢星爲之而施網焉，故言所以掩兔也。……「畢狀如叉，蓋爲其似畢星取名焉。」……掩兔、祭器之畢，俱象畢星爲之。』

〔八〕莫：兩蘇經解本作『暮』，四庫本亦是。

〔九〕『弊』，四庫本作『蔽』，兩蘇經解本亦是。

四月，大夫刺幽王也。

四月維夏，六月徂暑。先祖匪人，胡寧忍予？

徂，往也。四月始夏，而六月暑遂往矣，言周之治世，未幾而亂作也，是以君子自傷生於〔一〕亂世，曰：『先祖非人哉！而忍生我於〔二〕是。』此所謂窮則反本。『浩浩昊天，不駿其德』『先祖匪人，胡寧忍予』一也，皆無所歸怨之辭也。〔三〕其實以爲非其罪也！

秋日淒淒〔四〕，百卉具腓。亂離瘼矣，爰〔五〕其適歸？

冬日烈烈，飄風發發。民莫不穀，我獨何害！

腓、瘼，皆病也。夏既徂矣，則秋風至而百草病。先王既沒，民被幽王之患，有亂離之病矣。而未知其終所適歸者，故繼之曰：『冬日烈烈，飄風發發』，言其未必至是也。

山有嘉卉，侯栗侯梅。廢爲殘賊，莫知其尤。

梅、栗，有實之木也。人以其有實也，朝夕取焉，是以廢爲殘賊而莫知其所以獲罪。言幽王暴而剝下，下無完〔六〕民也。

相彼泉水，載清載濁。我日構禍，曷云能穀？

滔滔江漢，南國之紀。盡瘁以仕，寧莫我有。

一泉之水無以紀之，則清濁不可常矣。幽王失道，諸侯放恣，天下治亂莫能相一，亦猶是也。夫欲治是也，必先自治。今我尚日構亂而安能善彼哉？是以思得王者以紀諸侯，如江、漢之紀衆水，使天下國有所宗而人有所賴，盡瘁以仕而上有有之者。

匪鶉匪鳶，翰飛戾天。匪鱣匪鮪，潛逃于淵。

山有蕨薇，隰有杞桋。君子作歌，維以告哀！

鶉，鵰也。栜，或作萸。幽王之亂，天下逃散，非鶉非鳶而高飛，非鱣非鮪而深潛，故大夫有退而食蕨薇、甘杞萸以免於禍者。作此詩以告其哀憐天下之志，非以爲其身也。

四月八章，章四句。

校注

〔一〕兩蘇經解本作『于』，四庫本亦是。

〔二〕兩蘇經解本作『于』，四庫本亦是。

〔三〕清代嚴虞惇讀詩質疑卷二十載：『蘇氏曰：四月始夏，而六月暑遂往矣，言治世未幾而亂作也。君子自傷生于亂世，曰：「先祖非人哉！而忍生我于是。」無所歸怨之辭也。』

〔四〕兩蘇經解本作『淒淒』，四庫本亦是。

〔五〕『爰』字四庫本作『奚』，兩蘇經解本亦是。

〔六〕原文缺筆，據補。

詩集傳　卷第十二

詩集傳　卷第十三

北山之什　小雅

北山，大夫刺幽王也。

陟彼北山，言采其杞。偕偕士子，朝夕從事。王事靡盬，憂我父母。

此說與杕杜同。偕偕，強壯貌。

溥天之下，莫非王土。率土之濱，莫非王臣。大夫不均，我從事獨賢。

賢，過人也。〔一〕

四牡彭彭，王事傍傍。嘉我未老，鮮我方將。旅力方剛，經營四方。

嘉、鮮，皆善也。將，壯也。

或燕燕居息，或盡瘁事國。或息偃在床，或不已于行。

或不知叫號，或慘慘劬勞。或栖遲偃仰，或王事鞅掌。

鞅掌，失容也。〔二〕

或湛樂飲酒，或慘慘畏咎。或出入風議，或靡事不爲。

北山六章，三章章六句，三章章四句。

校注

〔一〕毛傳：賢，劳也。

〔二〕傳云：鞅掌，失容也。箋云：鞅，犹何也。掌，谓捧之也。负何捧持以趋走，言促遽也。

無將大車，大夫悔將小人也。

無將大車，祇自塵兮。無思百憂，祇自疷兮。

大車，牛車也。疷，病也。將大車則塵汙之，思百憂則病及之，譬如任小人者患及其身，亦不可逃也。

無將大車，維塵冥冥。無思百憂，不出于熲。

熲，光也。

無將大車，維塵雝兮。無思百憂，祇自重兮。

雝，蔽也。重，累也。

無將大車三章，章四句。

小明，大夫悔仕於亂世也。

明明上天，照臨下土。我征徂西，至于艽野。二月初吉，載離寒暑。心之憂矣，其毒大苦。念彼共人，涕零如雨。豈不懷歸？畏此罪罟。

大夫行役，久勞而不息，故稱天之無不照臨，言臣下無賢勞而不察者也。艽，地名也。初吉，朔日也。行始於二月，而『載離寒暑』則冬矣，是以思有共德之人而事之。

昔我往矣，日月方除。曷云其還？歲聿云莫。念我獨兮，我事孔庶。心之憂矣，憚我不暇。念彼共人，睠睠懷顧。豈不懷歸？畏此譴怒。

除，除陳生新也。憚，勞也。

昔我往矣，日月方奥。曷云其還？政事愈蹙。歲聿云莫，采蕭穫菽。

心之憂矣，自貽伊戚。念彼共人，興言出宿。豈不懷歸？畏此反覆。

奥，煖也。出宿，不安寢也。

嗟爾君子！無恒〔一〕安處。靖共爾位，正直是與。神之聽之，式穀以女。

穀，善也。有久勞於外則必有久安於内者矣，故告之使無以安處爲常，靖共其位，而與正直，庶乎神之聽之，而以女爲善也。

嗟爾君子！無恒安息。靖共爾位，好是正直。神之聽之，介爾景福。

小明五章，三章章〔二〕十二句，二章章六句。

校注

〔一〕原文缺筆，據補，本章下同，兩蘇經解本亦是。

〔二〕『章』字四庫本無，兩蘇經解本亦是，本章下同。

鼓鐘，刺幽王也。〔一〕

鼓鐘將將，淮水湯湯，憂心且傷。淑人君子，懷允不忘。

幽王作樂於淮上，而人疾之，故思古之君子焉。

鼓鐘喈喈，淮水湝湝，憂心且悲。淑人君子，其德不回。

鼓鐘伐鼛，淮有三洲，憂心且妯。淑人君子，其德不猶。

始言湯湯，水盛也；中言湝湝，水流也；終言三洲，水落而洲見也，言幽王之久於淮上也。〔二〕鼛，大鼓也。妯，動也。猶，若也，不若，不若幽王也。

鼓鐘欽欽，鼓瑟鼓琴，笙磬同音。以雅以南，以籥不僭。

欽欽，鐘聲也。將作樂則鼓鐘，所謂金奏也。琴瑟在堂，笙磬在下。〔三〕同音，言其和也。雅，二雅也；南，二南也。幽王之世，風有二南而已，故播〔四〕此二詩於籥，言幽王之不德，豈其樂非古歟？樂則是矣，而人則非也。

鼓鐘四章，章五句。

校注

〔一〕清代陳啓源毛詩稽古編卷二十五載：『宋程大昌謂：詩有南雅頌而無國風。自邶至豳十三國詩皆不入樂，豈非妄説乎？彼特見蘇氏釋鼓鐘篇以雅以南誤以爲二雅二南，故生此説耳。蘇氏之謬前辯之已悉矣。見小雅·鼓鐘篇。』

〔二〕清代陳啓源毛詩稽古編卷十四載：『蘇氏曰：湯湯，水盛也。湝湝，水流也。三洲水落而洲見也。言幽王之久于淮上也。與毛意異，集傳解湝湝與三洲皆祖毛說，又引蘇語以繼之，殊少畫一矣。又蘇說雖新巧可喜，然釋三洲則于義難通。』

〔三〕清代顧棟高毛詩訂詁卷五引：『蘇傳曰：將作樂則鼓鐘，所謂金奏也。琴瑟在堂，笙磬在下。同音，言其和也。雅，二雅也；南，二南也。幽王之世，風有二南而已，故播此二詩于籥也，言幽王之不德，豈其樂非古與？樂則是矣，而人則非也。』又『六帖末章之辭，愈隱而其意愈微。蘇氏注得言外之意。集傳此詩之義有不可知者，今姑釋其訓詁名物而略以王氏蘇氏之說解之，未敢信其必然也。』清代胡承珙毛詩後箋卷一，載『蘇氏復自立說，謂：雅是二雅；南是二南，舛繆尤甚。』

〔四〕原文缺筆，據補。

楚茨，刺幽王也。

楚楚者茨，言抽其棘。自昔何爲？我蓺黍稷。我黍與與，我稷翼翼。我倉既盈，我庾維億。以爲酒食，以享以祀，以妥以侑，以介景福。

抽，除也。與與、翼翼，蕃也。露積曰庾。十萬曰億。妥，安也。侑，勸也。介，助也。楚茨傷今而思古之詩也，故稱古之人去其茨棘，以蓺黍稷，以實倉廩，以爲酒食，以享先祖。於其享也，主人拜尸而安之，祝勸尸而食之，所以事之而無不至者，故於餘章詳言之。凡詳言之者，皆思而不得見之辭也。

濟濟蹌蹌，絜[一]爾牛羊，以往烝嘗。或剝或亨，或肆或將。祝祭于祊，祀事孔明。先祖是皇，神保是饗。孝孫有慶，報以介福，萬壽無疆！

「濟濟蹌蹌」，言有容也。剝，解之也；亨，飪之也。肆，陳其骨體於俎也。將，奉持而進之也。祊，門內也。孝子不知神之所在，故使祝博[二]求之門內，其生所以待賓客也[三]。於是先祖大而安饗之，報之以介福。皇，大也。保，安也。介，大也。

執爨踖踖，爲俎孔碩，或燔或炙。君婦莫莫，爲豆孔庶，爲賓爲客。獻醻交錯，禮儀卒度，笑語卒獲。神保是格，報以介福，萬壽攸酢！

爨，饔爨、廩爨也。踖踖，言有容也。俎，從獻之俎也。其實燔肉而肝炙。[四]君婦，王后也。莫莫，清靜而敬至也。豆，內[五]羞、庶羞也。庶，多也。多爲之者，以爲非特以享也，將以祭終而燕尸賓焉。故及其燕也，獻醻交錯而無不遍，行禮至卒而無非度，笑語至卒而無不得，言和而不亂也。古者於旅也語。酢，報也。

我孔熯矣，式禮莫愆。工祝致告，徂賚孝孫。苾芬孝祀，神嗜飲食，卜爾百福。如幾如式，既齊既稷，既匡〔六〕既敕。永錫爾極，時萬時億！

熯，竭也。禮行既久，筋力竭矣，而式禮莫愆，敬之至也。善其事曰工。苾苾、芬芬，香也。卜，予也。幾，期也。春秋傳曰：『易幾而哭。』式，法也。齊，整也。稷，疾也。匡，正也。敕，戒也。〔七〕極，中也。于是祭將畢，祝致神意以嘏主人，曰：『爾飲食芳絜，故報爾以福祿，使其來如幾，其多如法。爾禮容莊敬，故報爾以中和，應萬物而不匱。』言各隨其事，而報之以其類也。

禮儀既備，鐘鼓既戒。孝孫徂位，工祝致告，神具醉止。皇尸載起，鼓〔八〕鐘送尸，神保聿歸。諸宰君婦，廢徹不遲。諸父兄弟，備言燕私。

于是禮備，作鐘鼓以戒在位，主人就位于堂下西面，祝致主人之意，告尸以利成。尸遂起，奏肆夏以送之，諸宰徹饌，後徹豆籩。既畢，歸賓客之俎而燕同姓，所以尊賓客而親兄弟也。

樂具入奏，以綏後祿。爾殽既將，莫怨具慶。既醉既飽，小大稽首。神嗜飲食，使君壽考。孔惠孔時，維其盡之。子子孫孫，勿替引之！

後祿，祭之餘福也。將，行也。惠，順也。替，廢也。引，長也。祭畢而燕于寢，則祭樂皆入，以安其餘福。殽羞既行，兄弟無有怨者，皆慶于君，曰：『神乃歆嗜飲食，將使君壽考。既順且時，兼盡而有之矣。子孫尚能勿替而長行之。』

楚茨六章，章十二句。

校注

〔一〕『絜』字四庫本作『潔』，兩蘇經解本亦是，本章下同。

〔二〕『愽』字四庫本、兩蘇經解本畢氏刻本作『博』。

〔三〕此句四庫本作『其待賓客之處也』，兩蘇經解本亦是。

〔四〕此句四庫本作『燔，燒肉；炙，炙肝』，兩蘇經解本亦是。

〔五〕『內』字四庫本作『肉』，兩蘇經解本亦是。

〔六〕原文缺筆，據補，下同。

〔七〕毛傳：勑，固也。

〔八〕『皷』字四庫本作『鼓』，兩蘇經解本作『鼓』，下同。

信南山，刺幽王也。

信彼南山，維禹甸之。畇畇原隰，曾孫田之。我疆我理，南東其畝〔一〕。

甸，治也。畇畇，墾辟貌也。曾孫，成王也。疆，畫經界也。理，分土宜也。禹治洪水，而成王墾辟汙[二]萊，至幽王之世，其迹皆在，而王弗治，故君子思古焉。

上天同雲，雨雪雰雰，益之以霢霂。既優既渥，既霑既足，生我百穀。

霢霂，小雨也。言仁人在上，則冬有積雪，春而繼之以雨，故百穀無不遂也。

疆埸翼翼，黍稷彧彧。曾孫之穡，以爲酒食。畀我尸賓，壽考萬年。

埸，畔也。翼翼，修治也。彧彧，茂盛也[三]。歛[四]稅曰穡。畀，予也。

中田有廬，疆埸有瓜。是剝是菹，獻之皇祖。曾孫壽考，受天之祜。

田中爲廬，以便田事。疆埸種瓜，以盡地利。瓜成，剝、削、淹、漬爲菹而獻之。所以盡四時之異物也。

祭以清酒，從以騂牡，享于祖考。執其鸞刀，以啟其毛，取其血膋。

清，玄[五]酒也。酒，鬱鬯、五齊、三酒也。牲用騂牡，周尚赤也。祭禮：以鬱鬯降神，然後迎牲而獻之，以告肥也。鸞刀，刀之有鸞者也。毛以告純也，血以告殺也。取膟膋，燔燎以報陽也。

是烝是享，苾苾芬芬，祀事孔明。先祖是皇，報以介福，萬壽無疆！

烝，進也。

信南山六章，章六句。

校注

〔一〕兩蘇經解本顧氏刻本作『畞』，畢氏刻本作『畝』，四庫本作『畆』，下同。

〔二〕『汙』字四庫本作『汗』，當字形誤。

〔三〕四庫本、兩蘇經解本作『盛茂也』。

〔四〕『歛』字四庫本作『斂』，兩蘇經解本同宋刻本。

〔五〕原文缺筆，據補。

甫田，刺幽王也。

倬彼甫田，歲取十千。我取其陳，食我農人，自古有年。今適南畝，或耘或耔，黍稷薿薿。攸介攸止，烝我髦士。

倬，明也。甫，大也。歲取十千，井田一成之數也。九夫爲井，井稅一夫，爲田百畝。井十爲通，通稅十夫，爲田千畝。通十爲成，成方十〔一〕里，其稅百夫，爲田萬畝，此所謂十千也。耘，除草也。耔，雝本也。薿薿，盛也。介，助也。〔二〕烝，進也。髦，俊也。一成之田，而歲取萬畝以爲國用，又將取其陳積以時發斂〔三〕，以助農夫之乏困，此自古有年之法，不可廢者也。是以親適南畝而視其耘耔，助其勤力，止其怠惰，進其髦俊，庶幾有年，以遵古之成法。所謂進其髦俊者，如漢寵力田之類歟？

以我齊明，與我犧羊，以社以方。我田既臧，農夫之慶。琴瑟擊鼓〔四〕，以御曰〔五〕祖，以祈甘雨，以介我稷黍，以穀我士女。

齊，六穀也。明，絜〔六〕也。犧，純色也。秋成而祭社及四方〔七〕，報其功也。周官：『仲秋獮田以祀方。』慶，賜也。『農夫之慶』，既蜡而息農夫也。御，迎也。田祖，先嗇也。孟春既郊而始耕，則祭之，所以祈甘雨也。周官：『祈年于田祖，吹豳雅，擊土鼓。』穀，養也。

曾孫來止，以其婦子。饁彼南畝，田畯至喜。攘其左右，嘗其旨否。禾易長畝，終善且有。曾孫不怒，農夫克敏。

攘，取也。禾易，禾主〔八〕樂易也。長畝，竟畝也。敏，疾也。成王之勞農也，農夫以其婦子饋於南畝。於是田畯至而喜之，取其左右之饋而嘗之，以知其旨否。民知成王之勤於農事，則盡力於禾，其生竟畝如一，庶幾終善且有。於是成王無所譴者，曰：『農夫敏矣。』

曾孫之稼，如茨如梁。曾孫之庾，如坻如京。乃求千斯倉，乃求萬斯箱。黍稷稻粱，農夫之慶。報以介福，萬壽無疆！

茨，言其多也。梁，言其積也。古之稅法，近者納稯，遠者納粟。米〔九〕稼既積，乃求千倉以處之，萬車以載之。『黍稷稻粱』，言無所不有也。

甫田四章，章十句。

校注

〔一〕『十』字四庫本作『千』，兩蘇經解本亦是。

〔二〕箋云：介，舍也。

〔三〕『歛』字四庫本作『斂』。

〔四〕『皷』字四庫本、兩蘇經解本作『鼓』。

〔五〕『曰』字四庫本作『田』，兩蘇經解本亦是。

〔六〕『絜』字四庫本作『潔』，兩蘇經解本亦是。

〔七〕方：四庫本作『才』。

〔八〕『主』字四庫本、兩蘇經解本作『生』。

〔九〕『米』字四庫本作『禾』，兩蘇經解本亦是。

大田，刺幽王也。

大田多稼，既種既戒，既備乃事。以我覃耜，俶載南畝。播[一]厥百穀，既庭且碩，曾孫是若。

稼，種也。覃，利也。俶，始也。載，事也。庭，直也。若，順也。田大而種多，故於今歲之冬具來歲之種，戒來歲之事。凡既備矣，然後事之，取其利耜而始有事於南畝。既耕而播之，其耕之也勤，而種之也時，故其生者皆直而大，以順成王之所欲。

既方既皁，既堅既好，不稂不莠。去其螟螣，及其蟊賊，無害我田稚。田祖有神，秉畀炎火。

方，孚而始房也。皁，實而未成也。既堅則成矣；既好則美矣。稂，童梁也。莠，似苗者也。食心曰螟，食葉曰螣，食根曰蟊，食節曰賊。稚，幼苗也。仁人在上，則蟲蝗不作，民以爲田祖投之火耳。

有渰萋萋，興雨祁祁。雨我公田，遂及我私。彼有不穫稚，此有不斂[二]**穧。彼有遺秉，此有滯穗，伊寡婦之利。**

渰，雲興貌也。萋萋，雲行貌也。祁祁，徐也。時雨既降，[三]民急其上，先憂公田而後其私。及其成也，田有餘穀，力不能盡，故以其[四]餘爲鰥寡之利。穧，鋪而未束者也。秉，把也。

曾孫來止，以其婦子。饁彼南畝，田畯至喜。來方禋祀，以其騂黑，與其黍稷。以享以祀，以介景福。

成王之來視其穫也，則遂禋祀四方，以報其成功。騂黑，南北之牲也，蓋略言之耳。

大田四章，二章章八句，二章章九句。

校注

〔一〕原文缺筆，據補，下同。

〔二〕「歛」字四庫本作「斂」。

〔三〕「降」下四庫本有「斯」，兩蘇經解本亦是。

〔四〕「其」，四庫本作「有」，兩蘇經解本、畢氏刻本亦是。

瞻彼洛矣，刺幽王也。

瞻彼洛矣，維水泱泱。君子至止，福祿如茨。〔一〕韎韐有奭，以作六師。〔二〕

洛，漆沮也。泱泱，深廣也。茨，蒺梨也。韎韐，士之韠也，蓋染之以茅蒐。奭，赤貌也。洛之水泱泱其無窮，使洛愛其水，無所澤萬物，於洛無加也，而物失其利。洛維不愛其水，故無損于洛，而物蒙其益。王者之有爵命，猶洛之有水也。〔三〕古之王者以其無窮惠天下之諸侯，以結其驩心。故諸侯之除喪而未命也，服其士服以朝於王，王遂命之，使將六師焉。傷今幽王愛其無窮，以失天下之諸侯也。

瞻彼洛矣，維水泱泱。君子至止，鞞琫有珌。君子萬年，保其家室。

鞞，容刀也。琫，上飾；珌，下飾也。此其所以錫諸侯也。諸侯有王者之命，乃能安其室家。

瞻彼洛矣，維水泱泱。君子至止，福祿既同。君子萬年，保其家邦。

『福禄既同』，言與諸侯共之也。

瞻彼洛矣三章，章六句。

校注

〔一〕箋云：君子至止者，謂來受爵命者也。爵命爲福，賞賜爲禄。茨，屋蓋也。如屋蓋，喻多也。

〔二〕傳云：韎韐者，茅蒐染韋也。一入曰韎韐，所以代韠也。天子六軍。箋云：此諸侯世子也。除三年之喪，服士服而來，未遇爵命之時，時有征伐之事。天子以其賢，任爲軍將，使代卿士將六軍而出。韎者，茅蒐染也。

〔三〕清代顧棟高毛詩訂詁卷五載：『鄭氏、王氏及蘇子由，俱就洛水生義，求之愈曲而失之愈遠。』

裳裳者華，刺幽王也。

毛詩之序曰：『古[一]之仕者世禄。小人在位則讒諂並進，弃賢者之類，絶功臣之世。』原其所以爲是說者，不過以詩之『乘其四駱』爲守其先人之禄位，『是以似之』爲嗣其先祖，其說蓋勞苦而不明如此。至於小人讒諂，則是詩之所無有，是以知其爲

曲說而不可信也。〔二〕

裳裳者華，其葉湑兮。我覯之子，我心寫兮。我心寫兮，是以有譽處兮。

裳裳，猶堂堂也。〔三〕湑，盛貌也。君子內修其身，充滿而發於外，人望見其容貌而知其君矣。譬如堂堂之華，而附之以湑然之葉，無有不善者也。今幽王積其不義，其發於外者，傀然小人爾，是以君子思見賢君以寫其憂，然後樂處其朝也。

裳裳者華，芸其黃矣。我覯之子，維其有章矣。維其有章矣，是以有慶矣。

黃，色之上〔四〕也。芸，黃之盛也。有章，有文也。君子之有文，粲然如華之盛也。

裳裳者華，或黃或白。我覯之子，乘其四駱。乘其四駱，六轡沃若。

華之不黃也，則亦白而已。君子之不處也，則亦行而已。處亦君子也，行亦君子也，故曰：『乘其四駱，六轡沃若』，言亦不失盛也。傷今幽王之不善，無所往而非不義也。

左之左之，君子宜之。右之右之，君子有之。維其有之，是以似之。

君子左而宜其左，右而有其右。有者，有諸中也。中誠有之，則其發於容貌者，

睟然其似之矣。〔五〕

裳裳者華四章，章六句。

校注

〔一〕古：四庫本作『右』。

〔二〕清代顧棟高毛詩訂詁卷五載：『歐蘇二家所駁辨極當，而其自爲說俱未安。』

〔三〕馬瑞辰毛詩傳箋通釋按曰：『裳與常同字，說文：「常，或作裳」是也。廣雅：「常常，盛也」。』

〔四〕『上』字四庫本作『正』，兩蘇經解本亦是。

〔五〕清代顧廣譽學詩詳說卷二十一載：『蘇氏謂：君子左而宜其左，右而有其右。有者，有諸中也。中誠有之，則其發于容貌者，睟然其似之矣。朱了蓋本此，又潛夫論曰：辭者，心之表也。維其有之，是以似之。其說先于蘇氏矣。』

詩集傳　卷第十四

桑扈之什　小雅

桑扈，刺幽王也。

交交桑扈，有鶯其羽。君子樂胥，受天之祜。

鶯，有文貌也。胥，辭也。[一]幽王直情而恣行，無復禮文法度，故思古之君子，樂循禮義以受天福。[二]夫苟樂之，則其爲之也安，安則如固有之，譬如桑扈之羽，鶯然有文而不自知，亦非其強之也。

交交桑扈，有鶯其領。君子樂胥，萬邦之屏。

領，頸也。屏，蔽也。樂循禮義，則足以屏萬邦矣。

之屏之翰，百辟爲憲。不戢不難，受福不那。

翰，幹[三]也。戢，歛[四]也。那，多也。王者屏翰四方而爲諸侯法，苟不以禮自戢難而求肆情焉，則亦不足以受多福矣。

兕觥其觩，旨酒思柔。彼交匪敖，萬福來求。

兕觥，罰爵也。旨酒之和柔，而兕觥之設，所以常自戢難也。

桑扈四章，章四句。

校注

〔一〕傳云：胥，皆也。箋云：胥，有才知之名也。

〔二〕清代顧廣譽學詩詳説卷二十一載：『蘇氏謂：胥，辭也。幽王直情而恣行，無復禮文法度，思古之君子，樂循禮義以受天福。其説爲是。』

〔三〕『幹』代四庫本作『榦』，兩蘇經解本亦是。

〔四〕『歛』代四庫本作『斂』，兩蘇經解本同宋刻本。

鴛鴦，刺幽王也。

鴛鴦于飛，畢之羅之。君子萬年，福禄宜之。

鴛鴦在梁，戢其左翼。君子萬年，宜其遐福。

乘馬在廐，摧之秣之。君子萬年，福禄艾之。

乘馬在廐，秣之摧之。君子萬年，福禄綏之。

鴛鴦，匹鳥也。方其止而取之，則盡之矣，故於其飛而取之。惟俟其飛而後取，故其在梁者，戢翼而安也。[一]馬之在牧者，無所用之，則委之以摧；其在廐者，將用其力，則加之以秣。言君子之於物，將用其死，則不忍絕其類；將用其力，則不敢薄其養，此天下所以願其萬年而享福禄也。摧、莝通。秣，粟也。艾，老也。言以福禄終其身也。

鴛鴦四章，章四句。

校注

〔一〕清代顧棟高毛詩訂詁卷五載：『蘇子由曰：必于其飛而取之，故在梁者戢翼而安。二章意正相承。』

頍弁，諸公刺幽王也。

有頍者弁，實維伊何？爾酒既旨，爾殽既嘉。豈伊異人？兄弟匪他。蔦與女蘿，施于松柏。未見君子，憂心奕奕。既見君子，庶幾説懌。

頍，弁貌也。蔦，寄生也。女蘿，兔絲也。奕奕，憂不定也。〔一〕彼所謂弁者，實何物哉？徒以人加之首而貴之耳。今王豈謂我自貴而忽兄弟哉？爾有旨酒嘉殽，曷不與兄弟樂之也？兄弟之於王，譬如蔦與女蘿之託松柏耳，不見則憂，見則庶幾王樂之。王奈何獨不顧哉？

有頍者弁，實維何期？爾酒既旨，爾殽既時。豈伊異人？兄弟具來。蔦與女蘿，施于松上。未見君子，憂心怲怲。既見君子，庶幾有臧。

怲怲，憂盛滿也。

有頍者弁，實維在首。爾酒既旨，爾殽既阜。豈伊異人？兄弟甥舅。如彼雨雪，先集維霰。死喪無日，無幾相見。樂酒今夕，君子維宴。

雪將降而霰先之，故不宴者誅滅之先也。君子以是知死之無日，相見之無幾，無所復賴，而相告曰：『苟今夕有酒也，君子維以相宴而已，不知其他矣。』知不可得免之辭也。

頍弁三章，章十二句。

校注

〔一〕四庫本、兩蘇經解本作『奕奕，憂也』。

車舝，大夫刺幽王也。

間關車之舝兮，思孌季女逝兮。匪飢匪渴，德音來括。雖無好友，式燕且喜。

間關，設舝也。幽王嬖褒〔二〕姒以亂政，小人並進，故君子思具車以逆賢女，雖飢渴而不顧。庶幾內有賢妃、德音之士來會於朝，雖無好友以事王，姑以奉王燕喜之樂，猶愈於小人也。

依彼平林，有集維鷮。辰彼碩女，令德來教。式燕且譽，好爾無射。

依，茂貌也。鷮，雉也。辰，時也。林平而無嶮，則雉集之。王者內無嬖后，其心樂易，則令德之士將來教之，因以奉其燕樂，好之終身而無厭。

雖無旨酒，式飲庶幾。雖無嘉殽，式食庶幾。雖無德與女，式歌且舞。

恐賢女之不可必得，故曰：『雖無旨酒嘉殽，姑飲食焉可也。雖無德以配王，姑歌舞以樂之，猶愈於褒姒之在側也。』

陟彼高岡，析其柞薪。析其柞薪，其葉湑兮。鮮我覯爾，我心寫兮。

鮮，善也。陟高岡而析柞薪，爲其葉之蔽也。褒姒之蔽王，猶柞薪耳。今誠去之，使我獲見王焉，則吾憂心庶幾寫矣。

高山仰止，景行行止。四牡騑騑，六轡如琴。覯爾新昏，以慰我心。

景，大也。褒姒之在王側，君子無復得進者。今誠去褒姒，使我見王，如仰高山，景行得行焉，[二]則吾將具四牡，調六轡，以爲王聘賢女而致之，以慰我心。然則褒姒苟在，雖有賢女而莫敢逆也。

車舝五章，章六句。

校注

〔一〕清字顧棟高毛詩訂詁卷五載：『蘇子由謂：褒姒在側，君子無由得進。今誠去褒姒，使我得見王。如仰高山，景行得行焉，則吾將爲王聘賢女。是以高山景行指幽王，益不似華谷讀行爲去聲，謂賢女如高山景行之可尊仰，尤可笑。惟黄東發氏謂親迎所歷之道，其說爲可從。』

〔二〕『褎』字四庫本、兩蘇經解本作『褎』，下同。

青蠅，大夫刺幽王也。

營營青蠅，止于樊。豈弟君子，無信讒言。

營營，往來貌也。青蠅能變亂白黑，故以比讒人焉。樊，藩也。止之於藩，欲其遠也。

營營青蠅，止于棘。讒人罔極，交亂四國。

營營青蠅，止于榛。讒人罔極，構〔一〕我二人。

榛、棘，皆所以爲藩也。

青蠅三章，章四句。

校注

〔一〕構：四庫本作『構』。

賓之初筵，衛武公刺時也。

賓之初筵，左右秩秩。籩豆有楚，殽核維旅。酒既和旨，飲酒孔偕。鐘鼓〔一〕既設，舉醻逸逸。大侯既抗，弓矢斯張。射夫既同，獻爾發功。發彼有的，以祈爾爵。

楚楚，修絜〔二〕也。殽，豆實也。核，加籩，桃梅之屬也。旅，陳也。偕，齊也。逸逸，往來次序也。大侯，君侯也。的，質也。先王將祭，必大射以擇士。將射必先行燕禮，既安賓，然後改縣以避射。既旅，然後張侯及弓，比其射夫而耦之。既耦，然後拾發求勝，以爵其不勝。

籥舞笙鼓，樂既和奏。烝衎烈祖，以洽百禮。百禮既至，有壬有林。錫爾純嘏，子孫其湛。其湛曰樂，各奏爾能。賓載手仇，室人入又。酌彼康爵，以奏爾時。

烝，進也。衎，樂也。洽，合也。百禮，九州諸侯所獻以助祭者，所謂庭實旅百也。壬，任也。謂臣之任事者，卿大夫是也。林，君也。湛，樂也。載，則也。手，取也。仇，敵也。室人，宗室也。又，復也。康，安也。此章言既射而祭，既祭而燕於寢。於其祭也，先作樂求諸陽，故秉籥而舞，舞者與笙鼓和應，以進樂其祖考，以合見其百禮。其以禮至者，非其諸侯則其卿大夫也。于是神則嘏之以福，使其子孫無不湛樂者。祭既畢，歸賓客之俎而留兄弟，曰：『將燕樂於寢』，故祭樂皆入，各奏其能以樂之。其燕也，以異姓爲賓，膳宰爲主人。膳宰，賓之敵也。賓取其敵以與宗室，皆入於寢而又燕，於是酌以安之，而薦之以時物。

賓之初筵，溫溫其恭。其未醉止，威儀反反。曰既醉止，威儀幡幡[三]。舍其坐遷，屢舞仙仙。其未醉止，威儀抑抑。曰既醉止，威儀怭怭。是曰既醉，不知其秩。

上二章言先王之正禮，故此章言幽王之燕。[四]方其未醉也，其禮猶在爾。及其既醉，則不可知也。反反，顧禮也。幡幡，輕數也。抑抑，慎[五]密也。怭怭，媟嫚也。

賓既醉止，載號載呶。亂我籩豆，屢舞僛僛。是曰既醉，不知其郵。側弁之俄，屢舞傞傞。既醉而出，並受其福。醉而不出，是謂伐德。飲酒孔嘉，維其令儀。

此章申言其亂，而終誨之也。僛僛，不正也。郵，過也。傞傞，不止也。

凡此飲酒，或醉或否。既立之監，或佐之史。彼醉不臧，不醉反耻。式勿從謂，無俾大怠。匪言勿言，匪由勿語。由醉之言，俾出童羖。三爵不識，矧敢多又。

幽王與其下相尚以酒，至有以不醉爲耻，而強使醉者，故告之曰：『夫飲酒則必有醉者，有否者。』爲醉者之不善也，是以既爲之監，復爲之史，以伺察之，而乃反以不醉爲耻哉！盍[六]亦勿從而謂之，使皆醉而益怠焉，可也。故告其醉者，使慎其言語；告其不醉者，使勿從醉者之言。羖，未有童者也。『俾出童羖』，深戒之也。苟人知所以自戒，則雖三爵而有不敢者，况又其多哉。

賓之初筵五章，章十四句。

校注

〔一〕『鼓』字四庫本作『皷』，兩蘇經解本作『皷』。

〔二〕『絜』字四庫本作『潔』，兩蘇經解本亦是。

〔三〕原文缺筆，據補，下同。

〔四〕清代顧廣譽學詩詳説卷二十一載：『蘇氏于三章云：上二章言先王之正禮，故此章言幽王之燕。皆仍其陳古刺今，而不從其相首尾之説。』

〔五〕原文缺筆，據補。

〔六〕『盍』字四庫本作『盖』，兩蘇經解本作『蓋』。

魚藻，刺幽王也。

魚在在藻，有頒其首。王在在鎬，豈樂飲酒。

魚何在？亦在藻耳。其所依者至薄也，然其首頒然而大，自以爲安，不知人得而取之也。今王亦在鎬耳，寡恩無助，天下將有圖之者，而飲酒自樂，恬於危亡之禍，亦如是魚也。毛氏因在鎬之言，故序此詩爲思武王，以在藻頒首，爲魚得其性，蓋[一]不識魚在在藻之有危意也。[二]

魚在在藻，有莘其尾。王在在鎬，飲酒樂豈。

莘，長貌也。

魚在在藻，依于其蒲。王在在鎬，有那其居。

那，安也。

魚藻三章，章四句。

校注

〔一〕『蓋』字四庫本作『盖』。

〔二〕清代顧廣譽學詩詳説卷二十二載：『蘇氏謂：魚在藻，所依至薄，然其首頒然而大，自以爲安，不知人得而取之。王在鎬，寡恩無助，天下將有圖之者。而飲酒自樂，恬于危亡之禍，亦如是魚。此豈忠臣所忍言。』

采菽，刺幽王也。

采菽采菽，筐〔一〕之筥之。君子來朝，何錫予之？雖無予之，路車乘馬。又何予之？玄〔二〕衮及黼。

采菽以爲藿，物至微而用至薄矣，然猶設筐、筥以待之，而况諸侯乎！故先王於其來也，錫之以車馬，重之以衣服，不敢忽也。玄衮，玄衣而衮龍也。黼，白黑雜也。〔三〕

觱沸檻泉，言采其芹。君子來朝，言觀其旂。其旂淠淠，鸞聲嘒嘒。載驂載駟，君子所届。

觱沸，泉始洌也。檻，泉正出也。[四]觱沸之清泉，吾將采其芹。[五]君子之來朝，吾將觀其旂。徒視其旂之淠淠而徐也，其鸞之嘒嘒而和也，吾以是知其有禮矣，是以駕而往迎之。於其所至，言無所不禮也。駕者既服，而三之曰驂，四之曰駟。[六]

赤芾在股，邪幅在下。彼交匪紓，天子所予。樂只君子，天子命之。樂只君子，福祿申之。

赤芾，蔽膝也。邪幅，偪也，所以自偪束也。紓，緩也。君子之所以自敕而交於人者如此，則天子從而予之矣，是以錫之命，而申之以福祿。

維柞之枝，其葉蓬蓬。樂只君子，殿天子之邦。樂只君子，萬福攸同。平平左右，亦是率從。

殿，鎮也。平平，辯治也。從，由也。柞之枝，其葉尚無不蓬蓬者，而況於天子殿邦之諸侯，而可以無福祿乎？諸侯而有福祿，然後能辯治，以左右王室矣，故曰：『亦是率從』。

汎汎楊舟，紼纚維之。樂只君子，天子葵之。樂只君子，福祿膍之。優哉游哉，亦是戾矣。

紼，繂也。纚，緌也。葵，揆也。膍，厚也。楊舟泛泛而無所定，紼、纚可以維而止之。天下之諸侯撫之則懷，弃之則去，亦如舟之無定耳。古之明王揆其所欲而厚之以福禄，則無不至者。今幽王安於佚樂而忽遺之，則是亦戾王而已，無復懷者矣。〔七〕

采菽五章，章八句。

校注

〔一〕原文缺筆，據補，下同。

〔二〕原文缺筆，據補，下同。

〔三〕宋代李樗毛詩集解卷二十八載：『鄭氏謂采菽以待諸侯，此説雖無害，然不如蘇説爲得詩人之旨。蘇氏曰：采菽以爲藿，物至微而用至薄矣。然猶設筐、筥以待之，況諸侯乎！』宋代吕祖謙吕氏家塾讀詩記第二十三引：『蘇氏曰：采菽猶設筐、筥以待之，而況諸侯乎。』

〔四〕毛傳：『觱沸，泉出貌。檻，泉正出也。』孔氏正義曰：『以觱沸連檻泉言之，故知泉出貌。釋水云：「檻，泉正出。正出，湧出也。」李巡曰：「水泉從下上出曰湧泉。」』

〔五〕宋代李樗毛詩集解卷二十八載：『鄭氏謂：采芹以待君子，不如蘇氏之説，言：觱沸之清泉，吾將采其芹。來朝之君子，吾將觀其旂，其旂淠淠。』

〔六〕宋代李樗毛詩集解卷二十八載：『蘇氏曰：駕既服，而三之曰驂，四之曰駟，是也。』

〔七〕宋代李樗毛詩集解卷二十八載：『蘇氏曰：今幽王安于逸樂而忽遺之，則是亦戾王而已，無復懷者矣。按：此全篇皆是思古人，不應以此兩句爲刺幽王也。』

角弓，父兄刺幽王也。

騂騂角弓，翩其反矣。兄弟昏[一]姻，無胥遠矣。

弓之張也騂騂，其調利挽之而體節皆應；及其弛也，翩然而反節自爲處，其勢無以相及。譬之如兄弟昏姻，親之則合，而疏[二]之則離，是以告之使無相遠也。

爾之遠矣，民胥然矣。爾之教矣，民胥傚矣。

上之所爲，下必有甚者，故此詩言幽王之世，王族怨望相病，亦無有善者。

此令兄弟，綽綽有裕。不令兄弟，交相爲瘉。

綽綽，寬也。裕，饒也。瘉，病也。

民之無良，相怨一方。受爵不讓，至于已斯亡。

民之相怨也，以一方而已，未嘗以自反也。受爵而不讓者，知尤之矣，而至於已則忘其非，此所謂一方也。

老馬反爲駒，不顧其後。如食宜饇，如酌孔取。

饇，飽也。孔，空也。老馬必憊，其駒必強，老馬不自謂老而任駒之任，後將不勝而不顧。譬如小人而任賢者之事，不畏其後之不克也。故告之曰：『譬如食者必以其宜爲飽之節，譬如酌者必以其空爲取之節。食而不以其腹之所宜止則病，酌而不以其空之所容止則溢，受爵而不以其量者，亦猶是也。』〔三〕

毋教猱升木，如塗塗附。君子有徽猷，小人與屬。

猱，猨屬也。附，木桴也。猱之升木，不教而能矣。塗之塗附，不力而堅矣。王族之屬，王不強而親矣。特患徽猷〔四〕之不立，無以來之耳。

雨雪瀌瀌，見晛曰消。莫肯下遺，式居婁〔五〕驕。

晛，日氣也。遺，予也。雨雪之瀌瀌，盛也，見日而消矣。王族之相怨毒，王苟有意綏之，亦釋然解矣。今王曾莫予之，居於其上而屢〔六〕驕焉，而何以化彼哉？

雨雪浮浮，見晛曰流。如蠻如髦，我是用憂。

蠻，南蠻也。髦，西夷也。言王之視王族，如蠻髦之不相及也。〔七〕

角弓八章，章四句。

校注

〔一〕『昬』字四庫本作『婚』，兩蘇經解本亦是，本章下同。

〔二〕『疏』字四庫本作『疏』，兩蘇經解本亦是。

〔三〕清代顧廣譽學詩詳説卷二十二載：『詳詩中五「如」字皆是比喻。此不當獨作「如其」解，諸家多從蘇氏，以喻小人之受爵，又于序不親九族之義太疏。』

〔四〕『猷』字四庫本、兩蘇經解本作『猶』。

〔五〕四庫本作『屢』。

〔六〕兩蘇經解本畢氏刻本作『婁』。

〔七〕清代顧廣譽學詩詳説卷二十二載：『蘇氏謂：王之視王族，如蠻髦之不相及。則經文辭指未明。』

菀柳，刺幽王也。

有菀者柳，不尚息焉。上帝甚蹈，無自暱焉。俾予靖之，後予極焉。

菀，茂也。蹈，動也。暱，近也。靖，治也。極，誅也。君子之願庇於王，譬如行道之人，無不庶幾息於茂柳者。徒以幽王暴虐，神所不予，天意動矣。故相戒以無自暱近日[一]。今雖使我爲治，後將誅我，不可知也。

有菀者柳，不尚愒焉。上帝甚蹈，無自瘵焉。俾予靖之，後予邁焉。

愒，息也。瘵，病也。邁，行也。行則放也。

有鳥高飛，亦傅于天。彼人之心，于何其臻？曷予靖之，居以凶矜？

鳥之高飛，亦傅于天則止。今王之心不知其所至，曾飛鳥之不若也。曷爲使我治之，而居我以凶危之地哉？矜，危也。

菀柳三章，章六句。

校注

〔一〕『日』字四庫本、兩蘇經解本均無。

詩集傳　卷第十四

詩集傳　卷第十五

都人士之什　小雅

都人士，周人刺衣服無常也。

彼都人士，狐裘黄黄。其容不改，出言有章。行歸于周，萬民所望。

都，美也。[一]都人士，士之有美人之行者也。[二]周，忠信也。

彼都人士，臺笠緇撮。彼君子女，綢直如髮。我不見兮，我心不説。

臺，夫湏[三]也，其皮可以爲笠。緇撮，緇布冠也。君子女，女之有君子之行者也。[四]髮之爲物，疏[五]密如一，而本末無異，有常之至也。

彼都人士，充耳琇實。彼君子女，謂之尹吉。我不見兮，我心苑結。

充耳，瑱也。琇，美石也。實，塞也。吉，姞也。春秋傳曰：『姞，吉人也。尹氏、姞氏，周室昏姻之舊姓也』。人之見是女者，皆以爲尹、姞之女，言其知禮也。苑，積也。

彼都人士，垂帶而厲。彼君子女，捲髮如蠆。我不見兮，言從之邁。

厲，帶之垂者也。蠆，螫蟲也，其尾上卷。

匪伊垂之，帶則有餘。匪伊卷之，髮則有旟。我不見兮，云何盱矣。

旟，揚也。盱，病也。帶由其自餘而垂之，髮由其自揚而卷之，言古之爲容者，亦從其自然而非強之也。

都人士五章，章六句。

校注

〔一〕箋云：『城郭之域曰都。』孔氏正義曰：『都者，聚居之處，故知城郭之域也。』

〔二〕明代何楷詩經世本古義卷之十七載：『蘇轍云：都，美也。都人士，士之有美人之行者也。亦通。』

〔三〕『湏』字兩蘇經解本作『須』。

〔四〕明代何楷詩經世本古義卷之十七載：『蘇云：君子女，女之有君子之行者。亦通。』

〔五〕『疏』字四庫本作『疏』，兩蘇經解本亦是。

采綠，刺怨曠也。

終朝采綠，不盈一匊。予髪曲局，薄言歸沐。

綠，王芻也。局，卷也。王芻，易得之菜。終朝采之而不盈匊，意不在所采也。婦人，夫不在無容飾，故曰：『予髪曲局矣，庶幾君子之歸而沐之。』言其知怨思而已，不知義也。

終朝采藍，不盈一襜。五日爲期，六日不詹。

藍，染草也。衣之前蔽曰襜。詹，至也。五日爲期，六日不至而怨之，言非所當怨也。

之子于狩，言韔其弓。之子于釣，言綸之繩。

綸，釣繳也。田漁，君子之所有事，而婦人不與也。今也狩則欲爲之韔弓，釣則欲爲之綸繩。言無節也。

其釣維何？維魴及鱮。維魴及鱮，薄言觀者。

此章言其悅之無已，故詠歌其釣之所獲。於其獲也，又將從而觀之。

采緑四章，章四句。

黍苗，刺幽王也。

芃芃黍苗，陰雨膏之。悠悠南行，召伯勞之。

宣王國申伯于謝，使召公往營之。召公之勞行者，猶陰雨之膏黍苗。哀今不能而思之也。

我任我輦，我車我牛。我行既集，蓋云歸哉。

召公之營謝，民有負任者，有輓輦者，有將車者，有牽傍牛者。凡行者皆集於謝，則召公告之以歸矣。言不久役也。

我徒我御，我師我旅。我行既集，蓋云歸處。

五百人爲旅，五旅爲師。春秋傳曰：『君行，師從；卿行，旅從。天子之卿視諸侯。』

肅肅謝功，召伯營之。烈烈征師，召伯成之。

原隰既平，泉流既清。召伯有成，王心則寧。

土治曰平，水治曰清。

黍苗五章，章四句。

隰桑，刺幽王也。

隰桑有阿，其葉有難。既見君子，其樂如何。

君子之在下，譬如桑之生於隰，其長阿然，其盛難然，見者無不悅之，故曰：『既見君子，其樂如何。』

隰桑有阿，其葉有沃。既見君子，云何不樂？

沃，柔也。

隰桑有阿，其葉有幽。既見君子，德音孔膠。

幽，黑色也。膠，固也。

心乎愛矣，遐不謂矣？中心藏之，何日忘之？

苟吾心誠愛之，君子豈遠我而不告哉？苟吾心誠藏之，何日而忘之哉？吾之所以忘之，心不藏也。君子之所以不告，吾不愛也。

隰桑四章，章四句。

白華，周人刺幽后也。

幽后，褒〔一〕姒也。

白華菅兮，白茅束〔二〕兮。之子之遠，俾我獨兮。

白華，野菅也，已漚則爲菅。取白華而漚之，又以束白茅焉，言表裏無不絜〔三〕也。〔四〕今申后之修如此，幽王遠之而近褒姒，使獨居焉，何哉？

英英白雲，露彼菅茅。天步艱難，之子不猶。

天步，王者之所履也。猶，圖也。菅茅之爲絜也至矣。其生也，白雲露之，其所受以爲質可知也已。有人如此，而王獨弃之，曾不圖天步之艱難，非此人莫與共之也。

滮池北流，浸彼稻田。嘯歌傷懷，念彼碩人。

滮，流貌也。豐、鎬之間，其水北流。水之性未有不流於東南者也，水流於東南，則其所及者遠。逆流而北，則其所能浸者稻田而已，不及遠矣。王者推其親親之恩，自王后始，其下將無不蒙澤者。今反其常而愛褒姒，故恩止於一人，而下無所賴矣，是以君子嘯歌傷懷而念碩人。碩人，申后也。

樵彼桑薪，卬[五]烘于煁。維彼碩人，實勞我心。

桑薪，薪之善者也。卬，我也。烘，燎也。煁，烓竈，所以炤也。薪之善者當以爲爨，而反以爲炤。譬如申后之賢，不獲偶王而弃於外也。

鼓鐘于宫，聲聞于外。念子懆懆，視我邁邁。

鼓鐘于宫，外未有不聞者。幽王内有嫡庶之亂，而求外之不聞，難矣！君子之念王，慘慘[六]其憂，而王視之邁邁其不顧，言無悛心也。

有鶖在梁，有鶴在林。維彼碩人，實勞我心。

鶖，秃鶖也。鶖、鶴皆以魚爲食，然鶴之於鶖，清濁則有間矣。今鶖在梁而鶴在林，鶖則飽而鶴則飢[七]矣。幽王進褒姒而黜申后，譬之如養鶖而弃鶴也。

鴛鴦在梁，戢其左翼。之子無良，二三其德。

鳥之雄者右掩左，其雌左掩右。言陰陽之相下，物無不然，王曾是之不若也。

有扁斯石，履之卑兮。之子之遠，俾我疧兮。

扁，卑貌也。疧，病也。石之施於履者，乘石也。石之扁然下者，可施於履之卑，而不可施於貴。譬如人之賤者，可以爲妾，而不可以爲后。言物各有所施之，不可改也。

白華八章，章四句。

校注

〔一〕『褎』字四庫本、兩蘇經解本均作『褒』，下同。

〔二〕『東』字四庫本、兩蘇經解本均作『束』。

〔三〕『絜』字四庫本作『潔』，兩蘇經解本亦是，本章下同。

〔四〕清代陳奂詩傳考卷四引：『蘇氏云：白茅，白華言表裏之無不絜也。今申后之修如此，幽王遠之而近褎姒，使獨居焉，何哉？』馬其昶詩毛氏學卷二十二小雅七亦引此句。

〔五〕『邛』字四庫本、兩蘇經解本均作『卬』，本章下同。

〔六〕慘慘：四庫本、兩蘇經解本作『懆懆』。

〔七〕『飢』字四庫本、兩蘇經解本作『饑』。

緜蠻，微臣刺亂也。

緜蠻黃鳥，止于丘阿。道之云遠，我勞如何。飲之食之，教之誨之。命彼後車，謂之載之。

綿蠻，小鳥貌也。黄鳥之止於丘，飛行飲食無不託焉，而丘未嘗有厭。微臣附於公卿，出使於外，奈何曾不飲、食、教、載之哉？

綿蠻黄鳥，止于丘隅。豈敢憚行，畏不能趨。飲之食之，教之誨之。命彼後車，謂之載之。

綿蠻黄鳥，止于丘側。豈敢憚行，畏不能極。飲之食之，教之誨之。命彼後車，謂之載之。

極，至也。

綿蠻三章，章八句。

瓠葉，大夫刺幽王也。

幡幡瓠葉，采之亨之。君子有酒，酌言嘗之。

古之君子不以菲薄廢禮，雖瓠葉之微，猶將采而亨之，以爲飲酒之菹。傷今幽王，雖有牲牢饔餼而不肯用也。

有兔斯首，炮之燔之。君子有酒，酌言獻之。

『有兔斯首』，言一兔也。獻，主人酌賓也。

有兔斯首，炮[一]之炙之。君子有酒，酌言酢之。

酢，賓酌主人也。

有兔斯首，燔之炮之。君子有酒，酌言醻之。

醻，主人既卒酢爵，復酌賓也。

瓠葉四章，章四句。

校注

〔一〕『炮』字四庫本作『燔』，兩蘇經解本亦是。

漸漸之石，下國刺幽王也。

漸漸之石，維其高矣。山川悠遠，維其勞矣。武人東征，不皇朝矣。

漸漸，高峻也。幽王之亂，下國背叛，王將以力征服之而不得，故告之曰：『漸漸之石，而欲以力平之乎？吾見其高而已，不可平也。山川之悠遠，而欲以行盡之乎？吾見其勞而已，不可盡也。[二]今諸侯背叛，而欲以武人征之，吾亦見其益亂而已，不暇使之朝也。』孔子曰：『遠人不服，則修文德以來之。』[三]遠人可以德懷，而不可以力勝，武人非所以來之也。

漸漸之石，維其卒矣。山川悠遠，曷其没矣？武人東征，不皇出矣。

卒，崔嵬也。没，盡也。出，出之於亂也。

有豕白蹢，烝涉波矣。月離于畢，俾滂沱矣。武人東征，不皇他[三]矣。

蹢，蹄也。豕四蹢白曰豥。白蹢，豕之尤躁疾者也。烝，進也。畢，噣也。豕之性好水，而畢之性好雨。豕馴則居陸，豥則涉水，故豕之進而涉波，人之過也。畢得月則雨，月不至則否，故畢之至於滂沱，月之過也。譬之諸侯好亂，而王又以武臨之，是以懼而深謀阻兵以自救，勢之相激，其亂遂連而不解。故曰：『武人東征，不遑他矣。』夫使武人征之，而尚何暇及其他哉？蓋亦知誅之而已，此亂之所以益甚也。

漸漸之石三章，章六句。

校注

〔一〕宋代李樗毛詩集解卷二十九載：『蘇氏曰：漸漸之石，而欲以力平之乎？吾見其高而已，不可平也。山川悠遠而欲以行盡之乎？吾見其勞而已，不可盡也。此說不如歐氏之簡徑，既言山石之高以見其跋涉險阻也，又言山川之悠遠以知其道里之遠，而下繼之。』

〔二〕語出論語。

〔三〕他：四庫本作『它』。

苕之華，大夫閔時也。

苕之華，芸其黃矣。心之憂矣，維其傷矣！

苕，陵苕也。其華紫赤而繁，將落則黃。言周室之衰，如是華也。

苕之華，其葉青青。知我如此，不如無生！

言華已盡矣，徒見其葉耳。

牂羊墳首，三星在罶。人可以食，鮮可以飽！

牂羊，牝羊也。墳，大也。罶，曲梁也；曲梁，寡婦之笱也。『牂羊墳首』，言無是道也。『三星在罶』，言不能久也。『人可以食，鮮可以飽』，言無暇及飽也。

苕之華三章，章四句。

何草不黃，下國刺幽王也。

何草不黄？何日不行？何人不將？經營四方。

歲暮草黄矣，而行者不息，言久役也。

何草不玄[一]？何人不矜？哀我征夫，獨爲匪民。

草黄極則玄。久役而弃其室家曰矜。

匪兕匪虎，率彼曠野。哀我征夫，朝夕不暇。

有芃者狐，率彼幽草。有棧之車，行彼周道。

芃，小貌也。棧車，役車也。車之行道，如狐之循草，無有止期也。

何草不黄四章，章四句。

校注

〔一〕原文缺筆，據補，下同。

詩集傳　卷第十五

詩集傳　卷第十六

文王之什　大雅

文王，文王受命作周也。

文王在位五十年。其始也，三分天下有其二，以服事商〔一〕，其政行於西南而不及於東北。其後虞、芮質成於周，文王伐黎而戡之，東北咸集。詩曰：『商之孫子，其麗不億。上帝既命，侯于周服。』文王於是受命稱王，九年而崩。書曰：『誕膺天命』。維九年大統未集，此所謂『受命作周』也。然學者或言武王克商而稱王，文王之世，紂猶在上，則王號無所施之。予以爲不然。文王之治西南，諸侯之大者也，故猶可以事人。及其行於四方，則天子之事也，雖欲復爲諸侯而不可得矣，是以即其實而稱王。紂雖未服而天下去之，其所以爲王之實亦亡矣。故文王之得此名也，以其有此實也；紂之失此名也，以其無此實也。空名雖存而衆不予，其存無損於周之稱王，而其亡不爲益矣，是以文王之世置而不問。至於武王，紂日長惡不悛，於是與諸侯觀政于商，以爲紂將改歟，則固將釋之。釋之，非復以周事之矣，存之而已。若其不改，則將伐之。伐之，非以成周之王也，爲不忍民之久於塗炭而已。不然，豈文王獨能事紂而武王不能哉？從世俗之説，必將有一人受其非者，此不可不辯也。

文王在上，於昭于天。周雖舊邦，其命維新。有周不顯，帝命不時。文王陟降，在帝左右。

文王之在民上，其德上昭于天。蓋周之有國數百千歲矣，至是始受命以有天下。君子曰：『周之德豈不顯，而帝命豈不是[三]哉？』文王行事，常若升降在帝左右者。蓋聖人先天而天弗違，後天而奉天時，與天如一故也。詩於天人之際，多以陟降言之。

亹亹文王，令聞不已。陳錫哉周，侯文王孫子。文王孫子，本支百世。凡周之士，不顯亦世。

亹亹，勉也。哉，載也。侯，維也。文王維不專利，而布陳之以與人，人思載之，是以立于天下者，未有非其子孫也。文王之子孫，適爲天子而庶爲諸侯，其祚無不百世者，是何故也？凡周之士，雖其不顯者猶莫不世，而況其顯者乎？士猶且獲世，而況文王之子孫乎？此所謂『陳錫載周』也。厲王之世，榮夷公以專利爲卿士。芮良夫諫曰：『夫利，百物之所生，而天地之所載也，而或專之，其害多矣。』〔三〕人〔四〕雅曰：『陳錫載周』，是不布利而懼難乎？故能載周以至于今，此之謂也。

世之不顯，厥猶翼翼。思皇多士，生此王國。王國克生，維周之楨。濟濟多士，文王以寧。

皇，大也。楨〔五〕，幹〔六〕也。士之不顯者，猶且翼翼不忘敬也，而況其顯者乎？言士未有不可用者也。是以文王思大獲多士，以爲周之幹〔七〕。言無所不容也。無所不容，此文王之所以安也。

穆穆文王，於緝熙敬止。假〔八〕哉天命，有商孫子。商之孫子，其麗不億。上帝既命，侯于周服。

穆穆，美也。緝，和也。熙，光也。假，大也。〔九〕麗，數也。不億，不徒億也。

天命文王，使有商之子孫。商之子孫衆矣，而維服于周。言其德無所不懷，雖商人亦無有與之較者也。

侯服于周，天命靡常。殷〔一〇〕士膚敏，祼將于京。厥作祼將，常服黼冔。王之藎臣，無念爾祖！

膚，美也。敏，疾也。祼，灌鬯也。將，行也。京，周京也。冔，殷冠也，夏曰收，周曰冕。藎，進也。殷人之來助祭於周者，尚皆服其冔。其臣周也新矣。然而文王無不受者，言其德廣大，無所忌間也。故以告於成王〔一一〕曰：『王之進臣，可無念爾祖哉！』

無念爾祖，聿修厥德。永言配命，自求多福。殷之未喪師，克配上帝。宜鑒于殷，駿命不易。

聿，述也。〔一二〕配，順也。駿，大也。既告之使修文王之德，順天命以求多福，則又告之以殷之未失衆也，其君皆能配天。及其末世，維違天以敗，故曰：『宜鑒于殷，駿命不易』。言天命之難保也。

命之不易，無遏爾躬。宣昭義問，有虞殷自天。上天之載，無聲無臭。

儀刑文王，萬邦作孚。

遏，絕也。義，善也。有、又通。虞，度也。知命之不易，故告之使無自遏絕於天。布明善問，度商之所以興廢以順天命。蓋天之所欲載者，非有聲音、臭味可推而知也。惟儀刑文王，則萬邦信之。萬邦信之，則天載之矣。

文王七章，章八句。

校注

〔一〕『商』字四庫本、兩蘇經解本作『商』，下同。

〔二〕『是』字四庫本作『時』，兩蘇經解本同宋刻本作『是』。按：毛傳曰：『時，是也』。

〔三〕語出史記卷十一，另見國語周語上。

〔四〕『人』字四庫本作『大』，兩蘇經解本亦是，似缺筆。

〔五〕原文缺筆，據補。

〔六〕『幹』字四庫本作『榦』，本章下同，兩蘇經解本同宋刻本。

〔七〕兩蘇經解本作『榦』。

〔八〕兩蘇經解本顧氏刻本作『暇』。

〔九〕毛傳：假，固也。

〔一〇〕原文缺筆，據補，下同。

〔一一〕四庫本、兩蘇經解本作『故于以告成王』。

〔一二〕朱熹詩集傳：聿，發語辭。

大明，文王有明德，故天復命武王也。

明明在下，赫赫在上。天難忱斯，不易維王。天位殷〔一〕適，使不挾四方。

人君之德，其見於下者甚明，其發於上者甚著，故天意之去就難信也。世之所謂不可易者，天子也。今紂居天位，而又殷之適，然以其不義，故使其政令不浹〔二〕于四方。天之難信也如是。

摯仲氏任，自彼殷商，來嫁于周，曰嬪于京。乃及王季，維德之行。

摯國任姓之中女，自商之畿內而歸于王季，行婦道于周京。言文王之賢，其所從來者遠，自其父母而已然矣。

大任有身，生此文王。維此文王，小心翼翼。昭事上帝，聿懷多福。厥德不回，以受方國。

大任，仲任也。懷，來也。[三]方國，四方來附之國也。

天監在下，有命既集。文王初載，天作之合。在洽之陽，在渭之涘。

載，成也。天既集大命于周，於文王之始成人也，則爲作配於洽、渭之間。洽、渭之間，太姒父母國在焉，馮翊洽陽是也。

文王嘉止，大邦有子。大邦有子，俔天之妹。文定厥祥，親迎于渭。造舟爲梁，不顯其光。

俔，譬也。文，禮也。昏禮，既問名則卜之，卜而吉，則納幣以定之。造舟爲梁，浮梁也。

有命自天，命此文王，于周于京。纘女維莘，長子維行，篤生武王。保右命爾，燮[四]伐大商。

天既命文王于周京，則以有莘之長女大姒適之，以纘大任之業。其德積厚，遂生武王，天復保佑而命之，使燮和伐商之事。

殷商之旅，其會如林。矢于牧野，維予侯興。上帝臨女，無貳爾心！

矢，陳也。牧野，商郊也。紂陳其衆以拒武王，然其衆維武王是爲，無不欲武王興者，曰：『上帝臨女矣，無疑不克紂也。』

牧野洋洋，檀車煌煌，駟騵彭彭。維師尚父，時維鷹揚，涼彼武王。肆伐大商，會朝清明。

騵馬白腹曰騵。師尚父，太公望也。涼，佐也。肆，縱也。〔五〕春秋傳曰：『使勇而無剛者肆之，會于清明之朝而克紂。』蓋書所謂『甲子昧爽也』。

大明八章，四章章六句，四章章〔六〕八句。

校注

〔一〕原文缺筆，據補，下同。

〔二〕馬瑞辰毛詩傳箋通釋按曰：『作「挾」者，說文無「浹」字。古「浹」字止作「挾」。』荀子儒效篇『盡善挾洽之謂神』，註曰『挾讀爲浹』。

〔三〕箋云：懷，思也。

〔四〕『燮』，四庫本、孔氏正義作『爕』。朱熹詩集傳、兩蘇經解本同宋刻本。

〔五〕毛傳：肆，疾也。

〔六〕『章』，四庫本缺，兩蘇經解本亦是。

綿，文王之興，本由大王也。

綿綿瓜瓞，民之初生，自土沮漆。古公亶父，陶復陶穴，未有家室。

綿綿，不絕貌也。瓜瓞，瓜近本之實也。瓜之近本者，常小于其故。土，居也。沮、漆，豳之二水也。齊詩『土』作『杜』。漢扶風有杜陽，杜水南入渭，言國于杜與漆、沮[一]之間也。古公亶父，太[二]王也。復，復于土上也。穴，鑿地也。其狀皆如陶然。周自不窋奔於戎狄，後世國於漆、沮之上，子孫衰替，如瓜之瓞，歲以益小。至於大王，其始猶處於復、穴，無室家之盛。及遷於岐周，而後大興焉。

古公亶父，來朝走馬。率西水滸，至于岐下。爰及姜女，聿來胥宇。

大王居豳，狄人侵之，事之以皮幣、犬馬而不獲免。乃屬其耆老而告之，曰：『狄人之所欲者，吾土地也。吾聞之，君子不以其所以養人者害人，二三子何患無君？』去之，逾梁山，邑乎岐山之下，豳人之從者如歸市。朝，早也。朝發於豳，循水而至岐下。及其妃大姜皆來相宅，言其妃亦賢人也。

周原膴膴，堇荼如飴。爰始爰謀，爰契我龜。曰止曰時，築室于茲。

膴膴，美也。堇，藿也。荼，苦也。契，刻也。卜者必刻龜而灼之。時，是也。

迺〔三〕慰迺止，迺左迺右。迺疆迺理，迺宣迺畝〔四〕。自西徂東，周爰執事。

慰，安也。左右東西列之也。疆，畫經界也。理，分土宜也。宣，道溝洫也。畝，度廣狹也。『自西徂東』，民之來自豳者也。爰，於也。

乃召司空，乃召司徒，俾立室家。其繩則直，縮版以載，作廟翼翼。

司空，掌營國邑。司徒，掌徒役之事。繩，宮室之所取直也。縮，束〔五〕也。載，上下相承也。始建國者，宗廟爲先，廄〔六〕庫爲次，居室爲後。

捄之陾陾，度之薨薨。築之登登，削屢馮馮。百堵皆興，鼛鼓〔七〕弗勝。

捄，蘽也。陾陾，衆也。度，投也。薨薨，聲也。登登，用力也。削屢，重復削治也。鼛，大鼓也。築牆者捊聚壤土，盛之以蘽，投諸版中而築之。既成而削之，其聲馮馮然堅也。五版爲堵。擊鼛鼓以止衆，而不能止，言勸事也。

迺立皋門，皋門有伉。迺立應門，應門將將。迺立冢〔八〕土，戎醜攸行。

諸侯之宮，外門曰皋門，朝門〔九〕曰應門，寢門曰路門。天子加之以庫、雉。冢土，大社也。戎，大也。醜，衆也。起大衆，必先有事于杜〔一〇〕而後出，謂之宜。

肆不殄厥愠，亦不隕厥問。柞棫拔矣，行道兑〔一一〕矣。混夷駾矣，維其

喙矣。

殄，絕也。慍，怒也。隕，隊〔一二〕也。問，聘問也。柞，櫟也。棫，白桵也。駾，突也。喙，喘也。〔一三〕古公之徙于岐周，其心豈忘混夷之怨哉？徒以國家未定，人民未集，故不敢失聘問之禮，姑與之爲無憾，而及其閑暇以修其政令。要吾所植柞、棫拔而生枝〔一四〕，行道兊而成蹊。凡所以爲國者，既已繕完〔一五〕，則夫混夷將不較而自服。苟猶欲奔突我者，則維以自困而已，不能害我矣。

虞芮質厥成，文王蹶厥生。予曰有疏〔一六〕附，予曰有先後，予曰有奔奏，予曰有御侮。

大王肇基王迹，至於文王，其始猶國於岐山之下，其地甚狹，故孟子言：『文王方百里起。』其後，既克密須〔一七〕而國於岐、渭之間，既克崇然後涉渭，作都於豐。豐在京兆長安，而崇在鄠。其地既廣，其所服從之國亦衆，三分天下而有其二，然其政猶行於西南而已，未能及於東北。其後虞、芮之君相與爭田，久而不平，乃皆朝周而質焉。入其境，耕者讓畔，行者讓路。入其邑，男女異路，班白〔一八〕提挈。入其朝，士讓爲大夫，大夫讓爲卿。二國之君愧焉，乃以其所爭爲閒田而去。虞在陝之平陸，芮在同之馮翊，平陸有間原焉，則虞、芮之所讓也。虞、芮之訟既平，其傍聞之，相帥而歸周者四十餘國。東北既集，文王於是受命稱王。質，正也。[一九]成，獄成也。[二〇]蹶，動也。虞、芮欲質其成，而文王有以動之，使其禮義廉耻[二一]之心油然而生。君子曰：『文王之所以能至於此者，何哉？』予以爲其臣無所不具。其臣無所不具者，文王之盛德也。率下親上曰疏附，相道前後曰先後，喻德宣譽曰奔奏，武臣折衝曰御侮。

綿九章，章六句。

校注

〔一〕兩蘇經解本作『沮、漆』，下同，四庫本此處同。

〔二〕『太』字四庫本作『大』，兩蘇經解本亦是。

〔三〕『廼』字四庫本、兩蘇經解本作『迺』，下同。

〔四〕『畞』字兩蘇經解本顧氏刻本作『畂』，畢氏刻本作『畝』，四庫本作『畆』，下同。

〔五〕『東』字兩蘇經解本作『束』，四庫本亦是。

〔六〕『廐』字兩蘇經解本作『廏』。

〔七〕『鼓』字四庫本，兩蘇經解本作『鼓』，下同。

〔八〕『冡』字四庫本、兩蘇經解本作『冢』。

〔九〕『朝門』前，四庫本、兩蘇經解本均有『曰』字。

〔一〇〕『杜』字四庫本、兩蘇經解本作『社』，似形誤。

〔一一〕『兑』字四庫本作『兑』，兩蘇經解本作『兑』，下同。

〔一二〕『隊』字四庫本、兩蘇經解本作『墜』。

〔一三〕毛傳：喙，困也。朱熹詩集傳：喙，息也。

〔一四〕生枚：四庫本、兩蘇經解本作『遂茂』。

〔一五〕原文缺筆，據補。

〔一六〕『疏』字四庫本、兩蘇經解本作『疏』，本章下同。

〔一七〕『湏』字四庫本、兩蘇經解本作『須』。

〔一八〕『白』下四庫本有『不』，兩蘇經解本亦是。

〔一九〕毛傳：質，成也。朱熹詩集傳：質，正也。

〔二〇〕毛傳、朱熹詩集傳：成，平也。孔氏正義：『釋詁云：「質、平，成也。」則三字義同，故以質爲成，以成爲平。言由諧文王而得成其和平也。』

〔二一〕『耻』字四庫本、兩蘇經解本作『恥』。

棫樸，文王能官人也。

芃芃棫樸，薪之槱之。濟濟辟王，左右趣之。

芃芃，盛貌也。棫，小木也。樸，枹生也。槱，積也。小木而枹生，以爲無所用材之矣。然猶可以爲薪而積之，而况其大者乎？文王之官人，小大無所遺弃，亦猶是也。故其在朝也，其左右翼然趣之。言官備也。

濟濟辟王，左右奉璋。奉璋峩峩[一]，髦士攸宜。

半圭曰璋，諸臣所奉也。峩峩，盛壯也。髦，俊也。文王之朝，奉璋者皆士之俊也。

淠彼涇舟，烝徒楫之。周王于邁，六師及之。

淠，舟行貌也。烝，衆也。能浮而載物者，舟也。故舟載而已，不復事行也，使衆人楫之而行淠然矣。能得人而官之者，文王也，故文王官人而已，不復爲也。六師與之，而其所至者遠矣。

倬彼雲漢，爲章于天。周王壽考，遐不作人？

天之蒼蒼，豈自有章哉？則亦有雲漢以爲之章耳。文王老矣，無所復爲矣，然豈不能遠作人，使爲我章哉？遐，遠也。不親之謂遠。皷[二]之舞之之謂作。

追琢其章，金玉其相。勉勉我王，綱紀四方。

追，亦琢也。相，質也。文王用人，而不爲徒修其身以御之，故外則追琢其章，內則金玉其相，以爲之綱紀而已。綱所以張也，紀所以理也。綱之紀之而綱乃可取，然綱紀不自取也。

棫樸五章，章四句。

校注

〔一〕峩峩：四庫本、兩蘇經解本作『峨峨』，下同。

〔二〕『皷』字四庫本、兩蘇經解本作『鼓』。

旱麓，受祖也。

瞻彼旱麓，榛楛濟濟。豈弟君子，干祿豈弟。

旱，山名也。麓，山足也。榛，栗屬也。楛，荊屬也。濟濟，衆多也。山作雲雨以澤萬物，而麓之草木亦被焉。譬之如周之先祖，其所以利人者廣，故其子孫亦受其福。以樂易求福，其報未有不樂易者也。

瑟彼玉瓚，黄流在中。豈弟君子，福禄攸降。

瑟，鮮絜[一]貌也。玉瓚，宗廟所用灌也。黄流，秬鬯也。[二]言其祭也，維得樂易君子以奉之，而神降之以福禄矣。

鳶飛戾天，魚躍于淵。豈弟君子，遐不作人？

道在我而物無不咸得其性，鳶以之飛於上，魚以之躍於下，而況於人乎！或曰：『天之高也，以爲不可及矣，然鳶則至焉；淵之深也，以爲不可入矣，然魚則躍焉。』夫鳶、魚之能至此也，必有道矣，豈可以我之不能不信哉？君子推其誠心以御萬物，雖幽明上下無不能格。小人不能知而或疑之何以異。不信鳶、魚之能飛躍哉！記曰：『君子之道費而隱。夫婦之愚可以與知焉。及其至也，雖聖人亦有所不知焉。夫婦之不肖[三]可以能行焉。及其至也，雖聖人亦有所不能焉。天地之大也，人猶有所憾。故君子語大，天下莫能載焉；語小，天下莫能破焉。詩云：「鳶飛戾天，魚躍于淵。」言其上下察也。』[四]

清酒既載，騂牡既備。以享以祀，以介景福。

載，載於器也。

瑟彼柞棫，民所燎矣。豈弟君子，神所勞矣。

燎，謂熂燎，所以除草也。木苟柞棫[五]，則民斯燎之矣。君子樂易，則神斯勞之矣，皆不求而可以自得之謂也。

莫莫葛藟，施于條枚。豈弟君子，求福不回。

莫莫，盛貌也。君子之託於民上，如葛藟之施于條枚，非以巧得之，蓋民之所樂奉耳。

旱麓六章，章四句。

校注

〔一〕『絜』字四庫本作『潔』，兩蘇經解本亦是。

〔二〕毛傳曰：『黃金所以飾。流鬯也。』蘇轍此處同鄭箋。鄭箋曰：『黃流，秬鬯也。圭瓚之狀，以圭爲柄，黃金爲勺，青金爲外，朱中央矣。』

〔三〕原文缺筆，據補。

〔四〕語出禮記中庸。

〔五〕『木茍柞棫』，四庫本作『柞棫茂密』，兩蘇經解本亦是。

思齊，文王所以聖也。

思齊大任，文王之母。思媚周姜，京室之婦。大姒嗣徽音，則百斯男。

媚，愛也。京室，周室也。能以禮齊其家者，文王之母大任也。能以德媚其國者，周室之婦太姜也。大王始遷於周，故大〔一〕姜稱周室之婦。周家比世皆有賢妃，而大姒又能繼其德音，無妬忌之行，以母百男，此文王所以能全其聖也。

惠于宗公，神罔時怨，神罔時恫。刑于寡妻，至于兄弟，以御于家邦。

惠，順也。宗，尊也。恫，痛也。寡妻，猶言寡小君也。文王上順其先公，推其心以事天地，百神而無有怨痛。下治其室家，推其道以御宗族邦國而無有不順。言文王之治遠自其近者始，而皆一道也。

雝雝在宮，肅肅在廟。不顯亦臨，無射亦保。肆戎疾不殄，烈假不瑕〔二〕。

雝雝，和也。肅肅，敬也。顯，揚也。戎、假，皆大也。烈，業也。瑕，遠也。

文王之在宫也，雝雝其和；其在廟也，肅肅其敬。雖士之不揚，陋於威儀者，莫不臨省之。士之無射，短於技藝[三]者，莫不保任之。言文王之用人不求備，使士皆獲盡其力，故其戎疾無有不殄，而大業無有不瑕者也。

不聞亦式，不諫亦入。肆成人有德，小子有造。古之人無斁，譽髦斯士。

式，用也。內無所聞知，而外不能以告人，此士之不學者也，然猶獲入而用之。故士皆勉於進，雜然競作於下。成人者有德，小子有造，古之人亦不自厭弃也。然後文王因其譽以取其俊而用之，是以下無弃人也。古之人，猶言昔之人也。書曰：『昔之人無聞知』，謂老者也。

思齊四章，章六句。

校注

〔一〕『大』字四庫本作『太』，兩蘇經解本亦是。

〔二〕毛傳作『遐』。

〔三〕『蓺』字四庫本、兩蘇經解本作『藝』。

皇矣，美周也。

皇矣上帝，臨下有赫。監觀四方，求民之莫。維此二國，其政不獲。維彼四國，爰究爰度。上帝耆之，憎其式廓。乃眷西顧，此維與宅。

皇，大也。莫，定也。二國，夏、商〔一〕也。四國，四方之國也。耆，老也。〔二〕廓，大也。帝觀四方，求民之所歸定。夏、商之政不獲天心，天乃究度四方，將擇其可者與之。然猶須〔三〕假而養之，至其老而不變，憎其惡之寖大，乃眷然西顧，見周德之可依而與居焉。言天非私周也。

作之屏之，其菑其翳。修之平之，其灌其栵。啟之辟之，其檉其椐。攘之剔之，其檿其柘。帝遷明德，串夷載路。天立厥配，受命既固。

木立死曰菑，自斃曰翳。灌，叢生也。栵，栭也。檉，河柳也。椐，樻也。檿，山桑也。串，習也。夷，平也。〔四〕大王之徙於岐周也，伐山刊木而居之，帝依其明德而遷焉。四方之民習其道路，夷其險阻而歸之，來者載路而不絕。蓋天之祐之也久矣，自立其賢妃大姜以配之，而其受命既固矣。

帝省其山，柞棫斯拔，松柏斯兑[五]。帝作邦作對，自大伯王季。維此王季，因心則友。則友其兄，則篤其慶，載錫之光。受祿無喪，奄有四方。

兑，易直也。對，配也。人君，國之配也。大王居周而天祐之，至於草木無不省視之者。既立之國，又與之以賢君，故大伯以王季之兄而讓於王季，王季因其心而友之，厚周之慶而光施於大伯，以至於子孫覆有天下。

維此王季，帝度其心，貊其德音。其德克明，克明克類，克長克君。王此大邦，克順克比。比于文王，其德靡悔。既受帝祉，施于孫子。

春秋傳曰：『心能制義曰度，德正應和曰貊，照臨四方曰明，勤施無私曰類，教誨不倦曰長，賞慶刑威曰君，慈和偏[六]服曰順，擇善而從曰比。』[七]凡王季之行，雖文王之聖，從後視之而無所悔，是以其福能施於子孫也。

帝謂文王，無然畔援，無然歆羨，誕先登于岸。密人不恭，敢拒大邦，侵阮徂共。王赫斯怒，爰整其旅，以按徂旅。以篤于周祜，以對于天下。

畔援，猶偃蹇也。[八]帝謂文王：無爲偃蹇不進，已至而不取，亦無歆慕，好先未至而欲得，是二者皆將失之，何也？退者將以要致之，進者將以先取之。要之者不知事之已至，而先之者不知事之未及，故莫若安以俟之也。夫惟安以俟之，故未及而不求，已至而不疑，譬如相與皆涉，要必我先登于岸。易曰：『介如石，不終日。』〔九〕故文王之於密也，赫然征之而無留焉，由此道也。密，密須也，姞姓之國，在安定陰密。阮、共，周之二邑也。徂，往也。按，止也。旅，師也。對，荅〔一○〕也。伐密所以荅天下之望周也。

依其在京，侵自阮疆。陟我高岡，無矢我陵，我陵我阿。無飲我泉，我泉我池。度其鮮原，居岐之陽，在渭之將。萬邦之方，下民之王。

京，大阜也。〔一一〕矢，陳也。鮮，善也。將，側也。方，嚮也。〔一二〕密人之兵依山而侵阮，陟其岡而居焉。文王之人見者莫不怒之，曰：『安得陳於我陵，而飲於我泉哉？此皆我有也。』於是拒之，入阮而止，不及共矣。此所謂『以按徂旅』也。文王既克密須，於是相其高原而徙都焉，所謂程邑是歟？或曰漢扶風安陵，周之程邑也。及其克崇，則徙居於豐。

帝謂文王，予懷明德，不大聲以色，不長夏以革。不識不知，順帝之則。帝謂文王，詢爾仇方，同爾兄弟。以爾鈎援，與爾臨衝，以伐崇墉。

『大聲以色』，外爲之而內無有也。『長夏以革』，爲之於窮約而忘之於盛大也。文王之德不以識識，不以智知，漠然無心而與天爲徒，故無內外之異，無窮達之變，此天之所以歸之也。於是命之克崇〔一三〕，自是以有天下焉。凡言『帝謂文王』，以意推天也。仇，怨也。鈎援，鈎梯也。臨衝，臨車、衝車也。

臨衝閑閑，崇墉言言。執訊連連，攸馘安安。是類是禡，是致是附，四方以無侮。臨衝茀茀，崇墉仡仡。是伐是肆，是絶是忽，四方以無拂。

閑閑、茀茀，動搖也。〔一四〕言言、仡仡，崩阤也。〔一五〕訊，問也。馘，獲也。連連、安安，徐也。〔一六〕天子將出征，類于上帝，宜于社，造于禰，禡于所征之地。致者，致其社稷羣神也。附者，附其先祖爲之立後也。肆，縱也。〔一七〕忽，滅也。

皇矣八章，章十二句。

校注

〔一〕商：兩蘇經解本作『商』，下同。

〔二〕毛傳：耆，惡也。

〔三〕『湏』字四庫本、兩蘇經解本作『須』，下同。

〔四〕毛傳：夷，常也。

〔五〕『兊』，四庫本作『兑』，兩蘇經解本作『兊』，下同。

〔六〕偏：兩蘇經解本作『遍』，四庫本亦是。

〔七〕語出左傳·昭公二十八年。

〔八〕箋云：畔援，猶拔扈也。韓詩云：畔援，武強也。

〔九〕語出周易，豫卦六二爻辭本義曰：『介于石，不終日貞吉。』

〔一〇〕『荅』字四庫本作『答』，兩蘇經解本亦是，本章下同。

〔一一〕箋云：京，周地也。朱熹詩集傳：京，周京也。

〔一二〕傳云：方，則也。箋云：方，猶鄉也。朱熹詩集傳：方，鄉也。

〔一三〕『崇』字兩蘇經解本作『從』。

〔一四〕毛傳：閑閑，動搖也。茀茀，強盛也。

〔一五〕毛傳：言言，高大也。仡仡，猶言言也。

〔一六〕毛傳：連連，徐也。

〔一七〕毛傳：肆，疾也。箋云：肆，犯突也。朱熹詩集傳：肆，縱兵也。

靈臺，民始附也。

經始靈臺，經之營之。庶民攻之，不日成之。

文王克崇而都豐，豐、鎬之間民始附之，於是作靈臺焉。靈之言善也。孟子曰：『文王以民力爲臺爲沼，而民歡樂之，謂其臺曰靈臺，謂其沼曰靈沼。』經，度之也。營，表之也。攻，作也。

經始勿亟，庶民子來。王在靈囿，麀鹿攸伏。

言不擾也。

麀鹿濯濯，白鳥翯翯。王在靈沼，于牣魚躍。

濯濯，娛游也。翯翯，肥澤也。〔一〕牣，充也。〔二〕文王之囿，雖麋鹿魚鼈無不得其所者。

虡業維樅，賁鼓維鏞。於論鼓鐘，於樂辟廱〔三〕。

植者曰虡，橫者曰栒，栒上之板曰業，業上之刻曰崇牙。樅，峻峙也。賁，大鼓也。鏞，大鐘也。論，講也。因民之樂而講求鐘鼓之度，以作辟廱之樂也。莊子曰：『文王有辟廱之樂。』

於論鼓鐘，於樂辟雍。鼉鼓逢逢，矇瞍奏公。

鼉，魚屬也。逢逢，和也。矇瞍，瞽也。公，事也。

靈臺五章，章四句。

校注

〔一〕朱熹詩集傳：濯濯，肥澤貌。翯翯，潔白貌。

〔二〕毛傳：牣，滿也。

〔三〕兩蘇經解本作『廱』，下同。

下武，繼文也。

下武維周，世有哲王。三后在天，王配于京。

武，迹也。[一]先王既沒，而其迹在下不絶者，維周然耳。[二]三后，大王、王季、文王也。王，武王也。京，鎬京也。

王配于京，世德作求。永言配命，成王之孚。

作，起也。[三]起而求其先世之德，以繼之也。孚，信也。三后之世，王迹既兆，其孚見矣。及武王配天之命，而後成也。

成王之孚，下土之式。永言孝思，孝思維則。

媚茲一人，應侯順德。永言孝思，昭哉嗣服。

侯，維也。服，事也。武王既成王業，天下咸法則之。其所法者，其孝也。故人思所以媚之者，維順其德以應之。然則武王之孝能嗣其先王之事者，豈不明哉？

昭茲來許，繩其祖武。於萬斯年，受天之祜。

昭，明也。許，所也。繩，約也。武王昭其孝於來世，使約其祖武而行，故能久荷天祿而不替也。〔四〕

受天之祜，四方來賀。於萬斯年，不遐有佐？

四方皆來賀之，不遠有佐之者乎？

下武六章，章四句。

校注

〔一〕毛傳：武，繼也。

〔二〕清代黄中松詩疑辨證卷五引：『蘇氏李氏訓「下武」之「武」亦爲「跡」，言先王既没，其跡在下不絶也。』

〔三〕毛傳、孔氏正義：作，爲也。

〔四〕清代黄中松詩疑辨證卷五載：『蘇氏曰：許，所也。繩，約也。武王昭其孝于來世，使約其祖武而行，故能久荷天禄而不變也，李黄集解從之，朱傳參酌于陳蘇之間。』清代顧廣譽學詩詳説卷二十三載：『蘇氏及集傳于「繩其祖武」以下皆就來世説，似太虚。』

文王有聲，繼伐也。

繼文者，言繼其文德；繼伐者，又兼言其武功也。

文王有聲，遹駿有聲。遹求厥寧，遹觀厥成。文王烝哉！

遹，述也。駿，大也。烝，君也。文王之所以有聲者，能述大其先人之聲耳。凡求其所以安，觀其所以成，無非述之者，此文王之所以爲君也。

文王受命，有此武功。既伐于崇，作邑于豐。文王烝哉！

築城伊淢，作豐伊匹。匪棘其欲，遹追來孝。王后烝哉！

匹，偶也。〔一〕來，勤也。方十里曰成，成間有淢，廣深八尺。文王城豐，大小適王后名之。

與成偶，非以急成其欲，乃以述追其先君之勤孝而已。自其克崇作豐而王業成，故以

王公伊濯，維豐之垣。四方攸同，王后維翰。王后烝哉！

文王君臣相與洗濯，修絜[二]其政，故天下莫敢侮，此則豐之垣也。四方諸侯相率而歸周，無有不順，此則文王之翰也。

豐水東注，維禹之績。四方攸同，皇王維辟。皇王烝哉！

豐水入渭，東注于河。豐水之所以東注者，禹之功也。四方之所以歸周者，武王維君也。皇，大也。武王之於文王，則王業益大矣，故稱皇王焉。

鎬京辟廱[三]，自西自東，自南自北，無思不服。皇王烝哉！

鎬京，武王之所都，在長安鎬水之上。辟廱，天子之學也。舉其大則自鎬京，舉其小則自辟廱，其外無不服者。

考卜維王，宅是鎬京。維龜正之，武王成之。武王烝哉！

考，稽也。

豐水有芑，武王豈不仕？貽[四]厥孫謀，以燕翼子。武王烝哉！

芑，草也。仕，事也。燕，安也。翼，敬也。水之於物，無所事矣，然猶以其澤生芑，而況於武王未嘗不事哉！故遺其子孫之謀，以安後世之敬者。此詩言文王者，先曰文王，後曰王后。其言武王者，先曰皇王，後曰武王。蓋文王老而稱王，武王即位而稱王故也，文、武則其正號矣。

文王有聲八章，章五句。

校注

〔一〕孔氏正義：匹，配也。

〔二〕『絜』字四庫本作『潔』，兩蘇經解本亦是。

〔三〕『廱』字孔氏正義作『雍』，朱熹詩集傳作『廱』。

〔四〕『貽』字四庫本、兩蘇經解本、孔氏正義、朱熹詩集傳均作『詒』。

詩集傳　卷第十六

詩集傳　卷第十七

生民之什　大雅

生民，尊祖也。

周公制禮，推尊后稷以配天，故爲此詩，言其所以尊之。

厥初生民，時維姜嫄。生民如何？克禋克祀，以弗無子。履帝武敏歆，攸介攸止。載震載夙，載生載育，時維后稷。

禋，敬也。弗，祓[一]也。武，迹也。敏，拇[二]也。介，覺也。震，娠也。夙，肅也。后稷之母，姜氏之女曰嫄，爲帝嚳元妃。稷之生也，姜嫄禋祀郊禖[三]，以祓去無子之疾。見大人迹焉而履其拇，歆然感之若有覺其止之者，於是有身。肅戒不御而生后稷。蓋此詩言后稷之生甚明，無可疑者。然毛氏獨不信，曰：『履帝武者，從高辛行也。』余竊非之，以履帝武爲從高辛行歟？至於『牛羊字之』『飛鳥覆之』，何哉？要之，物之異於常物者，其取天地之氣弘多，故其生也或異，虎豹之生異於犬羊，蛟蜃之生異於魚鼈[四]，物固有然者。神人之生，而有以異於人，何足怪哉！雖近世猶有然者，然學者以其不可推而莫之信。夫事之不可推者，何獨此？以耳目之陋而不信萬物之變，物之變無窮而耳目之見有限，以有限待無窮，則其爲說也勞而世不服。古之聖人不然，苟誠有之，不以所見疑所不見。故河圖、洛書、稷、契之生，皆見於詩易，不以爲怪，其說蓋廣如此。使[五]後世復有聖人，無是固不可少之，而有是亦不足怪。此聖人之意也。

誕彌厥月，先生如達。不坼不副，無菑無害，以赫厥靈。上帝不寧，不康禋祀，居然生子。

誕，大也。彌，終也。達，羊子也。[六]后稷，姜嫄之元子也。既終其月而生。其生也，如達之易，赫然其[七]異于人，此豈上帝不安之哉？然姜嫄乃反以其由禋祀之故，居然無疾而生子，是以不安而弃之。

誕寘之隘巷，牛羊腓字之。誕寘之平林，會伐平林。誕寘之寒冰，鳥覆翼之。鳥乃去矣，后稷呱矣。

寘，置也。腓，辟也。字，愛也。覆，蓋也。翼，藉也。呱，泣聲也。於是知有天異，往取之矣。

實覃實訏，厥聲載路。誕實匍匐，克岐克嶷，以就口食。蓺之荏菽，荏菽旆旆，禾役穟穟。麻麥幪幪，瓜瓞唪唪。

覃，長也。訏，大也。岐岐、嶷嶷，峻茂也。言后稷之生，其體實長且大，其聲則載於路矣。及其始匍匐以就食也，其形則已岐嶷矣。及其稍壯，遂知樹蓺五穀。言出於其性也。荏菽，大豆也。旆旆，長也。役，行列也。穟穟，苗好也。幪幪，苗盛也。唪唪，多實也。

誕后稷之穡，有相之道。茀厥豐草，種之黄茂。實方實苞，實種實褎，實發實秀，實堅實好，實穎實栗。即有邰家室〔八〕。

相，助也。茀，荒也。黄茂，嘉穀也。方，極畝〔九〕也。苞，茂也。種，生不雜也。褎，長也。發，發管也。秀，華也。穎，垂穎也。栗，不秕也。后稷之爲稷官也，稼穡常若有助之者，雖茀穢豐草之地，皆能以生嘉穀，故堯封之於邰，使即其母之家而居之。邰，姜嫄父母國也，在今武功。

誕降嘉種，維秬維秠，維穈維芑。恒[一〇]之秬秠，是獲是畝[一一]。恒之穈芑，是任是負，以歸肇祀。

秬，黑黍也。秠，一稃二米也。穈，赤苗也。芑，白苗也。恒，遍也。任，檐[一二]也。肇，始也。后稷既封而獲嘉種，曰『天實降此』，于是遍種之。既成穫[一三]而栖之於畝[一四]，負任以歸，而始祭天焉。

誕我祀如何？或舂或揄，或簸或蹂。釋之叟叟，烝之浮浮。載謀載惟，取蕭祭脂。取羝以軷，載燔[一五]載烈，以興嗣歲。

揄，抒臼也。蹂，揉孰[一六]之也。釋，淅[一七]米也。叟叟，聲也。浮浮，氣也。既治其米以待祭祀，於是謀祭之日，思祭之備。及其將祭，則取蕭草與祭牲之脂，爇之於行神之位，馨香既聞，取羝羊之體以祭神，又燔烈其肉以爲尸羞，然後犯軷而往郊，所以興來歲繼往歲也。此所謂孟春祈穀于上帝。

卬[一八]盛于豆，于豆于登，其香始升。上帝居歆，胡臭亶時。后稷肇祀，

庶無罪悔，以迄于今。

卬，我也。木曰豆，瓦曰登。豆薦菹醢，登薦大羹。亶，信也。時，是也。言非獨其芳臭信能至是也。自后稷始祭天，而無罪悔，以至于今，是以天饗之也。古者天子祭天地，諸侯祭社稷，此禮之不可易者也。然后稷堯之諸侯，周公周之諸侯也，而皆得祭天，此何禮也？洚水之後，民方阻飢[一九]，后稷教之播[二〇]種，於是民獲粒食[二一]。天實佑[二二]之，而錫之嘉種。詩曰：『誕降嘉種，維秬維秠，維穈維芑。』又曰：『貽我來牟，帝命率育。』及周公遭流言之變，成王疑之，天大雷電以風，禾偃[二三]木拔。及成王啟金縢之書，知其以周公故也。將逆[二四]周公，爲之出郊，而天乃雨，反風，禾則盡起。蓋二公之德，上昭于天，天之[二五]所以佑之者如此。故堯與成王因天之意而使之祭天，非私許之也。不然二公之世賢者多矣，而皆不得祭天，蓋天命之所不及故也。

生民八章，四章章十句，四章章八句。

校注

〔一〕『祓』字兩蘇經解本作『祓』，本章下同。

〔二〕『栂』字四庫本作『拇』，兩蘇經解本作『[扌毌]』，本章下同。

〔三〕『禖』字兩蘇經解本畢氏刻本作『禖』。

〔四〕兩蘇經解本作『鱉』，四庫本亦是。

〔五〕兩蘇經解本無『使』，四庫本亦是。

〔六〕傳曰：『達，生也』。蘇轍此處引鄭箋之說。説文：『羍，小羊也。』馬氏瑞辰引虞東學詩曰：『人之初生皆裂胎而出，驟失所依，故墮地即啼。惟羊連胎而下，其產獨異，故詩以「如達」爲比。』后稷之生，如羊子之生也，故言矣。

〔七〕『其』，兩蘇經解本畢氏刻本、四庫本作『甚』。

〔八〕家室『兩蘇經解本作『室家』。

〔九〕『畒』字四庫本、兩蘇經解本作『畆』。

〔一〇〕原文缺筆，據補，兩蘇經解本亦是，本章下同。

〔一一〕『畒』字四庫本、兩蘇經解本作『畝』。

〔一二〕『檐』字四庫本作『擔』，似形誤。

〔一三〕兩蘇經解本作『獲』。

〔一四〕『畒』字四庫本、兩蘇經解本作『畝』。

〔一五〕原文缺筆，據補。

〔一六〕兩蘇經解本畢氏刻本作『熟』，四庫本亦是。

〔一七〕『淅』字四庫本作『浙』，兩蘇經解本亦是，當是形誤。

〔一八〕『卬』字四庫本作『印』，兩蘇經解本亦是，本章下同。

〔一九〕『飢』字四庫本、兩蘇經解本作『饑』。

〔二〇〕原文缺筆，據補。

〔二一〕兩蘇經解本、四庫本作『民于是獲粒食』。

〔二二〕『佑』字兩蘇經解本作『祐』，四庫本亦是。

〔二三〕『偃』字兩蘇經解本作『偃』。

〔二四〕『逆』字四庫本作『迎』，兩蘇經解本亦是。

〔二五〕兩蘇經解本、四庫本無『之』。

行葦，忠厚也。

敦彼行葦，牛羊勿踐履。方苞方體，維葉泥泥。

敦，聚貌也。行，道也。苞，本也。體，幹[一]也。泥泥，弱貌也。道上之葦，其爲物也微矣，仁人君子將於是何求哉？然謂其方且欲生也，故禁牛羊使勿踐之，而況於人乎？故王者內則親睦九族，外則尊事黄耇，凡以無逆其性，而非有所望之也，此所謂忠厚也。

戚戚兄弟，莫遠具爾。或肆之筵，或授之几。

戚戚，相親也。爾，近也。肆，陳[二]也。少者肆筵而已，老者加之以几。

肆筵設席，授几有緝御。或獻或酢，洗爵奠斝。

緝，績也。御，侍御也。斝，亦爵也。兄弟之老者，既陳之筵，又設之以重席；既授之几，又有相代而侍之者。主人獻賓，賓酢主人，主人洗爵而醻賓，則賓受而奠之不舉也。

醓醢以薦，或燔或炙。嘉殽脾臄，或歌或咢。

醓醢，醢之多汁者也。薦禮，韭菹則醓醢。燔，肉也。炙，肝也。臄，函也。脾函，所以爲加也。歌者比於琴瑟，徒擊鼓曰咢。

敦弓既堅，四鍭既鈞。舍矢既均，序賓以賢。

敦弓，畫弓也。鍭，矢也。鈞，參亭也。均，四隅均也。賢，射中多也。此將養老而以射擇其賓也。

敦弓既句，既挾四鍭。四鍭如樹，序賓以不侮。

句、彀通。射禮，搢三挾一。『既挾四鍭』，則徧釋矣。不侮，敬也。

曾孫維主，酒醴維醹。酌以大斗，以祈黃耇。

曾孫，謂成王也。醹，厚也。大斗其長三尺。祈，告也。酒醴既備，則以告於黃耇而養之。

黃耇台背，以引以翼。壽考維祺[三]，以介景福。

台，鮐也。大老則背有鮐文。引，導之也。翼，左右之也。祺，吉也。

行葦八章，章四句。

校注

〔一〕『斡』字四庫本作『榦』，兩蘇經解本亦是。

〔二〕『陳』字兩蘇經解本、四庫本作『成』。

〔三〕『祺』字兩蘇經解本作『祺』。

既醉，太平也。

既醉以酒，既飽以德。君子萬年，介爾景福。

周自文武〔一〕至於成王，而天下平，無所復事，故君子作此詩。言王與羣臣祭畢而燕於寢，旅酬至無筭〔二〕爵，醉之以酒，而飽之以德，臣之所以願其君者反復而不厭，此所謂太平也。〔三〕

既醉以酒，爾殽既將。君子萬年，介爾昭明。

將，行也。昭明，顯著於天下也。

昭明有融，高朗令終。令終有俶，公尸嘉告。

融，和也。俶，始也。昭明而能和，高朗而能終，終而復始，福無窮也。尸以是無窮之福嘏於成王。王者以卿爲尸，天子之卿有以諸侯爲之，故曰『公尸』。

其告維何？籩豆靜嘉。朋友攸攝，攝以威儀。

尸之所以嘏主人者，以其籩豆靜嘉，君臣相敕以無違禮故也。朋友，王之友臣也。攝，撿[四]也。

威儀孔時，君子有孝子。孝子不匱，永錫爾類。

君子之事神，其禮無不時者，故神錫之以孝子。孝之施於人無窮，故又能錫其類。

其類維何？室家之壼。君子萬年，永錫祚胤。

壼，廣也。能錫其類，則室家之廣皆將化之，則其胤嗣無不賢者矣。

其胤維何？天被爾祿。君子萬年，景命有僕。其僕維何？釐爾女士。釐爾女士，從以孫子。

僕，屬也。釐，予也。天之所以屬之者，予之以女子而有士君子之行者也。予之以女士，而其子孫無不賢者矣。

既醉八章，章四句。

校注

〔一〕『武』字四庫本作『王』，兩蘇經解本亦是。

〔二〕『筭』字四庫本、兩蘇經解本作『算』。

〔三〕四庫本、兩蘇經解本作『此謂太平也』。清・范家相詩瀋卷之十六載：『蘇氏既醉備五福之論，善矣，而猶有未盡者。詩言既醉以酒，卽繼之曰既飽以德；言君子萬年卽繼之曰昭明有融，可知五福非德不備，德非昭明有融，不足以言備德也。公尸既以嘉告，又必本以身之誠敬，賴朋友之攸攝，其威儀德莫大于孝，孝思之存不匱，然後可以類室家。膺景命而釐女士處，處歸本君身，古人臣進頌，其君未有不寓以勸勉者也。』

〔四〕四庫本作『檢』。

鳧鷖，守成也。

鳧鷖在涇，公尸來燕來寧。爾酒既清，爾殽既馨。公尸燕飲，福祿來成。

守成者，守先王之成法而無所損益之謂也。故此詩言祭畢而燕尸，絜〔一〕其酒食而將之以敬，不失其故而已。尸之在廟也，其容安詳。鳧、鷖之爲物也，願而遲，其貌似焉。[二]鳧、鷖，皆水鳥也[三]。涇，水名也。

鳧鷖在沙，公尸來燕來宜。爾酒既多，爾殽既嘉。公尸燕飲，福祿來爲。

爲，助也。

鳧鷖在渚，公尸來燕來處。爾酒既湑，爾殽伊脯。公尸燕飲，福祿來下。

鳧鷖在潨，公尸來燕來宗。既燕于宗，福祿來[四]降。公尸燕飲，福祿來崇。

潨，水會也。來宗，來尊也。崇，重也。

鳧鷖在亹，公尸來止熏熏。旨酒欣欣，燔炙芬芬。公尸燕飲，無有後艱。

亹，山絕水也。熏熏，和說也。欣欣，樂也。芬芬，香也。

鳧鷖五章，章六句。

校注

〔一〕『絜』字四庫本作『潔』，兩蘇經解本亦是。

〔二〕清代嚴虞惇讀詩質疑卷二十五上載：『蘇氏曰：鳧、鷖之爲物也，愿而遲，公尸之，安詳似之。』

〔三〕兩蘇經解本、四庫本無『也』。

〔四〕『來』字四庫本作『攸』，兩蘇經解本同宋刻本。

假樂，嘉成王也。

假樂君子，顯顯令德。宜民宜人，受祿于天。保右〔一〕命之，自天申之。

假，嘉也。春秋傳作『嘉樂』。申，重也。言天之於成王，反覆申重而不厭，是以保右〔二〕而命之也。

干祿百福，子孫千億。穆穆皇皇，宜君宜王。不愆不忘，率由舊章。

成王干祿而得百福，故其子孫之蕃至于千億。適爲天子，庶爲諸侯，無不穆穆皇皇，以遵成王之法者。

威儀抑抑，德音秩秩。無怨無惡，率由羣匹。受福無疆，四方之綱。

無所不容故無怨，無所不矜故無惡，從衆之欲而已。不自爲，是以能受無疆之福，爲四方之綱。

之綱之紀，燕及朋友。百辟卿士，媚于天子。不解于位，民之攸塈。

燕，安也。塈，息也。成王綱紀[三]四方，而臣下賴之以安，故百辟卿士思所以媚之者，曰：『維下不解于位，不解于位，故民[四]獲休息也。』

假樂四章，章六句。

校注

〔一〕『右』字兩蘇經解本、四庫本作『佑』。

〔二〕『右』字四庫本作『佑』，兩蘇經解本同宋刻本。

〔三〕綱紀：兩蘇經解本、四庫本作『紀綱』。

〔四〕『民』字四庫本作『氏』，兩蘇經解本同宋刻本。

公劉，召康公戒成王也。

篤公劉！匪居匪康，迺埸迺疆，迺積迺倉，迺裹餱糧，于橐于囊，思輯[一]用光。弓矢斯張，干戈戚揚，爰方啓行。

后稷始封於邰，傳子[二]不窋而失其官，犇於戎狄之間，再世不顯。其孫公劉復修后稷之業，始居於豳，故召公稱之以教成王。[三]言公劉之在西戎也，不康其居，外則治其疆埸，內則積其倉廩。內外繕完[四]，則裹其餱糧，思以輯和其民，而光其先祖。於是用兵於四方，以啓敵之行陣[五]，而豳國於是始立。篤，厚也。戚，斧也。揚，鉞也。

篤公劉！于胥斯原。既庶既繁，既順乃[六]宣，而無永嘆。陟則在巘，復降在原。何以舟之？維玉及瑤，鞞琫容刀。

胥，相也。宣，導也。舟，奉也。公劉之相其田原也，其民則已繁庶矣，公劉又能順其所欲而後導之以事，故其民勞而不怨。[七]公劉則與之陟巘而降原，民滋愛之，於是相與進其玉、瑤、容刀之佩以帶之，愛之至也。[八]

篤公劉！逝彼百泉，瞻彼溥原。迺陟南岡，迺[九]覯于京。京師之野，于時處處，于時廬旅，于時言言，于時語語。

溥，廣也。京，大陵也。直言曰言，論難曰語。公劉之營京邑也審矣，自下觀之，則往百泉而望廣原；自上觀之，則陟南岡而覯京師。審其可處矣，則經畫以定之，曰：『此可以居居民，此可以廬賓旅，此可以施教令，此可以議政事。』〔一〇〕蓋自遷豳，至此而始有朝廷邑居之正焉。

篤公劉！于京斯依。蹌蹌濟濟，俾筵俾几〔一一〕。既登乃依，乃造其曹。執豕于牢，酌之用匏。食之飲之，君之宗之。

公劉依京以營邑，宮室既成，其士蹌蹌，其大夫濟濟，皆會於朝。公劉則命設几筵而饗之，賓登席依几。乃造其羣牧，搏豕而亨〔一二〕之，以爲飲酒之殽。殽用豕，酌用匏，新國殺禮也。

篤公劉！既溥既長，既景迺岡，相其陰陽，觀其流泉。其軍三單，度其隰原，徹田爲糧。度其夕陽，豳居允荒。

宮室既成，則治其田原，既廣且長矣。於是考之以日景，參之以高岡，以相其陰陽寒煖之宜，水泉灌溉之利，辨〔一三〕其土宜，以授野人。古者大國三軍，以其餘卒爲羡。自周之遷而其民未集，丁夫適滿三軍之數而無羡卒，故曰：『其軍三單』。度其原隰之田，以徹法頒之，一夫百畝[一四]，則三單之民適皆給足。於是又度其山西之田以廣之，而豳人之居於此益大。什一而税曰徹。山西曰夕陽。允，信也。荒，大也。

篤公劉！于豳斯館。涉渭爲亂，取厲取鍛[一五]。止基乃理，爰衆爰有。夾其皇澗，溯[一六]其過澗。止旅乃密，芮鞫之即。

宫室既成，田野既治，則營其邑居。其營邑也，事有其備，物有其處，至於厲、鍛之微皆有所取之。亂，絶流也。厲、鍛，石之可以治斤斧者也。基，邑之所在也。言其始爲之基也，則已順其理矣。故其成而居之，則益衆而益有。其居有夾澗者，有溯澗者。皇、過，二澗名也。旅，衆也。其後所居之衆益密，乃復即其澗之芮鞫而居之。水之内曰芮，其外曰鞫。或曰：芮水出吴[一七]山西北，東入涇。芮鞫，芮水之外也。此詩言公劉之在豳，其業甚微，其功甚勤，所以深戒成王使不忘敬也。

公劉六章，章十句。

校注

〔一〕『輯』字兩蘇經解本、四庫本作『緝』，孔氏正義作『輯』。

〔二〕『子』字兩蘇經解本畢氏刻本、四庫本作『于』。

〔三〕宋代段昌武毛詩集解卷二十四引：『蘇曰：后稷始封于邰，傳子不窋而失其官，犇于戎狄之間，再世不顯。其孫公劉復修后稷之業，始居于豳，故召公稱之以教成王。』

〔四〕原文缺筆，據補。

〔五〕『陣』字兩蘇經解本畢氏刻本、四庫本作『陳』。

〔六〕『乃』字兩蘇經解本畢氏刻本、四庫本作『廼』，顧氏刻本作『迺』，下同。

〔七〕明代胡紹曾詩經胡傳卷九引：『既順二句，蘇氏云：公劉順民之欲而後宣導之以事，故其民勞而不怨。』

〔八〕宋代段昌武毛詩集解卷二十四引：『蘇曰：民愛之，于是相與進玉、瑶、容、刀之佩以帶之。』清代嚴虞惇讀詩質疑卷二十五下，亦有引用。

〔九〕『廼』字兩蘇經解本、四庫本作『乃』。

〔一〇〕宋代段昌武毛詩集解卷二十四引：『蘇曰：公劉之營，京邑也。審矣，自下觀之，則往百泉而望廣原；自上觀之，則陟南岡而覯京師。審其可處矣，則經畫以定之，曰：此可以居民，此可以廬賓旅，此可以施教令，此可以議政事。』清代嚴虞惇讀詩質疑卷二十五下，亦有引用。

〔一一〕『几』字兩蘇經解本、四庫本作『几』，下文有『几』，原文似缺筆。

〔一二〕『亨』字兩蘇經解本作『烹』。

〔一三〕原文缺筆，據補。

〔一四〕『畝』字四庫本、兩蘇經解本作『畂』。

〔一五〕『鍜』字四庫本、孔氏正義、朱熹詩集傳均作『鍛』。

〔一六〕『溯』朱熹詩集傳作『泝』。

〔一七〕『吳』字四庫本作『其』，兩蘇經解本亦是。

洞酌，召康公戒成王也。

洞酌彼行潦，挹彼注兹，可以餴饎。豈〔一〕弟君子，民之父母。

洞，遠也。行潦，流潦也。餴，餾也。饎，酒食也。流潦，水之薄也〔二〕。然苟挹而注之則可以餴饎。言物無不可用者。是以君子之於人，未嘗有所弃，猶父母之無弃子也。〔三〕或曰：『雖行潦汙賤之水，苟挹之於彼而注之於此，則遂可以餴饎。』孟子曰：『雖有惡人，齋戒沐浴則可以事〔四〕上帝。』〔五〕此所以爲戒成王也。

洞酌彼行潦，挹彼注兹，可以濯罍。豈弟君子，民之攸歸。

罍，所以盛酒。

泂酌彼行潦，挹彼注茲，可以濯溉。豈弟君子，民之攸塈。

塈，息也。

泂酌三章，章五句。

校注

〔一〕『豈』字孔氏正義、朱熹詩集傳作『岂』。

〔二〕『也』字四庫本作『者』，兩蘇經解本畢氏刻本亦是。

〔三〕清代顧廣譽學詩詳說卷二十四載：『固非蘇氏一云，是以君子之于人，未嘗有所弃，猶父母之無弃子；一云：孟子曰「雖有惡人，齊戒沐浴則可以祀上帝。」然爲人主戒者，莫要于序義。人主知畏天而愛民，則萬善由是生焉。周召固有同心也，何以別爲之說。』

〔四〕『事』，四庫本作『祀』，兩蘇經解本亦是。

〔五〕語出孟子·離婁下。

卷阿，召康公戒成王也。

有卷者阿，飄風自南。豈弟君子，來游來歌，以矢其音。

卷，曲也。風之爲物，無所不入，未有能御之者。維曲阿卷然當道，則風自其南而去，無自入之矣。小人之能得其君，亦如風然，雖欲多方以拒之，然其人也有道。維得樂易之君子而與之游，彼見其容貌，聞其聲音，而自去矣。子夏曰：『舜有天下，選於衆，舉皋陶，不仁者遠矣。湯有天下，選於衆，舉伊尹，不仁者遠矣。』〔一〕

伴奐爾游矣，優游爾休矣。豈弟君子，俾爾彌爾性，似先公酋矣。

伴奐，縱弛〔二〕之意也。彌，終也。似，肖也。酋，就也。〔三〕人君伴奐優游無所事者，維得樂易君子，以終成其性，則能肖先君而就其業矣。性之於人，莫不固有之也，然不得賢者則不能自成。

爾土宇昄章，亦孔之厚矣。豈弟君子，俾爾彌爾性，百神爾主矣。

昄，大也。章，著也。人君土宇大而且著，其厚甚矣。維得君子以成其性，而後山川神祇咸主之也。

爾受命長矣，茀祿爾康矣。豈弟君子，俾爾彌爾性，純嘏爾常矣。

茀，多也。嘏，福也。〔四〕人君受命既長，百祿既康。維得君子以成其性，而後能常享此福也。

有馮有翼，有孝有德，以引以翼。豈弟君子，四方爲則。

在前則有馮，在側則有翼。孝著於內，德施於外，以此引翼其君而爲四方則，維豈弟君子爲能當之耳。

顒顒卬卬，如圭如璋，令聞令望。豈弟君子，四方爲綱。

「顒顒卬卬」，高明也。「如圭如璋」，純絜[五]也。遠之則有令聞，近之則有令望，亦維豈弟君子爲能當之。

鳳皇[六]于飛，翽翽其羽，亦集爰止。藹藹王多吉士，維君子使，媚于天子。

翽翽，羽聲也。藹藹，衆多也。鳳皇之飛而能集於其所止者，衆羽之力也。然而用羽者鳳也，不得其用羽者，則亦安能至哉？王之吉士亦衆矣，然必有君子以使之，而後能媚天子也。

鳳皇于飛，翽翽其羽，亦傅于天。藹藹王多吉人，維君子命，媚于庶人。

鳳皇鳴矣，于彼高岡。梧桐生矣，于彼朝陽。菶菶萋萋，雝雝喈喈。

君子之車，既庶且多。君子之馬，既閑且馳。矢詩不多，維以遂歌。

山東曰朝陽。鳳之性非梧桐不棲，非竹實不食，故鳳皇鳴于高崗。將欲得而畜之，則植梧桐於朝陽以待之。使梧桐之盛至於菶菶萋萋也，則鳳皇鳴於其上，雝雝喈喈矣。維君子亦然，其德有以絶於衆人，而衆人待之則將不至。故其所以載之者，車必庶而多，馬必閑而馳，以此待之，庶曰苟至焉。成王之朝蓋有是人，而王不知歟？故召公爲此詩，其所陳者不多也，維告以遂用之而已。

卷阿十章，六章章五句，四章章六句。

校注

〔一〕語出論語顔淵。

〔二〕兩蘇經解本作『弛』，四庫本亦是。

〔三〕毛傳：似，嗣也。酋，終也。朱熹詩集傳：酋，終也。

〔四〕清代陳啓源毛詩稽古編卷二十七載：『蘇氏釋卷阿詩訓「嘏」爲「福」，而後儒因之。遂以嘏爲福之通稱，忘其字義所自出矣。』

〔五〕『絜』字四庫本作『潔』，兩蘇經解本亦是。

〔六〕『皇』字四庫本作『凰』，兩蘇經解本亦是，下同。

民勞，召穆公刺厲王也。

民亦勞止，汔可小康。惠此中國，以綏四方。無縱詭隨，以謹無良。式遏寇虐，憯不畏明。柔遠能邇，以定我王。

汔，幾也。〔一〕中國，京師也。詭隨者，不顧是非而妄從人也。人未有無故而妄從人者。維〔二〕無良之人將悅其君而竊其權，以爲寇虐則爲之。故無縱詭隨，則無良之人肅。無良之人肅，則寇虐無畏之人上〔三〕。然後柔遠能邇，而王室定矣。〔四〕

民亦勞止，汔可小休。惠此中國，以爲民逑。無縱詭隨，以謹惛〔五〕怓。式遏寇虐，無俾民憂。無弃爾勞，以爲王休。

逑，聚也。惛怓，亂也。爾勞，勞舊〔六〕也。

民亦勞止，汔可小息。惠此京師，以綏四國。無縱詭隨，以謹罔極。式遏寇虐，無俾作慝。敬慎〔七〕威儀，以近有德。

民亦勞止，汔可小愒。惠此中國，俾民憂泄。無縱詭隨，以謹醜厲。式遏寇虐，無俾正敗。戎雖小子，而式弘大。

愒，息也。泄，去也。厲，惡也。戎，女也。王雖小子自遇，然用事于天下甚大，不可不慎[八]也。

民亦勞止，汔可小安。惠此中國，國無有殘。無縱詭隨，以謹繾綣。式遏寇虐，無俾正反。王欲玉女，是用大諫。

繾綣，小人之固結其君者也。『王欲玉女』，欲使王德純備如玉也。

民勞五章，章十[九]句。

校注

〔一〕毛傳：汔，危也。

〔二〕『維』字兩蘇經解本畢氏刻本作『雖』。

〔三〕『上』字四庫本作『止』，兩蘇經解本亦是。

〔四〕清代顧廣譽學詩詳説卷二十四載：『蘇氏釋此章精矣。』

〔五〕『惛』字四庫本、兩蘇經解本作『惽』，下同。

〔六〕勞舊：四庫本作『舊勞』，兩蘇經解本亦是。

〔七〕原文缺筆，據補，下同。

〔八〕原文缺筆，據補。

〔九〕兩蘇經解本顧氏刻本作『一』，疑缺筆。

板，凡伯刺厲王也。

凡伯，周公之後，爲王卿士。

上帝板板，下民卒癉。出話不然，爲猶不遠。靡聖管管，不實于亶。猶之未遠，是用大諫。

板板，反覆不定也。癉，病也。管管，無所不事也。亶，誠也。天之禍福，反覆不定，厲王一失其德而民皆不安。告之以話言則不信，聽其自爲謀則不遠。自非聖人而欲無所不事，不自實於其所誠能而止。君子知其將敗，而幸其謀之未遠，故作此詩以大諫之。

天之方難，無然憲憲。大[二]之方蹶，無然泄泄。辭之輯矣，民之洽矣。辭之懌矣，民之莫矣。

難，艱難也。蹶，震動也。憲憲，猶軒軒也。[三]泄泄，猶沓沓也。輯，和也。莫，定也。厲王暴虐恣行，故告之曰：『天今方爲艱難，以震動周室，無爲是軒軒而不顧，沓沓而不已。是不能以服民，祇以速亂而已。民之不順，非有異志也，畏王之無厭，而求以自免耳。苟無欲害之之心，而出好言焉，民今洽而定矣。』

我雖異事，及爾同寮。我即爾謀，聽我囂囂。我言維服，勿以爲笑。先民有言，詢于芻蕘。

君子欲諫王，則又以告其寮之信於王者，庶幾王信之而其言易入。囂囂，行不顧也。服，服行也。[三]

天之方虐，無然謔謔。老夫灌灌，小子蹻蹻。匪我言耄，爾用憂謔。多將熇熇，不可救藥。

謔謔，戲侮也。灌灌，款誠也。蹻蹻，驕貌也。熇熇，熾盛也。言天方將爲虐以敗王，安得以爲戲而不信哉？老者知其不可，而盡其款誠以告之，少者不信而驕之，故曰：『非我老耄而妄言，乃女以憂爲戲耳。夫憂未至而救之，猶可爲也。苟俟其益多，則如火之盛，不可復救矣。』

天之方懠，無爲夸毗。威儀卒迷，善人載尸。

懠，怒也。夸，大也。毗，附也。小人之於人，不以大言夸之，則以諛言毗之。或夸或毗，而威儀迷亂，則雖善人將相從尸其禍矣。

民之方殿屎，則莫我敢葵。喪亂蔑資，曾莫惠我師。

殿屎，亦作『唸咿』，呻吟也。葵，揆也。民方愁苦呻吟，莫測其所欲。方世之喪亂困竭，又曾無以惠之者，變之興也，何日之有？

天之牖民，如壎[四]如篪，如璋如圭，如取如攜。攜無曰益，牖民孔易。民之多辟，無自立辟。

聖人之導民，如暗者之願明，而爲之牖焉。導其天也，是以託之於天。壎、篪，以言其和也；圭、璋，以言其合也；攜、取，以言其易也。然其導之也，攜之而已，不求多於民，是以其導之也甚易。今厲王求之已甚，民尚安肯從王哉？方世之治也，天下咸聽其上，而有一不從，故刑足以勝之。今天下皆不順，雖有刑辟，尚何從立之哉？故於[五]次章教之，使懷來其羣臣。

价人維藩，大師維垣，大邦維屏，大宗維翰。懷德維寧，宗子維城。無俾城壞，無獨斯畏。

价，大也。大人，衆所服也。大師，大衆也。大邦，大諸侯也。大宗，強族也。宗子，同姓也。此五者皆王之屏蔽，以德懷之則合，否則離散無以自安矣。人皆曰：

『無俾城壞』。城之壞也，則知畏之，五者之蔽，有甚於城，而莫知畏其壞也。所謂小人務知小者、近者而已。

敬天之怒，無敢戲豫。敬天之渝，無敢馳驅。昊天曰明，及爾出王。昊天曰旦，及爾游衍。

王，往也。旦，明也。天之明也，人未有行而不從者，柰何不畏也？

板八章，章八句。

校注

〔一〕『大』字此處疑有誤。四庫本、兩蘇經解本、孔氏正義、朱熹詩集傳均作『天』。

〔二〕毛傳曰：『憲憲，猶欣欣也。』

〔三〕鄭箋曰：『服，事也。我所言乃今之急事。』

〔四〕『壎』字孔氏正義、朱熹詩集傳均作『塤』。

〔五〕『于』字四庫本、兩蘇經解本作『以』。

詩集傳　卷第十七

詩集傳　卷第十八

蕩之什　大雅

蕩，召穆公傷周室大壞也。

蕩之所以爲蕩，由詩有『蕩蕩上帝』也。毛詩之序以爲：『天下蕩蕩，無綱紀文章』，則其所以名篇，非其詩之意矣。〔一〕

蕩蕩上帝，下民之辟。疾威上帝，其命多辟。天生烝民，其命匪諶。靡不有初，鮮克有終。

蕩蕩，廣大貌也。〔二〕天之廣大，下民之所君也。今民被厲王之禍，咸謂天迅烈無恩而多滛〔三〕辟之命，何者？天之生民，其命不可復信。莫不有初而無終者，言生之於治，而終之於亂也。

文王曰咨，咨女殷〔四〕商！曾是強〔五〕御，曾是掊克，曾是在位，曾是在服。天降滔德，女興是力。

召公知厲王之將亡，故爲此詩，稱文王所以咨嗟商紂，蓋傷周室將有此禍也。強御，強梁捍御不可告教之人也。掊克，掊斂克深少恩之人也。朝廷之在位服事者皆是人也。滔，漫〔六〕也。力，任也。天降是人以妖孽天下，女又興而任之，何哉？

文王曰咨，咨女殷商！而秉義類，強御多懟。流言以對，寇攘式內。侯作侯祝，靡屆靡究。

凡秉義以事女者，女則以爲強御多怨之人。凡民怨讟流傳之言有以告者，女則以爲寇攘於內。至於小人詐僞無實，唯以祝詛相要，女則不復窮極其情僞而遂受之，何也？作，或作『詛』。

文王曰咨，咨女殷商！女炰烋于中國，斂怨以爲德。不明爾德，時無背無側。爾德不明，以無陪無卿。

炰烋，氣健貌也。〔七〕『無背無側』，前後左右無良臣也。陪，陪貳也。

文王曰咨，咨女殷商！天不湎爾以酒，不義從式。既愆爾止，靡明靡晦。式號式呼，俾晝作夜。

湎，沉湎也。止，容止也。人之沉湎，非天使然也。凡百不義，皆將從是起，故既愆爾止，則無所不至矣。

文王曰咨，咨女殷商！如蜩如螗，如沸如羹。小大近喪，人尚乎由行。內奰乎〔八〕中國，覃及鬼方。〔九〕

蜩，蟬也。螗，蝘也。奰，怒也。飲酒號呼之聲如蜩螗、沸羹之亂，君臣以是危於喪亡而人猶從之，亂止於京師，而鬼方皆被其禍，言惡之遠也。

文王曰咨，咨女殷商！匪上帝不時，殷不用舊。雖無老成人，尚有典刑。曾是莫聽，大命以傾。

文王曰咨，咨女殷商！人亦有言，顛沛之揭。枝枼未有害，本實先撥。殷鑒不遠，在夏后之世。

顛，仆也。沛，拔也。揭，發也。大木之拔，非枝〔一〇〕葉之患所能爲也，其本實先自撥矣。譬如商周之衰，典刑未廢，諸侯未畔，四夷未起而其君不義，以自絕於天下，莫可救也。言商之鑒在夏，則周之鑒在商明矣。

蕩八章，章八句。

校注

〔一〕宋代輔廣詩童子問載：『此序之謬明白易見，而先儒皆莫之辨，直至蘇氏始能明之。序之爲詩害也，大矣。』宋代李樗毛詩集解卷三十四載：『蘇氏……此言是也。』清代陳啓源毛詩稽古編卷二十一載：『蘇氏因此謂小敘蕩蕩與詩之蕩蕩不合。夫敘詩者豈能逆料後人之誤解乎？』

〔二〕清代胡承珙毛詩後箋卷二十五載：『蘇訓蕩蕩爲廣大，稽古編謂其不知詩。……總之詩以「蕩」名篇，則「蕩蕩上帝」斷非美辭，自不得訓爲廣大。』清代朱鶴齡詩經通義卷十載：『蘇子由因謂小序蕩蕩語與詩之蕩蕩不合，皆誤解詩義也。夫經典語同而美惡異者多矣，何此詩之蕩蕩必欲從廣大解哉？』

〔三〕『滛』字兩蘇經解本作『淫』，四庫本同宋刻本。

〔四〕原文缺筆，據補，本章下同。

〔五〕『強』字四庫本作『彊』，下同。

〔六〕『漫』字四庫本作『慢』，兩蘇經解本同宋刻本。

〔七〕蘇轍此處同鄭箋。馬氏瑞辰按曰：『炰烋，通作咆哮。』

〔八〕『乎』字兩蘇經解本、四庫本及孔氏正義均作『于』。

〔九〕毛傳：『奰，怒也。不醉而怒曰奰。鬼方，遠方也。』

〔一〇〕『枝』字四庫本作『杖』。

抑，衛武公刺厲王，亦以自警也。

宣王十六年，衛武公即位，年九十有五而作此詩，蓋追刺厲王以自警也。

抑抑威儀，維德之隅。人亦有言，靡哲不愚。庶人之愚，亦職維疾。哲人之愚，亦維斯戾。

抑抑，密也。隅，廉也。戾，罪也。天下有道，則賢者可外占而知內。譬如宮室，內有繩直，則外有廉隅。至於亂世，賢者不容，則毀其威儀，佯愚以辟禍。故曰：『庶人之愚，亦其職耳』。譬如疾病，雖欲免而不得。哲人之愚，非其質然也，畏罪故耳。

無競維人，四方其訓之。有覺德行，四國順之。訏謨定命，遠猶辰告。敬慎[一]威儀，維民之則。

競，強[二]也。訓，馴也。覺，直也。訏，大也。辰，時也。爲國者得人則強，失人則弱。循道者民之所順，而背理者民之所叛也。故人君必先任賢臣，內秉直德以服天下，然後先事而大謀以定政命，遠圖而時告之。政事既修，又能敬其威儀以爲民則，則所以爲國者略備矣。

其在于今，興迷亂于政。顛覆厥德，荒湛于酒。女雖湛樂從，弗念厥紹。罔敷求先王，克共明刑。

今厲王作，起迷亂之人而任之以政，又顛覆其德，荒湛于酒，不念先王之典刑，而尚何以爲國哉？

肆皇天弗尚，如彼泉流，無淪胥以亡。夙興夜寐，灑埽廷[三]內，維民之章。修爾車馬，弓矢戎兵。用戒戎作，用逷蠻方。

天不屑厲王之行，君子憂之，恐其如一[四]泉之流，相陷以就亡竭，故教之使修其政事以自救。戒，備也。戎，兵也。作，起也。逷，遠也。

質爾人民，謹爾侯度，用戒不虞。慎爾出話，敬爾威儀，無不柔嘉。白圭之玷，尚可磨也，斯言之玷，不可爲也！

質，成也。侯度，天子所以御諸侯之度也。天子苟內失其人民，而外慢其諸侯，則將有不虞之禍起。夫怨不在大，言語之不慎，威儀之不敬，與人失和，而禍之所從起也。

無易由言，無曰苟矣。莫捫朕舌，言不可逝矣。無言不讎，無德不報。惠于朋友，庶民小子。子孫繩繩，萬民靡不承。

捫，持也。逝，發也。君子告王，使無輕從人之言，無曰苟如是而已。雖無有持吾舌者，然而言不可以妄發，何者？言行之出，未有不反報之者也。苟能惠其朋友，以至於庶民，則民思戴，其子孫繩繩而不絕矣。

視爾友君子，輯柔爾顔，不遐有愆。相在爾室，尚不愧于屋漏。無曰不顯，莫予云覯。神之格思，不可度思，矧可射思。

吾視王所與友者，皆求所以和柔王顔而已，莫敢正言犯王者。左右無正人焉，吾以是知其有咎不遠矣。苟以爲不信，曷不視其在爾室者？尚且不愧于屋漏，况其遠者乎！人之不〔五〕愧于屋漏也，曰：『莫予見者耳。』神之至也，尚不可得而知之，矧可得而厭之哉？言人雖莫見，而神鑒之也。西北隅曰屋漏。格，至也。

辟爾爲德，俾臧俾嘉。淑慎爾止，不愆于儀。不僭不賊，鮮不爲則。投我以桃，報之以李。彼童而角，實虹小子。

辟，法也。虹，潰也。人君苟修其德而慎其容止，無僭僞殘賊之行，則民鮮不以爲法矣。譬如投之以桃而報之以李，不可誣也。今王無其實，而欲求民之法之，則亦譬如童牛〔六〕而求有角之用，人誰信汝哉？徒自潰亂而已。

荏染柔木，言緡〔七〕之絲。溫溫恭人，維德之基。其維哲人，告之話言，順德之行。其維愚人，覆謂我僭，民各有心。

緡，被也。木柔矣，而被之以絲，則可以爲弓；不柔者，雖被之不從也。故維〔八〕溫恭之人，然後可以入德；告之以話言則順之，被〔九〕愚者反謂我欺之耳。人心之不同如此，此君子所以憂憤而無如之何也。

於乎小子！未知臧否！匪手攜〔一〇〕之，言示之事。匪面命之，言提其耳。借曰未知，亦既抱子。民之靡盈，誰夙知而莫成？

王不知善惡，而告之者亦至矣。苟以爲尚少而未知歟，則亦既抱子，非少矣。靡盈，不足也。人之才性有所未足，獨患不知。苟其蚤知，則蚤成之矣〔一一〕，豈有蚤知而晚成之者哉〔一二〕？言王之不能有成，由不知也。

昊天孔昭，我生靡樂。視爾夢夢，我心慘慘。誨爾諄諄，聽我藐藐。匪用爲教，覆用爲虐。借曰未〔一三〕知，亦聿既耄！

夢夢，昏亂也。諄諄，款誠也。藐藐，不入也。君子之諫王，王非以爲教之也，以爲虐之耳。

於乎小子，告爾舊止。聽用我謀，庶無大悔。天方艱難，曰喪厥國。取譬不遠，昊天不忒。回遹其德，俾民大棘！

舊，久也。止，辭也。『天方艱難』，周室曰：『吾將喪其國。』譬如夏商，其類不遠，天豈復有差忒不然者哉？然王曾不悟，益爲邪僻之行，使民至於困急而無告也。

抑十二章，三章章八句，九章章十句。

校注

〔一〕原文缺筆，據補，下同。

〔二〕『強』字四庫本作『彊』，下同。

〔三〕『廷』字兩蘇經解本作『庭』，四庫本亦是。

〔四〕『一』字兩蘇經解本、四庫本無。

〔五〕兩蘇經解本、四庫本無『不』。

〔六〕『牛』字兩蘇經解本、四庫本作『羊』。

〔七〕『緡』字四庫本作『緍』，兩蘇經解本亦是。

〔八〕『維』字兩蘇經解本、四庫本作『爲』。

〔九〕『被』字兩蘇經解本、四庫本作『彼』。

〔一〇〕『携』字四庫本、兩蘇經解本作『攜』。

〔一一〕『矣』字兩蘇經解本、四庫本無。

〔一二〕『哉』字兩蘇經解本、四庫本無。

〔一三〕原文缺筆，據補。

桑柔，芮伯刺厲王也。

芮伯爲王[一]卿士，字良夫。

菀彼桑柔，其下侯旬。捋采其劉，瘼此下民。不殄心憂，倉兄填兮。倬彼昊天，寧不我矜！

菀，茂也。旬，遍也。劉，殘也。殄，絶也。倉，悲也。兄，滋也。填，久也。桑之爲物，其葉最盛，然及其采之也，一朝而盡，無黄落之漸。故詩人取以爲比，言周之盛也，如柔桑之茂，其陰無所不遍。至於厲王肆行，暴虐以敗其成業，則王室忽焉凋弊，如桑之既采，民失其蔭而受其病。故君子憂之不絶於心，悲之益久而不已，號天而訴之也。

四牡騤騤，旟旐有翩。亂生不夷，靡國不泯。民靡有黎，具禍以燼。於乎有哀，國步斯頻！

厲王之亂，天下征役不息，故其民見其車馬旌旗而厭苦之。夷，平也。泯，滅也。黎，衆也。具，俱也。燼，灰燼也。國步，國之動也。頻，數也。畜大物者，惡數動之，故以『國步斯頻』爲哀也。

國步蔑資，天不我將。靡所止疑，云徂何往？君子實維，秉心無競。誰生厲階？至今爲梗。

將，養也。疑，定也。競，彊也。動而無所資，天不吾養矣，而王尚不求所止定，欲行而安往哉？故曰：『王則實，然其秉心無強[二]，是以不能有所定者。』夫惟強而能立，然後可與止亂而起廢。

憂心慇[三]慇，念我土宇。我生不辰，逢天僤怒。自西徂東，靡所定處。多我覯痻，孔棘我圉。

此章行役者之怨也。僤，厚也。痻，病也。多矣我之遇病也，急矣我之捍御也。

爲謀爲毖，亂况斯削。告爾憂恤，誨爾序爵。誰能執熱，逝不以濯？其何能淑，載胥及溺。

毖，慎[四]也。王豈不爲謀且慎哉？然而不得其道，適所以長亂而自削耳。故告之以其所當憂，誨之以叙爵，曰：『誰能執熱而不濯者？賢者之能已亂，猶濯之能解熱耳。今王之所任者，其何能善哉？則相與入於陷溺而已。』

如彼溯風，亦孔之僾。民有肅心，荓云不逮。好是稼穡，力民代食。稼穡維寶，代食維好。

溯，鄉也。僾，唈也。肅，進也。荓，使也。君子視厲王之亂，悶然如溯風之人，唈而不息，雖有欲進之心，皆曰：『世亂矣，非吾所能及也』。於是退而稼穡，盡其筋力與民同事，以代祿食而已。當是時也，仕進之憂甚於稼穡之勞，故曰：『稼穡維寶，代食維好』，言雖勞而無患也。

天降喪亂，滅我立王。降此蟊賊，稼穡卒痒。哀恫中國，具贅卒荒。靡有旅力，以念穹蒼。

立王，王之所恃以立者也。痒，病也。恫，痛也。贅，屬也。荒，空也。言天下無有不罹其禍而至於空匱者也。旅，衆也。言羣臣無肯並力以念天禍者也。

維此惠君，民人所瞻。秉心宣猶，考慎其相。維彼不順，自獨俾臧。自有肺腸，俾民卒狂。

惠，順也。『民人所瞻』，言無所隱伏也。既持其心，又博[五]謀於衆，而考之於其輔相，此所以無不順也。今則不然，『自獨俾臧』，自謂賢也；『自有肺腸』，自用其心也。此民之所以不順也。

瞻彼中林，甡甡其鹿。朋友已〔六〕譖，不胥以穀。人亦有言，進退維谷。

甡甡，衆也。朋友相譖，不能相善，曾鹿之不如，是以進退無不陷焉者。

維此聖人，瞻言百里。維彼愚人，覆狂以喜。匪言不能，胡斯畏忌？

聖人明於成敗，所視而言者，百里無遠而不察。愚人不知禍之將至，則反狂以喜。雖然，彼未必不知也，乃以畏王而不敢言耳。

維此良人，弗求弗迪。維彼忍心，是顧是復。民之貪亂，寧爲荼毒！

迪，進也。厲王之於賢者，未嘗求而進之。至於殘忍之人，則顧念重復而不能已。上之所好，下之所趨也。故民貪於昏亂，安爲荼毒之行，以求合王意。

大風有隧，有空大谷。維此良人，作爲式穀。維彼不順，征以中垢。

隧，道也。大風之起，必有所從來者。『有空大谷』，則風之所從起也。厲王之不善，民之所從惡也。征，行也。垢，穢也。言善人之作也，以用其善；小人之行也，以播〔七〕其穢。皆發其中之所有於外也。

大風有隧，貪人敗類。聽言則對，誦言如醉。匪用其良，覆俾我悖。

風之起也有道，類之敗也有自。貪人在上，則類之所由敗也。聽言，道聽之言也。誦言，先王之言也。悖，逆也。由王不用善，反使天下皆爲逆德也。

嗟爾朋友，予豈不知而作。如彼飛蟲，時亦弋獲。既之陰女，反予來赫。

君子既責其君，則又責其僚友，曰：『我豈不知爾所爲哉？爾自謂莫吾禁者，譬如飛鳥，誰[八]能執之，然時亦有弋而獲之者。憂其獲也，覆庇而告之，奈何反以言赫我哉？』

民之罔極，職涼善背。爲民不利，如云不克。民之回遹，職競用力。

民之不可測知，職汝信用反覆之人也。上之害民如恐不勝，故民日以邪僻，由上用力而競之也。

民之未戾，職盜爲寇。涼曰不可，覆背善詈。雖曰匪予，既作爾歌。

戾，定也。民之未定，職上有盜賊之臣爲之寇也。女苟信以爲是不可，則又曷爲反背詈我哉？爾雖曰是非我所爲，既作爾歌矣，不可欺也。

桑柔十六章，八章章八句，八章章六句。[九]

校注

〔一〕四庫本無『王』。

〔二〕四庫本、兩蘇經解本作『彊』，下同。

〔三〕原文缺筆，據補。

〔四〕原文缺筆，據補，下同。

〔五〕『慱』字兩蘇經解本、四庫本作『博』。

〔六〕『已』字兩蘇經解本畢氏刻本、四庫本作『以』。

〔七〕原文缺筆，據補。

〔八〕『誰』字兩蘇經解本畢氏刻本、四庫本作『孰』。

〔九〕清代嚴虞惇讀詩質疑卷二十六上載：『此詩文繁理富，義難遽曉，諸家訓釋亦多異同，而蘇氏爲優矣。』

雲漢，仍叔美宣王也。

仍叔，周大夫也。

倬彼雲漢，昭回于天。王曰於乎，何辜今之人？天降喪亂，饑饉薦臻。

靡神不舉，靡愛斯牲。圭璧既卒，寧莫我聽！

雲漢，水之精也。[一]昭，明也。回，轉也。宣王遭旱而懼，夜仰河漢以觀雨之候而不得，曰：『今之人何罪而罹此禍？靡神不舉，而莫吾聽也。』禮，國有凶荒，則索鬼神而祭之。

旱既大甚，蘊隆蟲蟲。不殄禋祀，自郊徂宮。上下奠瘞，靡神不宗。后稷不克，上帝不臨。耗斁下土，寧丁[二]我躬！

蘊，結也。隆，盛也。蟲蟲，熱也。殄，絕也。郊，天地也。宮，宗廟也。上祭天，下祭地，奠其禮，瘞其物，宣王憂旱，百神無所不尊[三]。然后稷不能救，上帝不復饗，窮而無告，故曰：『與其耗敗下土，寧使我躬當之，無使人人被其患也。』[四]

旱既大甚，則不可推。兢兢業業，如霆如雷。周餘黎民，靡有孑遺。昊天上帝，則不我遺。胡不相畏？先祖于摧！

推，遷也。[五]言王欲以身當之，而不能也。兢兢，恐也。業業，危也。恐懼之甚，如雷霆震於其上也。天將不復使我有遺餘，胡爲尚不相畏哉？先祖之業將於是摧落矣。

旱既大甚，則不可沮。赫赫炎炎，云我無所。大命近止，靡瞻靡顧。羣公先正，則不我助。父母先祖，胡寧忍予？

沮，止也。旱既不止，民咸曰：『我無所庇，死不遠矣！』然曾莫有瞻顧之者。『羣公先正』，先王之臣也。庶官之長曰正。

旱既大甚，滌滌山川。旱魃爲虐，如惔如焚。我心憚暑，憂心如熏。羣公先正，則不我聞。昊天上帝，寧俾我遯！

旱甚則山川草木皆盡如滌去也。魃，旱神也。憚，畏也。宣王所以祈旱者至矣，而莫之荅〔六〕，故曰：『苟吾之不善，不當天心，則寧使我遯去以避賢者，無以我故苦此庶民也。』

旱既大甚，黽勉畏去。胡寧瘨我以旱？憯不知其故。祈年孔夙，方社不莫。昊天上帝，則不我虞。敬恭明神，宜無悔怒。

始以旱故，欲遯去以避賢者，既又以爲弃位以避憂患，非人主之義，故黽勉不去，以求濟斯難。畏，不敢也。瘨，病也。方社，祭社及四方也。虞，度也。悔，恨也。

旱既大甚，散無友紀。鞫哉庶正，疚哉冢[七]宰。趣馬師氏，膳夫左右。靡人不周，無不能止。瞻卬昊天，云如何里？

旱既甚，國用空竭，無以紀綱羣臣朋友，故歷告之曰：『鞫矣，疚矣。然而尚相戒以無所不賙[八]，無以不能而止。』宣王遭旱，始欲以身當之而不得，中欲以身逃之而不敢，故於其終仰而訴之於天，曰：『將使我如何居哉？』里，居也。

瞻卬昊天，有嘒其星。大夫君子，昭假無贏。大命近止，無弃爾成。何求爲我，以戾庶正。瞻卬昊天，曷惠其寧？

昭，明也。假，至也。宣王卬以候雨而見星焉，故告其羣臣曰：『明矣，至矣，爾之無私贏矣！然民之死亡不遠，無有不賙以弃爾之成功。且我亦何求爲哉？將以定爾庶正而已，未有民不寧而庶官定者也。』於是又卬而愬天，曰：『曷不惠而寧之哉？』

雲漢八章，章十句。

校注

〔一〕鄭箋：雲漢，謂天河也。

〔二〕兩蘇經解本畢氏刻本作『丁寧』。

〔三〕『尊』字兩蘇經解本四庫本作『舉』。

〔四〕清代嚴虞惇讀詩質疑卷二十六上載：『諸家訓釋無大異，「寧丁我躬」「寧俾我遯」，則蘇氏爲優。』

〔五〕毛傳：推，去也。

〔六〕『荅』字兩蘇經解本、四庫本作『答』。

〔七〕『冢』字四庫本、兩蘇經解本作『冢』。

〔八〕『賙』字兩蘇經解本、四庫本作『周』，本章下同。

崧高，尹吉甫美宣王也。

尹吉甫，周之卿士。

崧高維嶽，駿極于天。維嶽降神，生甫及申。維申及甫，維周之翰。四國于蕃，四方于宣。

山大而高曰崧。駿，大也。唐、虞之間，姜氏實爲四嶽，掌嶽之祀，嶽神享之下[一]祐其子孫於周。齊、許、申、甫，皆其後也。在穆王之世，其賢者曰甫侯，宣王之世曰申伯，實能屏翰周室，蔽其患難，而宣其德澤於天下。

亹亹申伯，王纘之事。于邑于謝，南土[二]是式。王命召伯，定申伯之宅。登是南邦，世執其功。

纘，繼也。謝，周之南土也。南陽有申城，申伯國也。召伯，召公虎也。登，成也。

王命召[三]伯，式是[四]南邦。因是謝人，以作爾庸。王命召伯，徹申伯土田。王命傅御，遷其私人。

庸，城也。徹，定其稅也。[五]傅御，傅王治事之臣也。私人，家臣也。

申伯之功，召伯是營。有俶其城，寢廟既成。既成藐藐，王錫申伯。四牡蹻蹻，鉤膺濯濯。

俶，作也。藐藐，深貌也。[六]蹻蹻，壯貌也。濯濯，光明貌也。

王遣申伯，路車乘馬。我圖爾居，莫如南土。錫爾介圭，以作爾寶。往近王舅，南土是保。

圭尺二寸謂之介，非諸侯之圭，故賜以爲寶。近，辭也。讀如『彼已之子』之『已』。

申伯信邁，王餞于郿。申伯還南，謝于誠歸。王命召伯，徹申伯土疆。以峙其粻，式遄其行。

王在岐周，故餞之於郿。『謝于誠歸』，誠歸于謝也。召伯之營謝也，則已峙其餱糧，使廬市有止宿之委積，故能使申伯無留行也。

申伯番番〔七〕，既入于謝，徒御嘽嘽。周邦咸喜，戎有良翰。不顯申伯，王之元舅，文武是憲。

番番，勇武貌也。申伯既入于謝，周人皆曰：『汝有良翰蔽矣！』『文武是憲』，言其文武皆足法也。

申伯之德，柔惠且直。揉此萬邦，聞于四國。吉甫作誦，其詩孔碩。其風肆好，以贈申伯。

揉，順也。肆，極也。

崧高八章，章八句。

校注

〔一〕『下』字兩蘇經解本、四庫本作『而』。

〔二〕『土』字兩蘇經解本、四庫本、孔氏正義均作『國』。

〔三〕『召』字四庫本作『申』。

〔四〕『式是』，兩蘇經解本作『是式』。

〔五〕毛傳：徹，治也。

〔六〕孔氏正義：藐藐，美貌也。

〔七〕原文缺筆，據補，下同。

烝民，尹吉甫美宣王也。

天生烝民，有物有則。民之秉彝，好是懿德。天監有周，昭假于下。保兹天子，生仲山甫。

人生而耳目心志莫不固有，此所謂『有物』也。人莫不有是物，是物莫不有知，故耳則能聽，目則能視，心則能慮，物用其能則知可否，此所謂『有則』也。故民能秉常，則莫不好德，維其失常，乃有不善。天之監周也，其明實至於下，將保安宣王，乃生仲山甫以佐之。凡宣王之所以能全其性，而無失其常者，皆仲山甫之功也。詩曰：『豈弟君子，俾爾彌爾性。』

仲山甫之德，柔嘉維則。令儀令色，小心翼翼。古訓是式，威儀是力。天子是若，明命使賦。

力，勉也。若，順也。賦，布也。

王命仲山甫，式是百辟。纘戎祖考，王躬是保。出納王命，王之喉舌。賦政于外，四方爰發。

戎，女也。[一]發，發而應之也。

肅肅王命，仲山甫將之。邦國若否，仲山甫明之。既明且哲，以保其身。夙夜匪解，以事一人。

人亦有言，柔則茹之，剛則吐之。維仲山甫，柔亦不茹，剛亦不吐。不侮矜寡，不畏強[二]御。

人亦有言，德輶如毛，民鮮克舉之。我儀圖之，維仲山甫舉之，愛莫助之。**衮**[三]**職有闕，維仲山甫補之。**

輶，輕也。儀，匹也。愛，惜也。衮職，王職也。上有過失，下莫敢言，而獨能[四]補之，此以見其能舉德也。

仲山甫出祖，四牡業業，征夫捷捷，每懷靡及。四牡彭彭，八鸞鏘鏘。王命仲山甫，城彼東方。

王命仲山甫城齊，祖祭而行，其馬業業而健，其徒捷捷而敏，猶常恐不及事也。東方，則齊也。

四牡騤騤，八鸞喈喈。仲山甫徂齊，式遄其歸。吉甫作誦，穆如清風。仲山甫永懷，以慰其心。

此詩言仲山甫，其始曰：『仲山甫之德，柔嘉維則。令儀令色，小心翼翼。古訓是式，威儀是力。』此與漢胡廣、趙戒何異？其終曰：『人亦有言，柔則茹之，剛則吐之。維仲山甫，柔亦不茹，剛亦不吐，不侮鰥寡，不畏強御。』此與漢汲黯、朱雲何異？胡、趙柔而陷於佞，汲、朱剛而近於狂，如仲山甫，內剛外柔，非佞非狂，然後可以爲王者之佐，當天下之事矣。烏[五]乎，非斯人，吾[六]誰與歸？

烝民八章，章八句。

校注

〔一〕孔氏正義：戎，大也。

〔二〕兩蘇經解本作『彊』，下同，四庫本亦是。

〔三〕『衮』字四庫本、兩蘇經解本作『袞』，下同。

〔四〕『能』字兩蘇經解本、四庫本無。

〔五〕『烏』字兩蘇經解本、四庫本作『嗚』。

〔六〕『吾』字兩蘇經解本、四庫本作『其』。

韓奕，尹吉甫美宣王也。

奕奕梁山，維禹甸之，有倬其道。韓侯受命，王親命之。纘戎祖考，無廢朕命。夙夜匪解，虔共爾位。朕命不易，榦〔一〕不庭方，以佐戎辟。

奕奕，大也。梁山，韓之鎮也。禹貢所謂『治梁及岐』者，在今同之韓城。甸，治也。禹之治水也，九州之鎮山無所不甸，雖梁山亦禹之所甸也。韓，武之穆也。將言韓侯，故先叙其國，曰：『梁山之下有倬然之道，此韓侯之所從朝周以受命者也。』戎，女也。不庭，不來庭也。辟，君也。

四牡奕奕，孔修且張。韓侯入覲，以其介圭，入覲于王。王錫韓侯，淑旂綏章，簟茀錯衡，玄〔二〕袞赤舄〔三〕，鉤膺鏤錫，鞹鞃〔四〕淺幭，鞗革金厄。

修，長也。張，大也。介圭，韓所貢也。諸侯秋見天子曰覲。淑，善也。交龍爲旂。綏，大綏也。眉上曰錫。刻金飾之曰鏤錫。鞹，革也。鞃，式中也〔五〕。淺，虎〔六〕皮也。〔七〕幭，覆式也。鞗革，轡首也，以金爲小環而纏搤之。

韓侯出祖，出宿于屠。顯父餞之，清酒百壺〔八〕。其殽維何？炰鼈鮮魚。其蔌維何？維筍及蒲。其贈維何？乘馬路車。籩豆有且，侯氏燕胥。

既覲而反國必祖者，尊其所往，去則如始行焉。屠，地名也。顯父，周之卿士也。王寵韓侯，故使顯父餞之。蔌〔九〕，菜殽也。筍，竹萌也。蒲，蒲蒻也。且，多貌也。侯氏，諸侯之與餞者也。胥，辭也。

韓侯取妻，汾王之甥，蹶父之子。韓侯迎止，于蹶之里。百兩彭彭，八鸞鏘鏘，不顯其光。諸娣從之，祁祁如雲。韓侯顧之，爛其盈門。

汾王，厲王也。厲王流于彘，晉霍邑是也，在汾水之上，時人〔一〇〕以目王焉，猶言莒郊公、黎比公也。蹶父，周之卿士，姞姓也。諸侯一娶九女，二國媵之。諸娣，諸媵也。

蹶父孔武，靡國不到。爲韓姞相攸，莫如韓樂。孔樂韓土，川澤訏訏。魴鱮甫甫，麀鹿噳噳。有熊有羆，有貓有虎。慶既令居，韓姞燕譽。

蹶父以王事行於四方，爲其子相善處而嫁之，莫如韓之樂者。訏訏、甫甫，大也。噳噳，衆也。貓似虎而淺毛。慶，善也。蹶父以此善韓，而使韓姞居焉。譽，樂也。

溥彼韓城，燕師所完[一一]。以先祖受命，因時百蠻。王錫韓侯，其追其貊，奄受北國，因以其伯。實墉實壑，實畝[一二]實籍[一三]。獻其貔皮，赤豹黃羆。

溥，大也。燕，樂也。王以韓侯之先因是百蠻而長之，故錫之以追人、貊人，受之以北方之國，使復爲之伯焉。韓侯於是命諸侯各修[一四]其城池，治其田畝，正其稅法，以時貢其所有於王。鏞，城也。壑，池也。籍，稅也。

韓奕六章，章十二句。

校注

〔一〕『幹』字兩蘇經解本、四庫本、孔氏正義作『榦』。
〔二〕原文缺筆，據補。
〔三〕『衮』字四庫本、兩蘇經解本作『衮』。
〔四〕原文缺筆，據補，下同。
〔五〕『式』字孔氏正義作『軾』。
〔六〕兩蘇經解本、四庫本無『虎』。
〔七〕傳曰：『淺，虎皮淺毛也。』
〔八〕『壷』字兩蘇經解本、四庫本作『壺』。
〔九〕兩蘇經解本缺筆，據補。
〔一〇〕時人：四庫本、兩蘇經解本作『詩人』。
〔一一〕原文缺筆，據補。
〔一二〕『畒』字兩蘇經解本、四庫本作『畝』，下同。
〔一三〕『籍』字孔氏正義作『藉』。

〔一四〕『修』字兩蘇經解本、四庫本作『修』。

江漢，尹吉甫美宣王也。

江漢浮浮，武夫滔滔。匪安匪游，淮夷來求。既出我車，既設我旟〔一〕。匪安匪舒，淮夷來鋪。

浮浮，水盛貌也。滔滔，順流貌也。淮夷，夷之在淮上者也。鋪，病也。宣王自周而南出於江漢之間，命召公率兵循江而下以伐淮夷。行者皆莫敢安徐，曰：『吾之來也，維淮夷是求是病。』言用命也。

江漢湯湯，武夫洸洸。經營四方，告成于王。四方既平，王國庶定。時靡有爭，王心載寧。

洸洸，武貌也。淮夷既平，遂經營其旁國，以告於王。〔二〕

江漢之滸，王命召虎。式辟四方，徹我疆土。匪疚匪棘，王國來極。于疆于理，至于南海。

極，中也。王命召公辟四方之侵地，而治其疆界，非以病之，非以急之也，使來於王國取中焉耳。召公於是疆理其地，至南海而止。

王命召虎，來旬來宣。文武受命，召公維翰。無曰予小，召公是似。肇敏戎公，用錫爾祉。

旬，遍也。宣，布也。肇，開也。敏，疾也。公，事也。南方既平，王命召公來歸於周，以遍治四方而布行其政，曰：『昔文武受命，維召康公實爲之翰。女實肖召公之德，開敏於戎事，我是用錫汝以福。』

釐爾圭瓚，秬鬯一卣。告于文人，錫山土田。于周受命，自召祖命。虎拜稽首，天子萬年。

釐，賜也。秬鬯，黑黍酒也。卣，尊也。九命則賜圭瓚、秬鬯以祭。文人，其先祖之有文德者也。既錫之禮命，又廣其封邑，使受命於岐周，用其祖召康公受封之禮焉。岐周有先王之廟，且召康公所從受封也。

虎拜稽首，對揚王休，作召公考，天子萬壽。明明天子，令聞不已。矢其文德，洽此四國。

對，荅[二]也。考，成也。矢，施也。王命召公，用召祖命，故虎之荅王，亦爲召康公所以對成王命之辭。自『天子萬壽』以下，召康公之遺意也。

江漢六章，章八句。

校注

〔一〕原文缺筆，據補。

〔二〕宋代李樗毛詩集解卷三十六載：『鄭氏以召公既受命伐，淮夷服之，復經營四方，叛國從而伐之。蘇氏以淮夷既平，遂經營傍國，告成功于王。王氏之説亦類此，竊以三説爲不然。』

〔三〕『荅』字兩蘇經解本、四庫本作『答』。

常武，召穆公美宣王也。

武不可常也。宣王之征徐方，『王猶允塞』，而『徐方既來』。兵不勞而民不病，則可常也。然六月歌尹吉甫，采芑歌方叔，而在小雅；崧高歌申伯，烝民歌仲山甫，韓奕歌韓侯，江漢歌召虎，常武歌皇父，而在大雅。槩言之，則七詩若無以異；精言之，則在小雅者，皆征伐政事而已。在大雅者，皆君臣同德，有不知其所以然而致者，此其所以異也。

赫赫明明，王命卿士。南仲大祖，大師皇父。整我六師，以修我戎。既

敬既戒，惠此南國。

宣王命其卿士皇父南征徐方，皇父以卿士而兼大師，其大祖南仲則文王之所使伐玁狁者也，蓋稱其世功以褒大之。

王謂尹氏，命程伯休父，左右陳行，戒我師旅。率彼淮浦，省此徐土。不留不處，三事就緒。

尹氏，尹吉甫也。蓋以卿士兼內史，故使之策命程伯休父，程伯休父於是始爲司馬。故於兵之出也，使之左右陳其行列，而戒令之曰：『往[一]循淮之上而視徐土，無久留處其地以患苦其民，使其三有事之臣復就其業。』

赫赫業業，有嚴天子。王舒保作，匪紹匪游。徐方繹騷，震驚徐方。如雷如霆，徐方震驚。

舒，徐也。保，安也。作，行也。紹，急也。[二]繹，遍也。騷，動也。王之南征也，人望其赫赫業業之威而畏之，曰：『有嚴哉，天子也！』然王則徐而安行，不急不緩。而徐方之人莫不震動，如雷霆作於其上，不遑安矣。

王奮厥武，如震如怒。進厥虎臣，闞如虓虎。鋪敦淮濆，仍執醜虜。截彼淮浦，王師之所。

師行至於淮上，則遂布其師旅，敦集其陳以待之。既戰則多執醜虜。王師之所在，截然無侵略者。

王旅嘽嘽，如飛如翰。如江如漢，如山之苞，如川之流，綿綿翼翼，不測不克，濯征徐國。

苞，本也。綿綿，靚也。翼翼，敬也。不測，不可測知也。不克，不可克勝也。濯，大也。淮上諸侯既已服從，於是始征徐國。

王猶允塞，徐方既來。徐方既同，天子之功。四方既平，徐方來庭。徐方不回，王曰還歸。

猶，道也。王將大征徐國，兵未及之，徒以王道充[二]塞，而徐人來服矣。來庭，來王庭也。回，違也。

常武六章，章八句。

校注

〔一〕『徃』字兩蘇經解本、四庫本作『往』。

〔二〕鄭箋：紹，緩也。

〔三〕『充』字兩蘇經解本作『允』，四庫本亦是。

瞻卬，凡伯刺幽王大壞也。

瞻卬昊天，則不我惠。孔塡不寧，降此大厲。邦靡有定，士民其瘵。蟊賊蟊疾，靡有夷届。罪罟不收，靡有夷瘳。

塡，久也。瘵，病也。夷，平也。〔一〕届，極也。瘳，愈也。國有所定則民受其福，無所定則受其病。於是有小人爲之蟊賊，刑罰爲之罔罟，凡此皆民之所以病也。

人有土田，女反有之。人有人民，女覆奪之。此宜無罪，女反收之。彼宜有罪，女覆說之。哲夫成城，哲婦傾城。

懿厥哲婦，爲梟爲鴟。婦有長舌，維厲之階。亂匪降自天，生自〔二〕婦人。匪教匪誨，時維婦寺。

寺，寺人也。〔三〕言王不用教誨之言，維婦寺是聽也。〔四〕

鞫人忮忒，譖始竟背。豈曰不極，伊胡爲慝？如賈三倍，君子是識。婦無公事，休其蠶織〔五〕。

鞫，窮也。忮，害也。忒，變也。婦人以其忮忒窮人，始妄譖之而終不然，亦不自謂不中也，曰：『是何用爲慝哉？商賈之利雖三倍，君子豈有知之者哉？婦人而弃其蠶織以與公事，譬如君子而知商賈，衆之所共怪也。』〔六〕

天何以刺？何神不富？舍爾介狄，維予胥忌。不吊不祥，威儀不類。人之云亡，邦國殄瘁。

刺，責也。介，大也。吊，閔也。〔七〕天何用責王？神何用不富王哉？凡以王信用婦人之故，王曾不悟將有夷狄之大患，舍之不忌而忌君子之正王者。夫天之降不祥，庶幾王懼而自修。今王遇災而不吊，不慎其威儀，君子知其不可復輔，於是有逃亡以避禍者。天既禍之，人又去之，求國之不殄瘁，不可得也。〔八〕

天之降罔，維其優矣。人之云亡，心之憂矣。天之降罔，維其幾矣。人之云亡，心之悲矣。

天降禍以執有罪，如罔之執禽獸也，憂多於前也。〔九〕

幾，近也。

觱沸檻泉，維其深矣。心之憂矣，寧自今矣？不自我先，不自我後。藐藐昊天，無不克鞏。無忝皇祖，式救〔一〇〕爾後。

泉之洌也，其源深矣。幽王之敗，其所從來者亦久矣，非今日而然也。故君子懼而相戒曰：『天之藐然，遠而難信也。無有不自戒敕以求鞏固者，庶幾上不忝父祖，下不危子孫尔〔一二〕。』

瞻卬七章，三章章十句，四章章八句。

校注

〔一〕毛傳：夷，常也。

〔二〕『自』字兩蘇經解本畢氏刻本作『天』。

〔三〕毛傳：寺，近也。孔氏正義：寺即侍也，侍御者，必近其傍，故以寺爲近。

〔四〕『寺，寺人也』至『是聽也』句，四庫本、兩蘇經解本整体缺失。

〔五〕自『鞫人忮忒』句至『休其蠶織』句，兩蘇經解本整体缺失。

〔六〕自『鞫，窮也』句始，至『衆之所共怪也』句止，四庫本、兩蘇經解本整体缺失。

〔七〕鄭箋：介，甲也。弔，至也。

〔八〕自『刺，責也』句始，至『不可得也』句止，四庫本、兩蘇經解本整体缺失。

〔九〕『天降禍』至『憂多于前也』句，四庫本、兩蘇經解本缺失。

〔一〇〕『救』字兩蘇經解本、四庫本作『穀』。

〔一一〕『尒』字兩蘇經解本、四庫本作『爾』。

召旻，凡伯刺幽王大壞也。

因其首章稱旻天，卒章稱召公，故謂之召旻，以別小旻而已。毛氏之叙〔一〕曰：『旻，閔也，閔天下無如召公之臣。』蓋亦衍説矣。〔二〕

旻天疾威，天篤降喪。瘨我饑饉，民卒流亡。我居圉卒荒。

篤，厚也。瘨，病也。卒，盡也。居，國中也。圉，邊垂〔三〕也。

天降罪罟，蟊賊内訌。昏椓靡共，潰潰回遹，實靖夷我邦。

訌，潰也。昏椓，刑餘奄人也。潰潰，亂也。靖，安也。天降罔以執有罪，使小人爲蟊賊以潰其内，故昏椓羣〔四〕不恭之人爲邪僻之行安然，而夷滅其國。

皋皋訿訿，曾不知其玷。兢兢業業，孔填不寧，我位孔貶。

皋皋，多告訴也。訿訿，多讒謗也。小人皋皋訿訿，曾無有知其瑕疵者。君子居於其間，兢兢業業，日夜危懼，久而不安，猶不能保其位。

如彼歲旱，草不潰茂，如彼栖苴。我相此邦，無不潰止。

潰，遂也。苴，枯草也。人之生於此時者憂患多，故其生不樂，如旱歲之草不得遂茂，如木上之栖苴。君子以是相其國，知其潰叛[五]不久也。

維昔之富不如時，維今之疚不如兹。彼疏[六]斯粺，胡不自替？職兄斯引。

言先王之世，天下富樂，其人固不若是窮矣。至於今世，人民疲病，亦未有若此之甚者。蓋指言幽王大壞之時也。疏，麤也。粺，精也。兄，益也。引，長也。君子與小人，精麤之不同，可指而知也。小人曷不自替以避君子，而乃自任以長此亂哉[七]？

池之竭矣，不云自頻？泉之竭矣，不云自中？溥斯害矣，職兄斯弘[八]，不烖我躬？

頻，厓也。溥，遍也。弘，大也。池，水之鍾也；泉，水之發也。故池之竭，由外之不入，泉之竭由內之不出。今外則諸侯不親，內則國人不附，其害遍至矣。然小人猶自任，以益大此亂，維曰：『不烖我躬』，則無所不爲，曾不顧其害民以及其國也。

昔先王受命，有如召公。日辟國百里，今也日蹙國百里。於乎哀哉！維今之人，不尚有舊。

世雖亂，豈不猶有舊德可用之人哉？言有之而不用耳。文王之世，周公治內，召公治外，故周人之詩謂之周南，諸侯之詩謂之召南。所謂『日闢國百里』云者，言文王之化自北而南，至於江漢之間，服從之國日益衆耳。蓋虞、芮質成於周，其旁諸侯聞之，相帥而歸周者四十餘國，然則『日闢百里』之言不爲過矣。楚椒舉有言：『夏桀爲仍之會，有緡叛之；商〔九〕紂爲黎之蒐，東夷叛之；周幽爲太室之盟，戎狄叛之，皆示諸侯汏也。』〔一〇〕其後齊桓〔一一〕盟諸侯于葵丘，震而矜之，叛者九國。由此觀之，闢國以禮，蹙國〔一二〕以禮，皆非用兵之謂也。近世小人欲以干戈侵虐四鄰，求拓土之功者，率以召公藉口。此楚靈、齊湣之事，桓、文之所不爲，而以誣召公。烏乎殆哉！〔一三〕

召旻七章，四章章五句，三章章七句。

校注

〔一〕『敘』字兩蘇經解本作『序』，四庫本亦是。

〔二〕宋代李樗毛詩集解卷三十六載：『蘇黄門……其論爲當。』

〔三〕『垂』字兩蘇經解本、四庫本作『陲』。

〔四〕『羣』下兩蘇經解本、四庫本有『小』。

〔五〕潰叛：四庫本、兩蘇經解本作『潰亂』。

〔六〕『疏』字四庫本、兩蘇經解本作『疏』，下同。

〔七〕『哉』字兩蘇經解本、四庫本作『也』。

〔八〕原文缺筆，據補。

〔九〕『商』字兩蘇經解本作『商』，四庫本亦是。

〔一〇〕見宋代王當撰春秋臣傳卷第二十，文淵閣四庫全書本

〔一一〕原文缺筆，據補，下同。

〔一二〕『國』下兩蘇經解本、四庫本均有『不』。

〔一三〕宋代李樗毛詩集解卷三十七載：『此言得之矣。所謂「日闢國百里」非用其兵甲也。周公用于周，奠枕于京，孔子用于魯，齊人歸其侵疆。所謂闢國者，初無事于甲兵也，如必以甲兵而闢國，則王翦之徒皆能之矣，何必召公？後代之人多假詩書以爲姦，不可不辨也。』

詩集傳　卷第十九

清廟之什　周頌

周頌皆有所施於禮樂，蓋因禮而作頌，非如風雅之詩，有徒作而不用者也。文武之世，天下未平，禮樂未備，則頌有所夫[一]暇。至周公、成王，天下既平，制禮作樂而爲詩以歌之，於是頌聲始作，然其篇第之先後則不可究矣。考之以其時則不倫，求之以其事則不類。意者亦以其聲相從乎？清廟之什，禮之大者也；臣工之什，禮之次者也；閔予小子之什，禮之小者也。然時有參差不齊者，意者亦以其聲相從也，然不可得而推矣。

清廟，祀文王也。

於穆清廟，肅雝顯相。濟濟多士，秉文之德。對越在天，駿奔走在廟。不顯不承，無射於人斯。

於乎美哉！其祀文王於清廟也，有肅肅其敬，雝雝其和者，實來顯相其禮。文王沒矣，其神在天，其主在廟。然士之來助〔二〕者，猶不忘秉持其德，以對其在天而奔走其在廟者，言文王之澤久而不忘，豈其不顯不承哉？信矣，其無厭於人也！肅然清淨曰清廟。〔三〕對，配也。越，辭也。駿，長也。〔四〕

清廟一章，八句。

校注

〔一〕『夫』字兩蘇經解本、四庫本作『未』。

〔二〕『助』下兩蘇經解本、四庫本有『祭』。

〔三〕賈逵左傳註曰：『肅然清淨，謂之清廟。』蔡邕明堂月令論云：『取其宗祀之清貌，則曰清廟。』

〔四〕鄭箋曰：『駿，大也』，蘇轍此處同毛傳。孔氏正義引禮記大傳『駿奔走』注曰：『駿，疾也。疾奔走言勸事。』

維天之命，太平告文王也。

維天之命，於穆不已。於乎不顯，文王之德之純！假以溢我，我其收之。駿惠我文王，曾孫篤之。

文王受命，未終而沒。周公、成王繼之，天下太平，以爲文王之德之致也，故以告之曰：『天命之於周久而不已。文王亦既沒矣，而其德美不亡以大，盈溢我後人。我後人收之以成大[一]平，天命之不已也如此，今將以長順文王之心，惟爾子孫世益厚之。』

維天之命一章，八句。

校注

〔一〕『大』字兩蘇經解本、四庫本作『太』。

維清，奏象舞也。

象，文王之樂，所謂象箾者，蓋文舞也。文王之舞謂之象，武王之舞謂之武。將舞象，則先歌維清，故其序曰：『奏象舞』，而其辭稱文王。將舞武，則先歌武，故其序曰：『奏大武』，而其辭稱武王。記曰：『十三舞勺。』勺，大武也。『十五舞象。』象，象箾也。武而謂之勺者，酌[一]之序曰：『告成大武』，蓋因此詩而名之也。

維清緝熙，文王之典。肇禋，迄用有成，維周之禎[二]。

緝，和也。熙，光也。周公之治周也，事爲之制，曲爲之防，是以其國無不修之政，政無不修清也，清則其爲之也暇，而事之也至，是以無不和洽而光明者。君子推其所由致之，曰：『由文王之法』。文王之造周也，實始肇祭天地，先爲之極焉，迄于周公，遂以有成。其成雖當周公之世，然其禎祥見於文王矣。

維清一章，五句。

校注

〔一〕『酌』字兩蘇經解本、四庫本作『勺』。

〔二〕原文缺筆，據補，下同。

烈文，成王即政，諸侯助祭也。

古之儒者皆言武王崩，成王幼不能踐阼[二]，周公攝天子位，以爲政七年而後反。

余考於詩書，無之。古者君薨，世子即位，諒闇而聽於冢宰三年，蓋免喪而復。成王之終喪也，以幼不能聽政，而聽於周公，七年而復。故書稱武王崩，三監及淮夷畔，周公相成王以黜商，有大政令未嘗不稱王命也，然則成王既已即位矣。成王既已即位而周公攝，則是二王者也。蓋武王崩，成王無所復父，不得稱子，則逾年即位而稱王。雖稱王矣，而不能治王事，故未嘗即政，是以周公當國而治事，非攝其位，蓋行其事也。其後七年，退而復辟，則成王于是即政，亦非復其位，蓋復其事也。故此詩之序曰：『成王即政』，即政非即位也。苟成王有即位，有即政，則周公之未嘗攝位明矣。或曰：『即政亦即位也』，然則未終喪而爲詩以作樂，可乎？

烈文辟公，錫茲[二]祉福。惠我無疆，子孫保之。無封靡于爾邦，維王其崇之。念茲戎功，繼序其皇之。無競維人，四方其訓之。不顯維德，百辟其刑之。於乎，前王不忘！

成王朝享於廟，諸侯來助者以祖考之命，錫之祉福，其曰：『烈文辟公』，呼而告之也。諸侯能奉順王室，則子孫安矣。無封以專利，無靡以專欲，則王尊之矣。念其先祖之功，則繼其序者益大矣。勤於擇人，則四方順之矣。敏於爲德，則百辟憲之矣。凡此五者，先王之所以不忘諸侯而教之也。烈，光也。辟、公，皆君也。

烈文一章，十三句。

校注

〔一〕『阼』字兩蘇經解本作『祚』。

〔三〕『玆』字兩蘇經解本、四庫本作『茲』，下同。

天作，祀先王先公也。

祀，時祀也。周之初，時祀猶及先公。

天作高山，大王荒之。彼作矣，文王康之。彼徂矣，岐有夷之行，子孫保之！

高山，岐山也。大王遷於岐山，始荒而〔一〕有之，亦既作之矣，文王從而安之。文王既逝矣，岐周之人世載其夷易之道，子孫保之不替也。

天作一章，七句。

校注

〔一〕兩蘇經解本、四庫本無『而』。

昊天有成命，郊祀天地也。

郊，謂冬至祭昊天於圜丘，夏至祭地祇於方澤。詩稱『昊天』，是以知非祈穀之郊也。

昊天有成命，二后受之。成王不敢康，夙夜基命宥密。於緝熙，單厥心，肆其靖之。

天將祚周以天下，既有成命矣。文武受之，將成其王業，不敢安也，夙夜積德以爲受命之基，蓋未嘗求之，亦未嘗舍之也。未嘗求之所謂宥也；未嘗舍之所謂密也。宥之也者，聽其自至也；密之也者，欲及其時也。文武之所以荅〔一〕天命者如此。於乎！及其和洽而光明也，盡其心矣，故能定之也。此詩有『成王不敢康』，而執競有『不顯成康』，世或以爲此言成王誦康王釗也。然則周頌有康王子孫之詩矣。周公制禮，禮之所及，樂必從之；樂之所及，詩必從之；故頌之施於禮樂者備矣。後世無容易之，且詩曰：『成王不敢康，夙夜基命宥密』，又曰：『自彼成康，奄有四方』，成王非基命之君，而周之奄有四方，非自成康始也。〔二〕

昊天有成命一章，七句。

校注

〔一〕『苔』字，兩蘇經解本、四庫本作『答』。

〔二〕宋代輔廣詩童子問·詩序載：『蘇氏以周之奄有四方不自成康之時，因從小序之說。此亦以詞害意之失。』

我將，祀文王於明堂也。

此傳所謂：『祀文王於明堂，以配上帝』者也。記曰：『有虞氏禘黄帝而郊嚳，祖顓頊而宗堯。夏后氏亦禘黄帝而郊鯀，祖顓頊而宗禹。商人禘嚳而郊冥，祖契〔二〕而宗湯。周人禘嚳而郊稷，祖文王而宗武王。』鄭氏以祖、宗爲明堂之配，而王氏以祖、宗爲不毁之廟。予竊以鄭氏爲不然，何者？四代之所禘，皆其祖之所自出，廟之所不及者也。其所祖者，廟之所自始者也；其所郊者，先世之有功者也；其所宗者，近世之有功者也。有虞氏繼堯，堯、嚳非其姓也，故禘黄帝而郊嚳，祖顓頊而宗堯。黄帝，顓頊之所自出。而顓頊，舜之祖，此其不可易者也。堯、嚳則舜之所繼而有功者也，故舜之將攝也，受終于文祖，堯之祖也。禹之將攝也，受命于神宗，舜之宗也。將以天下予人，必告其所從受天下。舜之所從受天下者堯也，則舜之以堯爲宗也明矣！夏、商[二]之所禘，祖猶舜也，而其所郊、宗，則其世之有功者也。至周亦然，其所以爲異者，后稷祖也。文、武皆王業之所自成也，故雖以后稷爲太祖，而其禘於廟也，先公之主禘於稷廟，先王之主禘於文武之廟。雖其所以禘太祖也。雖爲文王之詩，故文王亦祖矣。文王爲祖，故后稷外[三]於郊，此其所以異於夏、商而已。故祖、宗之號，非所以施於明堂也。

我將我享，維羊維牛，維天其右之！儀式刑文王之典，日靖四方。伊嘏文王，既右饗[四]之。我其夙夜，畏天之威，于時保之。

將，奉也。[五]享，獻也。其饗上帝於明堂也，奉其牛羊而獻之，曰：『天其尚右我而饗此乎？』蓋不敢必也，故自託於文王，庶幾可以致之，曰：『我今儀式刑文王之典以靖天下，苟天不遺文王而嘏之，其亦既右饗我哉！』天之難致也如是，是以夙夜畏天之威，而保文王之法，庶幾可得而致也。

我將一章，十句。

校注

［一］原文缺筆，據補。

〔二〕『商』字兩蘇經解本作『商』，下同。四庫本亦是。

〔三〕『外』字兩蘇經解本、四庫本作『升』。

〔四〕兩蘇經解本畢氏刻本作『享』，四庫本亦是。

〔五〕毛傳：將，大也。

時邁，巡[一]守告祭柴望也。

時邁其邦，昊天其子之，實右序有周。
薄言震之，莫不震疊。懷柔百神，及河喬嶽。允王維后！
明昭有周，式序在位。
載戢干戈，載櫜弓矢。我求懿德，肆于時夏。允王保之。

王者以時巡行邦國，曰：『天其尚子我哉？』則曰：『天實右序我有周矣！』不然四方之諸侯豈其薄震動之，而無不震慴以歸周者？我是以能巡守於方嶽，柴告天地，望秩[二]山川，遍于羣神。信矣！我周王維君矣，然我有周豈以是求多於諸侯哉？蓋亦次叙其朝之羣臣，斂[三]其甲兵而收藏之，求有德之人而布之於諸夏，以藩[四]屏周室，如是而已，然後信能保有天下，此所謂明也。

時邁一章，十五句。

校注

〔一〕『巡』字兩蘇經解本、四庫本作『廵』，下同。

〔二〕『秩』字兩蘇經解本、四庫本作『秩』。

〔三〕『斂』字兩蘇經解本、四庫本作『歛』。

〔四〕原文缺筆，據補。

執競，祀武王也。

執競武王，無競維烈。不顯成康，上帝是皇。自彼成康，奄有四方，斤斤其明。鍾鼓〔一〕喤喤，磬筦將將，降福穰穰。降福簡簡，威儀反反。既醉既飽，福禄來反。

競，彊也。武王持其彊心，爲而不捨，故天下莫能與之競，遂成其王業而安之，爲天之所君。夫周之興也遠矣。至於武王，成而安之，然後能奄有四方，使其明無所不至。凡今所以能備其禮樂，修其祭祀以受多福者，皆武王之德之致也。喤喤，和也。將將，集也。穰穰，衆也。簡簡，大也。反反，順習也。〔二〕反，復也。

執競一章，十四句。

校注

〔一〕『鼓』字兩蘇經解本作『鼓』，四庫本作『鼓』。

〔二〕毛傳曰：『反反，難也。』蘇轍此處同鄭箋。孔氏正義曰：『箋以反反爲順習之貌。傳言「反反，難」者，謂順禮閑習，自重難也。』

思文，后稷配天也。

周頌有祭天之詩三焉：其一曰昊天有成命，以『郊祀天地』，此所謂禘嚳，祀昊天於圜丘而以嚳配之者也。其二曰我將，『祀文王於明堂』，此所謂宗祀文王于明堂，以配上帝者也。其三曰思文，『后稷配天』，此所謂郊稷，禘其祖之所自出而以其祖配之者也。此三者，其説皆出于鄭氏。古之論郊祀者，莫密于鄭氏，然世或以其怪而不信。予以爲鄭氏近之而不善言之，故爲之辨〔三〕曰：『天 而已。』然而天有五行，五行之神而尊之曰五帝，不可謂無六天也。古之帝王以五行之德迭王天下，故以火德者曰炎帝，以土德者曰黃帝。古之帝王以五德相授而有天下，其來尚矣。至於周而爲木，故以其行王天下，則又特祀其神，此亦理之當然也。然鄭氏之説則怪矣，曰『昊天者，耀魄〔三〕寶；蒼帝者，靈威仰；赤帝者，赤熛〔四〕怒；黄帝者，含樞〔五〕紐；白帝者，白招矩〔三〕；黑帝者，叶光紀。帝王之以其德王天下者，皆其所感而生也』，此尚何以使學者信之？然鄭氏之所謂感生者，禮之所謂祖之所自出也，然則記者亦過矣。史稱秦襄公居西方，自以爲主少皞之神，故作西畤以祀白帝。其後宣公作密畤以祀青帝，靈公作吳陽上畤以祀黄帝，下畤以祀炎帝。漢高帝曰：『吾聞天有五帝，而不足一，何也？』於是復作北畤以祀黑帝，其説皆與鄭氏合。故鄭氏之説古矣，而所以言之非也。若夫王氏之學有昊天而無五行，故曰：『禮之所謂禘嚳者，大祭於廟而以嚳爲祖也；所謂郊稷者，祀昊〔六〕天而以稷配也；所謂祀文王於明堂者，亦以配昊天也。』予竊非之〔七〕，何者？周人推其受命之〔八〕祖曰文王，始封之祖曰后稷，故周人之廟至稷而止。又推而上之，曰：『后稷生於姜原〔九〕』，則又立姜原之廟曰：『先妣姜原，帝嚳之妃』，而特立廟，則嚳無廟矣。無廟則無主，無主則無以禘。無廟則無所禘，將禘於后稷之廟，是以父而下禘於子〔一〇〕之廟，非禮也。且夫肅之所謂其祖之自出者嚳也，以嚳爲祖之所自出可也，未有禘祖之父而以祖配之者也。王者之祭天地維外之，故爲之配以主之禘，祖之父而爲之配，是外祖之父也。由是言之，嚳不得與宗廟之禘，而祖之所自出者非嚳，則所謂禘嚳者，誠配天也。

思文后稷，克配彼天。立我烝民，莫匪爾極。貽我來牟，帝命率育。無此疆爾界，陳常于時夏。

堯遭洚水之患，黎民阻飢〔一一〕。后稷播〔一二〕百穀以食之，然使〔一三〕民復粒食也。方是時也，天降嘉種以遺之，使遍養於四方，無曰『此吾疆也，彼爾界也』。布之於諸夏，使常種之而後已。立、粒通。極，中也。能粒烝民者，后稷之功也；能建皇極者，后稷之德也。使稷有粒民之功而無皇極之德，物我遠近存於心，則安能陳常于時夏，若此其廣乎？惟其功德相濟，是以謂之文也。不然，服田力穡之人，而能使其子孫代有天下八百年不絕乎？自后稷以來，世之有功於民者爲不少矣，而未見有其德者，是以終不能有天下；雖或有天下，亦未見若是其久者也，得非其舊日〔一四〕？來、牟，麥也。

思文一章，八句。

校注

〔一〕『辨』字兩蘇經解本、四庫本作『辯』。

〔二〕『䰡』字兩蘇經解本、四庫本作『魄』。

〔三〕『摽』字兩蘇經解本、四庫本作『熛』。

〔四〕『摳』字兩蘇經解本、四庫本作『樞』。

〔五〕『矩』字兩蘇經解本、四庫本作『拒』。

〔六〕『昊』字兩蘇經解本、四庫本作『昃』，字形誤。

〔七〕兩蘇經解本畢氏刻本、四庫本作『予竊而非之』。

〔八〕兩蘇經解本、四庫本無『之』。

〔九〕『原』字兩蘇經解本、四庫本作『嫄』，下同。

〔一〇〕『子』字兩蘇經解本、四庫本作『子孫』。

〔一一〕『飢』字兩蘇經解本、四庫本作『饑』。

〔一二〕原文缺筆，據補。

〔一三〕『使』字兩蘇經解本、四庫本作『後』。

〔一四〕『日』下兩蘇經解本、四庫本有『乎』。

臣工之什　周頌

臣工，諸侯助祭遣於廟也。

嗟嗟臣工，敬爾在公。王釐爾成，來咨來茹。嗟嗟保介，維莫之春。亦又何求？如何新畬？於皇來牟，將受厥明。明昭上帝，迄用豐[一]年。命我衆人，庤乃錢鎛，奄觀銍艾[二]。

釐，賜也。[三]茹，度也。保介，車右也。月令『孟春，天子親載耒耜，錯[四]之于參保介之御間。』田一歲曰新[五]，三歲曰畬。庤，具也。錢，銚也。鎛，鎒也。銍，穫也。諸侯朝正於王，因助祭於廟，祭終而遣之，遂戒其羣臣、百工曰：『戒尔[六]公事！王既賜爾成法，有所不知則來咨度以定之。』既又戒其車右，曰：『今既莫春矣！其亦視爾田事，問其如何而勸督之。昔后稷播[七]殖百穀，天實降之嘉種，大受其明，以至于今常有豐歲。尔其亦使衆人具其田器，以勸田事，其亦大有刈矣！』

臣工一章，十五句。

校注

〔一〕『豐』字兩蘇經解本、四庫本、孔氏正義均作『康』。

〔二〕『艾』字兩蘇經解本作『文』。

〔三〕毛傳：厘，理。

〔四〕『錯』字四庫本作『措』。

〔五〕毛傳：田二歲曰新。

〔六〕『尓』字兩蘇經解本、四庫本作『爾』，本章下同。

〔七〕原文缺筆，據補。

噫嘻，春夏祈穀于上帝也。

所謂啟蟄而郊，龍見而雩是也。

噫嘻成王！既昭假爾。率時農夫，播〔一〕厥百穀。駿發爾私，終三十里。亦服爾耕，十千維耦。

噫嘻，歎也。天之所以成我王業者，既昭至矣。我今率是典〔二〕田之農夫，令民〔三〕無不咸播百穀，曰：『其大發爾私，盡三十里而後已。』既令之，民之服其耕者萬人，皆出於野，言人事盡矣，所不足雨耳，是以告之天也。私，民田也。上之告民，則先其私；民之奉上，則先其公，曰：『雨我公田，遂及我私。』交相愛也。周官：『凡治野，夫間有遂，遂上有徑。十夫有溝，溝上有畛。百夫有洫，洫上有塗。千夫有澮，澮上有道。萬夫有川，川上有路。』萬夫之地，方三十二〔四〕里有半，言三十里，舉成數也。耜廣五寸，二耜爲耦，萬夫故萬耦。

噫嘻一章，八句。

校注

〔一〕原文缺筆，據補，下同。

〔二〕『典』字兩蘇經解本、四庫本作『佃』。

〔三〕『民』字兩蘇經解本、四庫本無。

〔四〕『二』字四庫本作『三』。

振鷺，二王之後來助祭也。

二王後，杞〔一〕、宋也。〔二〕

振鷺于飛，于彼西雝。我客戾止，亦有斯容。在彼無惡，在此無斁。庶幾夙夜，以永終譽。

振振，羣飛貌也。雝，澤也。二王之後，於周爲客。戾，至也。言客之至於廟者，其容貌之修〔三〕絜〔四〕如鷺之集於澤也。在彼，在國也；在此，在周也。在國無惡之者，在周無厭之者，然猶庶幾其能夙夜以永終，此譽愛之至也。

振鷺一章，八句。

校注

〔一〕『祀』字兩蘇經解本、四庫本作『杞』。

〔二〕毛序：『振鷺，二王之後來助祭也。』鄭箋：『二王，夏、殷也。其後，杞也，宋也。』孔氏正義：『如樂記之文，武王始封夏後于杞，而漢書酈食其說漢王曰「昔湯伐桀，封其後于杞。武王伐紂，封其後于宋」者，主言夏、殷之滅，其後得封耳。以伐夏者湯，克殷者武，故系而言之。』

〔三〕『修』字兩蘇經解本、四庫本作『脩』。

〔四〕『絜』字兩蘇經解本、四庫本作『潔』。

豐年，秋冬報也。

報，謂秋祭四方，冬祭八蜡。〔一〕

豐年多黍多稌。亦有高廩，萬億及秭。爲酒爲醴，烝畀祖妣。以洽百禮，降福孔皆。

稌，稻也。數萬至萬曰億，數億至億曰秭〔二〕。烝，進也。畀，予也。皆，遍也。

豐年載芟皆非宗廟之詩，而曰『烝畀祖妣』，何也？以爲所以能進享先祖者，皆方蜡社稷之功也。[三]

豐年一章，七句。

校注

[一]宋代李樗毛詩集解卷三十八載：『蘇黄門以爲，秋祭四方，冬祭八蜡，亦非詩人之意。』

[二]『秭』字兩蘇經解本顧氏刻本作『秭』。

[三]宋代李樗毛詩集解卷三十八載：『蘇黄門曰：豐年、載芟皆非宗廟之詩，而下曰「烝畀祖妣」何也？以其所以能進享先祖者，皆方蜡社稷之功也。此説得之矣。但蘇氏不當以爲祭方蜡，王氏以爲祭上帝，其説得之矣。』清代陸奎勳陸堂詩學卷十一載：『觀下文「以洽百禮」所包者甚廣，但祀祖妣既曰烝則爲冬祭，詩序説、蘇傳均未確當。』

有瞽，始作樂而合乎祖也。

始作樂，謂周公始成大武也。祖，謂大[一]祖文王也。

有瞽有瞽，在周之庭。設業設虡，崇牙樹羽。應田縣鼓，鞉磬柷圉。既備乃奏，簫管備舉。喤喤厥聲，肅雝和鳴，先祖是聽。我客戾止，永觀厥成。

瞽，樂官也。樹羽、崇牙，上飾也。[二]應，小鞞也。田當作朄，應鞞之屬也，皆在縣鼓之上。縣鼓，大鼓也。周人始縣鞉。鞉，鼓也。柷，椌也。圉，楬[三]也。簫，編小竹管爲之。管如篴，併而吹之。

有瞽一章，十三句。

潛，季冬薦魚，春獻鮪也。

季冬魚絜[四]而美，春鮪新來，故獻於宗廟。

猗與漆沮，潛有多魚。有鱣有鮪，鰷鱨鰋鯉。以享以祀，以介景福。

漆、沮，岐周之二水也。潛，椮也。鱣，大鯉也。鮪，鮥也。鰷，白鰷也。鰋，鮎也。

潛一章，六句。

校注

[一]『大』字兩蘇經解本、四庫本作『太』。

〔二〕『樹羽』句，兩蘇經解本、四庫本作『崇牙，上飾也；樹羽，置羽也』。

〔三〕『楬』字兩蘇經解本、四庫本作『揭』。

〔四〕『絜』字兩蘇經解本、四庫本作『潔』。

雝，禘太〔一〕**祖也。**

禘，宗廟之大祭，所謂禘祫者也。太祖文王也。或言周人以諱事神，而此詩有『克昌厥後』，則太祖非文王也。然周之所謂諱者，不以其名號之耳，不遂廢其文也。諱其名而廢其文者，後世之禮而非周之故，疑之過矣。〔二〕

有來雝雝，至止肅肅。相維辟公，天子穆穆。於薦廣牡，相予肆祀。

其來也和，其至也敬，其助者公侯，其薦者天子也。故於其薦大牡也，皆助陳其饌。言得天下之歡心也。

假哉皇考！綏予孝子。宣哲維人，文武維后。燕及皇天，克昌厥後。綏我眉壽，介以繁祉。既右烈考，亦右文母。

大哉，我皇考文王之安我也！〔三〕其臣明哲，其君文武，故能安人以及於天。〔四〕天地神人，莫不蒙享其利，故能昌其後嗣，安之以眉壽，助之以多福。然此非獨文王之致也，文母大姒之德亦有以右我矣。大禘之禮，先王之臣有與祭者，故於是稱『宣哲維人』焉。

雝一章，十六句。

校注

〔一〕『太』字孔氏正義作『大』，下同。

〔二〕清代顧廣譽學詩詳説卷二十七載：『蘇氏則曰：周之所謂諱，不以其名號之耳，不遂廢其文也，以是證之詩書春秋皆可通矣。』清代嚴虞惇讀詩質疑卷二十八載：『蘇氏曰：周人以諱事神，文王名昌而詩曰「克昌厥後」，何也？』

〔三〕清代顧廣譽學詩詳説卷二十七載：『蘇氏曰：大哉，皇考之安我也。又云「然此非獨文王之致也」。文母大姒之德亦有以右我矣，與諸家不同但猶用序説。則稱孝子而考文王者，果何人也？故必著明武王之祭，文王而後祖考之定名不亂。』

〔四〕清代顧廣譽學詩詳説卷二十七載：『蘇氏謂：其臣明哲，其君文武，故能安人以及于天。案：此方陳文王之烈，不當以臣之宣哲先于君之文武。若箋所云徧使天下之人有才，知以文德武功爲之君又不逮蘇説。』

載見，諸侯始見乎武王廟也[一]。

烈文，言成王即政，諸侯助祭。而載見，言諸侯始見乎武王廟。則載見之作也，成王未即政歟？

載見辟王，曰求厥章。龍旂陽陽，和鈴央央。鞗革有鶬，休有烈光。率見昭考，以孝以享，以介眉壽。永言保之，思皇多祜。烈文辟公，綏以多福，俾緝熙于純嘏。

載，始也。軾前曰和。旂上曰鈴。鶬，金飾貌也。諸侯始來見王，求法度以好其車服，從之以祭武王之廟，思介之以眉壽，而大其多祜。而王之所以待辟公者，則亦以多福綏之，使和合於神之所嘏，言君臣相與之厚也。

載見一章，十四句。

校注

〔一〕『武王廟也』，四庫本、兩蘇經解本作『文武廟也』。

有客，微子來見祖廟也。

有客有客，亦白其馬。有萋有且，敦琢其旅。有客宿宿，有客信信。言授之縶，以縶其馬。薄言追之，左右綏之。既有滛[一]威，降福孔夷。

殷[二]尚白。亦，仍也。言仍殷之舊也。萋萋、且且，敬慎[三]貌也。敦琢，選擇之也。旅，其卿大夫也。一宿曰宿，再宿曰信。縶其馬者，愛之不欲其去也。追，送也。『左右綏之』，言所以安之無方也。滛，大也。夷，易也。能威人則能福人矣，愛之至，故欲其能威福人也。

有客一章，十二句。

校注

〔一〕『滛』字兩蘇經解本、四庫本作『淫』，下同。

〔二〕原文缺筆，據補，下同。

〔三〕原文缺筆，據補。

武，奏大武也。

於皇武王，無競維烈。允文文王，克開厥後。嗣武受之，勝殷[一]遏劉，耆定爾功。

於乎大矣，武王無競之功，文王開之也。文王既開其迹，武王嗣而受之，勝殷而止其殺人，其成功也老矣！武，迹也。遏，止也。劉，殺也。耆，老[二]也。

武一章，七句。

校注

〔一〕原文缺筆，據補，下同。

〔二〕『老』字兩蘇經解本、四庫本作『考』。毛傳曰：『耆，致也』。

閔予小子之什　周頌

閔予小子，嗣王朝於廟也。

閔予小子，遭家不造，嬛嬛在疚。於乎皇考，永世克孝。念茲[一]皇祖，陟降庭止。維予小子，夙夜敬止。於乎皇王，繼序思不忘。

成王始見於宗廟，自傷嬛嬛無所依怙，曰：『於乎！我皇考武王終身能孝。維念我皇祖文王，以其直心陟降天人之際，無有不達。今我夙夜敬止，則亦不忘此而已。』蓋周之先君能陟降在帝左右者，惟文王也。庭，直也。

閔予小子一章，十一句。

校注

〔一〕『玆』字四庫本作『茲』。

訪落，嗣王謀於廟也。

訪予落止，率時昭考。於乎悠哉，朕未有艾。將予就之，繼猶判渙。維予小子，未堪家多難。紹庭上下，陟降厥家。休矣皇考，以保明其身。

閔予小子，成王朝廟，言將繼其祖考之詩也。訪落，謀所以繼之之詩也。訪，謀也。落，始也。曰：『予將謀之於始，以循我昭考武王之德。然而其道遠矣，予不能及也。將使予勉強以就之，猶恐判渙不合也。今將紹文王，以其直心交際上下，常若陟降近在其家者，美哉！此皇考之所以保明其身者，將何以致此哉？』

訪落一章，十二句。

敬之，羣臣進戒嗣王也。

敬之敬之，天維顯思，命不易哉！無曰高高在上，陟降厥士，日監在茲[一]。維予小子，不聰敬止。日就月將，學有緝熙于光明。佛時仔肩，示我顯德行。

敬之，羣臣所以荅[二]訪落也，故戒之曰：『天命之於人顯矣，不可易也，無謂其高而不吾察。非獨人君陟降在帝左右，天亦常陟降以察其士，而況於王乎？王之不可不敬者如此。』王曰：『我未能明所謂敬者，庶幾日有所就，月有所成，講之以學，使心之光明者和洽而見於外，又屬任輔拂[三]使導我以德行，可以荅天顯者，然後敬可得也。』佛，輔也。仔肩，任也。

敬之一章，十二句。

校注

〔一〕『兹』字四庫本作『茲』。

〔二〕『荅』字兩蘇經解本、四庫本作『答』，下同。

〔三〕『拂』字四庫本作『佛』。

小毖，嗣王求助也。

毖，慎〔二〕也。慎之於小，則大患無由至矣。〔二〕

予其懲〔三〕而毖後患，莫予荓蜂，自求辛螫。肇允彼桃蟲，拚飛維鳥。未堪家多難，予又集于蓼。

荓，使也。桃蟲，鷦鷯也。古語曰：『鷦鷯生鵰，始小而終大』。蓼，取其辛苦也。成王始信二叔以疑周公，既而悟其姦，故曰：『予其懲，是以毖後患。羣臣勿使予者矣，予猶蜂耳。苟使予，予將螫女。昔也始信，以爲是桃蟲耳，無能爲也，及其翻〔四〕然而飛，則大鳥也。予方未堪多難，而又集于辛苦之地，其奈何舍我而弗助哉？』

小毖一章，八句。

校注

〔一〕原文缺筆，據補，下同。

〔二〕宋代輔廣詩童子問詩卷第十九載：『蘇氏曰：小毖者，謹之於小也，謹之於小則大患無由至矣。』清代莊有可毛詩説卷六載：『蘇氏曰：小毖者愼之於小也，愼于於則鮮大患矣。此葢成王遭管蔡之難而作，而其後嗣王莅政，亦即舞以爲戒也。』

〔三〕原文缺筆，據補，下同。

〔四〕原文缺筆，據補。

載芟，春藉〔一〕田而祈社稷也。〔二〕

禮，王爲民立社曰大社，自爲立社曰王社。王社在藉田中，藉田所祈也。

載芟載柞，其耕澤澤。千耦其耘，徂隰徂畛。侯主〔三〕侯伯，侯亞侯旅，侯彊侯以。有嗿其饁，思媚其婦，有依其士。有略其耜，俶載南畝〔四〕。播〔五〕厥百穀，實函斯活。驛驛其達，有厭其傑。厭厭其苗，綿綿其麃。載穫濟濟，有實其積，萬億及秭。爲酒爲醴，烝畀祖妣，以洽百禮。有飶其香，邦家之光。有椒其馨，胡考之寧。匪且有且，匪今斯今，振古如兹。

載，始也。除草曰芟，除木曰柞。澤澤，解散也。耘，除根株也。隰，新發之田也。畛，舊田有術路者也。主，家之長也。伯，其長子也。亞，仲叔也。旅，衆子弟也。彊〔六〕，民之有餘力而來助者，所謂彊予也。能左右之曰以，所謂閒〔七〕民轉徙執事者也。嗿，嗜食聲也。依，愛也。略，利也。函，含也。活，生也。既播之，其實含氣而生也。驛驛，苗生貌也。達，出土也。厭然〔八〕，茂甚也。傑，先長者也。綿綿，詳密也。麃，耘也。濟濟，人衆貌也。飶、椒皆香也。以燕饗賓客，則邦家之光也；以養耆老，則胡考之所以安也。且，此也。振，自也。

載芟一章，三十一句。

校注

〔一〕『藉』字兩蘇經解本、四庫本作『耤』，本章下同。

〔二〕清代朱鶴齡詩經通義卷十二載：『周頌·序「春籍田而祈社稷」，是也。蘇潁濵主此説。』

〔三〕『王』字兩蘇經解本、四庫本、孔氏正義均作『主』。

〔四〕『畒』字兩蘇經解本作『畞』，四庫本作『畆』。

〔五〕原文缺筆，據補，下同。

〔六〕『彊』字兩蘇經解本、四庫本作『強』，下同。

〔七〕『問』字四庫本、兩蘇經解本作『間』。

〔八〕厭然：兩蘇經解本、四庫本作『厭厭然』。

良耜，秋報社稷也。

畟畟良耜，俶載南畒〔一〕。播〔二〕厥百穀，實函斯活。或來瞻汝〔三〕，載筐〔四〕及筥，其饟伊黍。其笠伊糾，其鎛斯趙，以薅荼蓼。荼蓼朽止，黍稷茂止。穫之挃挃，積之栗栗。其崇如墉，其比如櫛，以開百室。百室盈止，婦子寧止。殺時犉牡，有捄其角。以嗣〔五〕以續，續古之人。

畟畟，嚴利也。『或來瞻女』，婦子之來饁者也。筐、筥，饟具也。糾然，笠之輕舉也。趙，刺也。荼，陸草也。蓼，水草也。挃挃，穫聲也。栗栗，精也。〔六〕百室，一族之人也。族人輩作相助，故同時入穀。犉牡，社稷之牲也。『以嗣以續』，興來歲繼往〔七〕歲也。『續古之人』，庶幾不替其先也。

良耜一章，二十三句。

校注

〔一〕『畒』字兩蘇經解本作『畞』，四庫本作『畆』。

〔二〕原文缺筆，據補。

〔三〕『汝』字兩蘇經解本作『女』。

〔四〕原文缺筆，據補，下同。

〔五〕孔氏正義：『嗣』作『似』。

〔六〕毛傳：栗栗，衆多也。

〔七〕『往』字四庫本作『徃』。

絲衣，繹賓尸也。

祭之明日復祭曰繹，所以賓尸也。天子、諸侯曰繹，以祭之明日；卿大夫曰賓尸，與〔一〕祭同日。周曰繹，商曰肜。毛氏之序稱高子之言：『靈星之尸也。』絲衣本宗廟之詩，其稱靈星既已失之，〔二〕然又有以知毛氏雜取衆說以解經，非皆子夏之

言，凡類此耳。〔三〕

絲衣其紑，載弁俅俅。自堂徂基，自羊徂牛。鼐鼎及鼒，兕觥其觩，旨酒思柔。不吳不敖，胡考之休。

絲衣、爵弁，士助祭服也。紑，鮮絜〔四〕貌也。俅俅，恭也。堂，門堂也。基，門塾之基也。鼐，大鼎也。鼒，小鼎也。吳，譁也。禮，繹於廟門之外，其禮薄於正祭，故使士升門堂，視壺〔五〕濯及籩豆，降適於基，告濯具。遂視牲，自羊而之牛。反告充已，乃舉鼎鼏〔六〕告絜，然後祭。祭終，旅酬而置罰爵，無有讙譁敖慢者，於是神畀之以胡考之福。

絲衣一章，九句。

校注

〔一〕『與』字兩蘇經解本、四庫本作『以』。

〔二〕元代劉瑾詩傳通釋卷十九載：『序誤，高子尤誤。蘇氏曰：絲衣本宗廟之詩，其曰靈星失矣。』

〔三〕清代朱鶴齡詩經通義卷十二載：『蘇傳：絲衣本宗廟之詩，其曰靈星既已失之，又以知毛氏雜取衆説以解經，非皆子夏之言，凡類此耳。』

〔四〕『絜』字兩蘇經解本、四庫本作『潔』，本章下同。

〔五〕『壷』字兩蘇經解本、四庫本作『壺』。

〔六〕『羃』字兩蘇經解本、四庫本作『冪』。

酌，告成大武也。

於鑠王師，遵養時晦。時純熙矣，是用大介。我龍受之，蹻蹻王之造。載用有嗣，實維爾公允師。

鑠，盛也。遵，循也。熙，光也。介，助也。蹻蹻，武貌也。載，始也。公，事也。文王有於鑠之師而不用，退自循養，與時皆晦。晦而益明，其後既純光矣，則天下無不助之者。文王於是遂寵受之，蹻然起而王之。夫文王既造其始矣，故其後有嗣之者。武王之興也，實維文王之事信爲之師。夫方其不可而晦，見其可而王之，此所以爲酌也。而毛詩之序曰：『能酌先祖之道以養天下』，則是詩之所不言也。

酌一章，八句。〔一〕

校注

〔一〕此段文句兩蘇經解本缺，四庫本亦是。舊說酌九句，其實八句。

桓，〔一〕講武類禡也。

王者將出征，則講武而類上帝，禡于所征之地。

綏萬邦，婁〔二〕豐年。天命匪解。桓桓武王，保有厥士。于以四方，克定厥家。於昭于天，皇以間之。

武王克商以安天下，屢獲豐年之祥矣。然天命之於周，久而不厭也。故武王桓桓，保有其衆，用之四方之不服，以定其家，〔三〕其德上昭于天，遂以代商有天下。言武之不可廢也。皇，君也。間，代也。

桓一章，九句。

校注

〔一〕原文缺筆，據補，下同。

〔二〕『妻』字四庫本作『屢』。

〔三〕兩蘇經解本、四庫本作『用之四方，于以安定其國家』。

賚，大封於廟也。

賚，予也。

文王既勤止，我應受之。敷時繹思，我徂維求定。時周之命，於繹思！

敷，布也。時，是也。繹，陳也。思，辭也。文王之勤勞，天下至矣。其子孫應受而有之，然而不敢專也，是以布陳之以與人，維以行求天下之定而已，非求利也。此周之所以命諸侯者。於乎！其陳之嘆〔一〕之也。

賚一章，六句。

校注

〔一〕『嘆』字兩蘇經解本、四庫本作『歎』。

般，巡守而祀四嶽、河海也。

般，般游也。〔一〕

於皇時周！陟其高山，嶞山喬嶽，允猶翕河。敷天之下，裒時之對，時周之命。

嶞，狹長也。喬，高也。猶，道也。翕河，大河受衆水者也。裒，總〔二〕也。對，荅〔三〕也。於乎美哉，王之巡行天下也！陟其山嶽而道于大河，思其有功於民，是以至於敷天下無不總荅其功者。此周之命也。

般一章，七句。

校注

〔一〕宋代吕祖謙吕氏家塾讀詩記卷第三十載：『蘇氏曰：游般也，今考詩中無此意，當闕之。』清代朱鶴齡詩經通義卷十二載：『蘇氏云：游盤也，以此訓般是孟子所謂般樂怠傲。秦誓氏説自若是多盤之説，斷非武樂命篇之旨。』

〔二〕『總』字兩蘇經解本、四庫本作『總』，下同。

〔三〕『荅』字兩蘇經解本、四庫本作『答』，下同。

詩集傳　卷第二十

駉　魯頌

魯，少昊之墟，而禹貢徐州大野蒙羽之野，成王以封周公之子伯禽。十九世至僖公，魯人尊之。其沒也，其大夫季孫行父請於周，而史克爲之頌。然魯以諸侯而作頌，世或非之，余以爲不然。詩有天子之風，有諸侯之風；有天子之頌，有諸侯之頌，二者無在而不可。凡爲是詩者，則爲是名矣。古之王者治其室家，而後及於其國，故以家爲本，以國爲末。家者風之所自出，而國者雅之所自成也。其爲本也必約而精，其爲末也必大而粗。約而精者其微也；大而粗者其著也。微則易失，著則難喪，是以文武之詩始於二南，而繼之以二雅，先其本也。方其盛也，其風加於天下，横被而獨見，則有二南，而無諸侯之風。其後王德既衰，衰始於室家，二南之風先絕而不繼，國異政，家殊俗，則周人之風不能及遠，而獨爲黍離。諸侯之風分裂而爲十一，故風之爲詩無所不在也。當是時也，王者之風雖亡，然其所以爲國猶在也，故雖幽、厲之世而雅不絕。至於平王東遷，而喪其所以爲國，則雅於是遂廢，故詩惟雅爲非天子不作也。頌之爲詩，本於其德而已，故天子有德於天下則天下頌之，諸侯有德於其國則國人頌之。商、周之頌，天下之頌也。魯人之頌，其國之頌也。故頌之爲詩無所不在也，是二者無所不在，故其用之於樂也亦然。記曰：『天子之射也，以騶虞爲節，諸侯以狸首爲節，大夫以采蘋爲節，士以采蘩爲節。諸侯相見，歌文王大明綿，大饗升歌清廟，下而管象，客出以雍，徹以振羽，饗鄰國之使歌鹿鳴四牡皇皇者華。』天子、諸侯未有不以風雅頌爲樂之節者也。然古之說詩者則不然，曰：『一國之事，繫一人之本，謂之風。言天下之事，形四方之風，謂之雅。美盛德之形容而告於神明，謂之頌。然則風之作本于諸侯，而雅頌之作本於天子。』及其考之於詩而不然，於是從而爲之說，曰：『二南之爲風，文王之未干也。黍離之爲風，大師之自黜也。魯之爲頌，諸侯之僭也。』及其考之於樂而不然，於是又從而爲之說，曰：『天子之樂之歌風，下就也。諸侯之樂之歌雅，上取也。』既爲一說而不合，又爲一說以救之，要將以尊天子而黜諸侯，是以學者疑之。今將折之，莫若反而求其所以爲風、爲頌之實，曰：『風言其俗風〔一〕之實也。頌頌其德頌之實也。』豈有天子而無俗，諸侯而無德者哉？蓋古之王者，慎〔二〕其德而無失其政，使天下之諸侯不善者廢，善者不能獨見，其化一出於天子，未嘗禁其爲詩，而其詩亦無由而作也。及至王德已衰，諸侯國自爲政，善惡雜然交見於下，雖欲禁其爲詩，其勢亦不可得止矣。故未嘗爲之制，徒一其政於天下，則天子之詩獨見於世，諸侯之詩熄矣。

駉，頌僖公也。

駉駉牡馬，在坰之野。薄言駉者，有驈有皇，有驪有黃，以車彭彭。思無疆，思馬斯臧。

駉駉，腹幹肥張也。邑外謂之郊，郊外謂之牧，牧外謂之野，野外謂之林，林外謂之坰。〔三〕農利於近而遠不害馬，故養馬於坰，不以馬害農也。驪馬白跨曰驈，黃白曰皇，純黑曰驪，黃騂曰黃。彭彭，有力有〔四〕容也。諸侯六閑，馬四種：有良馬，有戎馬，有田馬，有駑馬。故此詩四章以次言之。僖公推其誠心以治其國家，其思慮無所不及，以爲不可遍舉，故舉其一曰：『思馬斯臧』。苟思馬而馬善，則几〔五〕其思慮之所及，未有不善者也。非至誠而能若是乎？

駉駉牡馬，在坰之野。薄言駉者，有騅有駓，有騂有騏，以車伾伾。思無期，思馬斯才。

倉〔六〕白雜毛曰騅，黄白雜毛曰駓，赤黄曰騂，倉祺曰騏。伾伾，有力也。才，材力也。

駉駉牡馬，在坰之野。薄言駉者，有驒有駱，有騮有雒，以車繹繹。思無斁，思馬斯作。

青驪驎曰驒，白馬黑鬣曰駱，赤身黑鬣曰騮，黑身白鬣曰雒。繹繹，善走也。斁，厭也。作，奮起也。

駉駉牡馬，在坰之野。薄言駉者，有駰有騢，有驔有魚，以車祛祛。思無邪，思馬斯徂。

陰白雜毛曰駰，彤白雜毛曰騢，豪骭曰驔，二目白曰魚。祛祛，強健也。徂，行也。孔子曰：『詩三百，一言以蔽之，曰思無邪。』何謂也？人生而有心，心緣物則思，故事成於思，而心喪於思，無思其正也，有思其邪也。有心未有無思者也，思而不留于物，則思而不失其正，正存而邪不起，故易曰：『閑邪存其誠。』此思無邪之謂也。然昔之爲此詩者，則未必知此也。孔子讀詩至此而有會於其心，是以取之，蓋斷章云爾。

駉四章，章八句。

校注

〔一〕俗風：兩蘇經解本、四庫本作『風俗』。

〔二〕原文缺筆，據補。

〔三〕毛傳曰：『邑外曰郊，郊外曰野，野外曰林，林外曰坰。』按：爾雅謂『郊外謂之牧』，蘇轍此處同爾雅。

〔四〕『有』字兩蘇經解本、四庫本缺。

〔五〕『几』字兩蘇經解本、四庫本作『凡』，似缺筆。

〔六〕『倉』字兩蘇經解本、四庫本作『蒼』，下同。

有駜，頌僖公也。

有駜有駜，駜彼乘黃。夙夜在公，在公明明。振振鷺，鷺于下。鼓〔二〕咽咽，醉言舞，于胥樂兮。

駜，馬肥強貌也。人之於馬也，將用其力，則致其養以肥強之。馬之肥強，非有所自用，亦以爲人用而已。僖公盡其養以養臣，臣盡其力以報君，亦猶是也[二]，故曰：『夙夜在公，在公明明』，言未始不在公也。僖公於是燕之以禮樂。士之來者，如鷺之集，其醉者或起舞以相樂，和之至也。

有駜有駜，駜彼乘牡。夙夜在公，在公飲酒。振振鷺，鷺于飛。鼓[三]咽咽，醉言歸。于胥樂兮。

有駜有駜，駜彼乘駽。夙夜在公，在公載燕。自今以始，歲其有。君子有穀，貽[四]孫子。于胥樂兮。

青驪曰駽。有歲，豐年也。穀，祿也。臣安其君，故願其富且有後也。

有駜三章，章九句。

校注

〔一〕『鼓』字兩蘇經解本作『鼓』。

〔二〕兩蘇經解本、四庫本無『也』。

〔三〕『鼓』字兩蘇經解本、四庫本作『鼔』。

〔四〕『貽』字兩蘇經解本、四庫本作『詒』。

泮水，頌僖公也。

此詩言既作泮宮，遣將出兵以克淮夷。閟宮言公子奚斯作新廟。今考於春秋，其事皆不載，世有以是疑二詩之妄者。予嘗辨之：泮宮，魯之學也；閟宮，魯之廟也，自魯先君而有之矣，僖公因其舊而修之，是以不見於春秋。至於淮夷之功，予亦疑焉，然此詩有之。『式固爾猶，淮夷卒獲』有所未獲而欲終之，則其所獲尚少也。自僖公至於孔子八世，事之小者容有失之，其大者未有不録也。今此詩之言甚美而大，則君臣之辭〔一〕歟？或曰：『以君臣而爲此辭可也，而孔子録之，可乎？』曰：『維可之，是以録之。』録其所可而去其所不可，此孔子之所以爲詩也。子貢曰：『紂之不善，不如是之甚也，是以君子惡居下流，天下之惡皆歸焉。』孟子曰：『吾於武成，取二三策而已，以至仁伐不仁，何其流血之漂杵？』夫二子之言信矣，然孔子未嘗以廢周書，蓋好惡之言必有過者，要不以惡爲善則已矣。此達者之所自諭也。

思樂泮水，薄采其芹。魯侯戾止，言觀其旂。其旂茷茷，鸞聲噦噦。無

小無大，從公于邁。

天子之學曰辟雝。諸侯曰泮宮。辟雝水圜如璧，泮宮半之也。僖公作泮宮，而其民樂之，曰：『吾思樂泮水之上，雖無所得，聊采其芹而足矣，况於往而見魯侯哉！』〔二〕茷茷，飛揚也。噦噦，和也。

思樂泮水，薄采其藻。魯侯戾止，其馬蹻蹻。其馬蹻蹻，其音昭昭。載色載笑，匪怒伊教。

僖公之至於泮宮也，則好其顔色，和其笑語，未嘗有所怒也。教之而已。

思樂泮水，薄采其茆。魯侯戾止，在泮飲酒。既飲旨酒，永錫難老。順彼長道，屈此羣醜。

茆，鳬葵也。僖公與其羣臣飲酒於泮宮，咸願神錫之以難老，使之順從長道以屈羣衆。〔三〕夫苟無其人，雖有其道不能從也；苟無其道，雖有其衆不能服也。是以願僖公之難老也。

穆穆魯侯，敬明其德。敬慎〔四〕威儀，維民之則。允文允武，昭假烈祖。靡有不孝，自求伊祜。

烈祖，伯禽也。僖公信文且武，其明至於伯禽，故魯人化之，無有不孝者。

明明魯侯，克明其德。既作泮宮，淮夷攸服。矯矯虎臣，在泮獻馘。淑問如皋陶，在泮獻囚。

古之出兵，受成於學，及其反也，釋奠於學，而以訊馘告。

濟濟多士，克廣德心。桓[五]桓于征，狄彼東南。烝烝皇皇，不吳不揚。不告于訩，在泮獻功。

古狄、逖通。[六]訩，訟也。言其羣臣無忿狷之心，故於其征淮夷，而逖遠之於東南也。雖烝烝其衆，皇皇其大，未嘗有讙譁輕揚相告於訟者，是以能成功而還獻之於泮宮。

角弓其觩，束矢其搜。戎車孔慱[七]，徒御無斁。既克淮夷，孔淑不逆。式固爾猶，淮夷卒獲。

觩，弓健貌也。搜，矢疾聲也。束矢，百矢也。僖公兵戎精繕，士卒競勸，故能克淮夷，甚善而不逆。君子于是告之，使益固其道，庶幾淮夷可以盡得也。

翩彼飛鴞，集于泮林。食我桑黮，懷我好音。憬彼淮夷，來獻其琛。元龜象齒，大賂南金。

鴞，惡聲鳥也。食泮林之黮，而猶以好音歸之，况于人安有不化服者哉？憬，覺悟也。琛，寶也。賂，遺也。南金，荊揚之金也。荊揚之貨，其至於齊魯也，自淮而上。

泮水八章，章八句。

校注

〔一〕『辤』字兩蘇經解本、四庫本作『辭』。

〔二〕毛傳曰：言水則採取其芹，宮則採取其化。鄭箋云：芹，水菜也。言己思樂僖公之修泮宮之水，復伯禽之法，而往觀之，采其芹也。

〔三〕鄭箋曰：順從長遠，屈治醜惡也。是時淮夷叛逆，既謀之於泮宮，則從彼遠道往伐之，治此群爲惡之人。

〔四〕原文缺筆，據補。

〔五〕原文缺筆，據補，下同。

〔六〕兩蘇經解本、四庫本作『狄，古逖通』。

〔七〕『愽』字兩蘇經解本、四庫本作『博』，孔氏正義作『博』。

閟宮，頌僖公也。

毛詩之序曰：『駉，頌僖公也。有駜，頌僖公君臣之有道也。泮水，頌僖公能修〔二〕泮宮也。閟宮，頌僖公能復周公之宇也。』夫此詩所謂『居常與許，復周公之宇』者，人之所以願之，而其實則未能也，而遂以爲頌其能復周公之宇，是以和〔三〕三詩之序皆後世之所增，而駉之序則孔氏之舊也。

閟宮有侐，實實枚枚。赫赫姜嫄，其德不回。上帝是依，無災無害。彌月不遲，是生后稷。降之百福。

魯以周公故得立姜嫄之廟，僖公修而新之。閟，神也。〔三〕侐，清淨也。實實，鞏固也。枚枚，礱密也。

黍稷重穋，稙稚菽麥。奄有下國，俾民稼穡。有稷有黍，有稻有秬。奄有下土，纘禹之緒。

先種先熟曰稙，後種後熟曰稚。洪水既平，后稷乃始播〔四〕種百穀，故曰『纘禹之緒』。

后稷之孫，實維太[五]王。居岐之陽，實始翦商。至于文武，纘大王之緒。致天之届，于牧之野。無貳無虞，上帝臨女。敦商之旅，克咸厥功。

届，極也。敦，並之也。咸，兼也。能兼舉先祖之功也。

王曰叔父，建爾元子，俾侯于魯。大啟爾宇，爲周室輔。乃命魯公，俾侯于東。錫之山川，土田附庸。

王，成王也。叔父，周公也。元子，魯公伯禽也。附庸，不能自達於天子而附於大國也。

周公之孫，莊公之子。龍旂承祀，六轡耳耳。春秋匪解，享祀不忒。皇皇后帝，皇祖后稷。享以騂犧，是饗是宜，降福既多。

莊公之子，僖公也。成王以周公有大功於王室，故命魯公以夏正郊祀上帝，配以后稷，牲用騂牡。

周公皇祖，亦其福女。秋而載嘗，夏而楅衡，白牡騂剛。犧尊將將，毛炰胾羹，籩豆大房。萬舞洋洋，孝孫有慶。

俾爾熾而昌，俾爾壽而臧。保彼東方，魯邦是常。不虧不崩，不震不騰。三壽作朋，如岡如陵。

皇祖，伯禽也。福衡，施於牛角所以止觸也。秋將嘗而夏福衡其牛，言夙戒也。白牡，周公之牲也；騂剛，魯公之牲也，羣公不毛。犧尊，尊之以牛飾者也。毛炰，豚也。胾，切肉也。羹，大羹、鉶羹也。大房，半體之俎也。慶，尸嘏主人也。其下皆嘏辭也。三壽，三卿也。此二章言僖公致敬郊廟，而神降之福也。

公車千乘，朱英緑縢，二矛重弓。公徒三萬，貝冑朱綅，烝徒增增。戎狄是膺，荊舒是懲[六]，則莫我敢承。俾爾昌而熾，俾爾壽而富。黄髮台背，壽胥與試。俾爾昌而大，俾爾耆而艾。萬有千歲，眉壽無有害。

大國之賦千乘。兵車之制，甲士三人，左持弓，右持矛，中人御。朱英，所以飾矛。緑縢，所以約弓也。周禮，萬二千五百人爲軍。魯自襄公始作三軍，僖公之世二軍而已。二軍而曰三萬，成數也。司馬法：『兵車千乘爲七萬五千人。』而曰『公徒三萬』者，大國之賦適滿千乘，苟盡用之，是舉國而行也。故其用之也，大國三軍，次國二軍而已。貝冑，貝飾冑也。朱綅，所以綴也。增增，衆也。膺，當也。承，御也。可以當戎狄，懲荊舒而莫之御，言其強也。此二章言僖公治其軍旅，繕其車甲器械，故其民無不欲其昌大壽考，而託之以爲安也。『壽胥與試』者，願其壽而相與試其才力，以爲之用也。

泰山巖巖，魯邦所詹。奄有龜蒙，遂荒大東。至于海邦，淮夷來同。莫不〔七〕率從，魯侯之功。

保有鳧繹，遂荒徐宅。至于海邦，淮夷蠻貊。及彼南夷，莫不率從。莫敢不諾，魯侯是若。

天錫公純嘏，眉壽保魯。居常與許，復周公之宇。魯侯燕喜，令妻壽母。宜大夫庶士，邦國是有。既多受祉，黃髮兒齒。

泰山，齊魯之望也。詹，至也。龜、蒙、鳧、繹，魯之四山也。故春秋『齊人歸鄆、讙、龜陰之田』，禹貢徐州『蒙羽其乂』『嶧陽孤桐』，魯之疆則止於此四山，其餘則其東南勢相聯屬，可以服從之國也。常、許，魯之故地而未復者也。春秋『鄭伯以璧假許田』。常，或作嘗，齊有孟嘗，豈爲齊所侵歟？此三章言僖公懷柔遠方，至於淮海蠻貊之國莫不服從，而願其壽考以復魯之侵地，宜其室家臣庶，以保有其所服從之國也。

徂來[八]之松，新甫之柏。是斷是度，是尋是尺。松桷有舄，路寢孔碩。新廟奕奕，奚斯所作。孔曼且碩，萬民是若。

徂來、新甫，皆山也。八尺曰尋。舄，大貌也。新廟，姜嫄廟也，修舊曰新。奚斯，公子子魚也。曼，修廣也。僖公上爲神之所福，內爲國人之所安，外爲鄰國之所懷，於是修舊起廢，治其宮室、寢廟，以順萬民之望。

閟宮十三章，五章章九句，四章章八句，一章十二句，一章十一句，二章章十句。此詩百二十句，舊分八章，非也，當以此爲正。[九]

校注

〔一〕『修』字兩蘇經解本、四庫本作『脩』，下同。

〔二〕『和』字兩蘇經解本、四庫本作『知』。

〔三〕毛傳曰：『閟，閉也。姜嫄之廟在周，常閉而無事。』鄭箋曰：『閟，神也。姜嫄神所依，故廟曰神宮。』蘇訓此處同鄭箋。

〔四〕原文缺筆，據補。

〔五〕『太』字兩蘇經解本、四庫本作『大』。

〔六〕原文缺筆，據補，下同。

〔七〕原文缺筆，據補。

〔八〕『來』字兩蘇經解本作『徠』，下同。

〔九〕孔氏正義：閟宮八章，二章章十七句，一章十二句，一章三十八句，二章章八句，二章章十句。

商頌

那

契爲舜司徒而封於商，傳十四世而成湯受命，其後既衰，則三宗迭興。及紂爲武王所滅，封其庶兄微子啟於宋以奉商後。其地在禹貢徐州泗濱，西及豫州盂猪〔一〕之野。其後政衰，商之禮樂日以放失，七世至戴公，其大夫正考父得商頌十二篇於周太師，歸以祀其先王，至孔子編詩而亡其七篇。然春秋之際，大國略皆有變風，宋、魯獨無風而有頌，鄭氏疑而爲之説，曰：『宋，王者之後也。魯，聖人之後也。是以天子巡守，不陳其詩，蓋所以禮之也。』予聞周之盛時千八百國，雖後世陵遲、力強相吞，而春秋所見猶百有七十餘國。變風之作先於春秋數世矣，而詩之載於太師者獨十三國，其不見於詩者，豈復皆有說哉？意者列國不皆有詩，其有詩者雖檜、曹之小，邶、鄘、魏之亡，而有不能已。其無詩者，雖燕、蔡之成國，宋、魯之禮樂，而有不能作。且非獨此也，齊桓[二]、晉文，霸者之盛也，而皆不得有詩，桓附於衛，文附於秦，皆止於一見。衛莊姜、齊襄公、鄭昭公事至微矣，然其詩屢作而不止，蓋事有適然而無足疑者。若夫吴楚之國，雖大而用夷，且僭周室，則雖其無詩，蓋亦學者之所不道也。

那，祀成湯也。

猗與那與，置我鞉鼓[三]。奏鼓簡簡，衎我烈祖。湯孫奏假，綏我思成。鞉鼓淵淵，嘒嘒管聲。既和且平，依我磬聲。於赫湯孫，穆穆厥聲。庸鼓有斁，萬舞有奕。我有嘉客，亦不夷懌。自古在昔，先民有作。溫恭朝夕，執事有恪。顧予烝嘗，湯孫之將。

猗，美也。那，多也。置，植也。夏足鼓，商植鼓，周懸鼓。鞉、鼓，皆所以節樂也。衎，樂也。假，至也。磬，玉磬也。庸，大鍾也。客，二王後也。將，奉也。[四]記曰：『商人尚聲，臭味未成，滌蕩其聲，樂三闋然後出迎牲。』故其祀成湯也，取其所植鞉鼓而奏之以作樂，以樂其烈祖成湯，樂奏而湯孫至，曰：『以是安我所思成之人。』[五]記曰：『齋之日思其居處，思其笑語，思其志意，思其所樂，思其所嗜。』齋三日乃見其所爲齋者，凡此皆非有也，而生於其思，故謂之思成。於是鞉鼓、管籥作於堂下，其聲依堂上之玉磬，無相奪倫者。至於九獻之後，鍾鼓交作，萬舞陳於廷，而祀事畢矣。於時[六]王者之後皆來助祭，無不和悅者，以爲凡此皆湯德之致也，故曰：『自古在昔，先民成湯造商而遺之子孫，我今賴之，溫恭朝夕，執事於此而已。湯其尚顧予烝嘗哉！此湯孫之所奉者，庶幾其顧之也。』

那一章，二十二句。

校注

〔一〕『猪』字兩蘇經解本、四庫本作『豬』。

〔二〕原文缺筆，據補，下同。

〔三〕『鼓』字兩蘇經解本、四庫本作『鼔』，下同。

〔四〕清代顧廣譽學詩詳説卷三十載：『箋訓將爲助，不如蘇訓奉之當也。』

〔五〕清代顧廣譽學詩詳説卷三十載：『「綏我思所」，箋：「安我所思而成之」，蘇氏曰：「安我所思成之人」，本鄭義而小變焉。集傳疑鄭有脱誤，欲取蘇以正之。』

〔六〕『時』字兩蘇經解本畢氏刻本、四庫本作『是』。

烈祖，祀中宗也。

中宗，大戊也。

嗟嗟烈祖，有秩斯祜。申錫無疆，及爾斯所。既載清酤，賚我思成。亦有和羹，既戒既平。鬷假無言，時靡有爭。綏我眉壽，黃耇無疆。約軧錯衡，八鸞鶬鶬。以假以享，我受命溥將。自天降康，豐年穰穰。來假來饗，降福無疆。顧予烝嘗，湯孫之將。

嗟乎！我烈祖成湯有秩秩無窮之福，可以申錫於無疆，以及爾中宗之所，故中宗猶以其餘福復興我。〔一〕今既載清酒於尊，以畀我所思成之人，又重之以和羹。於時百官總〔二〕至於廟，肅然無言，靡有爭者，故其耆老黃耇無疆之人咸安於其位，修〔三〕絜〔四〕其車服以來助祭。既至，而獻其國之所有，凡於我受命者溥且大矣。於是天降之豐歲，以供其粢盛，言人既助之，天又應之，然後庶幾祖考來格而饗其祭，報之以福，曰：『其尚顧予烝嘗哉！此湯孫之所奉也。』『賚我思成』，猶言『烝畀祖妣』，古語質也。〔五〕鬷，總也。

烈祖一章，二十二句。

校注

〔一〕清代顧廣譽學詩詳說卷三十載：「蘇氏曰：嗟乎！我列祖成湯，從鄭爲說，與歐陽不同。呂氏既主歐陽，以烈祖爲中宗，而復載蘇說，又非全書附注之體。蓋欲删成湯二字，而誤仍抑將易成湯爲中宗與，此亦其未及修改處。」

〔二〕『總』字兩蘇經解本、四庫本作『總』，下同。

〔三〕『修』字兩蘇經解本、四庫本作『脩』。

〔四〕『絜』字兩蘇經解本、四庫本作『潔』。

〔五〕清代顧廣譽學詩詳說卷三十載：『蘇亦曰「畀我所思成之人」，則非立言之體。集傳呂記竝不用其說。文法既同訓釋不宜互異，仍以鄭爲正。』

玄鳥，祀高宗也。

祀，當作『祫』。古者君喪三年而祫。明年春禘，自此之後，五年而再殷〔一〕祭、一禘、一祫。祫祭之禮，毁廟與未毁廟之主皆升，合食於太祖。此詩除高宗之喪而始祫之詩也，故歷言商之先君至高宗而止。又以大禘之詩次之，而後繼以時祀高宗之詩。高宗，武丁也。

天命玄鳥，降而生商，宅殷土芒芒。古帝命武湯，正域彼四方。方命厥后，奄有九有。商之先後，受命不殆，在武丁孫子。武丁孫子，武王靡不勝。龍旂十乘，大糦是承。邦畿千里，維民所止，肇域彼四海。四海來假，來假祁祁[二]。景員維河，殷受命咸宜，百祿是何。

玄鳥，乙[三]也，古猶言昔也。糦，黍稷也。景，大也。員，均也。契母簡狄，有娀氏之女，爲帝嚳次妃，見玄鳥墮其卵而吞之，因孕生契，堯封之於商。十四世而至於湯，始受命以正域四方之諸侯，四方之君罔不受命[四]，遂奄九州而有之。其後世世受天命，無有危殆，以至武丁之子孫，以武德王天下，無所不勝，是以諸侯建龍旂、乘車，奉黍稷以來助祭。夫天子所居畿內千里，自是[五]以疆域四方。四方諸侯賴之以安，故其至者祁祁，其多、其大而均如衆水之赴河，咸曰：『殷受天命，天下莫不宜之者，宜其能何天祿也。』此助祭者所以若是其多也。

玄鳥一章，二十二句。

校注

〔一〕原文缺筆，據補，下同。
〔二〕『祁祁』，兩蘇經解本畢氏刻本、四庫本作『祈祈』，下同。
〔三〕『乙』字兩蘇經解本畢氏刻本、四庫本作『鳦』。
〔四〕『命』字兩蘇經解本、四庫本無。
〔五〕『是』字兩蘇經解本、四庫本作『足』。

長發，大禘也。

大禘，宗廟之禘也。故其詩歷言商之先君，又及其卿士伊尹。伊尹蓋與祭於禘也。〔一〕

濬哲維商，長發其祥。洪水芒芒，禹敷下土方。外大國是疆，幅隕既長。有娀方將，帝立子生商。

濬，深也。哲，明也。京師，方之內也。諸夏，方之外也。幅，廣也，隕，均也。商之受命深遠而明，其祥之見也久矣。唐虞之際，禹疏積水以疆理諸夏之國，有娀於是始大，上帝則已立其女簡狄之子以造商室矣。

玄[二]王桓[三]撥，受小國是達，受大國是達。率履不越，遂視既發。相土烈烈，海外有截。

玄王，契也。桓，武也。撥，治也。契之爲人武而能治，授之以國政無不能達，所謂在家必達，在邦必達者也。率，循也。履，蹈也。契之所循蹈未嘗出中，然其於事能洞視其情，而遽發以應之。相土，契之孫也。

帝命不違，至于湯齊。湯降不遲，聖敬日躋。昭假遲遲，上帝是祗。帝命式于九圍。

商之先祖既有明德，天命未嘗去之，至於湯而王業成，與天命會焉。湯之所以自降下者甚敏而不遲，故其德日以益升，明假于天，然而其心未嘗汲汲於有天下，凡以敬天命而已，於是天命之，使用事[四]於九圍。九圍，九州也。

受小球大球，爲下國綴旒，何天之休。不競不絿，不剛不柔，敷政優優，百祿是遒。

球，玉也。小球，鎮圭，長尺二寸。大球，珽，長三尺。天子之所服也。湯既受命，執圭搢珽以臨朝會，非以寵其身也，所以挈有下國如旌旗之綴旒焉。絿，急也。

遒，聚也。

受小共大共，爲下國駿厖，何天之龍。敷奏其勇，不震不動，不戁不竦，百祿是總[五]。

共，珙通。合珙之玉也。駿，大也。厖，厚也。龍，寵也。戁、竦，懼也。

武王載旆，有虔秉鉞，如火烈烈，則莫我敢曷。苞有三櫱，莫遂莫達。九有有截，韋顧[六]既伐，昆吾夏桀。

武王，湯也。曷，遏通。苞，本也。櫱，餘也。本則夏桀，櫱則韋、顧、昆吾也。韋、豕韋，彭，姓也。顧及昆吾，己[七]姓也。湯既受命，載旆秉鉞以征不義，桀與三櫱皆不能自達於天下，故天下截然歸商。於是遂伐韋、顧，既克之，則以伐昆吾、夏桀焉。

昔在中葉，有震且業。允也天子，降予卿士。實維阿衡，實左右商王。

自契至湯，其間蓋有微弱震動之憂歟？信矣，天之子，商也。降之卿士以左右商王，而後商室以興。阿衡，伊尹也。

長發七章，一章八句，四章章七句，一章九句，一章六句。

校注

〔一〕清代錢澄之田間詩學卷十二引此句。
〔二〕原文缺筆，據補，下同。
〔三〕原文缺筆，據補，下同。
〔四〕『事』，兩蘇經解本作『式』，四庫本亦是。
〔五〕『總』字兩蘇經解本、四庫本作『總』。
〔六〕『顧』字兩蘇經解本顧氏刻本作『雇』。
〔七〕『己』字兩蘇經解本作『已』。

殷武，祀高宗也。

撻彼殷武，奮伐荊楚。罙入其阻，裒荊之旅，有截其所，湯孫之緒。

撻，疾意也。罙，深也。裒，聚也。自盤庚沒而殷道衰，楚人叛之。高宗撻然用武以伐其國，入其險阻〔一〕以致其衆。戮有罪以齊一之，使皆即用高宗之次緒。易曰：『高宗伐鬼方，三年克之。』蓋〔二〕謂此歟。

維女荊楚，居國南鄉。昔有成湯，自彼氐羌〔三〕，莫敢不來享，莫敢不來王，曰商是常。

既克之，則告之曰：『爾雖遠居吾國之南耳，昔成湯之世，雖氐羌猶莫敢不來朝，曰「此商之常禮也」，況於汝[四]荊楚，則曷敢不至哉？』

天命多辟，設都于禹之績。歲事來辟，勿予禍適，稼穡匪解。

荊楚既服天命，諸夏之君凡建國于禹迹者，咸以歲事來見於王，以祈王之不譴，曰：『予稼穡匪解，庶可以免咎矣！』

天命降監，下民有嚴。不僭不濫，不敢怠遑。命于下國，封建厥福。

天監視商，爲下民之所嚴，而不僭不濫，不敢怠遑，故使之制命于下國，封建其所當福。

商邑翼翼，四方之極。赫赫厥聲，濯濯厥靈。壽考且寧，以保我後生[五]。

諸侯歸之，上帝予之，故能以商邑爲四方之中。赫赫、濯濯，光明也。後生，子孫也。

陟彼景山，松桷[六]丸丸。是斷是遷，方斲是虔。松桷有梴，旅楹有閑。寢成孔安。

天下既治，然後伐其松栢而新其宫室，既成而無所不安，德之至也。景山，大山也。丸丸，易直也。遷，徙也。虔，椹[七]也。梴，長貌也。旅楹，衆楹也。司馬遷言：『宋襄公修仁行義，欲爲盟主，其大夫正考父美之，故追道契、湯、高宗，殷之所以興，作商頌。』其説蓋出於韓詩。近世學者因此詩有『奮伐荊楚』，則以襄公伐楚之事當之，遂以韓嬰之説爲信。予考商頌五篇皆盛德之事，非宋之所宜有，且其詩有『邦畿千里，維民所止，肇域彼四海。』『命于下國，封建厥福』，此類非復諸侯之事，無可疑者。襄公伐楚而敗於泓，幾以亡國，此宋之大恥，既非其所當頌，而長發之詩謂湯、武王，苟誠襄公之頌，周有武王，豈復以命湯哉？

殷武六章，三章章六句，二章章七句，一章五句。

校注

〔一〕『岨』字兩蘇經解本、四庫本作『阻』。

〔二〕『蓋』字四庫本作『盖』。

〔三〕『羗』字孔氏正義作『羌』。

〔四〕『汝』字四庫本作『女』。

〔五〕「生」字兩蘇經解本顧氏刻本作「王」，下同。
〔六〕「栢」字兩蘇經解本、四庫本作「柏」，下同。
〔七〕「椹」字兩蘇經解本、四庫本作「葚」。

詩集傳　卷第二十

庚子淳熙七年四月十九日，曾孫朝奉大夫權知筠州軍州事，兼管內勸農營田事詡　重校證刊于本州公使庫